À PROPOS DE L'AUTEUR

Après avoir travaillé comme professeur de fitness et développeur informatique, Gayle Callen a trouvé sa voie dans l'écriture de romances. Figurant régulièrement dans les meilleures ventes de *USA Today*, elle a écrit plus de vingt romans pour HarperCollins, qui lui ont valu des récompenses telles qu'un Holt Medallion, un Laurel Wreath Award, un Booksellers' Best Award, et qui ont été traduits dans plus de onze langues. Mère de trois enfants, habile de ses mains, chanteuse du dimanche, amatrice du grand air, Gayle vit à New York avec son chien Uma et son mari et héros, Jim. Elle écrit également de la romance contemporaine sous le nom d'Emma Cane.

La noblesse d'un amour

Collection : VICTORIA

Titre original :
ONE KNIGHT ONLY

Ce livre est publié avec l'aimable autorisation de HarperCollins Publishers, LLC, New York, U.S.A.

HARPERCOLLINS FRANCE
83-85, boulevard Vincent-Auriol, 75646 PARIS CEDEX 13
Service Lectrices — Tél. : 01 45 82 47 47

www.harlequin.fr

ISBN 978-2-2804-2947-4— ISSN 2493-013X

GAYLE CALLEN

La noblesse d'un amour

Traduit de l'anglais (États-Unis) par
Ambre Lidier

Victoria

HARLEQUIN

À Ginny Aubertine,
membre comme moi des Packeteers
et amie à jamais,
mille mercis de m'avoir fait bénéficier de ta sagesse
et de m'avoir montré avec brio comment une femme
peut transformer sa vie, au meilleur sens du terme.
Sache que j'ai pour toi une profonde admiration.

Chapitre 1

Yorkshire, 1486

La dernière fois qu'Anne Kendall, simple servante, s'était fait passer pour une noble dame, c'était entre les murs d'une chambre au sommet d'une tour, et elle n'avait eu à duper qu'une seule personne. À présent, elle chevauchait au beau milieu d'un tournoi, entre les pavillons aux couleurs vives dressés sur les plaines verdoyantes qui s'étendaient aux abords de York. La tête haute, parée des atours les plus élégants, elle affichait l'assurance d'une femme riche et puissante. Officiellement, elle était Lady Rosamond Wolsingham, fille de duc, veuve de comte… et détentrice de secrets qui pourraient lui valoir de sérieux ennuis.

Anne se savait en danger. Pas un instant elle ne l'oubliait.

Heureusement, les soldats de sa petite escorte ne la quittaient pas d'une semelle. Sans oublier la servante de la vraie Lady Rosamond, qui l'aidait à donner le change. Ainsi entourée, elle fendait la foule de chevaliers, d'écuyers, de dames et de suivantes en direction des remparts de la ville et de l'auberge qui l'y attendait.

Elle tenait son rôle bien en main. Elle avait eu l'occasion de le peaufiner pendant la semaine passée auprès de la comtesse, puis lors de la première étape de son périple. Une brillante idée, cette chasse aux prétendants. Lady Rosamond avait trouvé là le prétexte idéal pour justifier le déplacement d'Anne jusqu'à Londres. Et pour détourner l'attention pendant qu'elle-même accomplissait son propre voyage secret.

Mais c'était compter sans ce tournoi imprévu. Certains participants connaissaient sans doute la comtesse et risquaient de découvrir la supercherie. Anne avait donc dû se plier à la volonté de ses protecteurs et fixer un voile à sa coiffe pour dissimuler son visage. Bien entendu, assister aux joutes était exclu. Trop risqué. Malgré tout, alors qu'ils longeaient une lice encerclée par une foule enthousiaste, son regard s'attarda sur les deux hommes en armure qui échangeaient de vigoureux coups d'épée. La férocité du combat était digne d'un champ de bataille. L'un des chevaliers en perdit même son heaume. Mais l'homme, chancelant, se contenta de secouer ses cheveux châtains, que le soleil couchant chamarrait de reflets flamboyants. Puis il partit d'un grand rire et se rua de plus belle sur son adversaire, tête nue. À l'évidence, ce rude guerrier savait manier l'épée et ne se préoccupait guère de sa propre sécurité.

Anne l'avait reconnu. Un frisson lui parcourut l'échine. *Sir Philip Clifford.* Et lui aussi était parfaitement capable de l'identifier. Voire de la héler devant tout le monde par son véritable nom. Elle se détourna vivement et, d'un coup de talons sur les flancs de sa monture, se hâta vers la cité. Mais la flamme en elle s'était ravivée. Pourquoi tant de faiblesse dès que Philip entrait dans la danse ? Elle se maudit en silence. Pas question de se laisser distraire – encore moins par les souvenirs qu'elle gardait de lui ou la colère qu'ils lui inspiraient.

La salle commune de l'auberge débordait de buveurs à la joie exubérante, et Philip Clifford avait la ferme intention de savourer pleinement les réjouissances. Aujourd'hui, il avait terrassé tous ses adversaires à l'épée. La bourse rebondie qu'il avait reçue en récompense suffirait amplement à prolonger la fête. Ah ! la notoriété… Quoi de plus profondément satisfaisant ? S'il continuait sur sa lancée victorieuse, nul doute que le roi Henry[1] allait finir par le remarquer. Car il comptait bien devenir l'homme lige du monarque, voire son champion. Ainsi, il pourrait enfin vivre à la Cour et faire un mariage avantageux. Après tout, il n'y avait pas un an que le jeune Tudor était monté sur le trône après avoir vaincu le roi Richard au combat. Un souverain dans sa situation devait avoir à cœur de s'entourer d'hommes de confiance. Et Philip se promettait bien d'en faire partie.

Tout en sirotant sa bière, il saisit au vol la jupe d'une serveuse aux boucles blondes qui roulait des hanches entre les tables. Elle gloussa et lui adressa un clin d'œil par-dessus l'épaule.

Le bon plaisir du roi n'avait pas toujours été dans ses projets, songea-t-il. Fut un temps, il s'en était tenu à la morale la plus stricte. À l'époque, il n'avait eu qu'une ambition : égaler en bravoure les chevaliers de la Ligue de l'Épée, ces combattants de l'ombre qui redressaient

1. NdT : Henri VII, roi d'Angleterre.

les torts portés à leur connaissance. Sa mère ne l'avait-elle pas bercé dès l'enfance des exploits de cet ordre prestigieux ?

Mais c'était de l'histoire ancienne. Malgré tout ce qu'il avait fait pour son ami John Russell, devenu depuis comte d'Alderley par son récent mariage, il n'avait toujours pas été convié à rejoindre la Ligue. Le comble, c'était que John en avait été prié, lui. Bref, il était temps de passer à autre chose. Il s'était donc lancé sur les routes d'Angleterre, saisissant chaque occasion de faire la preuve de ses talents et accumulant les récompenses dans l'espoir de se faire remarquer du roi.

Évidemment, il se sentait seul, parfois. Jusqu'alors, il avait toujours fait partie d'un groupe, d'abord en tant que soldat, puis à titre de chevalier. Mais au moins, désormais, il n'avait plus de comptes à rendre à personne. Et puis, ce n'était pas les jolies soubrettes qui manquaient pour adoucir ses nuits. Cela dit, dernièrement, même ces plaisirs-là ne suffisaient plus à rompre sa solitude. Il avait besoin de donner un sens à sa vie. Aussi, quand la serveuse le frôla à nouveau et laissa une main s'attarder sur son épaule, il lui sourit, mais s'en tint là.

Plusieurs autres femmes, parmi lesquelles l'épouse d'un négociant, cherchèrent à attirer son attention. Par jeu, il les retenait un instant avant de les relâcher en riant. Quand une autre encore passa près de lui, il glissa un bras autour de sa taille et la hissa sur ses genoux. Un rugissement approbateur s'éleva de l'assemblée. Tout sourires, Philip se pencha vers sa prisonnière, pour s'apercevoir qu'un voile lui dissimulait le bas du visage. Sa chevelure de jais, soigneusement relevée, était retenue en arrière par une coiffe discrète qui mettait en valeur ses grands yeux d'un noir insondable.

Il se pétrifia, saisi d'un désir aussi brusque qu'inattendu. *Anne Kendall ?* Il ne l'avait pas revue depuis des semaines, mais son corps, lui, n'avait rien oublié. La première fois qu'il l'avait rencontrée, il avait cru être en présence de Lady Elizabeth Hutton. Comme à l'époque, elle portait ce soir une longue robe taillée dans la soie la plus fine. Il sentit le tissu cascader comme de l'eau vive le long de ses jambes. Ses cuisses musclées lui servaient de coussin, et il lui enlaçait la taille comme l'aurait fait un amant. Elle était à la fois forte et fragile, comme on pouvait s'y attendre chez une femme qui avait su berner un vicomte pendant des jours pour épargner à sa maîtresse un mariage non désiré. Quel dommage qu'elle soit simple servante…

Sans lui laisser le temps d'ouvrir la bouche, elle posa un doigt sur ses lèvres et s'exclama avec un sourire effronté :

— Dites donc, messire chevalier, n'avez-vous pas de lit où dormir, que vous cherchiez à conquérir le mien ?

Surpris, il s'apprêtait à répliquer, quand un homme entre deux âges à la carrure de guerrier arracha Anne à son étreinte et le menaça de sa dague, qu'il pointa sous son menton.

Sans cesser de sourire, Philip leva les mains en signe d'apaisement.

— Tout doux, l'ami, je ne vous cherche pas querelle.

— Bas les pattes. La dame n'est pas pour un ferrailleur dans ton genre.

— Qui sait si elle n'aimerait pas se colleter avec

moi ? riposta Philip, dont la boutade fut saluée par une salve de rires.

Il tourna les yeux vers Anne. Mais elle se contenta de secouer la tête, un sourire hardi aux lèvres, tandis que deux hommes armés jusqu'aux dents l'escortaient hors de la salle commune. Toujours campé devant Philip, le guerrier jeta à la ronde un regard menaçant, comme pour défier tous les festoyeurs. Puis il remit sa dague au fourreau et emboîta le pas au trio.

Philip se retrouva au centre de l'attention. Il prit un air suffisant.

— Milady ne sait pas ce qu'elle perd, pas vrai ? commenta-t-il.

Sa grivoiserie déclencha l'hilarité générale. Il fallait bien rire un peu.

— Elle doit avoir sa petite idée là-dessus, si j'en crois ce qu'on m'a dit, lança Sir Peter, l'un de ses adversaires du tournoi. La dame est veuve, paraît-il. Une certaine Lady Rosamond.

Philip se tourna vers lui, toujours souriant.

— Et à qui était-elle mariée ?

— Au comte de Wolsingham. Tout jeune encore. Un accident terrible. Mais une dame de sa trempe ne se laisse pas abattre si facilement, sans compter qu'elle a sa propre fortune. J'ai ouï dire que le but de son voyage était de se trouver un nouveau mari.

Philip jeta un coup d'œil vers la porte qu'Anne venait de franchir. Dans quel guêpier s'était-elle encore jetée ?

Poussée par ses trois protecteurs, Anne entra dans sa chambre, où Margaret, la servante de Lady Rosamond, venait de disposer ses vêtements de nuit sur le lit. À la vue des trois soldats, la jeune femme frêle, aux cheveux d'un blond tirant sur le roux et aux joues constellées de taches de son, écarquilla les yeux. Avec un hoquet, elle fit disparaître le déshabillé derrière son dos.

Anne esquissa un sourire, qui s'évanouit aussitôt devant l'expression courroucée du capitaine de sa garde rapprochée. Dans la pièce encombrée d'un petit âtre, d'un lit et d'un coffre renfermant des draps de rechange, Sir Walter comblait de sa prestance dominatrice le peu d'espace restant. Elle l'étudia un instant. Ni jeune ni vieux, il avait les cheveux courts et grisonnants, les mâchoires perpétuellement ombrées d'un début de barbe et une carrure de combattant aguerri. Il devait avoir l'habitude de commander. Quel genre de vie pouvait-il bien mener ?

C'est-à-dire, quand il n'accomplissait pas son devoir au sein de la Ligue de l'Épée.

Elle ne connaissait même pas le nom de famille des hommes qui l'escortaient. L'anonymat était une règle cardinale de la Ligue.

— Il faut vous montrer plus prudente dans des lieux aussi fréquentés, la sermonna Sir Walter.

Ses deux subalternes, Sir David et Sir Joseph, s'assirent sur des escabelles de chaque côté de la porte et croisèrent les bras, affectant la même sévérité que leur chef.

— Que vouliez-vous que je fasse, Sir Walter ? J'ai joué mon rôle, voilà tout, se défendit Anne avec calme. C'est un fait, nous aurions dû éviter York, mais vous savez comme moi que la pluie nous a forcés à faire halte ici.

— Tout de même, ce tournoi…

— Je vous l'accorde, c'est un imprévu fâcheux.

Mais j'ai dûment porté mon voile, et nous repartons demain à l'aube.

Devait-elle parler de Philip ? Non, inutile. Après tout, il ne l'avait peut-être pas reconnue. À moins qu'il n'ait eu trop honte pour s'adresser à elle, après l'odieux comportement qu'il avait eu à peine deux mois plus tôt. *On peut toujours rêver…*

De jeunes valets vinrent apporter le baquet et l'eau chaude qu'elle avait demandés. Intimidés, ils défilèrent sous le regard méfiant des trois hommes. Après avoir gratifié chacun d'un sourire et d'une pièce, elle les congédia jusqu'au matin.

Les chevaliers se levèrent pour gagner leurs chambres respectives, situées de part et d'autre de la sienne. Avant de se retirer, le blond Sir David, si grand qu'il devait se baisser pour franchir les portes, lui fit une dernière recommandation :

— N'oubliez pas de vous barricader au mieux, Lady Rosamond.

Elle regarda autour d'elle et repéra ce qu'elle cherchait.

— N'ayez crainte, je pousserai ce coffre contre ma porte.

— Fort bien.

Inutile d'espérer un sourire : tout comme ses pairs, Sir David prenait son devoir très au sérieux. Comment diable allait-elle pouvoir faire connaissance avec ses compagnons de route s'il fallait leur arracher la moindre amabilité ? La Ligue devait les entraîner à ne jamais s'impliquer personnellement au cours de leurs missions : aux oubliettes, les patronymes, plaisanteries et autres moyens de fraterniser. Sans intimité, point de danger. C'était logique, en un sens.

Ses réflexions la ramenèrent à Philip, qui se trouvait là, quelque part dans cette auberge. Lors de leur précédente rencontre, elle s'était sentie bien trop seule pour prendre des décisions avisées…

Margaret entreprit de l'aider à délacer sa robe.

— Milady aura-t-elle besoin d'autre chose avant que je me retire ?

Quelle froideur, quelle distance… Bien sûr, la jeune servante s'acquittait consciencieusement de ses devoirs. Elle savait que cette mascarade se jouait dans l'intérêt de la comtesse. Mais elle avait eu du mal à lui donner du « milady », surtout au début. Tout de même, elle avait fini par en voir la nécessité. Ce qui ne l'empêchait pas de la considérer comme un pâle substitut de sa maîtresse.

En échange de ses services, Margaret avait exigé d'avoir sa propre chambre. Après tout, Anne était servante comme elle, donc son égale. À contrecœur, les hommes de l'Épée avaient accédé à sa requête. Son aide était trop précieuse.

— Non, Margaret, tu peux prendre congé. Merci pour l'aide que tu m'as apportée aujourd'hui.

Après son départ, Anne poussa tant bien que mal le coffre contre la porte. Elle se sentait anéantie. La peste soit de ce Philip ! Plus question de penser à lui. Il la ramenait au passé, au temps où elle avait contribué à sauver Elizabeth d'un mariage forcé. Comme elle avait aimé se sentir utile, alors ! Pour elle, cela avait été une véritable révélation. Et voilà qu'on avait de nouveau besoin d'elle. C'était grisant. Elle avait une mission, un objectif, qui la rendaient indispensable.

Un temps, elle avait cru l'être aussi aux yeux de Philip. Elle lui avait même avoué les sentiments qu'elle éprouvait pour lui, sa passion naissante. Quelle écervelée ! Cela dit, à sa décharge, elle traversait alors une période de grande vulnérabilité. Ses parents venaient de la renier. Comment ne pas se sentir perdue, révoltée… Mais baste ! Inutile de s'attarder là-dessus.

Le baquet, d'une profondeur inhabituelle, avait été généreusement rempli : elle pouvait s'immerger complètement. Elle se savonna sans se presser, puis se mit à l'aise pour savourer le confort et la chaleur du bain tant que l'eau était encore à bonne température. Elle ferma les yeux et laissa ses pensées dériver.

Un bruit soudain lui fit rouvrir les yeux, juste à temps pour voir l'un des volets s'écarter lentement de l'autre. Un pied descendit jusqu'à l'appui de la fenêtre.

Avec un hoquet, elle se redressa brusquement pour tirer à elle sa serviette en lin. Une bouffée de colère l'envahit. L'histoire se répétait… Un second pied vint rejoindre le premier, puis une main s'agrippa à l'encadrement, bientôt suivie d'un visage scrutateur. La lueur de la bougie atteignait à peine le mur du fond, mais qu'importe : elle savait déjà à qui elle avait affaire. Son cœur perfide se mit à battre à tout rompre.

Philip Clifford.

Il s'assit sur le rebord de la fenêtre et se pencha en avant.

— Puis-je entrer ? C'est dangereux, dehors : j'ai failli recevoir le contenu d'un pot de chambre sur la tête.

— Vous auriez pu vous contenter de frapper à la porte ! l'apostropha-t-elle en se renfonçant le plus possible dans le baquet.

Malgré la serviette et l'eau savonneuse qui dissimulaient son corps, elle se sentait terriblement vulnérable.

— Quel accueil ! Je n'ai pourtant pas frappé, la dernière fois.

— La dernière fois, j'étais prisonnière, seule depuis des jours, et… et je n'étais pas en train de prendre mon bain !

Il se laissa tomber au sol, mais ne s'approcha pas davantage, ce dont elle lui sut gré.

— C'est justement ce qui m'a poussé à venir vous voir ce soir, figurez-vous. Enfin, pas parce que vous prenez votre bain. Encore que ce petit plus ne manque pas d'intérêt.

Son regard se fit baladeur. Elle se demanda ce qu'il pouvait voir exactement.

— Ne seriez-vous pas à nouveau prisonnière… Lady Rosamond ? ajouta-t-il d'une voix lourde de soupçons.

Ou d'inquiétude ? Elle ne le connaissait pas assez pour trancher.

Même si elle n'avait pas oublié le goût de ses lèvres, ni les merveilles dont il était capable quand il posait les mains sur son corps.

Assez ! Elle inspira longuement pour chasser ses souvenirs.

— Je suis ici de mon plein gré.

— Tout comme la dernière fois. Et vous n'en étiez pas moins prisonnière.

— Les soldats qui m'accompagnent ne m'ont pas enlevée : ils me protègent. Merci de votre sollicitude, Sir Philip. Voulez-vous bien me laisser, maintenant ?

Loin de s'exécuter, il avança de quelques pas. Ses traits se précisèrent à la lumière vacillante des flammes. Un front haut, des pommettes saillantes, une mâchoire carrée : son visage n'avait rien de doux. Bien que musclé, il n'avait pas la carrure de la majorité de ses concurrents. Combien d'adversaires plus corpulents que lui devaient croire leur victoire assurée à la vue de sa minceur trompeuse ? Mal leur en prenait : il ne manquait ni de force ni de vigueur. Il n'y avait qu'à voir avec quelle facilité il l'avait cueillie pour la prendre sur ses genoux, dans la taverne… Et devant tout le monde ! Une sensation de chaleur gênante l'envahit à ce souvenir.

Et que dire des assiduités dont il l'avait poursuivie pendant des jours, à Alderley Castle, après qu'elle eut enfin recouvré la liberté ? Il s'était montré particulièrement persuasif. Et elle-même avait été assez irresponsable pour apprécier son petit jeu.

Et voilà qu'il la détaillait du regard, passant de son visage à ses genoux humides, la seule autre partie visible de son corps. Pourquoi ces yeux d'émeraude l'intimidaient-ils à ce point ? Elle savait pourtant à quoi s'en tenir avec lui : elle n'avait été qu'une agréable distraction. Même si elle avait cru qu'il attendait d'elle un engagement plus durable.

Pour couronner le tout, elle était nue ! Il n'allait tout de même pas chercher à profiter de la situation… Si ?

Elle le revit en pensée, nerveux, fébrile. Elizabeth Hutton, la noble dame qu'elle servait depuis l'enfance et qui avait épousé le plus proche ami de Philip, lui avait donné l'explication de son agitation. La Ligue de l'Épée avait invité Lord Alderley à rejoindre ses rangs, alors que Philip, lui, attendait toujours. En apparence, il n'avait rien perdu de sa gaieté naturelle. Pourtant, dès lors, elle avait perçu chez lui un changement subtil, comme si ce rejet l'avait intimement affecté.

Que ferait-il s'il apprenait qu'on lui avait proposé, à elle, de travailler pour la Ligue ?

Bien sûr, elle n'en était pas encore membre à part entière, mais elle plaçait beaucoup d'espoirs dans cette mission. Elle comptait bien prouver par ses actes qu'elle était digne de devenir la première femme de l'Épée.

Évidemment, pas question de mettre Philip dans la confidence. Elle avait juré de garder pour elle les secrets de Lady Rosamond.

Tout à coup, il s'appuya des deux mains sur le bord du baquet et se pencha vers elle. Décidément, un seul regard de ce diable d'homme suffisait à l'embraser. Ce n'était pourtant pas la première fois qu'il posait les yeux sur son corps dénudé. Il y avait même semé d'irrésistibles baisers. Pour un peu, elle aurait frémi de plaisir à cette seule évocation. *Allons, ça suffit !*

Ne pouvant s'immerger davantage, elle soutint son regard avec un calme feint et lui demanda d'une voix égale :

— Que faites-vous encore dans ma chambre ?

— Voyons, je ne peux pas vous laisser là, comme ça, à vous faire passer pour quelqu'un d'autre.

— Mais enfin, qui vous dit…

— Ne me prenez pas pour un imbécile, chère « comtesse » Car c'est bien ce que vous prétendez être, non ?

Il pointa du doigt la robe accrochée au mur.

— Ces riches vêtements ne sont pas les vôtres.

Anne pinça les lèvres, indécise. Comment réagirait-il si elle ne lui avouait pas la vérité ? Ne risquait-il pas, même involontairement, de faire échouer ses plans – les plans de Lady Rosamond ? Si leur petite comédie venait à être éventée par les mauvaises personnes, la comtesse courrait un réel danger.

Autant révéler à Philip une partie de la vérité. Il s'en contenterait peut-être. Elle le regarda droit dans les yeux, simulant la sincérité. L'eau commençait à refroidir. Difficile de rester de marbre tout en réprimant des frissons, surtout sous ce regard de braise. C'est qu'il s'y entendait, le bougre, pour en faire une arme sensuelle !

— Rien ne vous échappe. Ces vêtements appartiennent à Lady Rosamond Wolsingham.

— C'est ce que je me suis laissé dire.

— Comment ? On parle de moi dans la salle commune ? s'écria-t-elle, abasourdie. Nul n'est censé être au courant de ma présence ici, ajouta-t-elle avec une inquiétude grandissante.

Philip prit un air soupçonneux.

— Est-ce délibérément que vous avez choisi de faire halte à York ?

— Ce n'est pas moi qui…, commença-t-elle avant de s'interrompre.

— John – Lord Alderley – est-il au courant de tout ceci ?

Elle réfléchit un instant. Elle en avait trop dit. Un frisson la parcourut.

À l'évidence, ce détail n'échappa point à Philip. Il s'approcha encore et lui chuchota :

— Je vous laisserai sortir de votre bain quand vous m'aurez tout raconté.

— Vous me mettez au défi de me lever, c'est ça ? le contra-t-elle en posant les mains sur le bord du baquet comme pour y prendre appui.

C'était un pari risqué. Mais après tout, elle n'avait

plus rien à perdre : sans dot ni avenir, il ne lui restait que ce qu'elle gagnerait en menant à bien cette mission.

Philip se redressa. Elle hésita entre déception et soulagement.

— Vous allez vous geler les sangs, à barboter dans cette cuve, commenta-t-il.

— À qui la faute ?

— Si je vous laisse sortir, me direz-vous toute la vérité ?

— Vous avez ma parole. Je vous dirai tout.

Enfin, presque, ajouta-t-elle en pensée.

Chapitre 2

Debout près du baquet, Philip contemplait Anne. Le temps semblait s'être figé. Elle avait encore les mains crispées sur le rebord. Des gouttes glissaient de ses épaules jusqu'à la naissance de ses seins, qu'il devinait sous l'eau savonneuse. Se rendait-elle compte de ce qu'elle laissait voir ? Sans doute pas, et il n'allait certainement pas le lui dire. Difficile de garder les yeux sur son visage alors qu'il distinguait l'arrondi sombre de ses aréoles, l'ombre plus marquée à la jonction de ses cuisses. Cette chair, il l'avait goûtée… Ces jambes, il les avait écartées… Même si son honnêteté les avait privés tous deux de l'ultime satisfaction de leurs sens. Depuis, son désir pour elle ne s'était pas éteint. Tout au plus refoulé, il avait couvé jusqu'à cet instant, comme s'il n'attendait que cette occasion pour s'enflammer à nouveau.

— Il faudrait vous tourner, dit-elle, les paupières pudiquement baissées.

Puis elle le regarda droit dans les yeux.

Il fit appel à toute sa volonté pour regagner la fenêtre, d'où il observa la cour des écuries à la lumière des quelques torches qui trouaient l'obscurité. Il entendait chacun de ses mouvements. Le froissement du lin tandis qu'elle se séchait. Le bruissement des vêtements qu'elle enfilait.

— Me voilà prête, déclara-t-elle au bout d'un moment.

Lorsqu'il se retourna, il la trouva assise devant l'âtre, vêtue d'un déshabillé de soie qui, s'il épousait ses formes, ne laissait plus rien voir de sa chair. Elle brossait sa chevelure devant les flammes, lissant ses boucles opulentes pour les sécher. Bien qu'il en ait souvent rêvé, il ne l'avait jamais vue ainsi. Ses tâches de servante lui imposaient de garder les cheveux noués en permanence.

Une fois de plus, il s'émerveilla de leur teinte, d'un noir si intense qu'ils semblaient soulignés de reflets bleutés. Et que dire de ses yeux, tout aussi noirs, promesses de mystères… Ses boucles cascadaient autour de son visage, dont la pâleur délicieuse se rehaussait de rose au niveau des joues et des lèvres. Des lèvres divinement humides.

— Vous avez décidé de rester là à me regarder toute la nuit ? demanda-t-elle calmement.

— J'essaie de déterminer quel crédit je peux accorder à ce que vous allez me dire.

— Je n'ai jamais menti ! protesta-t-elle.

Le voyant sourciller, elle s'empourpra. Elle se retourna vers le feu et se remit à lisser sa chevelure, à gestes lents et hypnotiques. Tout en elle l'emplissait d'un désir inconfortable.

— Bon, soit, il m'est déjà arrivé de ne pas dire la vérité, concéda-t-elle. Mais c'était pour la bonne cause. En me faisant passer pour ma maîtresse, en me laissant enfermer dans cette tour à sa place, je l'ai sauvée. Ainsi, libre d'aller et venir dans le château, elle a pu trouver une solution pour se tirer d'affaire. N'ai-je pas servi du même coup les intérêts de Lord Alderley – son promis, votre ami ? Et vous-même, n'avez-vous pas menti ?

— C'est exact. Nous avons tous deux accompli notre devoir envers des êtres qui nous sont chers. Moi-même, je me suis fait passer pour quelqu'un d'autre.

— Vous faisiez un commis convaincant.

Elle lui adressa ce sourire serein, tranquille, qui lui donnait l'air de toujours maîtriser la situation, de n'être jamais prise de court. Quelle formation suivaient donc les demoiselles destinées à servir la noblesse pour acquérir un sang-froid comme le sien, une aisance digne d'une dame de haut rang ? Certes, elle avait grandi aux côtés de Lady Elizabeth, et toutes deux étaient amies plus que maîtresse et suivante. Mais il y avait autre chose… Anne irradiait la confiance en soi. Et bien malgré lui, il trouvait cela terriblement séduisant.

Il s'avança vers elle, incapable de se retenir. Chaque fois qu'elle se passait la brosse dans les cheveux, le parfum du savon qu'elle avait utilisé flottait jusqu'à ses narines. Pourquoi ne pas mettre de côté ses interrogations ? Ce serait si simple…

Minute. Et si c'était précisément ce qu'elle cherchait ?

Il s'appuya d'une main ferme au manteau de la cheminée et la toisa d'un air sévère.

— Revenons à nos moutons : pourquoi vous faites-vous passer pour Lady Rosamond ?

— Parce qu'elle me l'a demandé.

— Vous la connaissez donc ?

— Elle était dame de compagnie de la mère d'Elizabeth à l'époque où je servais à Alderley Castle.

— Je me demande bien ce qui peut pousser une noble dame à se prêter à cette comédie.

Tournée vers le feu, Anne évitait son regard, ce qui ne fit qu'alimenter ses soupçons.

— Elle a ses raisons, répondit-elle au bout d'un moment. Sachez simplement que je dois me rendre à Londres et m'arrêter en chemin pour rencontrer en son nom d'éventuels prétendants.

Il s'esclaffa.

— Voyez-vous ça ! Parce que vous saurez choisir à sa place, bien sûr.

— Elle m'a donné une liste.

— Vous ne m'ôterez pas de l'idée que cette mise en scène cache quelque chose, et que John sait de quoi il retourne.

— Que vient faire Lord Alderley dans cette histoire ? lui demanda-t-elle d'un air surpris.

La spontanéité de sa réaction le fit douter.

— Quand je vous ai demandé s'il était au courant, vous avez eu un moment d'hésitation, persista-t-il. Alors, de deux choses l'une. Ou bien cette affaire concerne son épouse. Ou bien elle concerne la Ligue de l'Épée, dont il est désormais membre. Dans un cas comme dans l'autre, on peut s'attendre à ce qu'il sache tout.

La mention de l'organisation secrète avait fait naître une tension palpable. Philip sut tout de suite qu'il avait levé un lièvre.

— Allons bon, la Ligue de l'Épée, maintenant ! s'exclama Anne, moqueuse.

Décidément, elle était presque convaincante.

— Parfaitement. La Ligue sait que vous vous êtes fait

passer pour votre maîtresse. Qui d'autre aurait songé à vous solliciter pour le même genre de rôle ?

— Vous vous trompez. C'est Elizabeth qui a parlé à Lady Rosamond de notre…

— À d'autres ! l'interrompit-il. Lady Alderley ne vous aurait jamais exposée volontairement à un tel danger. Non, on vous a proposé une mission, et vous l'avez acceptée.

— Enfin, c'est une farce, une bouffonnerie ! Il n'y a rien de dangereux dans cette affaire.

— Vous m'en direz tant. C'est donc pour s'amuser que des gardes armés jusqu'aux dents vous suivent partout. Où sont-ils, à propos ?

Elle releva le menton d'un air buté.

— Ils occupent les deux chambres voisines de la mienne.

— Autrement dit, les célèbres hommes de l'Épée ne m'ont pas entendu investir votre chambre, c'est ça ?

— Nous sommes au troisième étage ! Comment auraient-ils pu imaginer qu'un intrus passerait par le toit pour descendre jusqu'à ma fenêtre ?

Philip lui adressa un sourire triomphal. Alors seulement, elle sembla se rendre compte qu'elle ne l'avait pas détrompé dans ses suppositions.

— Je parlais de *mes gardes*, tenta-t-elle de rectifier.

— Qui appartiennent à la Ligue.

Une autre personne de sa connaissance avait donc été invitée à servir sous l'Épée. Naguère, il aurait reçu la nouvelle comme un coup au cœur. Évidemment, Anne en avait parfaitement les capacités. Pourquoi la jalouser ? Récemment, lui-même avait enfin rencontré des membres de la Ligue. Il s'était entraîné avec eux. Il avait même combattu à leurs côtés. Il croyait avoir fait ses preuves à leurs yeux. Pourtant, ils ne l'avaient pas convié à les rejoindre, contrairement à son ami John Russell, devenu comte d'Alderley. Cruelle déception… Mais il avait fini par se faire une raison. Chercher toute sa vie à répondre à des critères insaisissables ? Très peu pour lui.

Ces réflexions mises à part, dans quel bourbier la Ligue avait-elle engagé Anne ? Car cette imposture n'avait certainement rien d'innocent.

— Donc, vous cherchez un époux pour Lady Rosamond sous la protection des hommes de l'Épée, résuma-t-il.

Elle soupira. En silence, elle continua de brosser sa chevelure.

— Et vous vous faites passer pour elle à sa demande, car elle ne veut pas, ou ne peut pas, le faire elle-même.

Anne se contenta d'acquiescer d'un signe de tête.

— J'ai du mal à croire que vous ayez accepté une telle mission sans connaître le fond de l'histoire.

Il s'agenouilla devant elle pour la contraindre à le regarder. Voyant que ce rapprochement la troublait, il posa les mains sur ses genoux. La chaleur de sa peau, sous le tissu, lui fit tourner la tête. Il la sentit trembler. Il se força à reprendre le fil de son raisonnement.

— Que se passe-t-il, Anne ? Je ne peux pas vous laisser dans ce mauvais pas, vous le savez bien. Ne serait-ce que par amitié pour Elizabeth et John. J'admire votre habileté, mais pourquoi prendre tant de risques ? M'est avis que ces messires que vous entendez charmer n'apprécieront guère la plaisanterie lorsqu'ils découvriront le pot aux roses.

Elle prit un air de défi.

— Ils ne découvriront rien du tout. J'ai passé des jours auprès de Lady Rosamond à apprendre ses manières et ses réactions.

— Tout cet entraînement pour une simple farce ? Pour une « bouffonnerie », comme vous dites ?

Elle baissa les yeux sur ses mains, qu'elle tenait jointes dans son giron. Il les saisit entre les siennes.

— Avez-vous songé à ceux qui s'attendent à rencontrer une veuve expérimentée ? Comment comptez-vous réagir face à eux ?

Elle se dégagea.

— Comme je le fais face à tout homme trop entreprenant, répliqua-t-elle sèchement.

— Comme vous l'avez fait avec moi, vous voulez dire ?

Elle le foudroya du regard.

— Comment osez-vous..., commença-t-elle, les dents serrées.

Puis elle s'interrompit et inspira longuement.

— La comtesse a choisi des seigneurs qu'elle n'a jamais rencontrés, précisa-t-elle.

— Raison de plus ! Peut-elle prévoir comment ces inconnus vont se comporter avec vous ?

— En voilà assez, Philip, murmura-t-elle. Vous ne me ferez pas changer d'avis. Cette mission est de la plus haute importance, et elle ne peut s'accomplir sans moi.

— Mais enfin, quelle mission ?

Il s'approcha encore pour prendre le visage d'Anne entre ses mains. Certes, il tirait profit de leur attirance mutuelle, toujours aussi vive, pour découvrir ce qu'elle lui cachait. Mais n'était-ce pas pour son bien ? Et puis, encore une fois, il devait bien cela à John et à Elizabeth.

Même si, au fond, il savait que ses motifs étaient plus personnels. Il s'inquiétait pour Anne. Il redoutait qu'on la manipule. Sans oublier les privautés qu'il s'était lui-même permises : il avait une dette envers elle.

Leurs regards se lièrent. Elle avait un côté du visage éclairé par les flammes, l'autre plongé dans l'ombre. Il percevait son pouls qui battait à tout rompre. Elle tremblait légèrement. De ses pouces, il lui effleura les joues, sans lâcher son visage. Elle s'écarta.

— Tout cela doit rester strictement entre nous, murmura-t-elle d'une voix éraillée.

Il hocha la tête. Le mystère commençait à s'éclaircir.

— C'est la vie du roi qui est en jeu, devina-t-il.

Abasourdi, il se rassit sur ses talons.

Ce fut elle, alors, qui se pencha vers lui, pour poser une main sur son épaule.

— Rien de ce que je vais vous révéler ne doit sortir de cette pièce, Philip. Ai-je votre parole ?

— Je jure de garder le silence, répondit-il, solennel.

— Voilà plusieurs semaines, alors qu'elle assistait à un tournoi à Durham, Lady Rosamond a surpris un conciliabule entre trois seigneurs. Ils complotaient contre le roi.

— Étaient-ce des partisans du roi Richard ? Je sais bien que notre souverain l'a tué au combat, mais ils sont encore nombreux à estimer qu'il était l'héritier légitime du trône.

— Elle ne connaît pas leurs motivations. Elle ne sait même pas qui ils sont. Elle a vu leurs visages, mais ne les a pas reconnus et ignore donc leur identité.

Anne se leva et se mit à faire les cent pas.

Préoccupé par ce qu'il venait d'apprendre, Philip se

redressa lentement. Diantre ! C'est qu'il n'était pas facile de se concentrer tout en la regardant évoluer avec grâce et souplesse… Les ondulations de son long déshabillé soulignaient chacun de ses mouvements. Elle était grande, pour une femme, mais ses formes généreuses avaient tout de féminin.

Il se détourna pour mieux réfléchir.

— Ainsi, la comtesse doit prévenir le roi.

— Et comme elle n'a fait que voir les conjurés, il va falloir qu'elle les identifie elle-même.

Il se retourna vers elle, inquiet.

— L'ont-ils vue ? Est-elle menacée ? Vous ne servez pas d'appât pour faire sortir ces traîtres du bois, au moins ?

Décidément, Anne se trouvait en fâcheuse posture.

— Mais non, voyons ! s'écria-t-elle en s'arrêtant net, apparemment interloquée. Jamais on ne me ferait courir un tel danger. Lady Rosamond est tout à fait certaine de ne pas avoir été vue. Les félons ignorent qu'elle les a surpris. Simplement, la Ligue ne veut prendre aucun risque et a donc décidé de la faire escorter en secret jusqu'à Londres. Mais la comtesse vient d'annoncer qu'elle souhaitait se remarier. Elle ne peut pas disparaître subitement.

— Et donc, les hommes de l'Épée vous ont demandé votre aide.

Elle confirma d'un signe de tête et son visage s'éclaira.

— Anne, murmura-t-il en s'avançant vers elle. De toute évidence, vous êtes flattée qu'on ait fait appel à vous. La Ligue a dû être impressionnée par vos talents.

Loin de l'amadouer, son compliment sembla la mettre sur ses gardes.

— Mais tout ceci est très risqué, poursuivit-il. Vous

voyagez au vu et au su de tous pour lui permettre, à elle, de se cacher. Vous ignorez ce que savent exactement les conspirateurs. Moi-même, j'aurais pu être l'un d'eux. Or, je suis là, dans votre chambre, et vous n'avez rien pu faire pour m'empêcher d'entrer.

— Vous faites fausse route, Philip. Mon rôle se borne à couvrir sa disparition.

— On ne vous a même pas donné une garde digne de ce nom !

— Pour éveiller encore plus les soupçons ? Lady Rosamond n'a pas besoin d'un surcroît d'attention !

— Tout de même, trois soldats... Est-ce bien sérieux ?

— Trois chevaliers, rompus au service de l'Épée. Pour ne rien vous cacher, il y en avait même un quatrième, mais il s'est brisé la jambe lors d'une mauvaise chute. Il a dû être renvoyé chez lui.

Cette réduction d'effectif avait d'ailleurs terriblement contrarié Sir Walter. D'après lui, trouver un remplaçant aurait pris trop de temps. Malgré tout, même s'il n'en avait rien montré, elle savait qu'il s'inquiétait de ne pas pouvoir la protéger correctement.

Et voilà que Philip tombait du ciel : c'était un chevalier expérimenté, et il avait déjà œuvré pour la Ligue.

À l'idée de le côtoyer chaque jour, elle manqua de laisser échapper une plainte. Elle risquait fort de retomber dans ses anciens travers, à l'époque où il avait été son seul repère dans un univers qui s'écroulait tout autour d'elle. Mieux valait ne pas parler de lui à Sir Walter. Sa mission et son admission au sein de la Ligue comptaient plus que tout. Son désir inconsidéré pour Philip ne ferait que la gêner.

Tout de même, si quelqu'un venait à être blessé ou tué par manque d'effectif…

Elle soupira, résignée. Autant rapporter la visite de Philip à Sir Walter et s'en remettre à sa décision. Si elle voulait prouver son impartialité, c'était la meilleure chose à faire. Mais pourvu que Sir Walter refuse ! Car si Philip se joignait à leur groupe, il risquait de découvrir ses ambitions. N'essaierait-il pas de l'en détourner ?

— Je sais ce que je fais, Philip, ajouta-t-elle.

— Donc, je suis censé vaquer à mes affaires comme si de rien n'était, c'est ça ?

Elle posa une main sur son torse, impérieuse.

— Vous m'avez juré de ne rien dire, lui rappela-t-elle d'une voix dure. Vous n'envisagez pas de rompre votre serment, j'espère ?

S'était-elle méprise à son sujet ?

— Non, bien sûr. Mais je ne vais pas pouvoir vivre ainsi dans l'inquiétude, sans savoir ce que vous devenez.

Il ne s'était pourtant guère inquiété pour elle quand il avait entrepris de la séduire !

— Avez-vous pris une chambre dans cette auberge ? demanda-t-elle.

Il hocha la tête, intrigué.

— Oui, pour quelques jours encore.

— Dans ce cas, je vous ferai savoir si j'ai besoin de vous, je vous le promets.

Elle le prit par le bras et l'entraîna vers la fenêtre. Alors qu'elle s'apprêtait à le lâcher, il retint sa main contre lui.

— Si je m'inquiète pour vous, Anne, ce n'est pas seulement à cause de ce qui s'est passé entre nous.

Elle s'empourpra de colère.

— Je sais.

Il garda le silence un moment. Elle tenta de retirer sa main, mais il l'en empêcha et se pencha vers elle.

— Anne…

— Non, taisez-vous ! s'emporta-t-elle. Je n'aurais jamais dû imaginer que je pouvais être à vos yeux plus qu'une servante complaisante.

— Comment pouvez-vous dire…

— Rassurez-vous : vous n'aviez pas l'intention de m'épouser, mais vous avez eu assez d'honneur pour me l'avouer avant qu'il ne soit trop tard. Pour ça, au moins, vous avez ma reconnaissance.

— Je ne me suis pourtant pas senti très respectable.

— Vous avez été honnête, en tout cas.

Elle se revit, nue entre ses bras, prête à se donner à lui… L'aveu qu'il lui avait fait à cet instant-là l'avait profondément blessée et humiliée. Elle l'avait fui. Pourtant, une fois son calme recouvré, elle en avait été soulagée. Mieux valait avoir appris la vérité avant de tomber vraiment amoureuse de lui… Voire pis.

— Vous n'aurez aucun mal à trouver l'épouse bien née dont vous rêvez à la Cour, j'en suis persuadée, reprit-elle, impassible.

Elle dégagea sa main et recula de quelques pas.

— Accepterez-vous mes excuses ? demanda-t-il.

— C'est fait, je vous l'ai déjà dit.

— Pourquoi ai-je l'impression que ce n'est pas le cas ?

Que répondre ?

Philip opina du chef comme s'il comprenait. Puis il passa le bras par la fenêtre et tira sur la corde à nœuds qui pendait du toit. Il inclina la tête.

— Faites-moi appeler si je peux vous être utile, Lady Rosamond.

Toujours tourné vers elle, il se hissa en arrière sur le rebord de la fenêtre, puis pencha le torse à l'extérieur, une main crispée sur la corde. À l'idée qu'il pende bientôt dans le vide, trois étages au-dessus de la terre ferme, elle sentit ses entrailles se nouer. Pourtant, elle se contenta de joindre les mains et de serrer les doigts.

Il bascula ses jambes à l'extérieur. Puis, prenant appui des deux pieds sur le premier nœud, il se lança dans la nuit et remonta lestement vers le toit, hors de sa vue.

Elle se força à attendre. Enfin, n'y tenant plus, elle gagna l'ouverture pour y risquer un coup d'œil. Il n'était plus là. Elle vit l'extrémité de la corde onduler jusqu'aux tuiles, puis disparaître à son tour.

Elle barra les volets et laissa son regard errer dans la chambre déserte. Jusque-là, elle avait toujours considéré la solitude comme un luxe inouï. L'unique fois où elle s'était trouvée seule, c'était au sommet de la tour où on l'avait retenue prisonnière. Un sort qui n'avait rien d'enviable. Désormais, chaque soir, elle se répétait qu'elle était une veuve riche et titrée, libre d'agir – et de dormir – à sa guise. Ce rituel faisait partie des exercices qu'elle s'imposait pour devenir Lady Rosamond.

Et voilà qu'avec le départ de Philip, tout à coup, cette pièce lui paraissait froide, vide. Elle se sentait comme une pauvresse abandonnée, éplorée. Quelle horreur ! Elle était pourtant loin d'être éperdue ! Elle avait des projets très précis, et Philip n'en faisait pas partie. Elle entendait bien prouver sa valeur à la Ligue, et en devenir un membre permanent.

Et s'il fallait affronter Philip, qu'il en soit ainsi.

Chapitre 3

Anne avait à peine dormi. Debout bien avant l'aube, elle s'habilla seule. Avec force contorsions, elle vint même à bout du laçage au dos de sa robe.

Margaret, qui la réveillait d'ordinaire, frappa doucement à sa porte.

— Milady ?

Après avoir remis le coffre à sa place, Anne lui ouvrit. Elle sourit en voyant son expression étonnée.

— Vous êtes bien matinale, milady.

— Je dois parler à Sir Walter. J'ai déjà commencé à rassembler mes affaires. Si tu peux finir pour moi, je ne serai pas longue.

— Comme il vous plaira, milady.

Quel formalisme agaçant ! Ne pouvait-elle pas le mettre un peu de côté ? Anne se retint de le lui demander à voix haute. Il fallait reconnaître que l'emploi des titres adéquats maintenait les choses à leur place, en rappelant à chacun l'importance d'entretenir l'illusion sur son identité supposée.

Et puis, après tout, Margaret ne tenait peut-être pas à se rapprocher d'elle. Elle accomplissait son devoir avec diligence, mais rien ne disait qu'elle enviait l'amitié qui liait Anne à sa maîtresse, Elizabeth.

Elle gagna la chambre voisine et gratta doucement à la porte. Le battant s'ouvrit aussitôt sur Sir Walter, dont la mine farouche la fit presque reculer.

Le capitaine haussa les sourcils.

— Milady, je ne m'attendais pas…

— Oui, je sais, il est encore très tôt. J'aimerais m'entretenir avec vous, si vous le voulez bien. En privé.

— Il ne serait pas très convenable qu'une noble dame…

Elle força le passage.

— N'oubliez pas que je suis veuve, et habituée à obtenir ce que je désire. Ce qu'on pense de mon attitude m'importe peu.

Il referma lentement le battant.

— Soit, milady.

La chambre qu'il occupait était plus petite encore que la sienne, mais il en jouissait seul, puisque Sir James avait dû les quitter en raison de sa blessure.

Elle se campa près du lit, déjà refait avec soin, et prit une profonde inspiration.

— Sir Walter, si l'occasion s'en présentait, souhaiteriez-vous trouver un remplaçant à Sir James ?

Perplexe, il la dévisagea en frottant son menton rasé de frais.

— Sans hésiter. Mais le temps d'entrer en contact avec la Ligue, puis qu'un nouvel homme nous rejoigne, nous serons déjà à Londres, ou peu s'en faudra. Nous devrons donc nous contenter de trois gardes. N'avons-nous pas déjà…

— Si, nous en avons déjà parlé, l'interrompit-elle

avec gravité. Mais je me dois de vous faire savoir qu'un autre chevalier, qui se trouve actuellement dans cette auberge, a collaboré avec l'Épée par le passé.

Il la considéra avec surprise.

— Comment avez-vous fait pour identifier un autre membre de mon ordre ?

— Il n'appartient pas à la Ligue. L'homme qui m'a prise sur ses genoux hier soir, vous vous souvenez ?

— Oui, dit-il, concentré.

Elle avait craint qu'il se mette à protester. Tout en lui trahissait sa désapprobation. Mais il attendit la suite.

— Eh bien, voilà : il m'a reconnue.

Sir Walter resta de marbre. Pourtant, elle perçut en lui un regain de tension.

— Vous êtes sûre que…

— Il est venu dans ma chambre hier soir.

La réaction du guerrier ne se fit pas attendre davantage. Il vibra de colère contenue.

— N'aviez-vous pas poussé le coffre devant votre porte ? Comment a-t-il pu entrer ?

— Il est passé par la fenêtre.

— Et vous ne m'avez pas appelé à l'aide ? s'insurgea-t-il.

— Je le connais, Sir Walter. La Ligue aussi, du reste. C'était le bras droit de Lord Alderley. Il s'agit de Sir Philip Clifford. Comme je vous l'ai dit, il a déjà travaillé pour l'ordre.

— Mais il n'en est pas membre.

— Non, en effet.

— Il se trouve que j'ai entendu parler de ce Sir Philip, car on m'a fourni des renseignements sur votre passé.

— Vraiment ? s'enquit-elle avec méfiance.

— Êtes-vous sa bonne amie ? demanda-t-il de but en blanc.

Sidérée, elle recula d'un pas. Elle avait les joues en feu. Mais était-ce dû à la question brutale du guerrier, ou plutôt à sa propre colère teintée de culpabilité ? Elle préférait croire à la première éventualité.

— Détrompez-vous, messire. C'est l'inquiétude qui l'a poussé à venir me trouver. Il se demandait pourquoi…

Elle baissa le ton.

— … je me faisais passer pour Lady Rosamond, acheva-t-elle.

— Qu'avez-vous répondu ?

Elle releva le menton d'un air de défi.

— J'ai essayé de faire diversion, mais il ne l'entendait pas de cette oreille. J'ai fini par comprendre que, si je continuais à lui mentir, il chercherait à découvrir la vérité par lui-même. Il risquait de mettre en péril notre mission.

Sir Walter ferma brièvement les yeux.

— En résumé, cet étranger à l'ordre sait tout, siffla-t-il, la mâchoire crispée.

— Seulement ce que je sais moi-même… Autrement dit, pas grand-chose, se hâta-t-elle d'ajouter. J'ai jugé plus honnête de vous raconter ce qui s'était passé. Le fait est qu'il a vraiment contribué à me délivrer et à réunir Lady Elizabeth et Lord Alderley. Le comte est son ami, et c'est aussi un membre de votre Ligue, désormais.

Elle fit une pause, nécessaire, pour reprendre son souffle.

— Ce n'est pas un hasard si Sir Philip n'est pas des nôtres.

Elle attendit en silence. Pourvu que le capitaine

refuse de demander son aide à Philip ! Une pointe de culpabilité la traversa : elle savait combien la Ligue avait compté pour lui. D'un autre côté, sa propre réussite était à portée de main. Pas question de laisser passer cette occasion.

— La Ligue a d'abord attendu qu'il fasse ses preuves, reprit Sir Walter. Et puis, dernièrement, il s'est taillé une réputation de risque-tout, de téméraire impulsif. Tout le contraire d'un homme de l'Épée. Sa visite nocturne ne fait que le confirmer.

— Comment en savez-vous si long sur lui ?

— Tout ce qui vous concerne a été porté à ma connaissance.

— Vous voulez dire qu'on vous envoie des missives régulières sur toutes les personnes qui ont croisé mon chemin ?

Il ne répondit pas. Elle mit les mains sur les hanches, excédée. Mieux valait ne pas trop réfléchir aux médisances qu'il avait pu entendre sur elle – et sur Philip.

Sir Walter soupira.

— Vous me mettez face à un dilemme inconfortable, Lady Rosamond. D'un côté, Sir Philip est une fine lame, et je le sais intelligent. Il nous serait utile dans notre voyage. Mais d'un autre, je ne peux écarter la crainte qu'il nous trahisse, volontairement ou non.

— Il ne ferait jamais une chose pareille. Il ne sait même pas que j'ai décidé de vous faire cette suggestion.

Voilà qu'elle prenait sa défense, à présent ! Elle se serait giflée.

— Vous êtes une femme très astucieuse, milady.

Elle grimaça.

— Je ne cherchais qu'à être honnête.

Le regard du capitaine se fit plus pénétrant.

— Sa présence n'a pas l'air de vous réjouir.

Elle garda le silence.

— Quoi qu'il en soit, reprit-il, nous n'avons guère le choix, ni vous ni moi. Je vais faire savoir à Sir Philip que nous l'attendrons tout à l'heure à l'extérieur des remparts, à la hauteur de Micklegate Bar. S'il accepte de voyager avec nous, son aide sera la bienvenue. Au moins, de cette façon, je pourrai garder un œil sur lui. Il en sait bien trop long à mon goût.

Anne serra les dents et acquiesça de la tête, résignée. Adieu, tout espoir de faire bonne impression sur la Ligue…

— À partir de maintenant, vous prendrez soin de barrer les volets de votre chambre.

— Oui, Sir Walter.

Elle prit congé, bouillant de colère et d'humiliation. Le sort en était jeté. Que faire, sinon aller de l'avant ? Si Philip se joignait à leur groupe, elle garderait ses distances. Plus jamais elle ne perdrait le contrôle de la situation.

La herse se releva lentement, rentrant ses pointes acérées dans le corps de garde. Philip se faufila en dessous, suivi de son cheval qu'il menait par la bride. Un brouillard dense planait au-dessus de l'Ouse et drapait le petit matin dans la grisaille. On n'y voyait goutte. Il alla se poster à quelque distance de la grande porte et se mit en devoir d'attendre.

Il fallait croire qu'il avait renoncé pour de bon à son rêve de rejoindre la Ligue : ses rêves d'enfance reprenaient vie, et pourtant il n'éprouvait aucune impatience. Pas une once d'enthousiasme. Tout au plus une certaine curiosité… teintée d'inquiétude pour Anne. Quelle mouche l'avait donc piquée d'aller leur raconter sa visite nocturne ? Les hommes de l'Épée ne devaient guère apprécier qu'il soit au courant de leur mission. Pourtant, ils avaient demandé à le voir. Jusqu'où étaient-ils prêts à aller pour couvrir leurs arrières ?

Toute sa vie, il avait aspiré à se faire un nom. D'abord soldat, il avait eu la chance d'être nommé écuyer et avait su saisir l'occasion qui lui était donnée de bien servir son maître. Quelle surprise lorsqu'il avait été fait chevalier ! Il avait alors pris conscience que ses rêves, tous, pouvaient se réaliser pourvu qu'il s'en donne les moyens.

Tous, hormis celui de servir sous l'Épée. En homme pragmatique, il savait qu'il était temps de se tourner vers d'autres objectifs. À commencer par s'assurer qu'Anne était bien protégée. Cela aurait au moins le mérite d'alléger un peu le poids de sa culpabilité. Pourvu qu'ils n'aient pas l'intention de le faire prisonnier, tout de même…

Un petit groupe franchit les remparts, trois hommes et deux femmes. Trois chevaux de bât les suivaient. Tandis que les gardes scrutaient les alentours, la plus grande des deux femmes releva le capuchon de son manteau. Anne ! Le sang de Philip ne fit qu'un tour : il sentit sa virilité s'éveiller douloureusement. Il savait d'instinct quand Anne se trouvait dans les environs. Pas étonnant qu'il l'ait hissée sur ses genoux dans la taverne. Plus vite il pourrait reprendre sa route, mieux cela vaudrait.

Il entraîna son cheval vers le groupe. Comme un seul

homme, les trois guerriers portèrent la main à leur épée. Ça alors, c'était pourtant eux qui l'avaient convoqué !

— Paix là, messires, lança-t-il, avant de s'incliner devant Anne. Mes hommages, Lady Rosamond.

L'un des gardes, massif et large d'épaules, fit avancer son cheval jusqu'à lui, puis mit pied à terre. C'était l'homme à la dague, celui qui l'avait menacé à la gorge quand il avait badiné avec Anne dans la salle commune.

— Je suis Sir Walter. Milady m'a parlé de votre irruption malséante dans sa chambre.

Malséante… À l'évidence, elle était encore très fâchée.

Philip confirma d'un signe de tête.

— Je m'inquiétais pour elle. Non sans raison, d'ailleurs : je n'ai eu aucun mal à m'introduire chez elle.

Le sire ne sembla pas apprécier sa remarque :

— J'ai prié la comtesse de barrer ses volets à partir de maintenant, rétorqua-t-il sans un regard pour Anne. Je supposais qu'elle y penserait. Je me suis trompé. Cela ne se reproduira plus.

Un soupçon de menace pesait dans la voix du guerrier. Cherchait-il à le dissuader d'approcher sa protégée ? À moins que le message soit destiné à Anne. Décidément, toute cette histoire ne lui disait rien qui vaille. Sa décision était prise : il allait les suivre de loin pour s'assurer qu'elle ne risquait rien. C'était le moins qu'il puisse faire pour elle. Quant à son fier interlocuteur, il n'avait pas besoin de connaître ses projets.

Sir Walter s'éclaircit la voix. Son calme n'était peut-être que de façade, finalement.

— J'ai perdu un homme récemment pour cause de blessure. Or, j'ai eu vent de vos talents, Sir Philip.

Accepteriez-vous de nous prêter main-forte pour protéger Lady Rosamond ?

Philip ne prit même pas la peine de cacher sa surprise.

— Pourquoi ne pas faire appel à l'un des vôtres ?

— C'est impossible pour le moment.

Sa moue dubitative irrita le guerrier :

— Vous savez qui nous sommes et ce que nous devons accomplir, s'impatienta-t-il. Ma proposition vous intéresse-t-elle, oui ou non ?

Philip ne se faisait guère d'illusion : pour Sir Walter, ses services ne valaient sans doute pas beaucoup mieux que ceux d'un parfait inconnu. À moins que le chef de l'escorte y voie un bon moyen de le tenir à l'œil, maintenant qu'il était dans la confidence. Allons, ses projets personnels allaient devoir attendre. Il tourna les yeux vers Anne. Son beau visage ne trahissait aucune émotion, et elle ne fit pas d'objection. Pourtant, il y avait fort à parier qu'elle désapprouvait son intégration au groupe. Il est vrai que la situation était un peu gênante : ils allaient se côtoyer quotidiennement. Déjà à Alderley Castle, alors qu'elle était sous la protection de son ami, il avait eu toutes les peines du monde à se retenir de la toucher. C'est dire si là, sur les grands chemins…

Malgré tout, elle avait besoin de lui, et de son côté il avait des erreurs à se faire pardonner.

Il l'avait sans doute regardée avec trop d'insistance, car l'hostilité de Walter était encore montée d'un cran.

— Alors, quelle est votre réponse ? voulut savoir le chevalier.

— À quoi m'engage votre proposition ?

— À protéger Lady Rosamond jour et nuit jusqu'à la fin de son voyage.

— Et quelle sera notre destination ?

— Ce détail ne vous concerne pas.

Philip retint la réplique cinglante qui lui brûlait les lèvres. Il allait être placé sous le commandement de ce butor. Mieux valait ne pas se le mettre à dos.

— Vous avez raison, concéda-t-il. Puis-je savoir, tout de même, combien de temps me prendra cette mission ?

— Plusieurs semaines. Jusqu'à deux mois, peut-être.

— Je vois.

— La fièvre des tournois ne vous manquera pas trop ? s'enquit Sir Walter non sans une pointe de sarcasme. Car, pour bien faire, vous devrez vous fondre dans le décor, sauf lorsqu'il s'agira de montrer les muscles pour défendre notre dame.

Autrement dit, il avait entendu parler de ses récentes prouesses. Et elles n'avaient pas l'air de lui plaire. Qu'à cela ne tienne : il y avait belle lurette que Philip ne vivait plus dans l'unique but de s'attirer l'approbation de la Ligue.

— J'ai été soldat bien avant d'être fait chevalier, répondit-il. Je comprends les devoirs attachés à la charge que vous me proposez, et je sais obéir aux ordres. J'accepte.

L'homme de l'Épée se contenta de pousser un soupir dédaigneux, comme s'il n'avait jamais douté de sa réponse. Peut-être à juste titre, d'ailleurs, songea Philip en regardant Anne à la dérobée. Elle montait son cheval avec une belle aisance. Pas de selle d'amazone. Visiblement, la vraie Lady Rosamond n'était pas une femme ordinaire. Anne non plus, du reste. Avec quelle facilité cette simple servante se faisait passer pour une noble dame ! C'était confondant. Il aurait été bien en peine de déchiffrer son expression, et s'avisa qu'il s'intéressait à cette question bien plus qu'il ne l'aurait dû.

— Je vois que vous êtes sur le départ, constata-t-il. Laissez-moi le temps de mettre mon armure en lieu sûr et de régler ce que je dois. Voulez-vous que je vous rejoigne en route ?

Walter acquiesça d'un signe de tête.

Philip ne put se retenir de sourire.

— Et... Dans quelle direction dois-je chevaucher ?

— Vers Ferrybridge. Nous y traverserons l'Aire.

— Pousserez-vous jusqu'à Pontefract ?

— Non. Milady ne souhaite pas s'y arrêter.

Logique. Une fausse comtesse, veuve de surcroît, ne pouvait guère espérer passer inaperçue dans cette cité de belle taille dotée d'un château royal.

— Entendu, conclut Philip. Je vous retrouverai dans quelques heures.

Ces heures-là, Anne les trouva interminables. Ses trois protecteurs, en alerte, parlaient peu, ce qui lui laissait tout loisir de ruminer la déception qu'elle leur avait causée. Quant à Margaret, difficile de lui arracher plus de quelques mots. Il ne lui restait donc qu'à admirer la vaste campagne verdoyante et fertile du Yorkshire et les montagnes qui se dressaient au loin, à l'ouest. Pas question, bien sûr, de s'autoriser à penser à Philip.

Il finit pourtant par les rejoindre. À son arrivée, en milieu de matinée, Sir Walter donna le signal de la pause. Elle avait envie d'ignorer sa présence, mais une telle attitude ne manquerait pas d'éveiller les soupçons, elle le savait. Évidemment, Philip n'avait ni la beauté de Sir Joseph, ni la haute taille de Sir David, ni la carrure de Sir Walter. Mais tout de même, il fallait reconnaître que sa cape rejetée en arrière mettait en valeur ses larges épaules. Et sa brigandine, une armure légère qui lui protégeait le buste, soulignait avantageusement son torse puissant. Un torse contre lequel elle s'était déjà blottie, en proie à un désir qu'aucun autre homme n'avait suscité en elle jusque-là. Elle étouffa un grognement et ferma les yeux. Surtout, ne pas penser à ces instants-là. Déterminée à garder la tête froide, elle plongea son regard dans le sien… et il détourna les yeux en douceur. Tant mieux. Tout comme elle, il était donc capable de s'en tenir au rôle qui lui était assigné.

Pendant que les chevaux se mettaient à paître, le capitaine entreprit de présenter ses compagnons à leur nouvelle recrue. Mal à l'aise, ils se regroupèrent autour de Philip. Le doute et l'inquiétude se lisaient sur leurs visages.

— Je crois que vous connaissez déjà Lady Rosamond, fit observer Sir Walter quand ce fut le tour d'Anne.

Philip se tourna vers elle et l'interrogea du regard. Il allait devoir s'habituer à ne jamais l'appeler par son véritable prénom.

— C'est exact, depuis peu. Elle a rendu un grand service à Lord Alderley. Mais vous savez déjà tout de cette histoire, je présume.

Le guerrier confirma d'un signe de tête et lui tendit un morceau de fromage.

Dans la petite clairière où ils avaient fait halte, les autres membres du groupe se dégourdissaient les jambes en silence, comme ils en avaient pris l'habitude. Anne s'arrêta au bord du ruisseau qui serpentait entre les arbres et mit ses mains en coupe pour s'y désaltérer. Elle suspendit son geste : appuyé contre un arbre à l'autre bout de la trouée, Philip l'observait. Elle resta figée un instant, les yeux rivés aux siens, comme ensorcelée. Comment pouvait-elle avoir une conscience aussi aiguë de sa présence tout en le connaissant si peu ?

Mais qu'est-ce qui me prend ? se tança-t-elle, furieuse. Ne pouvait-elle donc plus compter sur ses propres remords pour se protéger de lui ?

Au moment de repartir, il fut le premier à ses côtés. Sans mot dire, il lui présenta ses mains jointes pour l'aider à se mettre en selle. Elle prit appui sur son épaule et, d'un mouvement expert, passa la jambe par-dessus sa monture tout en tirant sous elle un pan de ses jupes. Elle n'avait eu aucun mal à apprendre à monter comme un homme, une position qui avait l'avantage de lui conférer une plus grande maîtrise de son cheval. Restait l'inconvénient de la robe, qu'il fallait rajuster chaque fois. Elle s'empressa de rabattre le tissu sur ses chevilles avant que Philip n'ait le temps de les voir. Précaution superflue : il s'était déjà détourné.

Allait-il chevaucher à côté d'elle ? Elle se crispa en voyant Sir David et Sir Joseph partir en tête. À son grand soulagement, ce fut la taciturne Margaret qui vint se poster près d'elle, tandis que Philip allait rejoindre Sir Walter à l'arrière. Ouf ! Jusqu'ici, tout n'allait pas si mal.

Dans le sillage d'Anne, Philip parcourait des yeux la route qui les menait vers le sud. Derrière eux, à bonne distance, roulait une charrette de fermier. Loin devant, un berger menait son troupeau de moutons à leur rencontre.

— Déjà aux aguets ? s'enquit Walter.

Philip tourna la tête vers le guerrier. Il devait avoir au moins dix ou quinze ans de plus que lui, comme en attestaient les rides au coin de ses lèvres et de ses yeux, signes d'un long vécu émaillé de soucis. La finesse du col de sa chemise, aperçu sous le pourpoint, n'avait pas échappé à Philip. Pas plus que son port seigneurial. Était-il plus qu'un simple chevalier ? Avec les hommes de l'Épée, on ne savait jamais.

— Ne suis-je pas censé ouvrir l'œil pour milady ?

— C'est exact, et je vous conseille d'ouvrir le bon, répliqua le capitaine en scrutant la rase campagne.

Philip laissa le silence retomber. Il étudiait le groupe. À l'exception d'Anne, qui de temps en temps montrait du doigt un détail du paysage à sa compagne, personne ne parlait. Bon, autant mettre tout de suite les choses au clair : le mutisme, très peu pour lui !

Il fit ralentir son cheval, bientôt imité par Walter.

— Vous avez vu quelque chose ? voulut savoir le capitaine.

— Non. J'ai simplement quelques questions en tête, et le moment me semble bien choisi pour vous les poser, si vous n'y voyez pas d'inconvénient.

Le chef des chevaliers prit un air méfiant.

— Je vous dirai ce que je peux.

— La comtesse m'a révélé une partie des détails du voyage.

— Librement, ou sous la contrainte ?

— Ma curiosité exigeait d'être satisfaite, j'en conviens, reconnut Philip en souriant. Disons que je l'y ai « vivement incitée ». Je me faisais du souci pour sa sécurité.

— Personne ne sait quel est notre véritable objectif, répondit Walter d'une voix morne. Lady Rosamond est connue pour son excentricité, sa richesse et son intelligence. Rassurez-vous, ce périple a été préparé avec soin. Jusqu'ici, nous avons voyagé en paix, sinon dans le confort.

— Or, vous n'êtes guère habitué à l'inconfort, j'imagine.

Le chevalier lui jeta un bref coup d'œil puis, sans répondre, regarda droit devant lui.

— Ah ! Ma remarque était trop personnelle, c'est ça ? Très bien, messire de l'Épée, je me concentrerai donc sur ma mission, et non sur ses protagonistes. Tout de même, en supposant que vous ne faites qu'obéir aux ordres, vous ne trouvez pas que c'est une tâche bien dangereuse pour une jouvencelle ?

Le guerrier garda les yeux rivés à l'horizon, mais il le vit crisper les mâchoires.

— Nous vivons des temps troublés en ce début de règne, Sir Philip. D'ordinaire, la Ligue se soucie peu du rang des personnes auxquelles elle vient en aide. Cela dit, dans le cas qui nous occupe, la stabilité de la monarchie profitera à tout un chacun. Les périls qui menacent Lady Rosamond sont ceux qu'on rencontre communément sur les grands chemins, ni plus ni moins. Le fond de notre mission est connu de nous seuls, et nous prenons grand soin de garder son identité secrète.

— Vous voulez parler de son voile ? On ne peut pas dire qu'il ait été très efficace avec moi.

— Si vous n'aviez pas jeté votre dévolu sur elle, nous n'en serions pas là ! Un homme plus mesuré ne se serait pas comporté comme vous l'avez fait.

Pour un peu, Philip se serait esclaffé. Alors comme ça, il n'était pas assez « mesuré » pour ces messires ?

— Parce que vous comptez sur les bonnes manières des pairs de ce royaume, vous ? Tous les nobles ne sont pas des gentlemen. Encore moins vos fameux conspirateurs.

— Raison pour laquelle nous avons soigneusement planifié les étapes de ce voyage.

— C'est vrai, j'oubliais : la liste des prétendants approuvés. Et si vos respectables soupirants ont de la visite, comment le saurez-vous ?

— L'un de mes hommes partira en éclaireur aux abords de chaque résidence. Il annoncera l'arrivée imminente de milady et en profitera pour vérifier la sûreté des lieux.

— Quels seront nos devoirs pendant que la comtesse s'entretiendra avec les époux potentiels ?

— Nous ne la quitterons pas des yeux. Nous ne resterons jamais plus d'une nuit ou deux, pour réduire les risques. Puis nous passerons au suivant.

Philip baissa la voix.

— Autre chose : comment saurons-nous qu'il n'est plus nécessaire de poursuivre ?

— On me fera savoir quand l'autre mission sera achevée.

— Et cette autre mission, quelle est-elle ?

Sir Walter le toisa froidement.

— Cela ne nous regarde pas.

— Même vous, vous n'en savez rien ?

— La route et ses dangers requièrent toute votre attention, Sir Philip.

Fin de non-recevoir, en bonne et due forme.

— Je sais faire plusieurs choses à la fois, fit remarquer Philip sur le ton neutre qu'affectionnait Walter. Par exemple, je peux vous dire qu'un cavalier solitaire vient de doubler la charrette du fermier derrière nous et qu'il se rapproche au petit galop.

Le guerrier se retourna brusquement sur sa selle, puis considéra sa nouvelle recrue avec étonnement.

Philip se contenta de sourire.

La mise en garde du capitaine aux chevaliers de tête fut inutile : le cavalier les dépassa sans leur adresser plus qu'un rapide salut.

— Un messager, sans doute, commenta Philip.

Après cet épisode, Walter fut encore moins loquace.

Tant pis, songea Philip en reprenant sa surveillance. Après tout, ce n'était pas un voyage d'agrément. Si les comploteurs venaient à découvrir leur subterfuge, le capitaine et ses hommes ne recevraient pas d'autre avertissement qu'une attaque. Les félons n'enverraient certes pas une armée, mais n'hésiteraient pas à louer les services de spadassins prêts à tout.

Lorsqu'ils s'arrêtèrent pour déjeuner, il laissa l'un des autres chevaliers – David, à moins que ce soit Joseph ? – aider Anne à mettre pied à terre. Mieux valait éviter de se porter volontaire cette fois-ci. Même s'il devait admettre que l'idée lui avait traversé l'esprit… N'avait-il donc pas une once de jugeote ?

Il était devenu l'un de ses soldats, l'un de ses protecteurs. Il ne pouvait décemment pas la convoiter, même si c'était un autre de ses penchants, malgré tout ce qui s'était passé entre eux. Désormais, la barrière du devoir les séparait. Pas question de la franchir. La Ligue ne regretterait pas de l'avoir recruté. Il avait son amour-propre, tout de même.

Margaret étendit une nappe sur le sol, où elle disposa les biscuits, les pommes séchées et le fromage qui allaient constituer leur repas. Puis elle pria Anne de s'asseoir. En vain : sous l'œil amusé de Philip, la « comtesse », qui aurait dû se laisser servir, se mit en devoir d'aider Margaret à distribuer leur part à chacun des chevaliers. Les hommes de l'Épée mangèrent debout, tournés les uns vers les autres, comme s'ils tenaient un conciliabule silencieux. Ce n'était pas du goût de Philip. Sa langue le démangeait après un si long mutisme. Il alla s'installer sur un bord de la couverture, à côté des deux femmes. Margaret le considéra avec un étonnement mêlé de méfiance. Quant à Anne, elle semblait elle aussi être sur ses gardes. Elle s'éloigna même un peu de lui. Se pouvait-il qu'il la trouble encore, même après le mal qu'il lui avait fait ?

— Vous voulez vous resservir, Sir Philip ? s'enquit la petite servante.

— Je n'ai pas encore fini.

Il croqua dans sa pomme et, tout en mâchant, reporta son attention sur Anne.

Comme il aimait l'admirer ! La première fois qu'il avait posé les yeux sur elle, la prenant pour Lady Elizabeth, la promise de John, il avait envié au plus haut point son ami. Elle lui était apparue belle, vive d'esprit, sensuelle, trois qualités qu'il était rare de voir réunies chez une seule et même personne. Et puis il avait découvert le subterfuge. Il avait compris qu'Anne était en vérité la suivante d'Elizabeth. Elle l'avait alors doublement intrigué. Car non seulement elle l'avait dupé, lui, mais elle avait également réussi à abuser un vicomte assoiffé de pouvoir. Au cours des semaines suivantes, il avait pu constater que sa sensualité et son intelligence n'avaient rien d'usurpé, en revanche. Il avait aussi décelé en elle une certaine tristesse qu'il ne s'expliquait pas. Mais il n'avait pas osé l'interroger à ce sujet. Il avait perçu une sorte de désespoir, aussi. Un désespoir qui faisait écho au sien, il pouvait bien le reconnaître à présent.

À quels torrides tête-à-tête ce mélange explosif d'émotions et de sensations avait donné lieu… Il en rêvait encore. Elle s'était révélée incroyablement passionnée, au point qu'il avait cru vivre ces instants avec elle dans une insouciance partagée. Et puis, avant de commettre l'irréparable, il avait eu un pressentiment. Il s'était demandé si, dans son innocence, elle avait pleinement saisi la nature de leur relation. Sans minimiser la portée de son aveu, il ne s'était pas attendu à l'effarement, puis à l'humiliation qu'elle avait manifestés avant que sa fierté ne reprenne le dessus. Il ne voulait plus jamais la blesser de la sorte.

Cela dit, si quelque chose la chagrinait encore aujourd'hui, elle n'en laissait rien paraître. Ses yeux noirs brillaient à la lumière du soleil, et elle mordait à belles dents dans son biscuit.

Il chercha un sujet de conversation sûr.

— Dites-moi, madame la comtesse, quelles sont les dernières nouvelles d'Alderley ?

L'emploi du titre de noblesse ne parut même pas la surprendre. Cela dit, quoi d'étonnant à ce qu'elle maîtrise si bien son rôle au bout de deux semaines ?

Elle le considéra d'un air pensif, sans sourire.

— Lady Elizabeth attend un enfant, le saviez-vous ?

Étonné, il s'appuya en arrière sur une main.

— Non… C'est une bonne nouvelle ! John doit être fier comme un paon.

— Je n'en jurerais pas. Depuis l'annonce de l'état

d'Elizabeth, il la couve à l'excès. Elle était très contrariée d'apprendre que j'allais la laisser se défendre seule contre ses assauts de sollicitude.

— Que pensent-ils de ce voyage ?

Margaret, occupée à couper quelques tranches de fromage supplémentaires, ne cachait pas son intérêt pour la conversation.

Anne eut un instant d'hésitation.

— Ils comprennent que j'aie besoin de me rendre utile.

— John aussi ? Au fond, c'est logique : il a rejoint la Ligue, après tout.

— Il n'en a été prié que tout récemment, comme vous le savez, nuança-t-elle. Il n'a même pas encore suivi son premier entraînement. Mais, oui, lui aussi a semblé voir…

Elle s'interrompit, baissant les paupières pour lui dissimuler ses yeux embués.

— Voir au-delà de votre besoin de vous rendre utile ? insista-t-il.

Chapitre 4

Anne se morigéna. Pourquoi se laissait-elle déstabiliser ainsi par les questions de Philip ? C'était parfaitement ridicule. En toute logique, il ne pouvait que s'interroger sur les raisons qui l'avaient poussée à accepter cette mission. Rien d'étonnant non plus à ce qu'il se demande comment avait réagi son ami intime, Lord Alderley, qu'elle servait désormais.

Quant à lui expliquer ce qui s'était passé avec sa propre famille, c'était une autre affaire : le sujet était encore trop douloureux. Il ne méritait pas tant de confiance. Et puis, dernièrement, elle préférait être dans la peau d'une autre que dans la sienne.

Elle le gratifia du sourire rayonnant et effronté de Lady Rosamond.

— Il a semblé voir que je m'ennuyais.

— Vous étiez sur le point de dire autre chose, il me semble, objecta Philip avec une moue dubitative.

Margaret les observait sans retenue, fascinée.

Anne lui adressa un regard en coin.

— Peux-tu t'occuper de ranger les provisions, je te prie ?

Déçue, la jeune servante hocha la tête.

— Tout de suite, milady.

Anne n'était pas encore tout à fait habituée à se faire obéir comme une dame de la noblesse. Lorsqu'elle s'était fait passer pour sa maîtresse, son seul public avait été Elizabeth elle-même et le vicomte de Bannaster – sans oublier Philip, bien sûr. La question du rang social ne s'était pas posée entre eux. Qu'il était donc grisant, parfois, de songer que quatre chevaliers et une servante devaient agir selon son bon vouloir !

Mais assez divagué. Il fallait détourner l'attention de Philip.

— À propos du vicomte de Bannaster…, commença-t-elle.

— Qui a parlé de lui ? s'étonna-t-il, un sourire railleur aux lèvres.

Elle sentit le rouge lui monter aux joues. Quelle gourde ! Elle ne l'avait pas mentionné à voix haute !

— Personne. C'est l'évocation d'Alderley qui m'a fait penser à lui.

— À la bonne heure. Poursuivez donc, je vous en prie.

Elle le voyait venir. Pas question de se laisser amadouer par son humeur joviale. C'est qu'il s'y entendait, pour mettre à l'aise ses interlocuteurs. Pour un peu, même, elle s'y serait laissé prendre. Ce n'était pourtant pas faute de se tenir sur ses gardes. Mais les yeux verts de Philip, si chaleureux, la ramenaient aux jours d'été insouciants où, d'un seul regard, il avait su embraser tous ses sens. Comme elle avait brûlé, alors, d'être le centre de toutes ses attentions ! Le souvenir était bien trop vivace à son goût. Elle lui lança un regard soupçonneux, mais il inclina la tête avec une innocence étudiée.

— Vous alliez dire, à propos de ce cher vicomte ? l'encouragea-t-il.

— Figurez-vous qu'il faisait partie des prétendants, au début.

— Il se réjouirait de l'apprendre, j'en suis certain ! s'esclaffa Philip. Après tout, Elizabeth lui a filé entre les doigts.

— Ma foi, son nom a été rayé de la liste. J'ai alerté… qui de droit.

— Vous l'avez déjà repoussé une fois quand vous jouiez le rôle d'Elizabeth. Quelle farce si vous pouviez…

— Inutile de s'attarder sur cette éventualité, Sir Philip, le coupa-t-elle vertement. Nous ne rencontrerons pas Lord Bannaster.

— Quel dommage !

Même lorsqu'ils parlaient de tout et de rien, sa voix grave résonnait en elle d'une manière étonnante – et tout à fait malvenue. Dire qu'elle allait faire l'objet de son attention particulière pendant des jours, voire des semaines… Elle allait devoir apprendre à se préserver, coûte que coûte. De toute façon, cette nouvelle compétence ne pourrait que lui être utile dans son travail avec la Ligue.

Elle leva les yeux vers ses compagnons. Sir Walter et ses hommes ajustaient les sangles des selles en prévision du départ. Margaret, debout près de la sacoche à provisions qu'elle venait de refermer, regardait dans le vague. Elle paraissait triste.

— Sa maîtresse lui manque, vous croyez ? s'enquit Philip.

Son ton de confidence la troubla. À l'évidence, il ne voulait pas qu'on l'entende.

Elle aurait dû se lever, s'éloigner, elle le savait. Mais curieusement, elle s'en sentait incapable. D'une certaine façon, elle avait l'impression qu'ils étaient seuls, même si ce n'était pas précisément un tête-à-tête. Elle refusa de le regarder. Peine perdue. Elle le percevait tout près d'elle, si solide, si sensuel… Comment diable allait-elle pouvoir ignorer sa présence ?

— Son ancienne vie, en tout cas, murmura-t-elle. Margaret sait pertinemment que je ne suis pas d'un rang supérieur au sien. Elle ne devrait pas avoir à me servir.

N'avait-il pas compris que sa façon de la traiter à Alderley Castle l'avait elle aussi rappelée à sa condition d'infériorité ?

— Vous agissez pourtant toutes les deux dans l'intérêt de la Ligue, fit-il remarquer. Elle a bien dû donner son accord pour le rôle qui lui a été assigné, non ?

Elle lui jeta un rapide coup d'œil.

— Oui, je sais. Vous avez raison, bien sûr.

— Comme toujours.

Sans vraiment sourire, il la dévisagea avec intensité, comme s'il essayait de deviner et de comprendre tout ce qu'elle cachait au fond d'elle.

L'appel de Sir Walter rompit le charme.

— Vous venez, Lady Rosamond ? J'ai envoyé Sir Joseph annoncer notre venue.

— Nous arrivons déjà à Birkin Castle ? s'étonna-t-elle en se relevant, sans tenir compte de la main que lui tendait Philip.

— Nous y serons dans quelques heures. Avant la tombée de la nuit, j'espère.

— C'est bien la demeure de Lord Milforth ? s'enquit-elle.

Le signe de tête affirmatif du capitaine laissa Philip perplexe.

— N'est-il pas simple baron ? Je ne l'aurais pas cru digne de l'intérêt d'une comtesse.

— Il est très riche, précisa Anne.

— Et tout aussi vieux, répliqua Philip, dubitatif.

Elle fit un geste fataliste.

— Que voulez-vous, je suis veuve. Je ne peux pas me permettre de faire la fine bouche.

Tard dans l'après-midi, les hommes du groupe tinrent conseil. Loin devant eux, les rochers qui bordaient la route se resserraient avant d'amorcer un virage. Le crépuscule approchait. Ne valait-il pas mieux dresser le camp pour la nuit, plutôt que de chercher à atteindre leur destination ? Anne leur assura qu'elle ne voyait pas d'inconvénient à dormir à la belle étoile, surtout à présent que la pluie avait cessé. Elle eut à peine le temps d'achever sa phrase : Sir Walter leva brusquement un bras. Aussitôt sur le qui-vive, les quatre chevaliers mirent la main à l'épée.

Les yeux emplis de frayeur, Margaret laissa échapper un hoquet. Philip et Sir David vinrent se poster derrière les deux femmes. D'un simple regard, l'aîné des chevaliers envoya Sir Joseph en reconnaissance.

Anne se taisait, blottie dans sa cape détrempée. Elle se retourna vers Philip, mais il regardait ailleurs. L'épée au clair, il scrutait l'horizon derrière eux.

Tout à coup, Sir Joseph surgit du virage. Elle étouffa un cri. Une silhouette venait de se jeter sur lui depuis un petit promontoire. Par chance, le chevalier ne vida pas les étriers : d'un coup de coude, il parvint à se débarrasser de son agresseur, qui alla rouler au sol avant de s'immobiliser, inerte. Sir Joseph les rejoignit à bride abattue.

Trois brigands galopaient maintenant vers leur groupe, et trois autres cherchaient à les prendre à revers. Anne s'efforça de rassurer sa monture tandis que les quatre chevaliers se rassemblaient autour de Margaret et elle. Consciente que son cheval risquait de percevoir sa panique, elle s'exhorta au calme. Mais comment ne pas s'affoler ?

— Si nous tombons, milady, laissez-nous et fuyez vous mettre en sécurité, dit Sir Walter, impassible. Le château est à moins d'une heure.

Margaret se mit à sangloter. Le guerrier lança sa dague à Anne.

— Prenez ceci, au cas où la situation deviendrait désespérée.

Elle observa l'arme, médusée. Allons, il fallait qu'elle se reprenne ! Une femme de l'Épée devait être prête à se défendre.

Et soudain les brigands furent sur eux, fondant sur les chevaliers. Philip et Sir Walter durent chacun faire face à deux adversaires. Le cheval de Margaret se cabra. D'une main, Anne attrapa les rênes et tira vers le bas pour faire redescendre l'animal. Elle serrait toujours la dague dans l'autre main. Encore une chance qu'elle ne soit pas en amazone : ainsi, elle gardait un certain contrôle sur sa monture. Autour d'eux, tout n'était plus que crissement de métal, grognements et cris de triomphe ou de douleur.

Les deux adversaires de Philip le forcèrent à rompre le cercle défensif, et Anne le perdit de vue quelques instants. Par bonheur, Sir David, ayant eu raison de son assaillant, vint à sa rescousse en attaquant l'un des brigands. Ouf ! Elle respirait à nouveau, quoique à grand-peine. Les chevaux hennissaient, pris dans une danse endiablée orchestrée par la pression des jambes de leurs cavaliers. Les montures de la Ligue ne laissaient pas leur part du combat : souvent elles se cabraient pour mieux attaquer leurs rivales de leurs antérieurs. Les malandrins, quels qu'ils soient, n'étaient pas aussi bien entraînés. Ils tombèrent l'un après l'autre, jusqu'à ce que les deux derniers renoncent et prennent la fuite au grand galop, l'échine basse sur leur selle.

Lorsque Philip se lança à leurs trousses, Sir Walter le rappela. En vain : il ne pouvait pas l'entendre. Terrifiée, Anne le vit s'engager dans la passe et disparaître derrière le tournant.

— Tout va bien, milady ? s'enquit le capitaine.

Elle le rassura d'un signe de tête et mit pied à terre. Elle tenta de réconforter Margaret, qui sanglotait toujours. Mais la jeune femme la repoussa, se bornant à serrer les bras contre sa poitrine et à secouer la tête. Quelle pitié… Anne se tourna vers les chevaliers, qui inspectaient leurs montures en haletant bruyamment avant de faire l'inventaire de leurs propres blessures. Sir Joseph souffrait d'une entaille au bras, mais il ne saignait pas trop. Sir Walter avait un œil enflé, qui virait déjà au violet. Quant à Sir David, il goûta du bout de la langue le sang qui lui coulait à la commissure des lèvres.

— Tu as de la chance qu'ils n'aient pas abîmé ton beau minois, plaisanta-t-il à l'adresse de Sir Joseph. Que serais-tu devenu, sinon ?

L'intéressé répondit par une grimace.

Anne observait Sir Walter. Debout à l'écart, il ne quittait pas des yeux l'endroit où Philip avait disparu.

— Vous croyez qu'il lui est arrivé quelque chose ? demanda-t-elle avec calme.

L'homme de l'Épée se rembrunit.

— Il n'aurait jamais dû partir seul, commenta-t-il sans la regarder.

— Il a dû se dire que, pour notre sécurité, il valait mieux attraper ces brigands.

— S'il s'agit bien de brigands.

Elle le dévisagea, de plus en plus inquiète. Quelqu'un savait-il qu'elle n'était pas Lady Rosamond ? Ou alors, si on la prenait bien pour la comtesse, savait-on qu'elle avait éventé le complot visant le roi ?

À son grand soulagement, Philip revint peu après. Elle l'aurait volontiers sermonné sur son inconscience, mais ce n'était pas son rôle. Il saignait au-dessus de l'oreille, et sa monture était hors d'haleine.

Au moment où Sir Walter venait à sa rencontre, il se laissa glisser de sa selle, la mine contrite.

— Je n'ai pas réussi à les rattraper. Ils connaissent trop bien les environs. Ils se sont comme volatilisés.

— C'était une folie de les prendre en chasse, le tança durement Sir Walter.

Philip s'étonna de sa réaction.

— Je pensais qu'il serait utile de savoir qui nous a attaqués. Si quelqu'un a découvert la vérité…

— Peu importe. Ces dames sont notre priorité. Et si une force plus importante avait attendu près d'ici, dans l'espoir de nous voir nous séparer ?

Impassible, Philip convint de son erreur.

— Je n'y avais pas pensé. Ça n'arrivera plus.

— C'est à mes ordres que vous obéissez, pas à votre instinct. Compris ?

Il acquiesça de la tête.

Margaret, qui avait aidé Anne à panser les plaies des hommes de l'Épée, vint apporter un linge mouillé à Philip. Il s'assit pour lui permettre de mieux voir la blessure qu'il avait reçue au cuir chevelu. Soulagée, Anne reporta son attention sur Sir Joseph, dont elle avait commencé à bander le bras.

— Vous croyez que nous sommes découverts ? demanda ce dernier sans s'adresser à personne en particulier.

— En tout cas, pour des voleurs de grand chemin, ils étaient bien armés et bien entraînés, fit remarquer Sir David.

À cette idée, Anne ressentit un picotement dans la nuque, comme si on l'observait à la dérobée.

Le regard perdu au loin, Sir Walter paraissait préoccupé, lui aussi. Les ombres commençaient à s'allonger. Le crépuscule gagnait insidieusement du terrain.

— J'aimerais croire que c'étaient de simples coupe-jarrets, mais je ne dois rien négliger.

Il adressa un coup d'œil à ses deux compagnons de la Ligue.

— Allez inspecter les dépouilles, leur intima-t-il. Elles nous livreront peut-être un indice. Sir Philip, vous m'aiderez à monter la garde contre une éventuelle autre attaque.

À présent qu'on n'avait plus besoin de ses soins, Anne savait qu'elle aurait dû aller consoler Margaret, qui tremblait encore. Mais sa curiosité fut la plus forte. Qu'allaient faire Sir David et Sir Joseph ? Qu'allaient-ils apprendre en examinant les cadavres ?

Elle se dirigea vers eux, non sans avoir jeté un coup d'œil prudent en direction de Philip et de Sir Walter. Mais les deux hommes, trop occupés à scruter les collines au loin, ne lui prêtaient pas attention. Les deux autres chevaliers alignèrent les quatre corps et se mirent en devoir de les fouiller. La tâche avait de quoi répugner. Malgré tout, elle se força à regarder. Leur examen terminé, ils se redressèrent et échangèrent un signe de tête négatif.

— Et l'homme qui vous a sauté dessus, Sir Joseph ? leur lança-t-elle.

Ils la considérèrent avec admiration. Puis, au petit trot, ils longèrent la route vers l'endroit où le brigand était tombé, inspectant les fossés et les touffes de fougères. Ils ne tardèrent pas à pousser un cri. Philip et Sir Walter rejoignirent Anne et, ensemble, ils regardèrent les deux hommes ramener entre eux le dernier des assaillants. Parvenus près des chevaux, ils le laissèrent tomber sur le bord de la route.

— Il respire encore, mais sa vie ne tient plus qu'à un fil, expliqua Sir David en secouant le bandit à l'épaule.

Margaret était restée en arrière avec son cheval, le visage tout contre son encolure. Anne, elle, s'obligea à regarder le blessé. Du sang lui coulait des narines, de la bouche. Il en sortait même de ses oreilles. Quelle vision affreuse ! L'homme finit par revenir à lui. Il cligna des paupières, hagard. Puis son regard se fixa sur Anne. Elle retint son souffle.

— Qui êtes-vous ? gronda Sir Walter.

Sans quitter Anne des yeux, le misérable balbutia, confondu :

— Mais… Mais… Vous n'êtes pas Lady Rosamond ! Il avait dit… qu'il fallait surveiller… Lady…

Il émit un gargouillement étranglé, puis rendit l'âme.

Un frisson de terreur parcourut Anne. Elle serra les bras contre sa poitrine. Comme elle se sentait vulnérable, tout à coup ! Perdue en rase campagne, avec la nuit qui les guettait…

— C'est bien après la comtesse qu'ils en avaient, murmura-t-elle.

Le capitaine acquiesça de la tête, la mine lugubre.

— Il semblerait que notre mission ne soit plus si secrète, tout compte fait. Nous devons nous mettre en lieu sûr. Le château n'est plus qu'à une heure de…

— Pas de panique, l'interrompit Philip. Nos assaillants croyaient avoir affaire à Lady Rosamond. Or, ce gredin est le seul à l'avoir approchée d'assez près pour constater leur erreur.

— C'est exact, intervint Sir Joseph. N'empêche, quelqu'un la cherche.

— Il a dit qu'ils étaient censés la *surveiller*, rectifia Philip. Vous les avez sans doute surpris, Joseph. S'ils voulaient qu'on les prenne pour des bandits de grand chemin, il fallait qu'ils nous attaquent. Une fuite aurait paru suspecte. Cette surveillance ne signifie pas forcément qu'ils savent de quoi il retourne.

— Ce qui nous met sur un pied d'égalité, ironisa Sir Walter. Enfin, force est de supposer que les traîtres ont appris qu'une oreille tierce avait saisi leur petite conversation.

Ils s'entre-regardèrent pendant quelques instants. Ce fut Margaret qui, d'une voix tremblante, rompit le silence :

— Est-ce que ça veut dire que ma maîtresse court un plus grand danger encore ?

Anne lui adressa un sourire qu'elle voulait rassurant.

— À mon avis, ça veut plutôt dire qu'ils pensent toujours que c'est moi, ta maîtresse.

— C'est donc vous qui risquez d'avoir de sérieux ennuis, à présent, commenta Philip à l'intention d'Anne.

Elle redressa les épaules et s'efforça de garder un ton calme.

— Comme vous l'avez dit, si les conspirateurs se contentaient de me faire suivre, c'est qu'ils ne doivent pas être certains que j'ai surpris leur conciliabule.

Philip croisa les bras sur son torse.

— Reste qu'ils vous tiennent à l'œil. Autrement dit, vous leur paraissez suspecte. Ils risquent de faire une nouvelle tentative de ce genre, et nous n'avons aucun moyen de prévoir quand.

— Nous resterons vigilants, affirma Sir Walter.

— Quoi, c'est tout ? s'exclama Philip, effaré.

— Y compris vis-à-vis de nos hôtes, ajouta le capitaine. Nous savons maintenant que la comtesse est l'objet de soupçons. Nous ne pouvons exclure qu'un des nobles chez qui nous allons faire étape fasse partie des traîtres.

— Ils n'auraient tout de même pas la bêtise d'agir entre leurs propres murs, objecta Philip, les dents serrées. D'autant plus que tout le monde sera au courant des visites de Lady Rosamond.

— Vous dites vrai, abonda Sir Walter. Consolons-nous sur un point : les prétendants de la liste ont été retenus parce qu'ils ne connaissaient pas la comtesse.

— Ce malandrin la connaissait, lui, fit observer

Philip. Non, toute cette affaire est bien trop risquée pour A… Pour Lady Rosamond.

— Pas question d'interrompre notre voyage, intervint Anne. Après tout, ce ne sont que des hypothèses. J'apprécie votre sollicitude, mais l'enjeu est trop important.

Sir Walter eut le dernier mot :

— Vous allez jouer une nouvelle fois les éclaireurs, Sir Joseph. Vous préviendrez le château de notre arrivée. Soyez extrêmement prudent, surtout.

D'un grognement, le chevalier signifia son accord. Puis il se mit en selle et s'éloigna, sous le regard soucieux d'Anne. Pourvu qu'il ne lui arrive pas malheur… D'un autre côté, Sir Walter avait de bonnes raisons de vouloir conserver trois lames pour la protéger.

Le capitaine se tourna vers les deux autres hommes, restés en arrière.

— Mettons le cadavre avec les autres. Il va falloir les cacher au plus vite. Nous n'aurons pas le temps de leur offrir une sépulture.

Sir David suivit son chef, sous les yeux furibonds de Philip, qui alla rejoindre Anne et se campa devant elle. Elle évita son regard, de peur d'y lire une inquiétude qui risquerait de débrider ses propres craintes. Elle tenta de se concentrer sur les chevaliers derrière lui. Mais, alors, il posa sur son épaule une main chaude, qu'il serra avec douceur. Elle résista à l'envie d'incliner le visage, simplement pour le toucher. Comment une banale frayeur pouvait-elle la déstabiliser à ce point ?

— Regardez-moi, souffla-t-il.

Elle finit par s'y résoudre. Il l'étudia avec un mélange de défiance et de compassion.

— Vous êtes sûre d'être capable de continuer ? Ou votre décision n'est que pure bravade ?

Elle lui adressa un sourire glacial.

— Tout ira bien. J'ai seulement été… prise au dépourvu.

— Cette mission s'avère plus dangereuse que vous ne vous y attendiez.

Il approcha son visage tout près du sien et murmura :

— Un mot de vous et je vous emmène loin d'ici.

L'idée de se retrouver seule avec lui, en sécurité, sema le trouble en elle. Quoi, une seule attaque suffisait à la faire douter de son engagement ? Déçue d'elle-même, furieuse de la sympathie qu'il était si prompt à lui témoigner, elle dégagea son épaule.

— J'irai jusqu'au bout. Mais vous, vous venez seulement de nous rejoindre. Si vous ne vous sentez pas de taille à affronter…

Philip refusait d'en entendre davantage. Avec un roulement d'yeux excédé, il tourna les talons et s'en alla à pas rageurs aider les hommes de l'Épée à couvrir les dépouilles. Décidément, elle se demandait bien ce qui l'avait poussée à aller parler de lui à Sir Walter. L'austère assurance du capitaine valait mille fois mieux pour ses nerfs que la compassion de Philip. Malgré tout, ses craintes étaient bien là. Enfouies au fond d'elle, elles ne demandaient qu'à resurgir pour l'influencer. Ce diable d'homme avait visé juste : tout à coup, le danger lui paraissait nettement plus tangible. Eh bien, tant pis : si elle voulait prouver sa valeur à la Ligue, il ne lui restait qu'à l'accepter et à en tirer les leçons.

L'accueil réservé à Anne, ou plutôt à Lady Rosamond, avait de quoi laisser pantois... et un peu mal à l'aise. À leur arrivée au château, un cordon de chevaliers et de soldats les attendait devant les remparts. Dans la pénombre du crépuscule, impossible de deviner leurs intentions. Philip fut aussitôt sur le qui-vive. Et s'il s'agissait d'archers prêts à refouler la fausse comtesse ? Il porta la main à son épée, vit ses compagnons faire de même... À cet instant, les gens d'armes du château se mirent à pousser des vivats en agitant les bras. Alors seulement, il s'avisa que le corps de garde était ouvert. La grande porte avait été festonnée de rubans et de fleurs. Au-delà, des torches brûlaient en grand nombre, éclairant la cour comme en plein jour.

Anne et Walter échangèrent un regard, puis elle prit la tête de leur petit cortège, le capitaine la talonnant. Quelle folie ! Et si quelqu'un qui connaissait la vraie comtesse avait échappé à la vigilance de Sir Joseph ? Et si Lord Milforth l'espérait morte ?

Allons, pas d'affolement : à en croire le brigand à l'agonie, elle était seulement sous surveillance.

Au moment de passer sous la herse, Philip éprouva un regain de tension. Ses craintes étaient sans fondement : de l'autre côté, des dizaines de personnes se mirent à les saluer et à les acclamer, comme si Lady Rosamond était venue les sauver d'un joug quelconque. Certains étaient vêtus en simples paysans. D'autres appartenaient visiblement au personnel du château. Tous se tenaient à une distance respectueuse.

Il jeta un coup d'œil à Margaret, qui chevauchait

à ses côtés. La pauvre fille paraissait complètement terrorisée. Un peu d'humour la rassurerait peut-être ?

— Voilà bien des effusions ! Faut-il croire que Lord Milforth désespère de se marier ?

Sa pique lui valut un faible sourire.

— Les hommes…, murmura-t-elle, comme si ces deux mots expliquaient tout.

Philip ne cessa pas pour autant de scruter la foule. S'y trouvait-il quelqu'un qui n'avait pas l'air ravi de voir Lady Rosamond ?

Le silence se fit. Le maître des lieux venait d'apparaître. Debout au sommet des marches qui conduisaient à l'entrée principale, il leva un bras en signe de bienvenue. Ce rustre ne descendait donc pas accueillir Anne en personne ? Il était peut-être boiteux, et préférait ne pas en faire étalage.

Dès que les chevaliers eurent mis pied à terre, de jeunes valets vinrent prendre en charge leurs montures. Philip aida Margaret à descendre de cheval, mais il n'avait pas la tête à ce qu'il faisait. Il ne quittait pas Anne du regard. Un homme du château, vêtu d'une casaque courte et de collants, s'était porté à son aide. À en juger par son maintien, il devait faire partie des plus proches conseillers du seigneur.

— L'intendant, vous croyez ? glissa Philip à l'oreille de Margaret.

Elle haussa les épaules avec dédain.

— Au dernier château, le vicomte est venu en personne la soulever de selle, et il l'a portée jusque dans la grande salle pour qu'elle n'abîme pas ses souliers dans la boue de la cour.

Il la dévisagea, incrédule.

— Qu'est-ce que je vous disais ? Les hommes…

Aux yeux de la servante, voilà qui semblait clore le sujet.

La main posée sur le bras de l'intendant supposé, Anne montait les marches pour rejoindre le baron. Philip s'inséra dans le cortège à côté de Sir Walter et, ensemble, ils la suivirent de près. Le seigneur accueillit sa visiteuse d'un baisemain. Elle le laissa faire. Puis il l'invita à lui donner le bras et l'entraîna vers sa demeure. Il n'avait rien d'un boiteux, constata Philip. Il marchait même d'un bon pas. Il devait avoir trente ans de plus que lui, mais il grisonnait à peine. Son sourire, s'il témoignait de son intérêt pour Anne, semblait parfaitement innocent.

Méfiance. Bien des hommes savaient adopter le comportement qu'on attendait d'eux.

Une fois dans la grande salle, Walter lui fit signe de suivre Anne avec David, avant de prendre à part l'intendant. Il allait certainement lui raconter l'attaque qu'ils venaient de subir. L'homme à la casaque écouta le capitaine avec stupeur. Puis, à grand renfort de gestes, il dépêcha plusieurs soldats au-dehors. Ils avaient peu de chances de trouver quoi que ce soit. Bah ! sait-on jamais…

À l'intérieur, il faisait plus frais. Un tapis de joncs fraîchement coupés parfumait agréablement l'atmosphère. Malgré tout, Philip se sentait tendu comme un arc. Il laissa ses yeux s'accommoder à la pénombre. Sir Joseph, qui les avait attendus dans l'entrée, reprit son rôle de garde du corps.

Anne traversait maintenant la salle surpeuplée. Philip se tourna pour observer les deux musiciens qui lui jouaient une sérénade. Resté en retrait, il jetait des regards assassins à quiconque l'approchait de trop près. Les tables à tréteaux étaient déjà dressées pour le souper à venir. Pourtant, Lord Milforth ne la conduisit pas à la table d'honneur.

— Vous plairait-il de prendre un bain et un peu de repos avant le repas, milady ? s'enquit-il plutôt.

Anne lui adressa un sourire espiègle.

— Je ne suis pas femme à me reposer beaucoup, milord, vous le découvrirez bien vite.

Quelques gloussements accueillirent sa réplique. Son hôte parut aussi surpris que réjoui.

— Cela dit, votre délicatesse vous honore, reprit-elle. J'aurais plaisir à me débarrasser de la poussière de la route. Avez-vous des chambres que mes chevaliers, ma suivante et moi-même pourrions utiliser ?

— Certainement, milady. Gwen va vous y conduire. J'attendrai avec impatience votre retour. J'ai hâte que nous fassions plus ample connaissance.

Une jeune fille invita Anne à la suivre vers l'escalier situé au fond de la vaste salle. Philip fit mine de leur emboîter le pas, mais Walter, qui les avait rejoints, l'arrêta.

— Sir Philip, vous restez ici avec Sir Joseph pour sécuriser la salle. J'accompagnerai Lady Rosamond avec Sir David.

Réduire l'escorte ? L'idée ne lui plaisait guère. D'un autre côté, il fallait bien que quelqu'un se charge d'ouvrir l'œil en quête d'éventuels trublions. Il acquiesça de mauvaise grâce, puis se tourna vers Joseph. Le jeune chevalier attirait déjà son lot de regards admiratifs de la part de ces dames, mais il surveillait la foule sans paraître les remarquer. Bien entraîné, ce petit. Tout de même, il lui devait une fière chandelle. C'était en partie grâce à lui qu'Anne était encore de ce monde.

— Tout était en ordre à votre arrivée, Joseph ? lui demanda-t-il sur le ton de la conversation.

Le chevalier l'évalua du regard. Il avait des traits presque trop harmonieux pour un homme. Ses yeux d'un bleu très clair, qui le fixaient avec intensité, dénotaient une intelligence peu commune.

— Oui, on ne m'a rapporté aucune visite imprévue ces derniers temps, finit-il par répondre à voix basse. Aucun soldat ne manque à l'appel non plus. Évidemment, je n'ai pas pu interroger tout le monde en si peu de temps. Je vais continuer à me renseigner.

Philip hocha la tête.

— Je vous aiderais volontiers, mais nous risquons d'éveiller les soupçons si nous sommes deux à poser des questions.

— Vous avez raison, répondit Joseph.

Là-dessus, il joignit les mains derrière son dos et reprit sa surveillance.

Quand Anne reparut, Philip se détendit un peu. Walter et David marchaient juste derrière elle. Elle descendit l'escalier avec grâce, parée d'une longue robe d'un vert sombre. Un galon de fils d'or tressés soulignait l'ourlet de la jupe et remontait jusqu'à un affriolant décolleté en pointe qui, s'il couvrait bien sa poitrine, laissait deviner l'absence de chemise en dessous. Assez scandaleux… Mais fort appréciable ! D'ailleurs, ce dernier point semblait mettre d'accord tous les mâles de l'assemblée. Un voile diaphane, fixé à un mince diadème, lui couvrait les cheveux. Pourtant retenues en arrière par un ruban, ses boucles noires cascadaient dans son dos presque aussi librement que celles d'une jeune vierge. Pour une veuve, voilà qui frisait l'indécence.

La tête haute, Anne descendait lentement les degrés de pierre, comme pour ménager ses effets. Elle ne montrait aucun signe de nervosité. Rien dans son comportement ne laissait deviner qu'elle n'était pas ce qu'elle prétendait être. Elle soutenait les regards admiratifs de chacun des hommes présents. Philip ne faisait pas exception, il le savait. Comment ne pas tomber sous le charme ? Surtout en sachant qui elle était vraiment, et à quel point elle était différente de la femme qu'elle incarnait.

Elle se dirigea vers la table d'honneur dressée sur une estrade, où Lord Milforth la rejoignit.

Songeur, Philip suivit Walter jusqu'à la table la plus proche. Que faire pour apporter sa contribution ? Il pouvait toujours séduire une ou deux servantes : ce n'était pas ce qui manquait, ce soir. S'il s'y prenait bien, il apprendrait peut-être quelque chose sur Lord Milforth – et sur ses accointances.

Une fois assis devant le bol d'eau chaude qu'on lui avait apporté pour ses ablutions, il se rendit compte qu'il pouvait entendre la conversation de la table d'honneur.

Le baron tendait une serviette à Anne pour qu'elle s'essuie les mains.

— C'est un privilège de recevoir votre visite, Lady Rosamond. Tant d'hommes pourraient y prétendre dans ce vaste royaume d'Angleterre.

Elle sourit.

— Voyons, milord, vous êtes parmi les premiers à qui j'ai pensé. Mon défunt mari ne tarissait pas d'éloges à votre sujet.

Un peu surpris, le baron ne bouda pas son plaisir.

Philip se demanda si elle devait s'en tenir aux faits ou si, au contraire, elle était libre de broder. Diable, comme il devait être difficile de jouer un rôle d'après nature, surtout celui d'une femme connue !

— J'ai vanté vos mérites auprès de mon fils, ajouta galamment Lord Milforth.

Philip fut aussitôt en alerte. L'héritier avait donc besoin d'être convaincu ?

— Ah ça ! Votre fils est donc là ? s'étonna-t-elle. Je ne le vois pas à notre table, pourtant.

Elle observa les trois autres hommes assis avec eux. Ils devaient tous occuper de hautes fonctions au château.

— C'est exact, milady. Charles est avec ses hommes, expliqua le baron en désignant d'un geste l'intéressé. J'ai dû le… persuader de l'importance de votre venue.

Philip tourna les yeux dans la direction indiquée par le baron. Le fils de ce dernier, guère plus jeune que lui, était attablé avec les autres chevaliers. Il toisait son père d'un air mauvais. Il évita même ostensiblement de regarder Anne, préférant boire une longue rasade de bière. Faisait-il partie des traîtres ? Cela aurait expliqué sa colère à l'idée que ses hommes aient été découverts. À moins qu'il en veuille simplement à son père de chercher une nouvelle épouse ? En tout cas, il allait falloir tenir ce drôle à l'œil.

Sans façon, Anne posa une main sur le bras du baron.

— Rassurez-le pour moi : nous venons à peine de nous rencontrer.

Avec un petit rire, elle se laissa aller en arrière sur le dossier de son siège.

— Cela dit, je ne doute pas que nous aurons beaucoup de points communs. Je vois déjà que vous êtes un guerrier averti, comme l'était mon premier mari.

À l'évidence, sa flatterie fit mouche. Lord Milforth sourit d'aise.

— Sa mort a dû vous causer un choc terrible. Vous semblez surmonter tout cela avec un courage admirable, fit-il observer avec une sincérité qui ne semblait pas feinte.

Elle remercia d'un sourire le valet qui venait de lui servir un choix de poissons grillés, avant de tourner à nouveau son attention vers son hôte.

— Vous dites vrai, milord. Et pourtant… Une épouse s'attend à la mort par l'épée, la maladie ou le grand âge. Mais quand la fin survient par accident, à cause d'une chute fatale dans l'escalier d'une tour… Il faut à l'âme qui demeure parmi les vivants bien du temps pour se remettre. Hélas ! Vous le savez aussi bien que moi.

— Hélas ! Enfin… Il y a longtemps que ma chère épouse a quitté ce monde.

Et voilà. En un tournemain, elle venait de ramener la conversation sur Lord Milforth. Donc, de détourner l'attention de la vie personnelle de Lady Rosamond. Décidément, elle avait été bien entraînée.

— Je me réjouis que vous ayez déjà un fils, milord, reprit-elle. Si vous aviez été en peine d'héritier, vous auriez eu toutes les raisons du monde de refuser ma visite.

— La belle affaire, si vous ne m'apportiez pas la preuve que vous pouvez porter un enfant ! Ma propre épouse bien-aimée a mis de nombreuses années à concevoir notre fils. Et puis, vous êtes très jeune encore.

— Jeune et ardente, milord, comme vous le découvrirez bien vite si nous convolons en justes noces !

Sa boutade suscita des éclats de rire, auxquels Philip se

joignit malgré lui. Vraiment, dans la bouche de l'ingénue qu'elle était en réalité, ces grivoiseries ne manquaient pas de piquant. Quel aplomb, tout de même ! D'où pouvait-elle le tenir ? Quelle éducation avait donc reçue cette simple servante pour acquérir tant d'assurance ?

Philip capta le regard réprobateur de Walter. Le capitaine devait trouver qu'il accordait trop d'attention à Anne, au détriment de la surveillance des autres convives. Au diable ce raseur ! Ne lui en déplaise, Philip allait lui montrer de quoi il était capable. Dès qu'une servante passa près de lui, il lui décocha son sourire le plus charmeur.

Anne fut soulagée de voir Lord Milforth se concentrer sur son repas. Tous ces efforts pour redoubler d'audace l'épuisaient. Sans compter qu'elle n'appréciait guère les regards dégoûtés que lui lançait l'héritier en titre. Ce freluquet avait visiblement cherché à l'insulter en choisissant de s'asseoir à une autre table. Elle l'avait d'abord soupçonné d'être impliqué dans l'intrigue contre Lady Rosamond. Pourtant, plus elle y réfléchissait, plus l'idée lui paraissait absurde. Pourquoi se montrer si ouvertement hostile envers elle s'il lui voulait vraiment du mal ? Son attitude ne pourrait que le rendre suspect. Non, il avait tout du jeune homme immature qui refusait que sa mère soit remplacée.

En tout cas, même si elle n'oubliait pas qu'il s'agissait d'un simple rôle, elle trouvait de plus en plus facile d'être Lady Rosamond. De s'imaginer maîtresse de sa propre vie. Elle commençait à se demander si elle n'avait pas plus en commun avec les dames de la noblesse qu'avec les femmes de son rang.

En parlant de servantes… Parmi celles qui tourbillonnaient entre les tables figurait une jolie jeune femme aux cheveux roux et à l'air mutin. Manifestement, elle avait un petit faible pour Philip. Sa cruche de bière à la main, elle lui lançait des œillades qu'il ne pouvait manquer de remarquer. De fait, le bougre n'était pas de la même trempe que les hommes de l'Épée : il ne vit aucun inconvénient à lui retourner son sourire. Il leva même sa chope pour qu'elle vienne la lui remplir. La fille s'appuya sur son épaule pour le servir, le gratifiant du contact de ses courbes.

Anne bouillait intérieurement. Elle s'en voulut aussitôt, déçue de se laisser distraire par le comportement de Philip. Mais aussi, comment oublier qu'elle avait été l'objet de son regard intense, tout récemment encore ?

Ce badinage ne lui plaisait pas. Elle vit la rouquine faire un grand geste comme pour prendre à témoin la table entière. Plus d'un chevalier lorgnait Philip avec envie, jaloux de l'attention dont il faisait l'objet. Cette robe toute simple était trop ajustée, trop décolletée. Dire qu'il était juste à la bonne hauteur pour profiter de la vue… Et voilà que l'impudente s'asseyait sur ses genoux, et qu'ils se faisaient des messes basses ! Du calme. Si une simple servante la rendait à ce point jalouse, mieux valait qu'elle ne soit pas dans les parages quand il ferait la cour à une noble dame…

— Ne vous fâchez pas, Lady Rosamond, intervint le baron.

Allons bon, était-elle si facile à déchiffrer ? Sir Walter

s'en était-il aperçu ? Pourvu qu'il n'aille pas imaginer qu'elle n'était pas tout entière concentrée sur sa tâche…

— Votre chevalier n'abuse pas de mon hospitalité, poursuivit son hôte. Maud ne laisse pas les hommes indifférents, elle a l'habitude. Elle est inoffensive.

— Tout comme Sir Philip, répliqua-t-elle vivement en se forçant à sourire.

Mais en était-elle vraiment certaine ? Philip avait passé un bras autour de la taille de la fameuse Maud et posé la main sur sa hanche. À quoi jouait-il ?

Après le dîner, alors que les musiciens accordaient leurs instruments et que plusieurs chevaliers s'étaient regroupés autour d'un jeu de tables, Lord Milforth se tourna vers elle, le regard plein d'espoir. Son sourire s'élargit et, à sa grande surprise, il posa la main sur son genou. Difficile de l'éconduire. Pourtant, du coin de l'œil, elle vit que le fils, Charles, n'en perdait pas une miette. Il ne fallait à aucun prix que la situation dégénère.

Elle saisit le regard de Philip, qui allait de la table d'honneur à l'héritier. Leurs yeux se croisèrent. Avait-il compris que quelqu'un devait se charger d'amadouer Charles ?

Elle se retourna vers le baron.

— Milord, permettez-moi de vous divertir pour vous remercier de m'avoir offert ce somptueux souper.

Il fit mine de se lever – qu'avait-il cru comprendre ? –, mais elle le repoussa gentiment et, avec un sourire malicieux, elle s'éloigna.

Chapitre 5

Philip observait, intrigué. Tous les regards étaient tournés vers Anne, qui progressait d'un pas nonchalant entre les tables à tréteaux. Tout comme lui, les hommes de l'Épée se tenaient prêts à voler à son secours, il le savait. Mais personne ne chercha à porter la main sur elle. Voyant l'attention des hommes se détourner d'elle, Maud, la servante à qui il avait conté fleurette, prit un air boudeur.

Anne s'était approchée des ménestrels. Après leur avoir glissé quelques mots, elle s'empara d'un de leurs luths et se mit à en pincer les cordes. Les yeux clos, elle penchait la tête, absorbée. Un léger courant d'air faisait voleter son voile. La scène émut profondément Philip. On aurait dit une icône faite chair. Les flammes des centaines de bougies qui brûlaient dans la grande salle faisaient chatoyer sa peau d'ivoire, soulignant chaque ondulation de sa chevelure. Cette femme était d'une beauté à couper le souffle. Les notes qui s'échappaient de ses doigts formèrent bientôt un air joyeux. Décidément, elle possédait bien des talents inattendus.

Le sourire aux lèvres, elle déambula parmi les convives sans cesser de jouer. Sa voix s'éleva, riche et veloutée, éveillant en lui des échos auxquels il préférait ne pas songer. S'il n'y prenait garde, il ne tarderait pas à la couver de ce regard d'adoration qu'il voyait çà et là dans la salle.

Pas chez les hommes de l'Épée, en tout cas. Impassibles, ils scrutaient résolument l'assemblée. Philip les imita. Aussitôt, il remarqua que l'expression renfrognée de Charles Milforth s'était teintée de soulagement. Se félicitait-il qu'Anne se soit éloignée de son père ?

Soudain, Maud surgit devant Philip. Elle le prit par la main et l'attira à elle avec un sourire facétieux. Encouragée par des cris enjoués et des sifflements, elle se mit à danser autour de lui. Que faire, sinon entrer dans son jeu ? Il la fit tournoyer, feignant un entrain qu'il était loin de ressentir.

Anne n'avait rien perdu de leur petit manège, il le savait, même si elle ne manqua pas une seule note.

Au bout de quelques virevoltes sur le tapis de joncs, il s'aperçut que le jeune Milforth s'était levé. Ce butor tournait carrément le dos au spectacle. Avisant David, qui tentait manifestement de s'écarter du chemin des danseurs, Philip dirigea habilement sa cavalière vers le chevalier. Ce dernier fut pris de court, mais Maud, un instant ébahie par sa haute taille, se remit bien vite de sa surprise et lui prit les mains, apparemment conquise.

Quant à Charles, il ne cessait de se retourner, lorgnant tour à tour les réjouissances qui se poursuivaient dans la salle et son père qui frappait des mains en cadence.

Philip fendit la foule pour le rejoindre. Saisissant au vol une chope de bière sur le plateau d'un valet, il la leva devant lui.

— Je bois à l'avenir de votre illustre famille ! Même si je n'en serai sans doute pas témoin, à mon grand regret.

Charles le dévisagea sans comprendre.

— Que voulez-vous dire ? S'ils se marient…

Il laissa sa phrase en suspens.

— L'avenir des vôtres n'inclura pas forcément la comtesse.

Le jeune homme lança un regard noir en direction de son père.

— Je vois mal comment il en serait autrement, s'il a son mot à dire.

— Mais ce n'est pas le cas, repartit Philip, sûr de lui. Le choix revient à ma maîtresse. Or, croyez-moi, elle veille à honorer chaque hôte de ses sourires, de ses battements de cils et de ses amabilités.

De toute évidence, Charles avait envie de le croire.

— Vous pensez vraiment qu'elle sera libre de faire son choix ?

— Ma foi, qui le lui interdirait ? Certes, le comté est passé aux mains d'un cousin de feu son époux. Mais Lady Rosamond possède des terres et une fortune en propre. Le mariage n'est pas une nécessité pour elle. Elle a tout son temps, et encore bien des gentilshommes à rencontrer.

Le jeune Milforth le considéra d'un air pensif.

— Merci pour votre franchise.

Philip s'empara d'une autre chope et la fit tinter contre la sienne.

— Merci à vous pour la bière.

Sans s'éloigner, Philip pivota pour contempler les danseurs. Il vit Anne détourner rapidement les yeux, comme si elle s'était rendu compte de leur petit aparté.

Aussitôt, elle entonna une nouvelle ballade, plus osée, dont le double sens déclencha l'hilarité générale.

Sauf la sienne. Où avait-elle donc appris ces polissonneries ? Qui les lui avait enseignées ?

Il s'avisa que Walter avait les yeux braqués sur lui. Il l'interrogea du regard. D'un bref coup d'œil, le capitaine désigna Charles, puis il esquissa un sourire. Ce fut tout. Il s'était déjà remis à veiller sur Anne.

Enfin un peu d'approbation. La raison d'être de tout bon chevalier. Pas trop tôt, tout de même.

Quand l'heure vint d'accompagner Anne jusqu'à sa chambre, l'animation dans la grande salle était un peu retombée. Le fils du seigneur s'était retiré depuis longtemps, et il fallut réveiller le baron lui-même, qui s'était assoupi dans son fauteuil.

Philip emboîta le pas aux hommes de l'Épée, laissant Walter les mener dans les longs couloirs du château éclairés par des torches. Comme d'habitude, Margaret les attendait dans la chambre de sa maîtresse, prête à l'aider dans ses préparatifs pour la nuit.

Quand la porte se referma sur les deux femmes, Walter se tourna vers Philip.

— Vous prendrez le premier tour de garde.

— Bien, messire.

— Je vous enverrai la relève d'ici deux heures.

Le capitaine jeta un coup d'œil autour de lui comme pour vérifier qu'ils étaient bien seuls.

— Ne vous étonnez pas si deux d'entre nous disparaissent quelques heures cette nuit, ajouta-t-il à voix basse.

— Que voulez-vous dire ? demanda Philip sur le même ton.

— On pourrait guetter notre départ avec Lady

Rosamond et nous prendre en filature. C'est un risque que nous ne pouvons pas courir. Nous allons fouiller la campagne, chercher des indices.

— Vous oubliez les portes du château. Elles sont fermées depuis des heures.

Un mince sourire étira les lèvres de Walter.

— Les portes ne sont pas un souci pour nous.

Philip brûlait d'envie de savoir comment ils allaient s'y prendre pour quitter l'enceinte de la place forte, mais la sécurité d'Anne passait avant tout.

— Et les soldats de Milforth partis traquer nos brigands ? Savez-vous s'ils sont rentrés ?

— Oui. Ils n'ont rien trouvé, comme de juste.

— Évidemment. Bah ! Je ne crois pas que Milforth soit impliqué.

Walter l'étudia un instant.

— Qu'est-ce qui vous fait dire ça ?

— D'après Joseph, aucun soldat ne s'est absenté. De mon côté, j'ai bavardé avec une servante, qui m'a confirmé qu'il ne s'était rien passé d'inhabituel dernièrement.

— C'est bon à savoir, commenta Walter avec un hochement de tête.

Anne écoutait à la porte. Aucun son ne filtrait depuis le couloir. Elle était agitée, trop tendue pour dormir. Que se serait-il passé aujourd'hui si ses protecteurs s'étaient montrés moins compétents dans leur art ? Elle ouvrit le battant. Tout, plutôt que de rester seule avec ses pensées. Les deux chevaliers se tournèrent vers elle. Le regard de Philip, trop pénétrant, manqua de lui faire changer d'avis.

— Je ne vais pas pouvoir trouver le sommeil, avoua-t-elle. Une promenade me ferait le plus grand bien. Si l'un de vous pouvait m'accompagner…

Ce fut Philip qui prit la parole le premier.

— Je m'en ferai un plaisir, milady. Nous n'avons détecté aucune menace entre ces murs.

Anne réprima une grimace à la vue du regard évaluateur de Sir Walter. Mais le capitaine ne fit pas de commentaire. Elle ne pouvait tout de même pas le supplier de lui tenir compagnie à la place de Philip…

À contrecœur, elle se résigna.

— Vous ferez l'affaire, marmonna-t-elle.

Philip inclina la tête et se plaça derrière elle, en bon garde du corps. Elle le sentait là, dans son dos, fiable et loyal, prêt à tout pour la protéger… Mais elle, comment pouvait-elle protéger ses émotions de lui ?

Si le capitaine donna des instructions à Philip, ce fut d'un regard, car elle-même n'entendit rien. Elle jeta un coup d'œil par-dessus son épaule. Philip haussa un sourcil interrogateur.

— Quand vous voudrez, milady.

Elle se mit en route, sans trop savoir où elle allait. S'aérer la tête, voilà ce dont elle avait besoin. Et surtout, échapper à tous ces indiscrets qui voulaient savoir si sa préférence irait ou non à Lord Milforth. Au premier colimaçon, elle gravit plusieurs volées de marches. Philip la suivait en silence, sans regimber, comme s'il était réellement à son service. Où était passée sa colère contre lui ? Elle en avait besoin pour maintenir une distance convenable entre eux. Pourtant, dernièrement, c'était plutôt à elle-même qu'elle en voulait. Comment lui reprocher d'avoir cédé à son désir pour elle, alors qu'elle-même ne pouvait songer à rien d'autre ? Et leur proximité de tous les instants n'arrangeait rien…

Au sommet des marches, une porte donnait sur le chemin de ronde. Elle la poussa et inspira à pleins poumons. Il faisait plus doux qu'à l'intérieur, ce qui n'était pas pour lui déplaire. Elle fit quelques pas, le regard tourné vers la campagne plongée dans l'obscurité. Des torches brûlaient çà et là le long des remparts, formant de petites flaques de lumière tremblotante dans l'obscurité.

— Quelque chose vous préoccupe, Lady Rosamond ?

La voix grave de Philip, dans son dos, ne la fit pas sursauter. Pas un instant elle n'oubliait sa présence.

— Non. Simplement, le silence de ma chambre me pèse, parfois. Au début, j'ai vécu le fait de pouvoir dormir seule comme un don inestimable. Mais maintenant, je me rends compte qu'une présence à mes côtés me rassurerait, la nuit.

Il émit un son étouffé. Se retenait-il de rire ? Elle s'avisa que ses propos pouvaient être mal interprétés.

— Je parlais de ma maîtresse, précisa-t-elle, agacée.

— De vos suivantes, vous voulez dire ?

— Oui, bien sûr.

Elle s'empourpra. Quelle idiote ! Lady Rosamond n'avait pas de maîtresse !

— Puis-je être franc avec vous ?

Sa voix était toute proche, soudain. Elle fit volte-face. Il se tenait à quelques centimètres d'elle, le visage penché sur le sien. À la lueur des torches, elle le vit hausser un sourcil. Ne pouvait-il donc pas se cantonner à son rôle de défenseur ? En tout cas, pas question de reculer devant lui.

— Je ne vois pas comment je pourrais vous en empêcher, répliqua-t-elle sèchement.

— Oh ! vous le pourriez, mais le voudriez-vous ? Vous aimez la conversation, je crois. Vous n'avez pas oublié toutes ces interminables journées de solitude, enfermée dans la tour d'Alderley, sans doute.

Malgré sa détermination, elle se détourna. Mieux valait éviter d'être vus si près l'un de l'autre. Elle posa une main sur la pierre froide et laissa son regard se perdre dans la nuit.

— Quelle puissance de déduction, messire chevalier ! ironisa-t-elle.

Il se tenait à côté d'elle, à présent. À une distance acceptable, cette fois.

— Bref. Je voulais vous complimenter. Vous avez été stupéfiante, ce soir.

L'éloge était flatteur, mais elle doutait de sa sincérité. Elle répliqua, plus vertement qu'elle ne l'aurait voulu :

— Pour une simple servante, vous voulez dire ?

— Votre condition sociale n'a rien à voir avec mon appréciation. Jouer un rôle n'est pas à la portée du premier venu, qu'il soit de haut rang ou non. Je suis sincèrement impressionné par vos talents d'imitation.

— Merci.

De fait, l'enjeu de cette mascarade était bien de duper tout le monde. Si Philip la trouvait convaincante, c'était plutôt rassurant. Restait à savoir si les hommes de l'Épée partageaient son opinion…

— Cette chasse aux prétendants est le prétexte idéal pour attirer sur vous juste ce qu'il faut d'attention.

— Ce n'est plus *moi* que vous complimentez, mais la comtesse.

— Vous trouvez que je perds mon temps ?

Elle eut un geste indifférent.

— Peu importe.

— Je vous ai connue plus loquace.

Elle le toisa froidement.

— C'est un reproche ?

— Non. Vous avez de bonnes raisons de vous méfier, et pas seulement de moi. Je mesure le poids qui pèse sur vos épaules. La nécessité de garder votre secret, la crainte d'être démasquée, la peur d'une attaque. Sans oublier la nature des enjeux pour le royaume tout entier.

— Maintenant, vous comprenez pourquoi j'avais besoin de prendre l'air.

— Au moins, cela vous plaît-il de vous faire passer pour quelqu'un d'autre ?

Elle se mordit la lèvre. Comment répondre à cette question ? Il ne méritait guère sa confiance. En tout cas, elle se garderait bien de lui avouer ses projets de rejoindre la Ligue à titre permanent. Pour qu'il se drape dans son devoir de mâle protecteur et cherche à la détourner d'une décision si périlleuse ? Non merci.

— Plaire est un bien grand mot, répondit-elle lentement. Disons que j'ai foi en mes compétences, et que je suis fière de pouvoir me rendre utile.

— Soulagée d'avoir quitté Alderley, aussi ?

Elle lui lança un regard noir.

— Je n'ai jamais dit ça. Je me sens chez moi à Alderley. J'y ai ma plus chère amie.

— Mais vous y êtes servante, alors qu'ici vous êtes le nombril du monde.

Que répondre à cela ? Il avait raison, mais elle n'allait pas lui donner le plaisir de l'admettre. Elle garda le silence.

— Et votre famille ? reprit-il. Sait-elle à quoi vous occupez vos journées en ce moment ?

À cette évocation, elle sentit la plaie se rouvrir, comme toujours.

— Je n'ai rien dit à mes parents. Ils… n'ont pas apprécié d'apprendre que Lady Elizabeth et moi avions échangé nos rôles.

— Pourtant, vous avez agi à sa demande, s'étonna-t-il. Vous n'avez fait qu'obéir aux ordres, non ?

— À leurs yeux, j'ai surtout nui à mes chances de trouver un parti convenable. Les hommes de ma condition risquent de craindre que je me prenne pour une dame, d'après eux.

— Quelle absurdité !

Elle haussa les épaules, résignée.

— Ce sont des gens simples. Pour eux, il n'y a qu'une seule façon de voir les choses. S'ils apprenaient que j'ai récidivé contre rétribution…

Elle n'acheva pas sa phrase. *Traînée.* Voilà le terme qu'ils emploieraient à son sujet. Philip l'observait de près, elle le savait. Il cherchait à lire entre les lignes. Elle évita son regard.

— Je me réjouis d'apprendre que vous recevez une compensation pour les risques que vous prenez, commenta-t-il.

Elle tenta de rire, mais sa gaieté sonnait creux.

— Et votre compensation, à vous, est-elle à la hauteur ? Après tout, vous courez les mêmes dangers que moi. L'attaque d'aujourd'hui n'était peut-être que la première.

— Ne vous préoccupez pas de moi, Lady Rosamond. Je suis là pour aider à vous protéger.

Elle n'en croyait pas un mot. Il cachait peut-être bien son jeu, lui aussi.

— À d'autres. Vous étiez en train d'enchaîner les victoires, de vous faire une réputation. Vous n'allez pas me faire croire que vous avez renoncé à tout ça pour mes beaux yeux.

— Qui sait si cette mission n'attirera pas l'attention du roi mieux qu'une collection de trophées de tournois ? Je ne renonce pas à tenter ma chance à la Cour. J'aurai ma place au soleil.

— Par un mariage avantageux, vous voulez dire ?

Évidemment. Un chevalier ne pouvait accroître son influence et ses biens qu'avec des terres apportées en dot. Il n'en avait pas fait mystère, et il avait bien fallu qu'elle l'accepte. Du reste, elle avait ses propres projets, à présent. Pourtant, au fond d'elle, le ressentiment couvait encore, insidieux.

— C'est l'une de mes ambitions, en effet, convint-il en détournant les yeux, avant de se perdre dans la contemplation du paysage nocturne.

Y avait-il une raison plus profonde à son obsession ? Après tout, elle ne savait rien de ses origines. Mais l'interroger sur ce point était exclu, même si lui-même ne s'était pas gêné pour le faire.

Le vent se leva. Elle croisa les bras sur sa poitrine dans la fraîcheur soudaine.

— Ce n'est pas votre cas ? reprit-il en lui adressant un regard bien trop acéré à son goût.

Le mariage était le cadet de ses soucis, mais mieux valait feindre l'inverse.

— Ce serait partir du principe que quelqu'un souhaite m'épouser.

Elle regretta aussitôt sa remarque, pathétique et bien trop personnelle.

Philip inspira bruyamment.

— John m'a dit que votre père était propriétaire de ses terres, dit-il simplement. Puisqu'il exploite son propre domaine, vous devez bien avoir une dot.

— Non, je n'aurai que ce que la Ligue me donnera, et ça devra suffire, répondit-elle avec un sourire enjoué. Nous rentrons ?

Elle tourna les talons, mais s'aperçut bien vite qu'il ne la suivait pas. La hanche appuyée contre le parapet, il l'étudiait avec attention.

Lorsqu'elle se retourna vers lui, Philip ne put s'empêcher de l'admirer. Quelle dignité, quel port de reine ! Le vent jouait dans ses cheveux, faisant onduler son voile, isolant quelques boucles folles. Il eut envie de la prendre dans ses bras, de la réconforter. Elle disait vrai : sans dot, elle ne pouvait espérer qu'un mariage médiocre.

— Que s'est-il passé ? murmura-t-il.

Elle revint vers lui. Bien que le garde le plus proche se trouve à près de deux toises d'eux, elle lui répondit à voix basse :

— Pourquoi voudriez-vous qu'une simple servante comme moi soit dotée ?

Il ne se laissa pas abuser par le ton léger qu'elle avait employé.

— Bon, laissez-moi deviner. Votre petite comédie à Alderley a tellement déplu à vos parents qu'ils vous ont déshéritée, c'est bien ça ?

— Presque. J'ai refusé d'épouser l'homme qu'ils

avaient choisi pour moi. Ils croyaient me punir pour ma désobéissance, mais ils en ont été pour leurs frais.

Elle ne lui disait pas toute la vérité, il le sentait. Cela dit, la conversation prenait un tour bien trop intime, chose qu'il s'efforçait précisément d'éviter avec elle.

— Voilà donc pourquoi vous avez accepté cette mission.

— Ma situation pécuniaire n'a joué aucun rôle dans ma décision.

Elle eut un mouvement d'humeur.

— Dire que je discute de tout ça avec vous ! C'est un comble !

Il émit un petit rire, nullement vexé.

— Ce qui comptait vraiment, c'était de pouvoir me rendre utile, crut-elle bon d'ajouter.

— Quoi que vous en pensiez, je suis bien placé pour le comprendre. Ne suis-je pas en train de vous aider, moi aussi ?

— Tout en servant vos propres intérêts.

— N'en sommes-nous pas tous là ? Sauf les hommes de l'Épée, peut-être. L'anonymat les prive du bénéfice qu'ils pourraient retirer de leurs hauts faits.

— Ah oui ? Et moi, en quoi tout cela sert-il mes propres intérêts, d'après vous ? s'emporta-t-elle.

— En rencontrant un grand nombre de nobles, ce qui ne peut pas nuire à votre avancement. Comme moi, en somme.

— Si je vous suis bien, je recherche donc la notoriété.

— C'est un bien grand mot.

— Pas en ce qui vous concerne, rétorqua-t-elle.

Il la rattrapa alors qu'elle s'apprêtait à lui fausser compagnie. Son bras, souple et mince, était chaud.

— Je ne voulais pas vous contrarier, murmura-t-il. À Alderley, en tout cas, nous nous sommes sans doute aidés l'un l'autre.

Leurs regards se mêlèrent. Là, dans le noir, les souvenirs remontaient sans peine. Leurs efforts furtifs pour se retrouver seuls. Pour chercher dans l'intimité partagée un répit à tous leurs tourments. À présent, il ne comprenait plus pourquoi le rejet de la Ligue l'avait affecté à ce point. À l'époque, pourtant, il avait été complètement désemparé, incapable d'imaginer quel autre sens donner à sa vie. Éprouvait-elle le même désarroi à présent ?

Il la vit se passer la langue sur les lèvres. Son corps traître réagit instantanément. Ce désir qui subsistait entre eux, subtil, prêt à resurgir à la moindre occasion… Comment diable s'en débarrasser ?

— Aidés l'un l'autre à faire quoi ? le cingla-t-elle. À commettre le péché de chair, car nous n'étions pas mariés ? À oublier que la vie n'était pas telle que nous la rêvions ?

— Je m'en veux tellement de vous avoir blessée.

Sans répondre, elle se dégagea d'une secousse et passa devant lui, distante, majestueuse. Il n'eut d'autre choix que de lui emboîter docilement le pas. Combien de fois allait-il devoir s'excuser ? Et pourquoi accordait-il tant d'importance à son pardon ?

Il la suivit jusqu'à sa chambre. Alors qu'elle s'apprêtait à entrer, seule, il s'interposa et poussa la porte le premier. Lord Milforth n'avait peut-être rien à se reprocher, mais qui sait si un intrus n'était pas passé par la fenêtre ? Cela s'était déjà vu… Il inspecta chaque recoin sombre, jeta un coup d'œil derrière le paravent, vérifia les coffres poussés contre le mur. Il barra solidement les volets de l'intérieur.

Lorsqu'il revint vers elle, il la trouva debout devant l'âtre. Elle lui tournait le dos, les bras croisés sur la poitrine comme sous l'effet de la peur. Ou du chagrin. Évidemment, elle venait de voir la mort de près. C'était sans doute la première fois.

Tout à coup, il eut envie de la toucher. Pourquoi s'astreindre à garder ses distances ? Il s'avança vers elle, si près que leurs vêtements se frôlèrent. Il sentit les plis de sa robe onduler sur ses pieds. Lorsqu'il chuchota son nom, elle se raidit, mais ne se déroba pas. Il glissa une main autour de sa taille.

— Vous avez dû avoir froid, là-haut, murmura-t-il. N'allez pas tomber malade.

Il lui prêta la chaleur de son corps, non sans avoir pris la précaution de se tourner un peu. Mieux valait éviter de lui faire sentir à quel point leur proximité réveillait ses bas instincts… Pressé contre son dos, il appela de ses vœux la chaleur qui montait entre eux. Un léger parfum floral émanait de la chevelure d'Anne. Il enfouit le nez dans ses boucles sombres. Elle tremblait toujours, mais peut-être plus de froid. Tout doucement, il lui déposa un baiser sur la nuque. Puis, de la pointe de la langue, il suivit le contour de son oreille délicate. Il la sentit frémir de plus belle.

Dans un souffle, elle prononça son nom, puis elle s'abandonna à son étreinte, tournant la tête vers lui. Les paupières lourdes, les yeux mi-clos, elle entrouvrit les lèvres comme pour l'inviter à se pencher sur son épaule et à prendre le baiser qu'elle lui offrait. Ces lèvres si longtemps interdites… Leur goût était plus exquis encore que dans son souvenir. Il brûlait de remonter la main le long de son ventre, de sentir sous ses doigts la douce plénitude de ses seins. Quand il était avec elle, quand il lui butinait les lèvres, il oubliait qui il était, où il allait. Il ne restait plus qu'elle et le feu qu'elle allumait en lui, inextinguible.

Alors que ses baisers se faisaient plus ardents, elle s'écarta brusquement de lui pour lui faire face.

Ce n'était plus des larmes qu'il voyait dans ses yeux, mais des éclairs.

Il tendit la main vers elle. Elle recula.

— Anne…

— Non, nous n'aurions jamais dû.

— C'est ma faute.

— J'aurais dû vous repousser, trancha-t-elle.

— Vous vous maîtrisez bien mieux que moi. Vous avez raison. Vous ne devriez pas réserver d'autre sort à un homme qui ose vous toucher comme je viens de le faire.

— Parce que vous croyez que j'ai besoin de vos conseils en la matière ? s'écria-t-elle, avant de baisser le ton. Dois-je vous rappeler que je suis servante ? J'en ai vu, des brutes qui s'imaginaient pouvoir disposer librement de mon corps.

Il déglutit, mal à l'aise.

— C'est donc ainsi que vous me voyez ?

— Comment qualifier autrement votre conduite, il y a deux mois à peine ?

Il tenta de s'excuser une nouvelle fois, mais elle l'en dissuada d'un geste.

— Oui, je sais : vous êtes désolé, vous vous en voulez. Vous ne pensiez pas à mal. Admettons. Reste que vous n'oseriez jamais traiter une Lady Rosamond comme vous vous permettez de me traiter, moi.

— Si je vous ai embrassée, ce n'est pas parce que j'avais moins bonne opinion de vous. Vous ne pouvez pas croire une chose pareille, voyons.

— C'est l'impression que j'en ai, en tout cas.

Elle se détourna et agita la main d'un geste péremptoire.

— Croyez ce que vous voulez, ajouta-t-elle. Mais de grâce, cessez de vous servir de moi chaque fois que vous n'arrivez pas à affronter les réalités de votre existence.

Il se rembrunit. La colère commençait à prendre le pas sur son sentiment de culpabilité.

— Puis-je savoir ce que vous entendez par là ?

— Ni plus ni moins que ce que j'ai dit, lança-t-elle par-dessus son épaule, sans même le regarder.

Force était de reconnaître qu'il s'était tourné vers elle à l'époque où sa vie à Alderley Castle lui était devenue insupportable. À vrai dire, il avait plutôt considéré leur relation comme un échange de bons procédés. Apparemment, elle ne voyait pas les choses du même œil. Soit. Mais quel rapport entre le fait de l'avoir embrassée ce soir et un quelconque refus d'affronter les choses en face ?

— Vous pouvez me laisser, maintenant, ajouta-t-elle. Vous parti, je n'aurai plus rien à craindre dans cette chambre.

Chapitre 6

À son réveil, le lendemain matin, Anne resta un moment immobile, savourant le moelleux du matelas en plumes d'oie. La fraîcheur des draps était un pur délice. Un parfum suave se dégageait des coussins. Décidément, Lord Milforth ne manquait pas d'égards pour elle. Il ne serait pas difficile de s'habituer à un tel luxe.

Tandis qu'elle somnolait, ses pensées dérivèrent vers Philip. Comme trop souvent. Dire qu'elle l'avait encore embrassé. Qu'elle l'avait laissé la séduire au point d'en perdre tout bon sens. Elle se revit dans son lit, sous les draps imprégnés de son odeur, lovée dans la chaleur de son corps. Sa colère d'alors s'était évaporée, hélas. Seul subsistait le souvenir d'intimité, de peaux brûlantes, de caresses insoupçonnées. Son imagination enfiévrée ne la laissait pas en paix. En aurait-il été autrement si elle avait écouté son corps, à l'époque ? Si elle était allée au bout de sa passion avec Philip ?

Ses chevaliers l'attendaient en bas. La messe à ses côtés fut un supplice : son esprit refusait d'abandonner ses vagabondages immoraux. Elle l'évitait du regard – pour que Sir Walter ne remarque rien, se disait-elle. Ou était-ce par lâcheté ?

Après le petit déjeuner, qu'elle prit en compagnie de son hôte, elle laissa avec soulagement Lord Milforth à ses affaires avec ses métayers. Les servantes lui proposèrent de la conduire au salon dévolu aux travaux d'aiguille. Elle déclina poliment leur offre, préférant aller prendre l'air dans la cour intérieure. Ses quatre chevaliers l'accompagnèrent. Ses anges gardiens, toujours présents. Elle leur trouva une mine fatiguée. Rien d'étonnant, cela dit : pendant qu'elle dormait, eux veillaient devant sa porte. Elle les mena jusqu'à la lice d'entraînement. Là, elle trouva un banc où s'asseoir pour regarder les soldats et les chevaliers s'exercer au combat.

— Voici donc la fameuse discipline qu'on m'a tant vantée.

La note sarcastique dans la voix de Philip intrigua Anne.

— Comment se fait-il que vous soyez si bien informé à notre sujet ? s'étonna Sir David. Pour ma part, avant d'avoir été abordé, je croyais que cette… association n'était qu'une légende.

— Moi aussi, abonda Sir Joseph.

Anne jeta un coup d'œil par-dessus son épaule.

— Quant à moi, je n'en avais jamais entendu parler, renchérit-elle calmement.

Sir Walter faisait mine de ne rien entendre, apparemment absorbé par le jeu d'épée de Charles Milforth.

— Un jour, la Ligue s'est portée au secours de ma grand-mère, confessa Philip.

C'était la première fois qu'Anne l'entendait évoquer sa famille. Elle n'osait pas bouger, de peur qu'il s'interrompe.

— Est-ce qu'elle vivait à la Cour ? s'enquit Sir David.

— Non.

— Où habitait-elle, alors ?

Sans crier gare, Philip surgit devant Anne et s'avança à grands pas vers la lice.

— Je ferais mieux d'aller montrer ses erreurs à notre jeune seigneur, lança-t-il sans se retourner.

Elle vit la main de Sir Walter se crisper sur le dossier du banc à côté d'elle.

— J'espère pour lui qu'il sait ce qu'il fait, gronda le capitaine.

— Il a lié connaissance avec Charles hier soir, lui dit-elle dans l'espoir de le rassurer.

Charles accueillit Philip avec un sourire morne et lui trouva une épée émoussée. Lors du combat qui s'ensuivit, Anne ne put détacher les yeux de Philip. Chaque coup d'épée faisait saillir les muscles de ses bras. La sueur collait sa chemise à sa peau. Et ce regard intense… Elle ne le connaissait que trop bien, pour l'avoir vu posé sur elle quand il la poursuivait de ses assiduités. En général, ce qu'il voulait, il l'obtenait. Mais pas avec elle ! Elle l'avait éconduit. Cela lui apprendrait. Elle-même aurait dû retenir la leçon, du reste. Mais non : elle était là, à le dévorer du regard. Allons, un peu d'objectivité. Elle pouvait toujours admirer ses talents de chevalier. Curieusement, les deux combattants semblaient avoir à peu près le même niveau. Philip avait-il autant de mal qu'elle à se concentrer ?

— Sir Philip le ménage, commenta Sir David à voix basse. Il retient ses coups, ça se voit comme le nez au milieu de la figure.

Anne redoubla d'attention. Charles venait de se fendre, mais Philip esquiva l'attaque d'un pas de côté. Il riposta par une botte, que son adversaire para à la perfection. Elle ne décelait rien de particulier dans leurs échanges. Les hommes de l'Épée avaient l'œil plus exercé, apparemment. Au moins, ils reconnaissaient l'habileté de Philip. Qui sait s'ils ne finiraient pas par voir en lui un potentiel membre de valeur ? Les rêves de Ligue de Philip n'étaient peut-être pas totalement vains, tout compte fait. Pourvu qu'elle ne lui fasse pas concurrence sur ce point…

L'annonce discrète de Sir Walter l'interrompit dans ses réflexions :

— Milady, je tenais à vous faire savoir que les individus qui vous surveillaient ne sont plus dans les parages.

Ses mains jointes se crispèrent. Elle fit mine de continuer à suivre le combat, mais les chevaliers derrière elle avaient toute son attention, à présent.

— Comment pouvez-vous en être certain ? Deux de nos assaillants se sont échappés, tout de même.

— La nuit dernière, nous sommes sortis inspecter les alentours. Non sans vous laisser sous bonne garde, bien sûr.

Elle écarquilla les yeux.

— Vous avez quitté l'enceinte du château en pleine nuit ? Comment avez-vous fait ?

— Nous avons nos méthodes.

Enseignez-les-moi, songea-t-elle. *Je veux tout apprendre. Tout ce que vous savez faire, j'en suis capable aussi !* À voix haute, elle déclara :

— J'ai essayé de faire parler Lord Milforth. Je le crois innocent.

— Nous aussi, pour diverses raisons. Mais j'apprécie votre diligence.

Une évidence s'imposait, tout à coup. En plus

d'incarner Lady Rosamond, elle pouvait aider de bien d'autres façons. Son rôle lui donnait l'occasion d'observer de près chacun des prétendants de sa liste, bien plus que les chevaliers. Sa décision était prise : elle allait traquer les signes de nervosité dans les discours et les manières de ses hôtes, guetter les propos susceptibles de trahir des allégeances à un autre que le roi. Elle allait prouver sa valeur à la Ligue.

C'est là que ses yeux se posèrent à nouveau sur Philip. Les cheveux trempés de sueur, le corps tendu sous l'effort, il venait de croiser le fer avec son adversaire, dont il retenait maintenant l'épée au-dessus de leurs têtes. Juste ciel ! Comment rester concentrée en présence d'un tel homme ?

Ce soir-là, Lord Milforth se montra plus hardi. La bière coulait à flots, les danses s'enchaînaient, et Anne se retrouva entre ses bras trop longtemps à son goût. Il l'attirait à lui et la faisait virevolter avec l'énergie d'un jeune homme. Enfin, elle réussit à lui échapper, non sans lui adresser une œillade aguicheuse en guise de compensation. Puis elle se tourna vers un autre danseur, qui l'entraîna dans une ronde endiablée.

Elle passait de cavalier en cavalier. Quand l'un d'eux la souleva de terre pour la faire tourbillonner, elle retint son souffle, un peu effrayée. Pourvu qu'il ne soit pas ivre ! Il risquait de la lâcher. Il chancela, elle poussa un cri…

Et Philip l'arracha des mains du buveur, la retenant contre son torse. Elle resta là quelques instants, dans la chaleur de ce corps solide aux muscles durs, tout en puissance. Elle leva les yeux. Il ne souriait pas. Ses prunelles vertes étincelaient. Le souffle lui manqua.

Quand il la reposa au sol, elle en fut presque déçue. Il la prit par le bras, la fit tournoyer, puis la guida vers un nouveau cavalier.

— Pas de cabrioles, gronda-t-il à l'adresse du nouveau partenaire.

L'intéressé n'en menait pas large. Il acquiesça d'un signe de tête.

Une heure plus tard, alors que la fête battait son plein, Anne quitta discrètement sa table, en espérant que le maître des lieux ne s'apercevrait de rien. Un brusque mouvement d'invités et de serviteurs la coupa de ses chevaliers. Sa peur resurgit comme un aiguillon.

Quelqu'un l'enlaça à la taille. Elle se raidit.

— Vous ne partez pas déjà, j'espère ? souffla Lord Milforth à son oreille.

Il parlait d'une voix lente et pâteuse. Il avait manifestement trop bu. Le malaise d'Anne s'accrut.

— La journée a été bien remplie, milord, répondit-elle d'un ton faussement enjoué. Vous m'avez montré à quel point la vie me serait agréable ici.

— Vous n'avez pas encore tout vu.

Il resserra son étreinte. Elle n'eut d'autre choix que de se laisser guider. Restait à espérer que le fils n'avait rien remarqué… Elle hésitait encore à appeler à l'aide – de toute façon, qui l'entendrait dans tout ce brouhaha de musique et de rires ? Sans compter que, dans sa situation, Lady Rosamond n'aurait pas crié. Bien au contraire : elle aurait profité des réjouissances.

Le baron l'attira dans une alcôve contiguë à la grande salle. Une fenêtre s'y ouvrait sur le ciel nocturne, où la lune disparaissait à demi derrière les nuages. Il tira sur un cordon. Un rideau tomba entre eux et le reste des convives, étouffant les sons.

— Une bien belle vue, murmura-t-il.

Sans détourner les yeux de la fenêtre, elle se força à sourire poliment. Des lèvres chaudes se posèrent sur sa nuque. Ah... Il ne parlait pas du paysage.

— Voyons, milord, il n'est pas convenable de prendre ce qui n'a pas encore été offert, le taquina-t-elle pour alléger un peu l'atmosphère.

Ce malotru se permettait de l'embrasser derrière l'oreille, à présent. Elle tenta de se dérober. Il lui laissa un peu d'espace, sans la lâcher, toutefois. Tout de même, elle fut en mesure de se retourner pour poser une main ferme sur son torse.

Il ne se laissa pas démonter.

— Je me suis laissé dire que vous aimiez savoir à qui vous aviez affaire.

Elle inclina la tête.

— C'est tout l'intérêt de notre rencontre.

D'ailleurs, j'en apprends long sur vous en ce moment même, se dit-elle, dégoûtée. Où étaient ses chevaliers ? Philip ne l'avait pas quittée des yeux de toute la journée, et voilà qu'il n'était pas là quand elle avait besoin de lui !

— Ce n'est pas à l'aspect mondain que je pensais, murmura-t-il en l'attirant plus près.

Anne résista, le repoussant des deux mains. En vain : la distance entre eux se réduisit peu à peu. Après l'avoir plaquée tout contre lui, il lui tint la tête pour lui imposer un baiser. Elle garda les lèvres serrées. Il allait bien finir par se rendre compte que sa piètre tentative de séduction la laissait de marbre, tout de même. Mais non : déjà il approchait ses lèvres humides. Quand il les posa sur les siennes, elle eut toutes les peines du monde à réprimer un frisson de dégoût.

Une petite voix sournoise, dans sa tête, lui chuchota que le baiser de Philip avait été mille fois plus expert et plus agréable.

Quand Lord Milforth se redressa enfin, il la dévisagea avec un étonnement qui se mua bientôt en satisfaction.

— Visiblement, votre premier mari ne vous a pas tout enseigné… Je vais tâcher d'y remédier.

Comment aurait répondu Lady Rosamond ? Par un charmant rire de gorge, suivi d'une remarque piquante :

— J'aime tenir les rênes lors d'un premier baiser. Vous ne savez pas ce que vous avez manqué.

Là-dessus, elle rouvrit le rideau. Sir Walter se trouvait là, à deux pas. Il l'attendait. Quel soulagement ! Mais pourquoi n'était-il pas venu à son secours ? Cela dit, la comtesse n'aurait sans doute pas voulu qu'on la dérange en plein aparté galant.

Du regard, le capitaine lui adressa une question muette. Avec un sourire narquois, elle tourna la tête vers son hôte. Ce vieux beau ne savait plus trop où se mettre.

— Tout va bien, Sir Walter. Mais je crois qu'il est grand temps pour moi d'aller dormir.

Le baron la suivit avec empressement.

— Lady Rosamond, j'étais dans l'erreur. Je m'en rends compte, maintenant. Je vous en prie, revenez.

Pour toute réponse, elle agita la main en signe d'adieu. Puis elle laissa Sir Walter la conduire à travers la foule jusqu'à l'escalier maître. Ses autres chevaliers lui emboîtèrent le pas, et leur petit cortège remonta jusqu'à sa chambre.

Devant sa porte, elle se tourna vers eux et leur adressa un sourire épuisé.

— Messires, vous vous êtes montrés fort consciencieux, ce soir. Je vous remercie.

Sir Walter fit un pas vers elle, mais elle l'arrêta d'un geste.

— Nous discuterons demain, si vous le voulez bien. Je suis trop fatiguée. Nous partirons après la messe ?

Le capitaine confirma d'un mouvement de tête.

Elle capta le regard soupçonneux de Philip, qui oscillait entre elle et Walter. Pas question de lui révéler ce qui venait de se produire. Il aurait bien été capable de briser son serment d'obéissance aux hommes de l'Épée pour aller étriller Lord Milforth.

Cette fois encore, ce fut à Philip qu'incomba le premier tour de garde. Lorsque les autres chevaliers se furent retirés dans leur chambre, il se mit à faire les cent pas dans le couloir. Il ne se remettait pas de l'affreuse sensation de vide qui l'avait assailli en découvrant la disparition d'Anne. Lui et ses trois compagnons s'étaient immédiatement séparés pour la retrouver. Il ne s'était pas écoulé plus de quelques minutes avant que Sir Walter revienne avec elle dans la grande salle. Pourtant, ce court laps de temps lui avait paru une éternité. Où avait-elle bien pu aller ?

De jeunes valets montèrent des seaux d'eau pour Anne. Philip ne put s'empêcher de repenser à la dernière fois qu'il l'avait vue dans son bain. Malgré le péril qu'ils encouraient, il n'arrivait pas à s'ôter de la tête cette scène voluptueuse. C'était consternant. Chaque fois que la porte s'ouvrait, il venait se camper devant pour en défendre l'accès. Comme si, dans l'immédiat, la menace pouvait venir d'un autre que de lui-même… Plusieurs fois, il entrevit Anne, vêtue de ce déshabillé qui épousait si bien ses formes. Quand la porte s'ouvrit une fois de plus, il la vit penchée sur le baquet, nimbée de vapeur. Elle leva les yeux et l'aperçut. Leurs regards restèrent accrochés l'un à l'autre un instant, chargés d'une tension qui lui embrasa les veines. Il avait bien besoin de ça, après le baiser qu'ils avaient échangé ! Il éprouvait un mélange d'excitation, de frustration et de colère envers lui-même. Aucune femme ne l'avait jamais précipité dans de telles affres, ni fait oublier toutes les autres, même si elles se jetaient dans ses bras.

Margaret quitta la chambre d'Anne et referma le battant derrière elle. Elle lui sourit d'un air absent, avant de gagner avec satisfaction sa propre chambre.

Philip se retrouva seul devant la porte close, livré à son imagination. Il ne cessait de revoir Anne dans son bain. Ces images le hantaient. Il ne parvenait même pas à les mettre de côté pour mener à bien cette mission qu'il avait juré d'accomplir. Et elle, de son côté ? Était-elle troublée de le savoir là, tout près ?

Il se remit à arpenter le couloir en s'efforçant de réfléchir au moyen d'aider le roi. S'il réussissait, il s'attirerait forcément l'attention des dames de la Cour. Un bon mariage : voilà le seul objectif qu'il devait poursuivre. N'était-ce pas son devoir, en mémoire de sa famille ?

Restait la présence d'Anne, si proche. Anne, qu'il avait repoussée. Anne, qui avait choisi d'aller de l'avant plutôt que de vivre dans les regrets.

*
* *

Quand celle-ci retrouva Philip au petit déjeuner, le lendemain matin, elle hésitait entre colère et amertume. Alors comme ça, ils n'avaient fait que « s'aider l'un l'autre ». Et c'était presque malgré eux qu'ils s'étaient embrassés. Quelles fadaises ! Elle en aurait grogné tout haut. Au moins, maintenant, elle savait à quoi s'en tenir. Elle n'avait été qu'un caprice pour lui. Une petite servante sous la main, c'était bien commode. Jamais elle n'oublierait.

Même si son traître de corps, lui, en redemandait.

Comme à son habitude, Sir Walter restait imperturbable. Elle ne cessait de lui jeter des coups d'œil. Qu'avait-il saisi au juste de la scène qui s'était déroulée derrière le rideau ?

Au moment de quitter Birkin Castle, une heure plus tard, elle remercia le baron pour son hospitalité, indifférente à sa gêne. Il avait abusé de la boisson, lui assura-t-il. Elle lui sourit avec raideur. À son grand dépit, Philip avait entendu les excuses de Milforth. Il n'allait pas manquer de se poser des questions.

Enfin, ils reprenaient la route. Pourtant, le ciel infini et la campagne vallonnée, hier encore si paisibles, lui paraissaient maintenant trop vastes. La forteresse et les cris d'adieu s'estompèrent peu à peu derrière eux. Au moins, sa petite comédie avait été un succès. Mais le soulagement qu'elle éprouvait à cette idée ne dura pas. La route recelait trop de dangers. Elle baissa son voile de gaze pour se couvrir le visage. Quelqu'un s'était déjà aperçu qu'elle n'était pas Lady Rosamond ; elle n'avait pas envie que cela se reproduise.

Bien sûr, elle avait toute confiance en ses protecteurs. La nuit passée, ils avaient quitté une nouvelle fois la sécurité du château pour s'assurer qu'elle ne courrait aucun danger ce matin, elle le savait. Mais même eux ne pouvaient pas deviner ce qui les attendait au tournant.

Placés en carré autour de Margaret et elle, les quatre chevaliers scrutaient l'horizon. Toute la matinée, sous le ciel plombé et les averses occasionnelles, Philip tenta de rompre la monotonie en interrogeant ses compagnons sur leur vie personnelle. Sans le moindre succès. Elle aurait pu lui dire qu'il n'arriverait jamais à leur tirer les vers du nez. À en croire les rumeurs, la Ligue imposait à ses membres la plus stricte confidentialité, et les hommes de l'Épée préservaient farouchement leur vie privée. Après tout, leur service ne durait qu'un temps. À vrai dire, elle ne savait même pas s'ils étaient mariés, s'ils avaient des enfants, ni même s'ils appartenaient à la noblesse ou s'ils étaient simples chevaliers.

Cela dit, pas une fois elle n'entendit Philip aborder le sujet de la Ligue proprement dite.

D'après Elizabeth, il connaissait tous les hauts faits des membres de l'ordre. Il avait même répertorié chacun de leurs exploits sur une carte, comme pour essayer de deviner où se trouvait leur siège. Jusque-là, Anne avait supposé qu'il apprécierait de se trouver là, en présence d'hommes de l'Épée. Qu'il y verrait l'occasion d'en apprendre davantage sur eux.

À présent, elle n'en était plus si certaine. Et si, en favorisant l'intégration de Philip dans leur petit groupe, elle avait commis une injustice envers lui au lieu de lui rendre service ? Peut-être que la Ligue ne faisait vraiment plus partie de ses projets. Peut-être qu'il s'était réellement choisi une autre voie. Et elle l'en avait détourné.

D'un autre côté, ne lui avait-il pas affirmé qu'il trouverait un moyen de se faire remarquer du souverain ? Dans cette perspective, quoi de mieux que d'aider la Couronne ? Nul doute que le roi Henry, dans sa gratitude, allait présenter à Philip sa propre sélection de jeunes damoiselles bien nées et… bien dotées.

Anne soupira. Margaret, qui chevauchait à ses côtés, lui adressa un coup d'œil inquiet, mais ne lui posa pas de question. Évidemment. Personne ne lui posait de question, puisqu'elle était censée être Lady Rosamond Wolsingham.

Une noble dame, qui n'aurait pas dû penser autant à l'un de ses gardes.

Chapitre 7

La matinée s'écoula au fil de leur progression vers le sud. Anne commençait à se fatiguer de surveiller les environs en quête d'éventuels assaillants. Comment les hommes de l'Épée faisaient-ils pour rester si calmes ? Rien ne semblait pouvoir les perturber. Cela dit, quoi de plus logique, au fond ? Leur quotidien n'était qu'une succession d'aventures. Si c'était bien l'existence qu'elle souhaitait, elle avait tout intérêt à s'habituer à cette vigilance et à cette méfiance de tous les instants.

Philip ne cessait de lui lancer des regards soupçonneux. Il devait se demander ce qui s'était passé avec Lord Milforth. C'était pénible. Heureusement, il n'osa pas l'interroger en présence des autres chevaliers.

Ils cherchèrent un endroit sûr où s'arrêter déjeuner. Tout endolorie, Anne mit pied à terre et s'étira les jambes en grognant doucement. Elle n'avait jamais chevauché aussi longtemps de sa vie.

— Sir Philip ! lança Sir Walter. Un peu de viande fraîche ne nous ferait pas de mal, ce midi. Vous sentez-vous l'âme chasseresse ?

— Mais certainement, répondit Philip en tapotant la dague accrochée à sa ceinture.

Il ne laissa rien paraître devant le capitaine, mais Anne vit la perplexité se peindre sur ses traits tandis qu'il s'éloignait. Elle aussi était intriguée.

Philip parti, les trois chevaliers se tournèrent vers elle. Elle se raidit.

— Quelque chose ne va pas ?

— J'ai entendu Lord Milforth vous faire des avances, déclara le capitaine.

Elle se sentit rougir jusqu'à la racine des cheveux. Il ne manquait plus que ça !

— Et je l'ai remis à sa place sans aucune difficulté, vous avez dû l'entendre aussi. Il était ivre.

— Je regrette de ne pas avoir pu vous porter secours.

— C'est gentil, mais il ne faut pas. Lady Rosamond sait s'y prendre avec ses soupirants.

— Précisément. Tout le problème est là…

Contre toute attente, le capitaine fit claquer ses talons comme s'il était nerveux, puis jeta un coup d'œil en coin à ses compagnons de l'Épée, qui piquèrent du nez. Qu'est-ce qui leur prenait, tout à coup ?

— Allons, Sir Walter, parlez.

Tout valait mieux que cet étalage d'embarras.

Le chef de son escorte prit une grande inspiration.

— Votre innocence vous honore, mais Lady Rosamond n'a rien d'une ingénue. Elle aurait su répondre au baiser du baron.

Autrement dit, la remarque de ce rustre de Milforth n'avait pas échappé à Walter. Anne grimaça. Impossible d'avouer qu'elle avait déjà pratiqué la chose – et même davantage –, et que son innocence présumée n'était qu'une façon de dissuader l'importun. Pour qu'ils sachent qu'elle ne correspondait pas à l'image de jeune vierge qu'ils avaient d'elle ? Impensable. Même simple servante, on a son amour-propre, tout de même.

— Si cette situation doit se reproduire, je tâcherai d'être à la hauteur, murmura-t-elle en se forçant à les regarder dans les yeux.

Margaret, effarée, s'activait autour du feu pour dissimuler son malaise.

— Lady Rosamond passe pour une femme d'expérience, insista Sir Walter. Vous n'êtes pas à l'abri d'une autre tentative de ce genre. Or, nous ne pouvons nous permettre d'éveiller les soupçons. Je pense qu'il serait bon de vous y préparer.

Elle le dévisagea, bouche bée. Se proposait-il de jouer les professeurs ? Il avait l'âge d'être son père !

Il poussa le beau Sir Joseph vers elle. Le malheureux trébucha, les joues en feu.

Sir Walter s'éclaircit la voix.

— Nous nous sommes dit que ce serait plus simple, puisque vous faites à peu près la même taille.

S'exercer à embrasser Sir Joseph ? Mais comment allait-elle pouvoir le regarder en face, après cela ?

— Je ne voudrais offenser personne, mais je ne peux pas… Enfin, ce serait tout à fait… inconvenant. Vous ne pourriez pas simplement, je ne sais pas, me… décrire la chose ?

Elle enrageait de bafouiller ainsi. Une femme plus hardie aurait su se tirer d'embarras ; elle, elle se sentait complètement démunie.

C'est là que Philip surgit du bois. Il tenait par les oreilles un lièvre qu'il avait abattu. Elle manqua défaillir de soulagement.

— Diantre ! Vous avez fait vite, s'exclama Sir Walter.

Philip les regarda tour à tour. Pourvu qu'il n'ait pas saisi de quoi ils parlaient…

— Je suis bien aise d'être bon chasseur, commenta-t-il d'un ton léger. Sans quoi j'aurais raté cette amusante conversation.

Anne se détourna en gémissant. Elle aurait voulu pouvoir foudroyer Sir Walter du regard, mais ce n'était pas la faute du capitaine si elle n'osait pas lui avouer la vérité.

— À en juger par votre joli teint vermillon, Sir Joseph, je devine que vous êtes un homme marié, poursuivit Philip.

Anne épia l'homme de l'Épée du coin de l'œil. Il ne fit pas de commentaire.

— Quant à vous, ajouta Philip, votre grand âge vous interdit d'embrasser une si charmante jouvencelle. C'est donc moi qui lui ferai honneur.

Sur ces mots, il tendit le lièvre à Sir Walter. Il comprenait son dilemme, songea Anne, reconnaissante. Il la sauvait d'une situation des plus gênantes. Elle n'en garda pas moins l'air contrarié.

Le capitaine fit passer la bête à Sir David avant de reporter son attention sur Philip.

— Ce ne serait pas très sage. Sir Joseph saura conserver son sang-froid…

— Parce qu'il est marié, c'est ça ? l'interrompit Philip. Vous ne voudriez tout de même pas qu'il ait l'impression de trahir son épouse !

— Ce ne serait pas la trahir ! s'indigna Sir Joseph.

— Ah ! vous êtes donc bien marié ! s'écria Philip, triomphant. Cela vous met hors course. Sir David, allez-vous revendiquer le rôle ?

L'intéressé, qui les dépassait tous d'une bonne tête, se fit tout petit. On eût dit qu'il cherchait à disparaître dans l'humus. Il ouvrit la bouche, mais aucun son n'en sortit.

Anne commençait à se sentir un peu rejetée.

— Bon, c'est donc moi qui m'en chargerai, conclut Philip en la prenant par la main. Allons-y, Lady Rosamond.

— Minute, le héla Sir Walter avant qu'ils aient eu le temps de s'éloigner. Où l'emmenez-vous comme ça ?

— À l'abri des regards. Une innocente damoiselle ne peut pas prendre ce genre de leçon sous les yeux de tout un groupe d'hommes. Soyez sans crainte : les lieux sont sûrs. Ma partie de chasse me l'a confirmé.

Le capitaine parut sur le point de s'y opposer, mais il se ravisa.

— Entendu, céda-t-il. Ne vous éloignez pas trop.

— Nous serons juste derrière le petit bosquet, là-bas, dit Philip en désignant d'un geste les arbres derrière lui.

— Ne vous attardez pas, ajouta Sir Walter. Et attention : seulement des baisers. Des baisers *brefs*.

— Vous ne me croyez pas capable de profiter de la situation, j'espère ! protesta Philip en portant une main à son cœur, faussement indigné.

Anne eut du mal à se retenir de rire.

— On ne sait jamais, avec vous, rétorqua sèchement le capitaine.

Elle tira Philip par la main.

— Je vous en prie, finissons-en.

Il passa devant elle pour lui montrer le chemin. Il écartait les branches à son intention, lui indiquait les flaques de boue à éviter. En un mot, il se comportait tout à fait normalement. Ainsi, lorsqu'ils débouchèrent dans une petite clairière traversée par un ruisseau bondissant, Anne était calme, même si elle ne cessait de se retourner de crainte que quelqu'un les épie depuis les arbres.

Quand il s'arrêta et se tourna vers elle, elle lui adressa un signe de tête reconnaissant.

— Merci de m'avoir tirée de ce mauvais pas. J'aurais dû leur avouer que je n'avais pas besoin qu'on m'enseigne l'art du baiser, mais je ne voulais pas qu'ils sachent… Qu'ils pensent…

Il la prit au dépourvu en posant un doigt sur ses lèvres. À son contact, elle oublia tout ce qu'elle voulait dire.

— Chut, souffla-t-il.

Il était trop près. Leurs vêtements se frôlèrent et, aussitôt, elle sentit sa peau devenir plus sensible. Avec une délicatesse infinie, comme s'il cueillait un fragile bouton de rose, il prit son visage entre ses mains chaudes.

Elle avait la bouche sèche comme de la paille, au point qu'elle dut se passer la langue sur les lèvres pour pouvoir parler.

— Que faites-vous, Philip ? haleta-t-elle. Nous devions juste faire semblant !

— C'était votre intention ? chuchota-t-il.

Du bout des pouces, il traça le contour de ses lèvres. Elle chancela.

— Cela ne mènera nulle part !

— Il faut que nous soyons convaincants…

Il posa les lèvres sur son front. Sa barbe naissante la chatouilla.

— N'oubliez pas que je suis un homme jeune, plein de sève, poursuivit-il sur le ton de la raison. Je viens d'avoir l'occasion d'embrasser une femme sublime. Je dois avoir l'air dûment troublé.

Elle sentit sa résolution vaciller lorsqu'il lui déposa un autre baiser sur la pointe du nez.

— Je… suis sûre que vous saurez donner le change.

Leurs lèvres étaient si proches, à présent, qu'elle percevait la caresse brûlante de son souffle. Elle aurait pu le repousser, bien sûr : il ne retenait sa tête qu'avec douceur. Seulement… elle ne s'appartenait plus. Au souvenir de leurs instants volés à Alderley Castle, du tendre baiser de réconfort qu'il lui avait donné deux nuits plus tôt, sa volonté devenait captive de celle de Philip. Plus rien n'existait autour d'elle. Seuls subsistaient ce visage vibrant, cette silhouette robuste qui occultait les rayons du soleil filtrant à travers le feuillage. Ce corps contre lequel elle ne songeait plus qu'à se presser. Comment résister à ces yeux mi-clos qui la dévoraient du regard ? Ses dernières hésitations, pourtant si fondées, ne pouvaient qu'être balayées.

— Faire semblant ne suffirait pas, murmura-t-il en effleurant de ses lèvres la bouche d'Anne.

Sous cette infime caresse, elle laissa échapper un petit gémissement révélateur.

— Je suis un piètre comédien, ajouta-t-il.

Et, sur ces mots, il l'embrassa. Elle répondit à son baiser, par petites touches, savourant ses lèvres offertes. Enfin, elle retrouvait son goût, son odeur. Elle passa les bras autour de sa taille et le serra contre elle, cherchant désespérément un répit à l'embrasement douloureux de ses seins, de ses reins, à ce feu que lui seul savait allumer en elle.

— Oh ! Anne…, souffla-t-il.

Ce simple mot l'emplit d'une profonde gratitude.

Il y avait si longtemps qu'on ne l'avait pas appelée par son prénom…

Quand ses baisers s'enhardirent, elle fut incapable d'y résister. Elle désirait l'invasion de cette langue ardente, audacieuse, insatiable. Il la renversa en arrière, la mit à sa merci. Et lorsque leurs langues se joignirent, ils gémirent à l'unisson.

Chapitre 8

Perdu dans l'étreinte d'Anne, Philip oublia ce que la solitude voulait dire. Elle était douce, chaude. Ses formes épousaient son propre corps. Entre ses bras, le passé et l'avenir n'existaient plus. Elle seule comptait. Il avait l'impression que l'éternité ne suffirait pas à le rassasier de ses baisers.

Ce n'était déjà plus assez, d'ailleurs. Il avait envie d'elle, violemment, irrésistiblement. Il fit courir ses mains le long de son dos, s'émerveillant de sa taille souple et de la fermeté qu'il devinait sous les vêtements. Il ne put s'arrêter là. Ses paumes trouvèrent l'arrondi des fesses, qu'il prit à pleines mains et souleva, pour mieux la sentir contre son membre durci.

Anne haleta et, soudain, les mains qui l'avaient attiré à elle se posèrent contre son torse pour le repousser. Il la libéra aussitôt, si bien qu'elle tituba en arrière. Elle le dévisagea, consternée.

Elle avait les lèvres encore humides de leurs baisers. Ses cheveux de jais, jusque-là retenus en arrière et dissimulés sous son capuchon, s'échappaient à présent en boucles serrées. Elle avait tout de l'amante prête à succomber.

Mais c'était Lady Rosamond qui se trouvait devant lui. La dame qu'il devait protéger. Et aussi Anne, la femme qu'il avait déjà blessée par le passé en se laissant aller à ce genre de badinage inconséquent.

Avec un grondement rageur, elle tourna les talons et commença à s'éloigner.

— Anne !

Voyant qu'elle ne réagissait pas, il se corrigea :

— Lady Rosamond.

Elle se figea, sans se retourner.

— N'y voyez qu'une autre leçon, que vous venez d'apprendre avec brio. D'autres hommes vous embrasseront, avec ou sans votre consentement. Je croyais que vous aimiez être dans la peau de la comtesse. Or, ces choses-là n'ont pas de secret pour une veuve.

Il l'entendit soupirer, mais elle reprit son chemin sans répondre.

— Ah ! les femmes…, maugréa-t-il en lui emboîtant le pas à travers les bois.

Il rajusta son pourpoint. Par chance, l'habit était assez long pour couvrir ce que ses chausses en laine ne dissimulaient sans doute pas. Son désir pour elle n'avait rien perdu de sa vigueur.

Il se força à penser à son avenir. L'espoir de s'élever, d'accroître le prestige de sa famille, voilà ce qui comptait le plus. À défaut de rejoindre la Ligue, il devait au moins accomplir ce rêve-là, ne serait-ce que pour sa mère. Elle avait eu tant d'ambitions pour lui… Et lui-même les avait reprises à son compte. Hors de question de s'en laisser détourner par son faible pour Anne.

Lorsqu'ils réapparurent l'un à la suite de l'autre, tous les yeux se tournèrent vers eux. Le lièvre, dépecé, grésillait sur une broche au-dessus d'un feu, aux bons soins de Margaret. La jeune servante les regarda avec une absence totale d'expression. C'était loin d'être le cas des chevaliers, qui se mirent à traîner les pieds dans la poussière, visiblement mal à l'aise. Quant à Walter, les mains sur les hanches, il les toisait d'un air peu amène.

— Alors ? lâcha-t-il. Qu'a donné votre besoin d'intimité ?

— Un bon mal d'estomac, répliqua Philip en se frottant le ventre.

Anne se tourna vers lui, perplexe.

Pour l'empêcher de réagir, il ajouta précipitamment :

— Madame la comtesse a jugé que je m'amusais un peu trop à ses dépens. J'ai donc eu droit à un coup de coude bien senti pour me rappeler les bonnes manières.

Le capitaine ne desserra pas les mâchoires, mais il finit par tourner vers Anne son regard inquisiteur.

— Il n'a pas abusé de la situation ?

— Non, il m'a laissée agir comme je l'entendais, affirma-t-elle sans ciller. Et je ne m'en suis pas privée quand j'ai estimé qu'il commençait à s'égarer.

— Bon, soupira Walter sans chercher à cacher son soulagement. Le repas sera prêt dans un instant. Nous pourrons bientôt repartir.

— Serons-nous chez Lord Egmanton dès ce soir ? s'enquit Anne.

Philip se demanda si elle connaissait la liste par cœur. Rien que de songer à cette succession de seigneurs, tous empressés de lui plaire et de la divertir, il en avait la nausée.

Mais le capitaine répondit par la négative.

— Nous devrons passer la nuit dans une auberge

aux abords de Doncaster. Nous trouverions de meilleurs établissements à l'intérieur de la ville, mais ce serait risqué : c'est une grande cité.

Elle opina du chef et alla s'asseoir à côté de Margaret, sur la nappe étendue au sol.

Le déjeuner se déroula dans la gêne collective. Les quelques tentatives de conversation sonnaient faux. Les compagnons ne retrouvèrent un peu de naturel qu'après avoir repris la route. Et encore : ils se mirent surtout à bavarder par une sorte d'accord tacite, pour faire oublier aux deux femmes que leur groupe était peut-être encore sous surveillance.

Joseph tira sur les rênes de son cheval, laissant Anne le rattraper. En queue de cortège, Philip s'approcha sans en avoir l'air pour mieux entendre ce qui se disait. L'homme de l'Épée inspira profondément, comme s'il lui coûtait de s'exprimer tout haut. Quoi d'étonnant, au fond ? Il lui suffisait d'apparaître quelque part pour attirer tous les regards de ces dames... Il y avait de quoi être intimidé, songea Philip.

Joseph finit tout de même par se lancer :

— Vous savez, milady, il serait peut-être utile que vous sachiez une ou deux choses à propos des hommes de la noblesse.

Philip, qui se trouvait juste derrière Anne à présent, la vit sourire au chevalier. La jalousie lui tordit les entrailles. Elle ne lui souriait plus jamais ainsi, à lui – même si elle ne se faisait pas trop prier pour l'embrasser.

— Que me reste-t-il à apprendre ? répondit-elle avec gaieté. Je les côtoie depuis toujours, ou presque.

— Les seigneurs qui veulent vous séduire ne se contenteront pas de vous embrasser.

Joseph jeta un coup d'œil soupçonneux derrière lui.

— Mais peut-être que Sir Philip a déjà abordé cette question avec vous.

— J'étais bien trop occupé à reprendre mon souffle. C'est que milady a le coude puissant !

La remarque de Philip amusa David. Même Walter ne put retenir un demi-sourire.

— Et que dois-je savoir, alors ? demanda Anne.

— Qu'ils chercheront naturellement à vous enlacer, reprit Joseph.

— Pour mieux vous empêcher de leur échapper, renchérit David par-dessus son épaule.

Anne ricana. Non sans amertume, Philip se demanda si elle faisait un rapprochement avec lui.

Joseph s'éclaircit la voix, comme pour leur rappeler qu'il ne plaisantait pas.

— Ils auront les mains baladeuses.

— Et il faudra les décourager, repartit Anne, toujours souriante.

— C'est indispensable, milady ! Dans le cas contraire, ils se sentiraient encouragés ! Sans compter le risque que vous-même… vous impliquiez un peu trop.

Cet ajout suscita les rires du groupe – à l'exception notable de Margaret, remarqua Philip. Voûtée sur sa selle, la servante chevauchait tête baissée, sans même profiter de la vue dans cette belle vallée du Don. Elle se montrait si distante avec eux… Se pouvait-il qu'un homme en soit la cause ? Leur mission l'aurait-elle séparée d'un être aimé ?

Ou craignait-elle simplement une autre attaque ?

— Je doute qu'un tel comportement soit l'apanage

des hommes bien nés, fit observer Anne. Il me semble qu'en la matière tous les mâles sont opportunistes, non ?

Cette pique-là, Philip savait bien à qui elle était destinée.

Walter se rembrunit.

— Pas tous, non.

Philip tourna les yeux vers lui.

— Seriez-vous à mettre dans un autre panier que nous, pauvres pécheurs ?

— Ce n'est pas ce que j'ai dit. Simplement, beaucoup d'hommes traitent les femmes avec respect.

— Vous, notamment, souligna Philip.

— Je m'y efforce.

— J'imagine l'inconfort de votre situation. Après tout, vous avez peut-être des filles de l'âge de la comtesse.

Le capitaine resta impassible.

— Imaginez ce que bon vous semble. Ma vie privée n'a aucune importance, ici. Seule compte celle de Lady Rosamond.

— Ce doit être difficile de donner des conseils sans pouvoir se référer à son expérience personnelle, commenta Philip, avant d'ajouter, avec un soupir exagéré : Ah ! c'est le prix à payer lorsqu'on est membre de la Ligue.

— L'anonymat a ses bons côtés, objecta lentement Walter. Ainsi, vous n'êtes pas sommé de prendre parti.

— Même s'il arrive qu'on vous y incite fortement, intervint David depuis l'avant du cortège.

Walter haussa les épaules.

— Bah, il n'est pas très difficile de résister à ce genre de sollicitation.

— Parce que vous servez l'Épée, et devez donc vous tenir au-dessus de la mêlée ? demanda Anne.

— Parce que nous prêtons serment, précisa Joseph. Et puis, notre engagement est de courte durée. Nous savons que notre service ne durera qu'un temps.

Philip ne put se retenir de sourire.

— Ensuite, vous pouvez rentrer chez vous et redevenir de simples mortels, c'est ça ?

Joseph éclata de rire. Voilà bien la première fois que Philip voyait l'un des hommes de l'Épée exprimer si franchement une quelconque émotion. Se pouvait-il qu'ils soient humains, tout compte fait ?

— Si chacune de vos missions doit rester secrète, vos familles savent-elles où vous êtes ? voulut savoir Anne.

D'un même mouvement, Joseph et David se retournèrent vers Walter, qui fermait la marche avec Philip. À l'évidence, ils préféraient laisser le capitaine décider de la réponse à donner.

L'aîné des chevaliers hésita un instant.

— Non, mais un message rédigé par nos soins leur sera envoyé s'il nous arrive malheur.

Cette précision jeta un froid sur le groupe. Vraisemblablement, les félons savaient qu'on les avait entendus comploter contre le roi. Le danger pouvait donc survenir à tout moment.

Philip inclina la tête, bien décidé à approfondir la question.

— Autrement dit, lorsque vous partez, vous vous préparez à l'éventualité de ne pas revenir.

Margaret soupira bruyamment. Walter lui adressa un signe de tête compréhensif, mais il répondit tout de même, sans trahir d'émotion particulière :

— Nous prenons toutes les précautions qui s'imposent.

N'avez-vous pas procédé de même, Sir Philip, avant votre départ pour la France ?

— Je n'avais déjà plus aucun proche.

Il eut un pincement au cœur au souvenir de sa détresse passée, mais il s'avisa qu'Anne l'étudiait avec attention. Il se força à revenir au présent.

— Tout de même, vous aviez sans doute des biens, des propriétés dont il fallait confier l'administration ? insista le capitaine.

Philip le détrompa d'un signe de tête.

— Pas avant la France. Je n'étais qu'un humble soldat sans fortune.

— Mais depuis ? J'ai ouï dire que vous n'étiez pas mauvais dans les tournois.

— Pas mauvais ? Sir Walter, venant de vous, le compliment est flatteur !

Anne sourit. Les deux autres chevaliers échangèrent un regard visiblement approbateur.

— Pour répondre à votre question, depuis, c'est mon ami John Russell qui gère mes biens pour moi.

— Il ne peut pas savoir où vous vous trouvez à chaque instant, fit remarquer le capitaine. S'il vous arrivait quelque chose, comment en serait-il informé ?

Du coin de l'œil, Philip vit Anne baisser la tête.

— Ma réputation me précède toujours. N'ayez crainte, quelqu'un saurait où envoyer ma dépouille.

Il entendit Anne hoqueter discrètement. Allons, elle n'aimait pas l'imaginer mort. C'était déjà ça. Il plongea le regard dans ses yeux d'obsidienne, si empreints de mystère… Il serait volontiers resté ainsi, à tenter de la comprendre. Mieux valait couper court à l'examen.

— Mais assez parlé de malheur ! conclut-il. Il ne nous

arrivera rien, ni aux uns ni aux autres. Notre mission est assez anodine en apparence, et il semble que nos poursuivants aient pris la poudre d'escampette. Qui sait, peut-être ont-ils jugé préférable de ne pas contrecarrer les projets de mariage d'une comtesse ?

Sa plaisanterie suscita des sourires contraints et des hochements de tête. Mais le cœur n'y était pas, et bientôt tous retombèrent dans un silence gêné.

Le soleil était sur le point de se coucher lorsque Anne et sa suite pénétrèrent dans la cour des écuries de la Trout and Goose. L'auberge se dressait sur la rive du Don, juste de l'autre côté d'un grand pont de pierre qui semblait dater de l'époque romaine. Elle soupira de soulagement. Ces dernières heures n'avaient pas été de tout repos. À mesure qu'ils approchaient de la ville, de plus en plus de voyageurs les avaient rejoints sur la route. Elle s'était surprise à tressaillir chaque fois qu'un cavalier les dépassait, et ses gardes s'étaient attiré des regards noirs en dégainant à plusieurs reprises leur épée. Leur attitude défensive en avait effrayé plus d'un : les hommes avaient serré leurs enfants perchés sur le dos de leurs chevaux, passé un bras protecteur autour de leur épouse. Anne avait eu un peu honte, même si elle savait pourquoi les chevaliers se montraient si prudents.

La plupart de ces voyageurs avaient poursuivi leur route vers Doncaster. Anne ne s'en plaignait pas. Cela dit, on devinait sans peine pourquoi la Trout and Goose n'attirait pas les foules. Elle aurait juré que le premier étage de la bâtisse, qui en comptait pourtant plusieurs, s'affaissait sur le rez-de-chaussée. Des oies se dandinaient dans la cour, cacardant après toute personne qui croisait leur chemin. Quant aux palefreniers, ils ne se pressèrent pas de sortir à leur rencontre. Ils se contentèrent de les regarder d'un air d'ennui, sans même songer à proposer leur aide pour s'occuper des chevaux.

— Vous êtes sûr que nous sommes en sécurité, ici ? s'enquit Anne à voix basse.

Sir Walter jaugea la masure du regard.

— D'aussi loin que je me souvienne, j'ai toujours vu ce tournebride ici. Pour une nuit, ça fera l'affaire. Vous n'avez pas peur des rats, au moins, milady ?

Devant sa mine horrifiée, il s'autorisa un vague sourire, seul signe indiquant qu'il plaisantait. Puis il mit pied à terre.

— Il va falloir panser les chevaux nous-mêmes, déclara-t-il à ses hommes. Les valets d'écurie ne m'inspirent guère confiance, ici.

Il jeta un coup d'œil à Philip et à Margaret.

— Vous, attendez-nous ici avec Lady Rosamond.

— Dois-je en déduire que vous me faites confiance ? ironisa Philip.

— Je ne serai pas loin, gronda Sir Walter sans cacher son irritation.

Philip offrit son bras à Anne.

— Venez, milady. J'aperçois un banc sous le pommier, là-bas, qui n'a pas l'air trop branlant.

Du coin de l'œil, Anne crut voir quelque chose bouger. Un rat ? Allons, Sir Walter avait voulu la taquiner. Tout de même… Elle tourna la tête, mais ne vit qu'un abreuvoir, sans la moindre ride à la surface de l'eau.

— Quelque chose ne va pas ? s'inquiéta Philip.

D'instinct, il avait baissé la voix et posé la main sur la poignée de son épée. Margaret pivota sur elle-même en se tordant nerveusement les mains, comme si leurs assaillants risquaient de surgir au vu et au su de tout le monde.

— Non, ce n'est rien, répondit Anne sans conviction.

— Dans ce cas, permettez-moi de vous escorter. À moins que vous ne me fassiez pas assez confiance pour me donner le bras ?

Avec un sourire complice, il réitéra sa proposition muette. Se rendait-il compte à quel point ses baisers l'avaient perturbée tout l'après-midi ? Savait-il qu'ils avaient ravivé tous les sentiments indésirables qu'elle avait mis des semaines à étouffer ? Elle lui en voulait de l'avoir forcée à se souvenir. Elle s'en voulait, à elle, d'être si sensible à son emprise. Et pourtant, d'une certaine façon, cela la soulageait. Tout comme la première fois, quand elle avait redouté que le moindre baiser ne la renvoie à ceux du sinistre individu qui avait voulu s'imposer à elle. Enfin… Au vu du rôle qu'elle espérait tenir au sein de la Ligue, il faudrait bien qu'elle s'habitue à ce que des tristes sires cherchent à l'intimider.

Bon, mais Philip n'était pas de ceux-là. Et puis, ce n'était qu'un homme parmi d'autres, non ? À contrecœur, elle prit le bras qu'il lui tendait. Elle n'aurait pas dû : aussitôt, la chaleur de son corps la propulsa à nouveau dans ses souvenirs. Elle était contre lui. Il emplissait chaque fibre de son être. Aucun doute : le baiser de Lord Milforth était loin de lui avoir fait le même effet.

Ses irrésistibles yeux verts, posés sur elle, souriaient autant que sa bouche. Soudain, il porta son regard derrière elle. Elle se retourna pour voir ce qui avait attiré son attention. Cette fois, elle le vit clairement :

un tout petit pied dans un simple chausson de toile, juste derrière l'auge.

— Ah... Il me semblait bien avoir vu quelque chose, murmura-t-elle.

— Un jeu, rien de plus, commenta Philip. Laissons-le tranquille et allons nous asseoir.

— J'ai trop mal partout pour m'asseoir. Que diriez-vous de marcher un peu, plutôt ?

Ainsi, en plus de se dégourdir les jambes, elle pourrait voir l'enfant de plus près. À pas lents, bras dessus, bras dessous, ils traversèrent la cour dans un sens, puis dans l'autre. Un murmure de conversation leur parvenait depuis les écuries, ponctué çà et là d'éclats de rire en provenance de la salle commune de l'auberge. Margaret les pria de l'excuser et se dirigea en hâte vers l'arrière du bâtiment. Elle cherchait les latrines, sans doute. Pourquoi n'avait-elle pas demandé qu'on l'accompagne ? Peut-être avait-elle un peu honte de son envie pressante, tout simplement.

C'étaient non pas un, mais deux enfants qui se dissimulaient derrière l'abreuvoir. Sans doute rassurés de n'avoir pas été découverts, ils finirent par sortir de leur cachette. Ils ne devaient pas avoir plus de cinq-six ans. Le garçon, vêtu d'une chemise et de chausses poussiéreuses, s'était bricolé une épée avec deux morceaux de bois. La fillette, elle, portait une robe toute simple serrée à la taille par une cordelette tressée. Elle serrait dans son petit poing une poupée de chiffon à laquelle elle semblait tenir beaucoup.

À leur vue, Philip détourna les yeux. Curieux...

Les deux bambins semblaient se disputer, multipliant les regards et les gestes en direction de l'auberge.

— Je les trouve bien jeunes pour être laissés seuls, commenta Anne à voix basse.

— Bah, j'ai couru les couloirs du château dès mon plus jeune âge. Je ne m'en portais pas plus mal.

Elle lui jeta un coup d'œil intrigué. C'était la deuxième fois en un jour qu'il évoquait son enfance. Et que voulait dire cet empressement à détourner le regard chaque fois que ses yeux se posaient sur les petits ?

— Tout le monde vous connaissait, là-bas, objecta-t-elle. Ici, c'est un lieu de passage. D'une qualité douteuse, qui plus est. Je n'ai encore vu personne s'inquiéter d'eux. Je vais aller leur parler.

— Milady…, commença Philip.

Faisant la sourde oreille, elle se dirigea vers les enfants. Ils s'étaient approchés du banc où Philip lui avait proposé d'aller s'asseoir un peu plus tôt. Les voyant prêts à s'enfuir, elle leva la main.

— Je ne vous veux pas de mal. Ne partez pas.

Main dans la main, ils la regardaient par en dessous, méfiants. Était-ce Philip, avec sa haute taille, qui les impressionnait à ce point ? Non, pourtant : il était resté là où elle l'avait laissé et les observait de loin, impassible. Peut-être s'était-il rendu compte qu'il risquait de les effrayer… Mais quelque chose lui disait qu'il avait d'autres raisons de rester à l'écart.

— Où sont votre papa et votre maman ? s'enquit-elle.

— On n'a pas de papa, marmonna le garçon, la mine farouche.

Pour toute réponse, la fillette montra l'auberge du doigt.

— Votre maman est à l'intérieur, c'est ça ?

Le gamin foudroya sa sœur du regard.

— Faut rien lui dire. Elle nous connaît pas.

— Voulez-vous que j'aille la chercher ?

Le nez enfoui dans sa poupée, ses grands yeux bleus écarquillés, la petite acquiesça d'un signe de tête.

— Elle va se fâcher toute rouge, Lise, tu le sais bien ! gronda son frère.

— Pourquoi se fâcherait-elle ? demanda Anne.

Quelle vie menaient donc ces petits sauvageons ?

La fillette baissa sa poupée.

— On n'a pas le droit d'être là. Elle travaille.

— Ah ! fit Anne, soulagée. Si je comprends bien, vous devriez être à la maison.

Toujours à contrecœur, le garçon confirma.

— Avec ma tante.

— Je ne peux pas vous laisser rentrer seuls. Attendez ici avec mon ami, proposa-t-elle en désignant Philip d'un geste. Je vais prévenir votre maman.

Un air apeuré se peignit sur les traits de la fillette, qui fila se réfugier derrière son frère. Anne jeta un coup d'œil par-dessus son épaule. Philip s'était décidé à les rejoindre.

Il affichait une expression qu'elle ne lui avait jamais vue. Pour un peu, elle l'aurait cru… intimidé ?

— Tout va bien, Lady Rosamond ?

Elle aurait bien voulu l'interroger, mais les petits passaient avant tout.

— Philip, pourriez-vous rester ici avec les enfants pendant que je vais chercher leur mère ?

— Vous ne comptez tout de même pas entrer là-dedans sans escorte ? Je viens avec vous.

Elle lui adressa un reproche muet, sans oser souligner l'évidence : elle ne voulait pas laisser le frère et la sœur sans surveillance. Il y avait de grandes chances qu'ils en profitent pour disparaître. Qui leur viendrait en aide, alors ? Elle jeta un coup d'œil autour d'elle. Sir Walter ! Il venait de sortir des écuries.

Baissant le ton, elle annonça :

— Je vais demander à Sir Walter de m'accompagner à l'intérieur. La mère réagira peut-être mieux si c'est moi qui vais la voir.

Elle se tourna vers les enfants.

— Ne bougez pas d'ici, d'accord ?

Tous deux hochèrent la tête, non sans lorgner Philip avec méfiance. Ce qu'il semblait bien leur rendre. Décidément, quelle attitude étrange...

Elle héla le capitaine et le rejoignit à grands pas. Avant d'entrer dans l'auberge, elle jeta un dernier coup d'œil en arrière. Philip s'était assis sur le banc. Les enfants et lui semblaient se jauger du regard. Au moins, la petite Lise ne se cachait plus derrière son frère...

Quand Anne eut décrit les enfants à l'aubergiste, il la conduisit à leur mère sans faire d'histoires. C'est même avec une certaine bienveillance – de circonstance ? Elle espérait que non – qu'il s'adressa à son employée, affairée à nettoyer les chambres. Il lui donna congé afin qu'elle puisse raccompagner sa progéniture en lieu sûr.

Anne et Sir Walter suivirent la mère dans la cour. Une fois dehors, ils s'arrêtèrent, interloqués. Toujours assis sur le banc, la fillette pelotonnée sur ses genoux avec sa poupée, Philip s'employait à montrer au garçon une esquive à l'aide de l'épée de fortune.

Anne se sentit fondre à la vue de ce grand chevalier

désormais parfaitement à son aise avec les bambins. À l'évidence, il savait comment s'y prendre avec de jeunes enfants. Mais alors, pourquoi s'être montré si hésitant ?

Chapitre 9

Philip passa une soirée fort médiocre. Il avait la désagréable impression d'être le plus grand bouffon de tout le royaume d'Angleterre. L'expression incrédule d'Anne à sa sortie de l'auberge ne lui avait pas échappé. Comme si elle ne l'avait pas cru capable d'établir une trêve avec ces marmots. À vrai dire, lui-même en avait d'abord douté. Ces six dernières années, il avait consciencieusement fui la proximité des enfants. Mais la fillette avait fini par cesser de le regarder comme si elle s'apprêtait à fondre en larmes. Quant au garçon, il était tombé en extase devant son épée, ce qui leur avait fourni un sujet de conversation idéal. Tout de même, la petite l'avait pris de court en voulant grimper sur ses genoux comme pour s'y endormir. Dieu merci, la mère était arrivée avant qu'elle en ait le temps.

Leur petit groupe soupait dans la salle réservée à la noblesse. Pour une fois, ils pouvaient se détendre. Quel plaisir de manger sans devoir s'alarmer chaque fois que quelqu'un passait trop près d'Anne ! Si seulement elle avait bien voulu arrêter de le dévisager ainsi…

Pour détourner son attention, il avait cherché à en apprendre davantage sur la Ligue. Il en avait été pour ses frais. Les chevaliers étaient retombés dans leur mutisme habituel, et les regards d'Anne s'étaient faits encore plus scrutateurs. Il fut soulagé de la voir se retirer.

Joseph fut désigné pour le premier tour de garde. Tous avaient bien conscience qu'en des lieux si fréquentés la vigilance était plus que jamais de mise.

Lorsque les hommes de l'Épée s'engagèrent dans l'escalier menant à l'étage, Philip resta au pied des marches.

— Je vous rejoindrai dans un moment, Sir Walter. Je prendrais volontiers une bière à la taverne avant de monter.

Pourvu que le capitaine saisisse ses intentions… Il voulait laisser traîner une oreille dans la salle commune, prendre le pouls des divers voyageurs.

L'aîné des chevaliers se retourna sur le petit palier. Il étudia Philip de ce regard qui semblait tout comprendre.

— Votre tour de garde viendra vite, finit-il par répondre. Ne l'oubliez pas.

— Comptez sur moi.

Là-dessus, Philip fut libéré de son service.

Une fois installé, il se fit servir une chope par le tavernier.

— Ma meilleure bière, annonça fièrement le bonhomme.

— Vous la brassez ici ?

— Oui, messire. C'est ma femme qui s'en charge.

Philip la goûta, puis leva sa chope d'un air appréciateur.

— Vous lui ferez mes compliments, commenta-t-il.

À la seconde chope, Philip se sentait nettement plus décontracté. Enfin seul ! Quel soulagement d'échapper un peu à l'évaluation permanente des hommes de l'Épée…

La salle commune était calme, ce soir. Les quelques buveurs qui s'y trouvaient étaient aussi tranquilles et solitaires que lui. Pourtant, il éprouva soudain comme un picotement dans la nuque. Quelqu'un l'observait. Un homme, assis à la table près de l'âtre.

Tous deux se regardèrent un moment à la dérobée. Philip finit par se décider.

— Je vous connais, milord ?

L'homme n'en attendait pas plus. Sa chope à la main, il s'approcha, puis tira un siège et prit place en face de lui. Par précaution, Philip avait sorti sa dague du fourreau sous la table, même s'il n'était pas spécialement inquiet. L'inconnu était rond de figure et de ventre et, déjà, un début d'ivresse lui colorait les joues. La tunique et le pourpoint qu'il portait paraissaient bien délicats pour un repaire comme la Trout and Goose.

— Vous ne me connaissez pas, répondit l'homme d'une voix songeuse en s'appuyant sur les coudes. Mais notre ami l'aubergiste m'a appris que votre maîtresse était Lady Rosamond Wolsingham. Est-ce bien vrai ?

Philip envisagea un bref instant de troquer sa dague contre son épée.

— Pourquoi voulez-vous le savoir ?

— Parce qu'il se trouve que je la connais ! affirma l'autre, tout sourires.

Allons, un ennemi n'avancerait pas ainsi à découvert. Mais on n'était jamais trop prudent : mieux valait garder la dague au clair.

— Vous me voyez surpris qu'une dame de sa qualité fasse étape dans ce vieux taudis. À moins qu'elle cherche à voyager en toute discrétion ?

Avec un tenancier aussi bavard, il ne fallait pas y compter, songea Philip, dépité.

— Dites-moi, milord, comment avez-vous fait la connaissance d'une si noble dame ?

L'inconnu émit un petit rire et lui tapota l'avant-bras d'un air entendu.

— Je collectais les taxes pour son père, le vieux duc. Mon nom est Lionel Fitzhugh. J'ai eu la tristesse d'apprendre la mort de son époux. Quelle pitié de laisser derrière soi une veuve si jeune…

Après avoir remisé sa dague, Philip fit signe qu'on leur apporte à boire.

— Permettez-moi de vous offrir une autre chope, messire Fitzhugh.

Pendant une heure encore, il fit boire et parler son compagnon, sans confirmer l'identité de Lady Rosamond. Quand enfin il le vit prêt à rouler sous la table, il l'aida à gravir l'escalier trop étroit jusqu'à sa chambre. Il voulait vérifier que l'homme voyageait seul, comme il le lui avait affirmé. La chambre exiguë était déserte. Il ne vit qu'une sacoche sur la table. Bien. Il laissa Fitzhugh s'étaler sur son lit, ivre mort. Qu'il dorme ainsi jusqu'au lendemain midi. Mieux valait qu'il manque leur départ.

D'un pas lourd, Philip gagna la chambre d'Anne. Posté devant sa porte, un Joseph circonspect le détailla du regard.

— Il faut que je parle à Lady R-Rosamond, bafouilla-t-il.

Pourquoi avait-il du mal à prononcer son nom ?

— Elle dort, répondit l'homme de l'Épée. Et vous auriez grand besoin d'en faire autant.

La porte s'ouvrit brusquement. Anne était là, vêtue

de ce déshabillé qui mettait si bien ses formes en valeur et privait Philip de sommeil à la seule pensée de ce qui se trouvait en dessous.

— Je vous ai entendu, Sir Philip. Qu'y a-t-il ? s'inquiéta-t-elle.

Joseph soupira.

— Je crois qu'il a trop...

— Je ne suis pas soûl, l'interrompit Philip.

Il tiqua en s'entendant parler si fort, et prit soin de baisser le ton avant de poursuivre :

— Mais j'ai rencontré dans la salle commune un homme qui connaît la comtesse. Je l'avoue, j'ai dû faire le nécessaire pour qu'il ne se réveille pas trop tôt demain.

Voyant Joseph porter la main à son épée, Philip agita la main.

— Non, non, ce n'est pas ce que vous croyez. Tout va bien.

Anne ne put réprimer un frisson d'inquiétude. Joseph et elle s'interrogèrent du regard. Philip paraissait un peu éméché, mais pas jusqu'à l'incohérence. Il ne chancelait même pas. Tout de même, il affichait un sourire un peu niais.

Elle se cramponna à sa colère. Ce gredin ne cessait de se servir d'elle pour son propre plaisir, comme il l'aurait fait avec n'importe quelle autre servante. Cela dit, peut-être avait-elle besoin qu'on lui rappelle qui elle était de temps à autre. S'il avait deviné le plaisir qu'elle éprouvait à incarner Lady Rosamond, ne fallait-il pas en conclure qu'elle ne s'en cachait pas assez ? À moins qu'il ne s'en soit aperçu parce qu'il la préférait, *elle*, à Lady Rosamond...

Elle vit Sir Joseph tendre un doigt impérieux vers

la chambre que Philip devait partager avec Sir Walter. Mais l'intéressé, content de lui, s'adossa au mur sans lui prêter attention. Il se tourna vers elle et haussa les sourcils d'un air fanfaron, comme s'il s'attendait à recevoir d'autres éloges.

Anne jeta un coup d'œil furtif dans le couloir. Quand donc allait-il s'en aller ? Ce serait tellement plus simple s'il ne restait que Joseph lorsque…

Trop tard. Margaret venait d'apparaître au sommet des marches. Déjà, elle relevait son capuchon.

Anne grimaça. Pour se gagner l'amitié de la jeune femme, ou du moins son respect, elle s'était laissé entraîner dans une petite intrigue. Elle avait bien vu avec quelle froideur la servante l'avait toisée plus tôt dans la journée, au moment de la risible « leçon de baiser ». Margaret ne la jugeait pas digne d'être sa maîtresse, c'était évident. Pourtant, il leur restait encore bien des jours à voyager ensemble. Anne avait envie de se sentir à l'aise avec l'unique autre femme du groupe. Et puis, pour oser quitter l'auberge, fût-ce pour la cour toute proche, la jeune femme devait accorder beaucoup d'importance à cette histoire.

— Margaret ? s'étonna Sir Joseph. Je vous croyais endormie depuis longtemps. Vous savez pourtant combien il est dangereux de vous éloigner de nous !

— J'avais besoin d'aller…

Elle laissa sa phrase en suspens, rouge de honte.

L'homme de l'Épée s'éclaircit la voix.

— Bien sûr, bien sûr. Mais je ne vous ai pas vue sortir. Et puis, vous avez mis votre cape.

— J'avais peur qu'il se mette à pleuvoir.

Anne recula dans l'embrasure de la porte.

— Peux-tu venir m'aider, Margaret ?

La servante ne se fit pas prier. Sans autre explication, Anne sourit aux deux chevaliers médusés.

— Bonne nuit, messires.

Elle referma la porte et se retourna. Margaret ôtait sa cape devant l'âtre. Quand la jeune femme lui fit face, son visage s'éclaira. C'était le premier sourire sincère qu'elle lui adressait.

— Milady, je ne vous remercierai jamais assez ! s'exclama la servante.

Anne s'élança vers elle.

— Je m'en suis beaucoup voulu de t'avoir permis de retrouver ton ami. J'étais terriblement inquiète !

Margaret lui serra brièvement la main.

— Je vous l'ai dit, j'ai grandi ici. Je connais Doncaster sur le bout des doigts. Et puis, croyez-vous que Sir Walter nous permettrait de dormir dans cette auberge s'il avait le moindre doute ?

Anne ne croyait pas le capitaine si infaillible...

— C'est égal, tu aurais dû prendre un chevalier pour t'accompagner.

— Vous ne comprenez pas, milady. J'étais avec *lui*. Il me protégeait. Rien ne pouvait m'arriver.

Margaret serra les bras sur sa poitrine, aux anges. Elle irradiait un bonheur sans bornes. Anne se surprit à l'envier.

— Stephen m'a retrouvée dans la cour. Il y avait des semaines que je ne l'avais pas vu, une éternité !

— Comment a-t-il su que nous étions là ?

Margaret s'empourpra.

— Je lui ai dit que nous passerions par Doncaster. Cet après-midi, j'ai payé un valet pour qu'il porte un message à l'auberge où Stephen m'avait dit qu'il descendrait.

La jeune femme ne tenait plus en place. Elle esquissa quelques pas de danse jusqu'à la fenêtre et repoussa les volets.

— Ce soir, il m'a emmenée en promenade au bord de la rivière, et nous avons parlé pendant des heures.

Anne se laissa tomber sur le bord de son lit.

— Rassure-moi, Margaret, tu n'as pas parlé de moi ?

La servante prit un air horrifié.

— Non, bien sûr, milady. Il croit que je voyage avec Lady Rosamond. Jamais je ne mettrais la vie de Stephen en danger – ni la vôtre.

Anne sourit, soulagée.

— Merci.

— Maintenant que nous nous sommes revus, et que nos sentiments sont plus forts que jamais, il va demander à son seigneur la permission de m'épouser et de me faire venir vivre avec eux. Il me l'a promis !

Anne n'avait jamais vu Margaret si volubile. Elle n'en revenait pas. La servante avait-elle attendu qu'elle l'aide, qu'elle fasse ses preuves, pour la traiter en amie ?

— J'espère que tout se passera comme tu l'espères, Margaret.

La jeune femme approuva d'un hochement de tête et croisa les mains devant sa poitrine. Elle regardait dehors, comme si elle pouvait voir tout son avenir déployé dans la nuit.

Anne éprouva un pincement d'envie. De tristesse, aussi. En remettant son sort entre les mains de la Ligue, elle devrait sans doute renoncer à l'idée de se marier. Le visage de Philip lui vint en pensée. Elle le chassa aussitôt. Tous deux n'avaient pas les mêmes attentes. Et puis, elle ne croyait pas être de celles qui peuvent se donner à un homme sans se préoccuper du lendemain.

Avant l'aube, Anne trouva Philip devant sa porte. Il achevait son tour de garde. Il l'escorta jusqu'à la salle privée du rez-de-chaussée, où leur petit groupe devait partager le petit déjeuner. On entendait sonner les cloches d'une église mais, par mesure de sécurité, ils manqueraient la messe ce matin. Il y avait fort à parier que le brave Fitzhugh souhaiterait rendre visite à la fille de son vieux seigneur. Dieu les préserve d'une si fâcheuse rencontre !

Son repas terminé, Anne se tamponna les lèvres à l'aide d'une serviette et se tourna vers Walter.

— Quand arriverons-nous chez Lord Egmanton ?

— En fin d'après-midi.

— Devons-nous rester une nuit, ou deux ?

— Une seule. J'ai argué que vous arriveriez tard, et que cela vous laisserait peu de temps pour faire connaissance avec Lord Egmanton, mais on nous a priés de ne pas rester davantage.

Elle fronça les sourcils.

— Pourquoi cette exigence ? Je n'ai jamais vu un tel manque d'hospitalité.

Avec sa minutie coutumière, le capitaine reposa sa cuillère à côté de son bol de porridge.

— La demande émane de sa mère, en réalité. Il se trouve, milady, que Lord Egmanton est plus jeune que vous.

Philip manqua de s'étouffer avec sa tartine beurrée. Anne lui lança un regard noir.

— L'idée de se retrouver avec une bru plus âgée que son fils ne doit pas trop lui plaire, j'imagine, commenta-t-elle.

Margaret et elle échangèrent un regard. Un courant de sympathie passa entre elles, une aisance que Philip n'avait encore jamais remarquée. *Jusqu'à hier soir*, songea-t-il avec suspicion.

Lorsque les chevaliers se levèrent pour aller rassembler leurs affaires, Philip attira discrètement l'attention d'Anne.

— Dites-leur que vous n'avez pas fini, chuchota-t-il. J'ai à vous parler.

Méfiante, elle parut sur le point de refuser, mais elle se ravisa.

— Sir Walter, j'aimerais reprendre une bolée de cidre. Sir Philip restera pour m'attendre. Margaret est si efficace que tous nos effets sont déjà prêts.

La servante lui adressa un sourire rayonnant, au point que Philip fut tenté de lui demander ce qui lui prenait. Son changement de comportement intriguait tout le monde.

Quand tous furent partis, Philip toisa Anne d'un regard sévère.

— N'allez pas croire que j'étais trop ivre hier soir pour ne m'apercevoir de rien. Où est allée Margaret, et pourquoi l'avez-vous aidée ? Vous n'ignorez pas qu'en sortant seule elle risquait de se faire capturer, voire tuer.

Anne grimaça.

— Elle n'a pas quitté la cour, Philip. Je commence enfin à gagner sa confiance. Je vous en prie, ne…

— Vous avez déjà la *mienne*. Ne me le faites pas regretter.

— C'est sans importance, vraiment. Une simple histoire de cœur.

— Autrement dit, elle a rencontré quelqu'un.

— Pas ici. Elle le connaissait déjà, je veux dire.

— Racontez-moi tout, milady, murmura-t-il. J'ai besoin de savoir. Ça restera entre nous.

Avec un soupir résigné, elle lui résuma l'affaire.

Il se laissa aller en arrière sur le dossier de son siège.

— Qu'il soit difficile de se voir quand on sert deux maisonnées différentes, je le comprends. Reste que ce Stephen l'a mise en danger en l'incitant à sortir de nuit, sans escorte.

— Voyons, il était avec elle.

— Vous n'avez pas eu l'imprudence de vous faire voir de cet homme, au moins ?

— Non, rassurez-vous.

— Je n'aurais pas été surpris que vous vous portiez volontaire pour accompagner Margaret.

La voyant hésiter, il émit un grognement consterné.

— Philip, vous devez comprendre que je n'ai pas l'habitude qu'on se préoccupe de ma réputation ou de ma sécurité.

Elle baissa la voix avant d'ajouter :

— Après tout, je ne suis qu'une servante, tout comme Margaret.

— Vous êtes aussi Lady Rosamond, qui intéresse bien trop d'individus – et pas uniquement pour des raisons sentimentales. Pour en revenir à Margaret, j'ai l'impression que vous recherchez davantage son amitié que ses bons services.

Elle soupira.

— Promettez-moi de me prévenir si elle cherche

encore à s'éclipser, insista-t-il. C'est trop risqué, pour elle comme pour vous.

— Vous avez ma parole.

— Anne, je me soucie de vous…

Il eut envie de lui prendre la main. Mieux valait éviter. À son contact, il avait tendance à perdre l'usage de la parole.

— Tout comme Elizabeth, j'en suis certain, ajouta-t-il.

À l'évocation de son amie, Anne se raidit et se détourna de lui.

— Elle me manque, murmura-t-elle. Elle a toujours été là pour moi, à l'écoute, tellement…

Elle s'interrompit et lui jeta un coup d'œil irrité, comme si elle regrettait de lui en avoir tant dit sur elle-même.

— Et maintenant, vous essayez de combler ce vide en vous rapprochant de Margaret.

— Non, ce ne serait pas pareil, je le sais bien. L'amitié qui me lie à Elizabeth s'est construite au fil de longues années. J'aimerais seulement que les choses soient plus… simples avec Margaret.

— Ma foi, on dirait que votre vœu a été exaucé.

Il se leva et jeta sa serviette sur la table.

— Nous y allons ? Je crains qu'un tête-à-tête trop prolongé alimente les soupçons de notre cher capitaine.

Anne, qui approchait déjà de la porte, l'interrogea du regard par-dessus son épaule.

— Pourquoi aurait-il des soupçons ?

Cette fois, ce fut Philip qui soupira.

— Je ne sais pas… Peut-être parce que je me suis proposé pour vous embrasser hier ? Et parce que nous sommes seul à seule en ce moment ?

Le simple fait de prononcer ces mots tout haut raviva la tension qui couvait constamment entre eux. Elle leva les yeux vers lui. Alors, sans même le vouloir, il tendit la main comme pour lui toucher la joue. Il brûlait de sentir à nouveau sous ses doigts la douceur de sa peau, de percevoir son pouls derrière l'arrondi délicat de son oreille. Elle respirait vite ; sa poitrine se soulevait et s'abaissait en rythme. Dieu, qu'il avait envie de poser les mains sur ces seins…

Derrière le battant, des pas lourds firent trembler l'escalier en bois. Des clients descendaient.

Anne battit en retraite et saisit la poignée de la porte.

Philip ferma les paupières et secoua la tête. Il s'était pourtant promis de garder ses pensées pour lui… Il se sentait presque comme un jouvenceau, ignorant des femmes et de leurs manières. Un comble, quand on songeait à la préceptrice qui l'avait initié à ces mystères : la fille de son premier seigneur, rien de moins. Elle lui avait appris la lecture, la danse et, surtout, l'art de converser avec une dame. Mais c'était un triste souvenir, sur lequel il préférait ne pas s'attarder. De toute façon, dès lors qu'il s'agissait d'Anne, tout ce qu'il savait sur la bienséance paraissait s'évaporer.

Dans la cour, tandis qu'ils attendaient qu'on sorte leurs chevaux des écuries, Philip parvint à prendre Margaret à part.

Elle le dévisagea nerveusement.

— Oui, Sir Philip ?

— J'ai mis Lady Rosamond face à votre petite excursion d'hier soir, Margaret.

— Oh ! messire, ce n'était pas sa faute, s'empressa-t-elle de répondre.

— Je sais. Elle ne m'a pas appris grand-chose, d'ailleurs. Simplement, j'ai besoin de savoir si votre soupirant se trouve encore à l'auberge. Il faut que je lui parle.

— Juste ciel, non, messire ! Il a déjà quitté Doncaster. Nous n'avions que la soirée d'hier pour nous voir.

À son air penaud, Philip était tenté de la croire. Pourtant… il éprouvait comme un malaise. Quelque chose ne tournait pas rond. Mais enfin, Margaret était au service de la comtesse, comme sa mère avant elle. Elle méritait qu'on lui accorde le bénéfice du doute. N'empêche, dorénavant, il la tiendrait à l'œil. Il n'aimait pas savoir qu'un inconnu avait approché de si près l'un des membres de leur groupe.

Anne les observait, non sans une pointe de remords. Elle savait de quoi ils parlaient. Évidemment, Philip avait de bonnes raisons de s'inquiéter. Elle avait sans doute commis une erreur en accordant un peu de liberté à Margaret. Cela dit, rien de dramatique ne s'était produit. Lorsque la servante tourna les yeux vers elle, Anne prit un air contrit, mais la jeune femme se contenta de lui sourire en haussant les épaules. À la bonne heure ! Elle ne lui en voulait pas.

Lorsqu'ils furent tous prêts à partir, Sir Walter se retourna pour faire une annonce :

— Je dois m'arrêter chez un marchand près d'ici.

Ses hommes n'échangèrent même pas un regard. Ils savaient de quoi il retournait, sans doute. Philip, lui, semblait perplexe. Autrement dit, elle n'était pas la seule à ne pas avoir été informée de ce changement de programme. Ils chevauchèrent au pas dans les rues étroites de Doncaster, et arrivèrent bientôt en vue d'une petite échoppe surmontée d'une enseigne figurant un chapeau rudimentaire. Par la fenêtre ouverte, on voyait le chapelier s'affairer auprès d'une poignée de chalands.

Sans quitter des yeux la boutique, Sir Walter mit pied à terre. Puis il se tourna vers Anne.

— Votre aide me sera utile, Lady Rosamond. Vous, vous pouvez attendre ici. Nous ne serons pas longs.

Le capitaine vint l'aider à descendre de sa monture. Il la porta même un court instant pour lui éviter de marcher dans la boue.

Anne lui prit le bras et, ensemble, ils se dirigèrent à pas tranquilles vers la chapellerie.

— Je suis la noble dame, et vous mon homme lige, c'est ça ?

Il lui accorda un demi-sourire.

— Vous êtes ma diversion, milady. J'aimerais que vous vous extasiiez sur les chapeaux et que vous attiriez le négociant et ses clients à l'avant de la boutique.

— Vous me laissez improviser ? s'étonna-t-elle.

Elle se préparait déjà au rôle, avec un mélange de nervosité et de jubilation.

Il me fait confiance !

Le chef de son escorte le lui confirma d'un mouvement de tête. Puis il poussa la porte et, passant devant elle, pénétra d'un pas martial dans l'échoppe. Il inspecta les lieux comme s'il devait veiller à la protection du roi lui-même. Debout face à sa clientèle, un homme vêtu avec soin le regardait faire, interloqué.

Anne y vit l'occasion d'entrer en scène. Elle releva son voile afin de montrer son visage et passa d'un air décidé devant Sir Walter.

— Écartez-vous donc, mon brave. Je doute qu'un

spadassin me tende une embuscade au milieu des chapeaux.

Avisant la richesse de sa mise, le chapelier ne bouda pas sa chance. Il s'élança vers elle en bousculant à moitié ses autres clients, qui s'égaillèrent comme une volée de moineaux effarouchés.

— Milady ! s'exclama-t-il avec emphase. Entrez, je vous en prie. Que puis-je faire pour vous ?

— On m'a vanté la beauté de vos chapeaux pour la gent masculine, Maître. Je viens de voir un adorable castor, celui avec une plume. Voudriez-vous me le montrer, je vous prie ?

Comme il s'approchait, elle ajouta un ton plus bas :

— Bien sûr, je veux être la seule à posséder ce modèle.

À ces mots, les chalands se massèrent autour d'elle pour mieux voir. Tandis que l'artisan lui présentait l'objet, non sans broder sur ses mérites, elle surveilla Sir Walter du coin de l'œil. Tout ce remue-ménage avait fait sortir un autre individu de l'arrière-boutique – un apprenti, à en juger par la simplicité de ses vêtements de laine. Lorsqu'il vit Sir Walter, il eut un infime mouvement de surprise, vite dissimulé. Le capitaine posa quelque chose sur le comptoir. L'apprenti s'en empara avec un hochement de tête. Les deux hommes n'avaient pas échangé une parole. Qu'avait bien pu lui donner Sir Walter ?

Le capitaine revint aussitôt vers l'avant de la boutique, où il écarta sans ménagement les personnes qu'il estimait trop près d'elle.

— N'avez-vous pas entendu milady ? Place, place, vous dis-je ! clama-t-il.

Feignant l'agacement, Anne tourna les talons et regagna la porte.

— Non, décidément, je ne peux acheter une coiffe que tout le monde portera. Je reviendrai quand la boutique sera plus calme, Maître.

La mine déconfite du chapelier lui donna quelques remords. Mais déjà Sir Walter, d'une main ferme sous son coude, lui faisait franchir la porte et la reconduisait à son cheval.

Une fois en selle, elle remit son voile et laissa sa monture louvoyer entre les creux dans la chaussée. Ils repassèrent bientôt devant la Trout and Goose, puis ce fut de nouveau la campagne. Sous un début de crachin, elle guida son cheval de façon à rejoindre Sir Walter. Philip vint se placer juste derrière elle. Elle le laissa faire. Après tout, il devait brûler de curiosité, lui aussi.

— Je vous ai vu aborder l'apprenti du chapelier, déclara-t-elle. Fait-il partie de la Ligue ?

Le capitaine fit un signe de tête affirmatif.

— Vous le connaissiez déjà ?

— Non, milady. Je ne connais pas tous les serviteurs de l'Épée. Simplement, nous avons des lieux et des techniques pour communiquer entre nous. Cet arrêt m'a permis de savoir que la Ligue ne nous avait pas laissé de message. J'en ai envoyé un moi-même, pour relater l'attaque que nous avons subie et faire état de nos doutes.

— Et si quelqu'un l'intercepte ? intervint Philip.

— Ce quelqu'un lira une missive adressée à ma mère, au sujet de la mauvaise grippe dont je souffre.

— Un code secret, en déduisit Anne, admirative. Et comment la réponse vous parviendra-t-elle ?

Sir Walter haussa les épaules sans mot dire. Anne eut presque l'impression qu'il s'amusait à entretenir le suspense. Pourtant, lorsqu'il tourna les yeux vers la ville, il s'était rembruni.

— La nuit dernière, nous avons traversé Doncaster pour fouiller les environs. Nous n'avons vu aucun signe indiquant une quelconque surveillance. Ce calme m'inquiète.

— Vous craignez que nos assaillants préparent une nouvelle attaque ? demanda Anne en scrutant les prés embrumés délimités par des murets de pierre.

— Je ne sais pas. De toute façon, il faut continuer. Que pouvons-nous faire d'autre ?

Au cours de la journée, ils quittèrent le Yorkshire pour pénétrer dans le Nottinghamshire. Les arbres de la forêt de Sherwood s'imposèrent peu à peu à l'ouest. À l'est, les vastes plaines rejoignaient les marécages du Lincolnshire. C'est du moins ce qu'expliqua Sir Walter. À l'évidence, il cherchait à distraire Anne par une leçon de géographie. Sous la bruine qui tombait par intermittence, elle oscillait tristement au rythme du pas de son cheval, emmitouflée dans sa cape. Elle ne cessait d'imaginer des cavaliers galopant vers elle dans le brouillard. En dépit de la vigilance de ses protecteurs, qui se relayaient pour partir en reconnaissance, l'inquiétude la rongeait. Malgré tout, quand elle aperçut enfin l'imposante silhouette de Markham Keep à l'orée de la forêt, elle ne songeait plus qu'à se réchauffer. Au diable la prudence !

Ils ne trouvèrent personne pour les accueillir. Pourtant, Sir David les avait devancés pour annoncer leur arrivée… S'était-il perdu ? Avait-il été attaqué ?

Toutes ses craintes resurgirent brusquement. Elle se retourna pour scruter la route. Et s'il n'était jamais parvenu jusqu'ici ? Des soldats postés sur les remparts s'activèrent dans le corps de garde pour les laisser entrer. Interrogés par Sir Walter, ils leur confirmèrent l'arrivée de Sir David, à peine une heure plus tôt. Anne prit une longue inspiration tremblante.

La forteresse ne montrait que des murs aveugles, comme beaucoup de châteaux désormais. Tout y paraissait vieux et lugubre. Déprimant. La pluie avait formé des flaques dans la cour intérieure. Restés en selle, les compagnons échangèrent des regards incrédules.

Des valets finirent par apparaître. Courbant l'échine sous la pluie, ils vinrent prendre en charge les chevaux. Les souliers d'Anne, déjà humides, étaient maintenant trempés et couverts de boue. Elle jeta un coup d'œil à Margaret, si petite et si frêle. La jeune femme grelottait. Anne passa un bras autour d'elle, ce qui lui valut un sourire reconnaissant.

Sir Walter vint prendre son autre bras et leva un regard courroucé vers la forteresse. La pluie ruisselait de ses sourcils grisonnants, formant des sillons sur ses joues.

— Permettez-moi de vous aider à vous abriter, milady. J'ai peine à croire à tant de négligence.

— Ma visite ne réjouit pas la mère de Lord Egmanton, nous le savions déjà, commenta-t-elle d'une voix chagrine, incapable de maîtriser le claquement de ses dents.

Il acquiesça d'un air grave, puis tous trois empruntèrent l'escalier qui menait à l'entrée principale. Anne se retourna brièvement. Les deux autres chevaliers leur avaient emboîté le pas. Philip lui adressa un sourire sans joie. Elle détourna vivement les yeux. Toute la journée, elle avait revu en pensée l'instant où il s'était tenu si près d'elle dans la salle de l'auberge, comme prêt à la toucher, à l'embrasser, peut-être. Et elle l'aurait laissé faire – une fois de plus. Pourtant, elle n'était pour lui qu'une source de plaisir passager, elle le savait bien. Mais c'était plus fort qu'elle : elle n'aspirait qu'à se perdre entre ses bras.

Les deux vantaux de l'imposante porte s'ouvrirent lentement. Aussitôt, une agréable sensation de chaleur les enveloppa. Anne en soupira d'aise. Des chandelles de suif éclairaient le jour maussade. Des feux brûlaient dans des âtres de part et d'autre du hall d'entrée. Un délicieux fumet de viande rôtie lui chatouilla les narines. Leur dernier repas chaud remontait au matin, et elle était aussi gelée de l'intérieur que de l'extérieur.

Son soulagement ne dura pas : dans la grande salle, une dizaine de serviteurs s'affairaient à desservir les tables du déjeuner. Un certain nombre d'entre eux leur adressèrent des regards curieux, mais personne ne vint à leur rencontre.

Philip s'arrêta à sa hauteur et posa les mains sur ses hanches.

— Eh bien, quoi, faut-il que je crie pour avertir de notre présence ?

— Où est Sir David ? s'inquiéta-t-elle.

Enfin, un homme sortit par une porte voûtée au fond du hall et se dirigea vers eux. Sir David, qui le dominait largement, venait dans son sillage. Il avait le visage fermé.

L'inconnu s'inclina devant Anne.

— Lady Rosamond, je vous prie d'excuser la grossièreté de notre accueil. Je suis Sir Daniel, l'intendant de Lord Egmanton. Je n'ai pas pu recevoir Sir David assez tôt pour…

— On m'a fait patienter près d'une heure ! l'interrompit le chevalier, dont la voix rocailleuse trahissait la colère.

Le malheureux intendant ne put que confirmer.

— C'est tout à fait regrettable. Nous avions cru comprendre que vous n'arriveriez qu'en fin de soirée. Mme la baronne n'est pas disponible pour l'instant…

— Et Lord Egmanton, où est-il ? le coupa Anne, qui s'avança dans l'entrée en laissant retomber son capuchon détrempé sur ses épaules.

Sir Daniel leva vers elle un regard ébahi – elle le dépassait d'une demi-tête.

— Le mauvais temps l'a retenu au village. Que madame la comtesse se rassure, tous deux seront présents au souper. Désirez-vous que je vous accompagne jusqu'à vos chambres ? Je peux vous faire préparer des bains chauds. Bien sûr, si vous n'avez plus de vêtements secs, je peux vous fournir ce dont vous avez besoin.

Un peu radoucie, Anne le remercia.

Parvenus aux chambres, ils constatèrent que rien n'avait été préparé à leur intention. S'il ne s'était agi que d'elle, Anne s'en serait accommodée. Mais Lady Rosamond, elle, ne pouvait pas laisser passer un tel affront. Elle rappela Sir Daniel et exigea des explications. L'homme, quoique gêné, ne parut pas vraiment surpris.

Elle se tourna vers ses hommes et sa servante.

— Je ne vois aucune raison de me laisser insulter de la sorte, déclara-t-elle avec raideur. À qui devons-nous rendre visite ensuite ?

Sir Walter se mit à fourrager dans sa sacoche de selle.

— Je vous en prie, milady ! protesta Sir Daniel avec un geste d'apaisement. Lord Egmanton souhaite ardemment faire votre connaissance. Simplement… Ce n'est pas lui qui prend les décisions, ajouta-t-il avec un regard entendu.

— Ah… Je vois. C'est donc à Lady Egmanton que nous devons cet accueil glacial.

La terreur se peignit sur les traits de l'intendant.

— Madame la comtesse, je n'ai jamais dit…

— N'ayez crainte, Sir Daniel, l'interrompit-elle avec son sourire le plus avenant. Je n'ai nul besoin de mentionner votre nom auprès de Mme la baronne pour lui dire ma façon de penser.

L'intendant fit une révérence obséquieuse et sortit à reculons en branlant du chef, éperdu de gratitude.

Après son départ, le capitaine des chevaliers jaugea Anne du regard.

— Qu'avez-vous l'intention de faire, milady ?

— Présenter mes hommages à notre hôtesse, pardi ! s'exclama-t-elle. Le doute n'est plus permis : elle voit d'un très mauvais œil l'éventualité de cette union. Pensez, son cher bambin, aux mains d'une veuve au parfum de scandale !

Philip croisa les bras sur son torse. Il semblait lui donner raison.

— Et donc, comment comptez-vous réagir ?

— Je vais convaincre son fils que je suis exactement l'épouse qu'il lui faut. Cette chère baronne appréciera, vous ne croyez pas ?

— Ne vous laissez pas aveugler par la colère, milady, tempéra Walter. Si les Egmanton jugent votre présence indésirable, c'est peut-être pour des motifs moins avouables.

Elle sentit son indignation retomber. Le capitaine disait vrai : elle ne devait pas perdre de vue son objectif. Elle s'était promis de chercher à savoir si l'un de ses hôtes faisait partie des traîtres.

— Lord Egmanton n'est-il pas un peu jeune pour prendre déjà parti contre le roi ? fit observer Philip.

— Sir Walter a raison. Je tâcherai d'être prudente.

Elle s'efforça de garder un visage serein, mais Philip n'était pas dupe.

Chapitre 10

Philip comprit vite comment la baronne entendait voir se dérouler le souper. Lui et ses compagnons avaient été relégués à la table des domestiques, bien loin de la salière. C'était un camouflet délibéré à l'intention de Lady Rosamond. Par chance, la configuration des lieux lui permettait tout de même d'entendre ce que disait Lady Egmanton. Il fallait croire que sa voix retentissante portait naturellement. Large de poitrine et de hanches, elle avait pénétré dans la grande salle comme un vaisseau amiral, avec sa coiffe qui évoquait une voile ondulant sur un mât et une flottille de serviteurs qui venaient dans son sillage.

Son aîné n'avait pas vingt ans, d'après les informations de Philip. Il était venu accueillir sa mère d'un baiser sur la joue. Un garçon plutôt fluet, qui ne devait pas beaucoup fréquenter la lice d'entraînement. Il n'avait guère le profil d'un opposant au souverain. Ses deux sœurs, des jumelles, étaient en âge de se marier. Encore jeunes, le teint frais, elles ne manquaient pas de charme. Tout de même, il leur faudrait faire attention si elles voulaient éviter de prendre l'embonpoint de leur mère d'ici quelques années.

Lady Egmanton regarda autour d'elle, la mine pincée. Quand elle s'aperçut que sa visiteuse n'était pas encore descendue, Philip la vit s'empourprer de colère. Elle ne cherchait même pas à s'en cacher. À l'évidence, elle avait prévu de faire sensation en arrivant la dernière, et n'avait pas l'habitude qu'on la contrarie dans son petit royaume. Avec un air de dignité offensée, elle alla prendre place à la table d'honneur. Son fils eut droit à un regard assassin, comme s'il était responsable de ce contretemps. Il lui adressa un haussement d'épaules impuissant, puis fit signe à une servante. La fille lui apporta une coupe. Était-ce une impression, ou celle-ci se tenait-elle volontairement à distance ? Le jeune baron la libéra après l'avoir remerciée d'un signe de tête. Lorsqu'elle s'éloigna, Philip lut sur ses traits un soulagement qui l'inquiéta.

Enfin, il vit David s'avancer sur le palier du premier étage. Vue d'en bas, sa haute silhouette paraissait encore plus impressionnante. Le chevalier leva une main, et le silence se fit. Lady Egmanton se renfrogna de plus belle.

D'une voix claire et forte, l'homme de l'Épée annonça :

— Lady Rosamond Wolsingham, fille du duc de Morley, veuve du comte de Wolsingham !

Une vague d'acclamations salua l'apparition d'Anne en haut de l'escalier. Philip faillit bien joindre sa voix aux autres. Quelle prestance ! Et quels appas… Sa longue robe grenat faisait ressortir la perfection de son teint de porcelaine, jusqu'à l'encolure en pointe qui laissait deviner la naissance de ses seins. Nulle broderie, nul ornement ne venait détourner l'attention de sa silhouette splendide. Les manches étroites soulignaient la finesse de ses bras. Une coiffe discrète ornait son front, agrémentée d'un voile. Ce soir encore, elle avait choisi de montrer sa chevelure noire, même si elle l'avait relevée sur sa nuque. Des émeraudes étincelaient à ses oreilles et sur sa gorge. Elle était comtesse jusqu'au bout des ongles.

Anne releva inutilement le bas de sa robe pour dévoiler une paire de chaussons assortis et des chevilles délicates, puis descendit avec grâce. Lorsqu'elle atteignit le bas des marches, elle laissa retomber l'ourlet et promena autour d'elle un regard ravi.

— Le bonsoir à vous, résidents de Markham Keep !

De nouveaux vivats fusèrent, auxquels elle répondit par d'aimables révérences. Aucune table ne fut omise. Philip jugea qu'il était temps d'entrer en scène : il alla la rejoindre pour la conduire auprès de ses hôtes. La baronne ne daigna pas se lever. Son fils, quant à lui, contournait déjà la table pour la saluer. Anne s'abîma en une profonde et gracieuse révérence.

Le jeune lord lui prit les deux mains et la releva.

— Lady Rosamond, quel immense plaisir de vous rencontrer enfin. Dire que je n'étais pas là quand vous êtes arrivée… Je suis impardonnable.

Anne chassa ses excuses d'un revers de main.

— Nous avons voyagé plus vite que prévu, milord. Mais me voici, et j'ai grand hâte de faire votre connaissance.

Elle avait discrètement appuyé sur ces derniers mots, comme pour y glisser un sous-entendu. Philip, qui avait déjà goûté à ces lèvres incarnates et ne songeait qu'à recommencer, fut pris d'un frisson de désir. Quant au jeune baron, il s'empourpra et lorgna sa mère d'un air honteux.

Les yeux de la douairière lancèrent des éclairs, mais elle se contint.

— Nous sommes heureuses d'accorder notre considération à votre situation matrimoniale, déclara-t-elle pompeusement.

Philip nota l'emploi du « nous » royal. Tout haut, Anne émit ce rire de gorge qu'elle avait adopté pour incarner Lady Rosamond.

— Ce sujet est encore... à l'étude, madame la baronne, répondit-elle en lançant à son fils un regard ingénu.

— Bref. Asseyez-vous donc, que nous puissions commencer, lui ordonna sèchement la mégère.

Philip tint la chaise d'Anne pour l'aider à s'installer, puis redescendit de l'estrade et alla se poster derrière elle. Personne ne le lui avait demandé, mais les maîtres de Markham Keep le mettaient mal à l'aise. Or, il avait appris à ne jamais douter de ses intuitions. Il ne voulait pas se trouver à l'autre bout de la salle si Anne venait à avoir besoin de lui.

Forte de la présence de Philip dans son dos et du succès de son entrée, Anne se sentait un aplomb bien rare pour une femme de sa condition. Elle ne devait pas aller trop loin avec la baronne, elle le savait, mais cette vieille pimbêche méritait tout de même une petite leçon. Subtilité et naturel seraient de mise. Surtout si elle voulait découvrir les éventuelles activités secrètes de Lord Egmanton.

Elle se méfiait davantage de la mère que du fils. Lui se montrait d'une politesse sans faille et laissait sa mère diriger la conversation. Il lui paraissait très jeune – et vivement intéressé par sa visiteuse. Quoi d'étonnant ? Elle était sans doute bien différente des jeunes damoiselles innocentes qu'on faisait défiler devant un parti prometteur comme lui. Anne jeta un coup d'œil vers ses sœurs. Toutes deux étaient placées de l'autre côté de leur mère, comme s'il fallait les protéger. N'étaient leurs robes, de couleurs différentes, elles se ressemblaient comme deux gouttes d'eau. Elles la dévisageaient avec un respect mêlé d'admiration. Aïe... Voilà qui ne risquait pas d'arranger son cas aux yeux de Lady Egmanton.

La baronne acheva de dépouiller un os de sansonnet, puis lui lança à brûle-pourpoint :

— Quel âge avez-vous, Lady Rosamond ?

— Vingt-cinq ans, milady.

Anne en avait trois de moins.

Elle adressa un regard mutin au jeune baron, dans l'espoir de lui faire comprendre qu'il pourrait trouver bien des agréments à épouser une femme plus âgée que lui. Le message dut passer, car il ne la quittait plus des yeux. Il devait être facile à influencer. Sa mère s'empourpra violemment.

— Ce n'est plus tout jeune, pour convoler avec un jouvenceau, la cingla-t-elle.

Anne fut tentée de lui répondre que l'expérience était parfois source de plaisir, mais elle se retint. Autant éviter une crise d'apoplexie.

— Je ne me trouve pas vieille, madame la baronne, objecta-t-elle sans se départir de sa bonne humeur.

— Je ne sais pas ce qu'il vous faut ! Vous n'avez pas encore d'enfant, je vous rappelle.

Anne entendit les sœurs jumelles hoqueter de stupeur. À sa gauche, le fils se raidit. Quant à la vieille harpie, elle continua à mâcher tranquillement son tranchoir trempé de jus de viande, indifférente à la cruauté de ses propos. Décidément, elle semblait tenir à ce que son fils soit ôté de la liste.

L'une des sœurs rassembla son courage pour faire diversion.

— Êtes-vous allée à la Cour, Lady Rosamond ?

Anne lui sourit, mais n'eut pas le temps de répondre.

— Qu'importe qu'elle soit ou non apparue à la Cour. Ce qu'il faut savoir avant tout, c'est si elle est apte à faire une bonne épouse et une bonne mère.

— Absolument. La dot est secondaire, aussi, abonda Anne en battant des cils d'un air candide.

Elle constata avec satisfaction l'effet que produisait sur chacun d'eux ce petit rappel concernant sa fortune. Une bien belle palette d'émotions, allant de la convoitise pour les jumelles jusqu'au contentement pour leur frère, en passant par la déconfiture pour leur mère. La richesse de Lady Rosamond pesait évidemment très lourd dans la balance. Toute ragaillardie, Anne se remit à manger avec appétit, tandis que ses hôtes s'entre-regardaient en silence.

Philip avala rapidement son propre dîner, sans quitter Anne des yeux. Ses minauderies le tracassaient. Elle lui semblait d'humeur particulièrement téméraire, ce soir.

Elle parcourait la salle au bras du jeune baron. Tout sourires, elle s'arrêta en passant près de leur table.

— Lord Egmanton m'emmène faire le tour de la propriété, annonça-t-elle en tapotant le bras de l'intéressé. À l'en croire, les couchers de soleil sur le Nottinghamshire sont incomparables.

Le damoiseau s'empourpra et la couva d'un regard d'adoration.

— Milady, permettez-moi…, commença Philip en se levant.

— Non, asseyez-vous, finissez votre repas, l'interrompit Anne. Il y a des soldats partout. Mon seigneur me gardera en sécurité, j'en suis certaine.

Le baron rougit de plus belle, flatté de l'entendre employer le possessif. Depuis la table d'honneur, sa mère bouillait intérieurement, mais elle ne pipa mot, comme si elle estimait avoir déjà fait tout ce qui était en son pouvoir.

Ce n'était pas le cas de Philip. Quand Anne et son compagnon eurent disparu derrière les battants de la grande porte, il sortit à son tour, après avoir recueilli l'approbation muette de Walter.

Dans la cour intérieure, il n'eut pas trop de mal à se faire discret. Le soleil, qui avait fini par émerger des nuages après leur arrivée, avait déjà sombré derrière la courtine. Les ombres s'allongeaient. Une nuée de serviteurs s'affairait en prévision de la nuit. On allumait les torches, on baissait la herse pour défendre l'accès au corps de garde. Posté près des écuries, Philip vit Anne se pencher vers le jeune lord avec une expression aguicheuse. Puis elle se mit à rire à quelque bon mot du baron.

Philip gagna d'un pas vif le pigeonnier. Des battements d'ailes affolés accueillirent son arrivée. Les volatiles devaient sentir sa présence. Voyant qu'un garde l'observait d'un air soupçonneux, il fit mine d'admirer la structure. L'homme d'armes finit par retourner à ses affaires, et Philip put enfin reporter son attention sur la cour. Anne s'était volatilisée.

Où diable emmenait-elle le jouvenceau ? Que cherchait-elle à prouver ? Si Egmanton faisait partie des traîtres, s'il en savait trop long sur Lady Rosamond, elle courait de grands risques.

Il se précipita vers l'endroit où il les avait aperçus pour la dernière fois. Continuant sur sa lancée, il contourna un angle, pour se retrouver face au jardin d'agrément mangé par les ombres. Il jura tout bas.

Il enjamba le muret devant lui et se faufila parmi les buissons et les arbres fruitiers. Le rire d'Anne tinta dans la pénombre, dissipant une partie de ses craintes. Accroupi au sol, il écarta les frondes d'une fougère.

Anne était adossée au mur d'enceinte du château. Les derniers éclats mordorés du couchant rehaussaient encore sa stupéfiante beauté. Elle souriait à Egmanton, qui se tenait trop près d'elle. Une statue de femme, portant délicatement un oiseau sur sa main levée, semblait veiller sur eux.

— Ma mère vous juge trop expérimentée pour moi, déclara le baron.

Anne fit une moue facétieuse.

— Vraiment ?

Sans crier gare, Egmanton se pencha vers elle et l'embrassa. Elle le laissa faire. Qu'attendait-elle pour repousser ce fieffé galantin ? Du calme. Elle jouait un rôle. Mais dans ce cas, pourquoi éprouvait-il une si vive jalousie ? Pourquoi son attitude le bouleversait-elle à ce point ?

Egmanton se pressa contre elle et, d'une main, entreprit de retrousser ses jupes.

Philip en aurait hurlé. Il fit un violent effort sur lui-même pour ne pas laisser exploser sa fureur. Anne fit redescendre la main vagabonde. Allons, elle savait au moins où devait s'arrêter l'audace de Lady Rosamond. Mais ses jupes ne resteraient pas en place bien longtemps...

Philip recula de quelques mètres, puis se redressa et se frotta les genoux. Une fois débarrassé de la boue qui les maculait, il se tourna pour étouffer le son de sa voix et lança :

— Lord Egmanton est parti de ce côté. Comment ? Mme la baronne le demande ?

Sur ces mots, Philip retraversa le jardin à grand bruit. Lorsqu'il les rejoignit, ils tournèrent vers lui des visages innocents.

— Milord, votre présence est requise dans la grande salle, dit-il avec déférence tout en s'inclinant.

Ce coquin prit la main d'Anne et y déposa un baiser.

— Nous rentrons ?

Mais elle tourna les yeux vers Philip et fit un signe de tête négatif.

— Partez devant, milord. J'ai besoin d'échapper encore un peu à la chaleur et au bruit qui règnent dans la salle. Mon chevalier veillera sur moi.

Après l'avoir gratifiée d'une courbette, le baron prit congé, sans un regard pour Philip, qui croisa les bras et la toisa en silence.

Elle l'imita. Elle le mettait au défi de lui faire des reproches. Et, comble de l'ironie, il trouvait son effronterie irrésistible.

— Quel était le but de cette scène ? lui demanda-t-il doucement.

— Avez-vous vu autre chose que deux jeunes gens occupés à converser dans ce joli jardin ?

— Oui. Il faut bien que quelqu'un garde un œil sur vous. Qui mieux que l'un de vos protecteurs ?

— Je devais m'assurer que ce très jeune homme saurait faire un bon mari.

Elle s'exprimait avec l'audace de la comtesse. Craignait-elle qu'on les observe ?

— Vous étiez donc prête à le vérifier ?

Elle éclata de rire. Sans vraiment le vouloir, il se rapprocha lentement d'elle.

— Par un baiser, oui. Mais il semblerait que la baronne ne connaisse pas son fils aussi bien qu'elle le croit. Il est loin de manquer d'expérience. Cela dit, je suis capable de freiner ses ardeurs.

— Comme vous avez freiné celles du dernier baron, vous voulez dire ?

Il s'efforça de maîtriser la colère qui sourdait en lui. L'image d'Anne passant de bras en bras le révoltait, mais rien ne l'autorisait à l'en blâmer. Il n'avait aucun droit sur elle – et il ne voulait pas en avoir. Du moins tentait-il de s'en convaincre.

Le sourire d'Anne s'effaça.

— Je ne m'en suis pas si mal sortie.

— Vous jouez avec le feu.

Il était tout près d'elle, à présent. À quelques centimètres à peine. Au-dessus d'eux, la statue, présence muette, semblait les observer.

— Vous ne pourrez pas toujours vous en tirer si facilement. Certains prendront votre badinage pour un consentement.

— Dans ce cas, je les détromperai, comme je viens de le faire avec Lord Egmanton.

Elle inclina la tête et posa les mains sur les hanches.

— N'est-ce pas le genre de femme que je suis censée être ? De celles qui vous plaisent, et qui vous embrasseraient impudemment pour la simple raison qu'elles en ont le pouvoir ?

Il se raidit, à la fois désarçonné et émoustillé. Alors, elle l'empoigna par le col et le fit pivoter, dos au mur. À l'abri des regards, derrière la haute silhouette de la statue, il se laissa manipuler. Quelle étrange humeur s'était emparée d'elle ? Mais qu'importe, au fond : il fallait bien reconnaître qu'une part de lui-même, sombre et avide, n'aspirait qu'à se laisser porter par les sens.

Elle passa les bras autour de lui, glissa les mains sous ses fesses et l'attira contre elle. Il frémit à ce contact si intime.

— Pour les femmes comme Lady Rosamond, c'est un domaine qui n'a plus de secrets, murmura-t-elle en levant les yeux vers lui. Moi, j'ai encore tout à apprendre.

— Si c'est ce que vous voulez, répondit-il d'une voix rauque, je peux vous en montrer davantage.

À son tour, il la plaqua contre le mur de pierre recouvert de vigne vierge et se pressa contre ses courbes douces. Puis il s'empara de ses lèvres, lui renversant la tête pour l'empêcher de se dérober. Précaution superflue : avec un gémissement, elle serra les doigts sur son dos et répondit à son baiser avec une égale passion.

— Ce godelureau vous a-t-il embrassée de la sorte ? chuchota-t-il contre ses lèvres.

Elle le taquina de la pointe de la langue.

— Absolument. Vous voulez que je compare vos mérites respectifs ?

Il lâcha un rire sec.

— Pas besoin.

Il reprit possession de sa bouche, enivré par l'ardeur qu'elle lui témoignait. Le monde s'était réduit au feu qui brûlait entre eux, et aux vêtements qui les séparaient encore l'un de l'autre. Il lui caressa les bras, les épaules, puis fit courir ses mains jusqu'à la pointe de son décolleté. Il y glissa les doigts. Elle ondula sous sa caresse, fébrile. Incapable de résister, il frôla un sein, laissant son pouce s'attarder sur le mamelon, qui se dressa aussitôt sous la soie. Elle poussa un gémissement, qu'il étouffa dans un baiser. Elle frémissait.

Il avait été le premier à la toucher ainsi, il le savait. Le seul à avoir éveillé sa sensualité. Dans la nuit qui se refermait sur eux, il eut envie de la cacher, de la garder pour lui, de lui faire…

Il fallait qu'il se calme. Il ne voulait pas abuser de la confiance qu'elle avait en lui.

Il prit un sein dans chaque main et les caressa, les massa, tout en savourant le goût de ses lèvres. Les sons qu'elle émettait lui faisaient perdre la tête. Et ces mouvements de bassin contre son membre…

Un monde de tentations s'était ouvert devant Anne, dont Philip était le centre. Elle se sentait submergée par son désir pour lui, transportée à l'idée qu'il le partage. Qu'importe où ce tourbillon ardent les conduirait, pourvu qu'ils y aillent ensemble.

Les mains de Philip avaient déclenché en elle un incendie ravageur, qui gagna le creux de son ventre, puis plus bas… Un feu dévorant, qu'elle ne savait comment éteindre. Il avait déjà provoqué en elle cet embrasement furieux, sans qu'elle puisse en connaître le dénouement. Il délaissa un instant ses lèvres pour l'embrasser derrière l'oreille, puis dans le creux du cou, juste à la naissance de l'épaule. De la paume, il suivit le contour de sa taille, de sa hanche. Puis, d'un geste vif, il lui releva la jambe. Le tissu de ses jupes se tendit, faisant barrière entre eux. Mais, d'un roulement de hanches, il trouva le chemin jusqu'à elle. Oh ! quel délice… Elle voulait qu'il la caresse là, qu'il vienne apaiser ce brasier qui la consumait.

Brusquement, il releva la tête. Dans la pénombre grandissante, l'intensité de son désir accusait ses traits.

— Ce n'est pas ce que vous voulez, souffla-t-il, la respiration lourde.

C'en était trop. Elle dégagea sa jambe d'un mouvement sec.

— Vous ne savez pas ce que je veux ! Vous ne l'avez jamais su.

À sa grande consternation, elle fut tentée de tout lui révéler de ses projets concernant la Ligue. Pourquoi diable pensait-elle pouvoir lui faire confiance, tout à coup ?

Il l'enlaça à nouveau, sans la serrer, sans la retenir. Cette étreinte-là ne promettait pas d'autres caresses.

— Vous n'allez sans doute pas me croire, mais je n'avais pas l'intention de récidiver. J'étais venu pour vous protéger. Et voilà que je reprends les choses où ce mirliflore les a laissées…

Elle s'écarta de lui. Sous les yeux impassibles de la statue, elle ne parvenait pas à se sentir coupable. Elle voulait devenir membre de la Ligue, mais était-ce bien tout ?

N'avait-elle pas envie, aussi, de ressembler à Lady Rosamond ? D'être de ces femmes qui attiraient irrésistiblement les hommes, et de savoir qu'elle pouvait répondre à leurs élans ? Elle découvrait tout juste le pouvoir de la richesse et de la beauté, et combien ce pouvoir pouvait transformer l'existence d'une femme.

Peut-être changeait-elle trop vite. Cette volonté d'être comme la comtesse, l'éprouvait-elle pour elle-même… ou pour Philip ? Ou encore pour prendre sa revanche sur ses parents, qui avaient tenté de profiter d'elle ? Mais quelle importance, au fond ? Une chose était sûre : elle se reconnaissait à peine. Ce qu'elle faisait aujourd'hui, elle ne l'aurait même pas imaginé voilà quelques mois.

— Dites-moi ce qui vous préoccupe, milady, murmura Philip.

Elle songea qu'elle était peut-être en train de le tester. De se servir de lui pour savoir si Lady Rosamond était bien le genre de femme qu'elle voulait devenir. Elle n'avait plus personne à contenter qu'elle-même. Plus d'autre avenir que celui qu'elle se façonnerait au sein de la Ligue. Elle rêvait de vivre dans l'excitation du danger, de se savoir utile au service d'une cause supérieure. Oui, elle voulait que les hommes de l'Épée aient durablement besoin d'elle – et, s'il fallait pour cela égaler Lady Rosamond en audace, qu'il en soit ainsi.

Avec un soupir, elle se tourna vers Philip, qui l'observait en silence. Lui-même espérait-il une transformation chez elle ? D'une certaine façon, malgré sa propre résolution, l'idée qu'il puisse souhaiter la voir changer la blessait.

— Je ne sais pas ce qui m'a pris, ce soir. La lune, peut-être, commenta-t-elle sur un ton léger. Nous devrions retourner à la fête donnée en mon honneur.

Il sembla hésiter sur la réponse à lui faire.

— Est-ce seulement la lune qui agit sur votre humeur ? murmura-t-il.

Elle émit un rire rauque et lui adressa un regard en coin.

— Vous préféreriez que ce soit vous, n'est-ce pas ?

Il la dévisagea comme s'il cherchait à percer un mystère. Soudain, elle eut envie d'échapper à son regard scrutateur. Elle tourna les talons et entreprit de se frayer un chemin entre les buissons et les arbres du jardin. Elle savait qu'il la suivrait. Continuerait-il à le faire où qu'elle aille, quoi qu'elle fasse ?

De fait, il lui emboîta le pas. Mais elle pensait pouvoir lui échapper, au besoin.

De retour dans la grande salle, elle aperçut Lord Egmanton en grande conversation avec son intendant, Sir Daniel. Puis tous deux s'engouffrèrent dans un couloir. Que mijotait donc le baron ? À une heure si tardive, il ne pouvait s'agir d'une affaire concernant le château.

Un coup d'œil par-dessus son épaule lui apprit que Philip s'était arrêté pour s'entretenir avec les hommes de l'Épée. Devant elle, les résidents de la forteresse allaient et venaient dans la salle tandis qu'on rangeait tables et tréteaux. Elle n'eut aucun mal à se faufiler dans la foule, camouflée par le nombre, pour suivre discrètement son jeune hôte. Enfin, elle tenait une nouvelle occasion de faire ses preuves aux yeux de Sir Walter.

À l'exception des quelques flaques de lumière projetées par les torches, il faisait sombre dans le couloir. À mesure que le brouhaha de musique et de voix s'estompait derrière elle, le pas des hommes au-devant se faisait plus distinct. Sa filature devenait un jeu d'enfant. En revanche, elle n'entendait pas très bien ce qu'ils disaient. Elle se félicita des chaussons qu'elle portait : elle pouvait avancer en silence, sans se faire remarquer.

Un angle lui dissimula bientôt les deux hommes. Lorsqu'elle atteignit l'arrête irrégulière, elle s'arrêta. Elle posa les mains sur la pierre humide et risqua un coup d'œil au-delà, juste à temps pour les voir ouvrir une porte et la franchir. Elle crut remarquer qu'ils ne la refermaient pas complètement. Parfait ! Elle allait pouvoir entendre ce qu'ils se disaient. Il lui suffisait de...

Tout à coup, quelqu'un la saisit au niveau de la taille et lui emprisonna les bras le long du corps, tandis qu'une main se plaquait sur sa bouche. Puis, sans ménagement, on lui fit traverser le couloir vers l'ouverture noire de l'escalier en colimaçon.

— Silence, lui siffla-t-on à l'oreille.

Philip ? Dieu, quelle frayeur ! Son cœur battait à tout rompre, et elle respirait rapidement par le nez. Sans la lâcher, il s'adossa au mur et l'attira en arrière contre lui.

La voix de Lord Egmanton résonna à nouveau, de plus en plus proche : il revenait. Elle cessa de résister. Sans l'intervention de Philip, le baron l'aurait prise la main dans le sac ! Elle paniqua. Et s'il comptait prendre l'escalier ?

— Mère est impossible ! fulminait le jeune lord. Savez-vous qu'elle nie m'avoir rappelé dans la grande salle ? Croyez-moi, elle ne me laissera pas de répit tant que je n'aurai pas renoncé à épouser Lady Rosamond.

La voix était toute proche, à présent. Les deux hommes devaient s'être arrêtés juste à l'entrée de l'escalier.

— Voyons, milord, elle ne cherche que votre intérêt, tempéra la voix de l'intendant.

Anne sentait le bras chaud et ferme de Philip autour de sa taille. Il n'avait aucun mal à la tenir immobile. La puissance qu'elle devinait en lui faisait naître une sorte de chaleur, de langueur, qui sapait peu à peu sa résistance. La main qui la muselait était si large qu'elle aurait pu lui couvrir tout le visage. Le sentir là, dans son dos, tout contre elle, lui mettait le sang en ébullition. Elle n'était pas la seule dans ce cas, à en juger par ce qu'elle sentait poindre contre ses reins… La finesse du tissu de sa robe formait une barrière bien mince entre eux. Le souffle chaud de Philip lui chatouillait l'oreille.

— Dire que j'étais en tête à tête avec la comtesse ! se plaignait Lord Egmanton. Il faut que je retrouve une occasion semblable, coûte que coûte !

Philip ne la lâchait toujours pas. Elle aurait dû s'en offusquer, mais… Seigneur, quelle situation grisante ! Ils risquaient d'être découverts à tout moment, et pourtant le danger effaçait toute peur, niait toute docilité en elle. Elle ne pouvait pas bouger les bras ? Qu'importe. Ses hanches étaient libres, elles. Elle se mit à onduler contre lui. Il hoqueta, cessant un instant de respirer. Ce qu'ils avaient commencé dans le jardin d'agrément n'était pas terminé. Leur désir mutuel n'avait fait que se mettre en sommeil, prêt à s'embraser de plus belle à la moindre étincelle.

La voix de Sir Daniel s'éleva dans le couloir :

— Que diriez-vous de l'emmener à la chasse demain ? La baronne ne suivra jamais, vous pouvez en être certain.

Elle sentit Philip poser ses lèvres entrouvertes sur sa nuque. Il assortit son baiser d'un coup de reins contre ses fesses, et elle dut pincer les lèvres pour ne pas gémir. Elle ferma les yeux. Un frisson la parcourut : il venait de lui mordiller le cou. La main qui la bâillonnait glissa lentement vers le bas, l'autre remonta pour la rejoindre. Il s'empara de ses seins. Elle se laissa aller entre ses mains, et leurs corps se rapprochèrent encore. À son tour, il se mit à ondoyer contre elle, tout en jouant avec ses mamelons. Chaque caresse la transperçait de désir. Elle en oublia que l'audace de Lady Rosamond n'était pas la sienne : ce qu'il lui faisait ne suffisait plus. Elle lui prit la main et la fit descendre le long de son ventre.

— Une partie de chasse ! C'est parfait ! s'exclama Lord Egmanton, ravi comme un enfant le jour de Noël.

Les pas des deux hommes s'éloignèrent, mais Anne ne s'en souciait plus. Philip glissait la main entre ses jambes. Elle laissa échapper un faible soupir. Il la caressa lentement à travers la robe, dessinant du bout des doigts des cercles tantôt légers, tantôt appuyés, tout en continuant à lui titiller un sein de l'autre main. Entre ses bras, elle était prisonnière, et son impuissance même décuplait sa fièvre. Elle frémissait de tout son être, incapable de s'empêcher de gémir. Quelle folie ! Elle ne pouvait pas se permettre qu'on la découvre dans une situation aussi compromettante ! D'un brusque mouvement, elle s'arracha à son étreinte. Elle tomba à genoux dans l'escalier incurvé, haletante, cherchant à reprendre son souffle.

Il se pencha sur elle et lui chuchota à l'oreille :

— Montons à votre chambre et finissons-en une fois pour toutes.

Elle pivota pour lui faire face, et l'arête de la marche mordit dans la chair de son dos. Philip se tenait au-dessus d'elle, le visage fermé. La colère n'y était pour rien, elle le savait. Il brûlait simplement du même désir qu'elle, celui d'aller au bout de leur passion.

Avec un grognement, elle se releva tant bien que mal, puis elle l'écarta pour passer. Elle s'arrêta près de l'ouverture menant au couloir, le temps de vérifier qu'il était désert.

— Je ne voulais pas de vous dans ce voyage, lança-t-elle par-dessus son épaule. Je savais bien que vous ne feriez que me distraire !

Un silence accueillit sa pique. L'avait-elle blessé ?

— Vous distraire de quoi ? À quel petit jeu jouiez-vous quand je vous ai trouvée dans ce couloir ?

— Je cherchais à savoir si Lord Egmanton nous cache quelque chose, figurez-vous !

— Il m'a tout l'air d'être un petit garçon qui n'arrive pas à se sortir des jupes de sa dominatrice de mère. Ses jérémiades auprès de son intendant viennent de nous le prouver, d'ailleurs. Croyez-vous vraiment que les hommes de l'Épée ont besoin de votre aide pour s'en rendre compte ?

Chapitre 11

Philip ne prit pas ombrage du regard noir qu'elle lui lança. Elle cherchait surtout à se défendre de lui, à faire retomber cette fièvre sensuelle qui montait entre eux chaque fois qu'ils se retrouvaient seuls. Alors comme ça, il la distrayait ? Tout de même, elle y allait un peu fort. N'était-ce pas elle qui lui avait offert ses courbes délicieuses ? Cela dit, il avait tout intérêt à garder cette remarque pour lui s'il voulait avoir encore le plaisir de savourer une telle surprise.

Car elle ne cessait de le surprendre, de multiples façons. Et il en redemandait. Son corps la réclamait. Il eut toutes les peines du monde à s'empêcher de la reprendre dans ses bras.

Elle s'apprêtait à repartir vers la grande salle, mais il la rattrapa par le coude et l'entraîna dans la direction opposée.

— Mieux vaut ne pas repartir par où vous êtes venue. On pourrait croire que nous nous sommes volontairement isolés tous les deux. J'ai eu le temps d'explorer la forteresse avant le dîner. Par ici !

Tandis qu'il la tirait par le bras, elle jeta un coup d'œil en arrière.

— Mais… Et Sir Walter ?

— Si vous vous étiez souciée de ce qu'il pense, vous n'auriez pas cherché à tromper sa vigilance pour pouvoir suivre Egmanton.

— Mais enfin, j'essayais de me rendre utile !

— Je m'en suis douté, et je le lui ai dit. J'ai également promis de vous retrouver et de vous tenir à l'écart du danger.

— Le danger, c'est *vous* !

— Je peux vous retourner le compliment. Vous causerez moins d'ennuis une fois dans votre chambre. Maintenant, cessez de vous débattre. Quelqu'un va finir par croire que j'essaie de vous séduire contre votre volonté, alors que c'est l'inverse.

— Comment osez-vous…

Elle n'eut pas le temps d'achever sa phrase, et lui-même dut la lâcher précipitamment. Deux valets, chargés de seilles d'eau, venaient dans leur direction. D'un coup d'œil par-dessus son épaule, Philip constata qu'elle le suivait d'un pas serein. Il fit comme s'il ne voyait pas les domestiques, mais eux sourirent à Anne et inclinèrent la tête à son intention.

Il la conduisit à l'étage supérieur et, ensemble, ils gagnèrent une autre aile du château. Lorsqu'il la laissa devant la porte de sa chambre, elle hésita visiblement à la lui claquer au nez, mais préféra s'abstenir. Une fois certain qu'elle était en sécurité, il ouvrit la porte voisine, celle de la chambre qu'il partageait avec Sir Walter. Les chevaliers s'y étaient rassemblés. Ils achevaient de se préparer pour leurs activités nocturnes, auxquelles ils ne l'avaient toujours pas invité à participer. Tout de noir vêtus, ils portaient à la ceinture une sacoche qu'il ne leur avait encore jamais vue. Il ne leur en voulait pas de faire tant de mystère. Après tout, il n'était pas initié à leurs méthodes secrètes. À moins de devenir membre de la Ligue, il n'y aurait pas accès. Cela dit, même s'il ne caressait plus l'espoir de rejoindre leurs rangs, l'entraînement qu'ils suivaient le fascinerait toujours.

— Nous serons de retour d'ici deux heures, annonça Walter. Pourrez-vous prolonger votre tour de garde, si nécessaire ?

— Bien sûr. Mais qu'est-ce qui vous pousse à partir si tôt ?

— Les convives ont commencé à regagner leurs chambres. Dans la confusion générale, il sera plus facile de glisser entre les doigts des gardes.

— Et entre les barreaux de la herse ? ironisa Philip.

Pour toute réponse, Walter le toisa avec froideur.

Au moment où il reculait dans le couloir pour laisser passer les hommes de l'Épée, il perçut une présence non loin de la chambre d'Anne. Margaret ? Non : la servante n'aurait eu aucune raison de chercher à passer inaperçue. C'était Anne elle-même. Tandis que les chevaliers partaient d'un côté, elle filait de l'autre !

Dès que ses compagnons d'armes eurent passé l'angle du couloir, il s'élança dans la direction opposée. À quoi songeait donc cette écervelée ? Il avisa l'entrée de l'escalier. Quand il s'y engagea, il vit l'ourlet de la robe d'Anne disparaître dans le colimaçon. Elle montait.

Allons bon. Elle ne s'était tout de même pas mis en tête d'épier les hommes de l'Épée, au moins ?

Au sommet des marches, tout en haut de la forteresse, elle sortit sur la passerelle de bois qui rattachait la tour à la courtine. Aucune torche ne brûlait sur le chemin de ronde. Pas un soldat en vue. Comme dans beaucoup de places fortes, on avait réduit la défense au strict minimum.

Tout de même, la pleine lune éclairait suffisamment pour qu'il distingue Anne. Elle s'était tapie dans l'ombre du parapet. Quand elle le repéra à son tour, elle ne parut même pas s'étonner de le voir là.

Il alla la rejoindre et s'adossa au mur à côté d'elle.

— Combien de fois va-t-il falloir que je vous suive, ce soir ? chuchota-t-il.

Elle releva le menton d'un air de défi.

— Vous êtes aussi curieux que moi de voir comment ils vont s'y prendre pour quitter le château. Maintenant, taisez-vous. Je crois qu'ils sont en face, sur le chemin de ronde.

Les mâchoires serrées, Philip suivit du regard la direction qu'elle lui indiquait. Des silhouettes noires longeaient les remparts. Elle avait bonne vue, il fallait le reconnaître. Les chevaliers passaient d'ombre en ombre, si furtifs que lui-même ne les aurait peut-être pas repérés. Ils s'arrêtèrent en un point de la courtine situé bien à l'écart du corps de garde principal et de celui qui gardait la poterne. Anne s'approcha un peu pour mieux voir. Il la laissa faire, mais ne la quitta pas d'une semelle. Il voulait être là au cas où il faudrait la sauver d'elle-même.

Les chevaliers s'activaient près des créneaux. À en juger par leurs mouvements, ils s'employaient à attacher une corde autour d'un merlon. Puis, l'un après l'autre, ils passèrent par-dessus le parapet et disparurent.

Quoi, c'était tout ? Une simple technique d'escalade ? Philip était presque déçu. C'était à la portée du premier venu.

Mais déjà Anne s'éloignait au petit trot sur le chemin de ronde, ses jupes flottant derrière elle. Philip s'élança à sa suite. Il la rejoignit au moment où elle s'adossait contre le merlon. Elle leva vers lui des yeux brillants d'excitation, où la lune reflétait son éclat.

— Vous croyez que je peux jeter un coup d'œil ? murmura-t-elle.

Il croisa les bras sur son torse.

— Laissez-leur un peu de temps. Les remparts sont hauts. Vous ne voudriez pas qu'ils vous repèrent avant d'être arrivés en bas, si ?

Elle haletait de la même façon qu'entre ses bras un peu plus tôt. C'était presque vexant.

— Pourquoi prenez-vous tous ces risques ? Que vous importe de savoir comment ils vous protègent ? Pourquoi avoir suivi Egmanton ? Y aurait-il un lien entre tous ces éléments ?

Sourde à ses interrogations, elle tâta la corde derrière elle.

— Elle ne vibre plus. Le dernier doit avoir atteint le sol.

D'un bond, elle se hissa entre deux merlons, puis rampa sur l'épaisseur du mur pour risquer un regard dans le vide. Philip la retint d'une main pour l'empêcher de tomber, pris d'un léger vertige qu'il attribua au vent qui se levait. À moins qu'il ne soit dû à cette hanche dont il sentait la courbe sous sa paume ? En tout cas, quand un camarade chevalier se tenait dans cette position, prêt à jeter de l'eau bouillante sur les assiégeants, il était loin d'éprouver le même émoi !

— Vous voyez quelque chose ? demanda-t-il.

— Non, rien, reconnut-elle d'une voix où perçait la déception.

— Il faut dire qu'en pleine nuit, vêtus de noir…

Elle rampa à reculons dans l'embrasure, puis se laissa retomber sur le chemin de ronde. Elle tourna vers lui un regard courroucé et posa les mains sur les hanches.

— Épargnez-moi votre condescendance, voulez-vous ?

Ses yeux formaient deux flaques d'ombre dans le clair de lune.

— D'accord, à condition que vous répondiez à mes questions, rétorqua-t-il. Qu'avez-vous derrière la tête ?

— Je veux intégrer la Ligue à titre permanent.

Cette annonce le laissa sans voix.

Il la vit grimacer, comme si elle n'avait pas eu l'intention de lui dire la vérité. Avant qu'il ait eu le temps de réagir, elle leva la main.

— Et ne me dites pas qu'il n'y a jamais eu de femmes de l'Épée. Ni vous ni moi n'en savons rien. Quoi qu'il en soit, je suis douée pour ça, Philip. Et c'est ce que je veux faire de ma vie.

— Parce que vous croyez, vous, qu'il suffit de prouver son engagement auprès de ces hommes ?

Elle se radoucit.

— Non, je le sais bien, sans quoi ils vous auraient déjà prié de rejoindre leurs rangs. Cela dit, vous leur avez apporté une aide des plus précieuses ces derniers jours. Ils vont vous solliciter, maintenant, j'en suis sûre. Et moi aussi, j'espère.

Il eut un instant d'hésitation.

— Ce que les serviteurs de l'Épée pensent de moi n'a plus d'importance, finit-il par répondre, sans animosité.

Anne se troubla.

— Mais… À Alderley, vous ne cessiez de parler de la Ligue comme du plus grand prestige auquel un chevalier puisse accéder. Or, Elizabeth m'a appris qu'on ne vous avait pas proposé d'en devenir membre…

— Et donc, vous vous êtes mis en tête de m'entraîner avec vous, d'épouser ma cause, comprit-il, finalement plus amusé que contrarié. Voyez-vous, Lady Rosamond, j'ai d'autres projets, à présent. Ne vous inquiétez pas pour moi. Mais, si l'Épée vous appelle à servir sa cause, songez aux dangers que vous devrez affronter.

— Seulement quelques semaines par an, rappela-t-elle d'un ton pincé. Cela dit, je suis toute prête à servir davantage, et j'espère bien pouvoir les en convaincre.

— Que raconterez-vous à votre mari ?

À l'idée de la voir entre les bras d'un autre homme, il éprouva un brusque élan de jalousie et de colère. Deux émotions qu'il n'était pas en droit de ressentir.

— Je ne me marierai pas. J'ai mieux à faire.

Il en resta bouche bée.

— Quelle femme ne désire pas se marier ?

— Une femme de l'Épée.

Comment lui faire comprendre que l'objectif qu'elle s'était fixé risquait fort de ne jamais se concrétiser ? Et d'ailleurs, en avait-il le droit ? Non, assurément : elle était seule maîtresse de son existence.

Côte à côte, ils se tournèrent vers le paysage nocturne. Il l'observait à la dérobée. Sa coiffe était restée dans sa chambre. Le vent jouait dans ses cheveux, faisant danser des mèches autour de son visage. Il resterait aussi longtemps qu'elle le souhaiterait. Il aimait passer du temps seul avec elle – avec *Anne*, et non pas avec Lady

Rosamond. Il reporta son attention sur la campagne du Nottinghamshire, embrassant du regard les arbres éclaboussés par le clair de lune et le scintillement d'un ruisseau lointain.

Tout à coup, elle se figea.

— La corde se tend.

Tous deux battirent en retraite dans l'ombre des créneaux. Quelques minutes plus tard, David se hissa dans l'embrasure et sauta sur le chemin de ronde. Il paraissait si absorbé que Philip posa une main sur l'épaule d'Anne pour l'empêcher de signaler leur présence. L'homme de l'Épée fouilla dans sa sacoche, puis remonta vivement la corde. Il leur tournait le dos. Impossible de voir ce qu'il faisait. Au bout d'un moment, il lança à nouveau la corde dans le vide et se pencha par-dessus le parapet. Son observation dura un certain temps. Puis il remonta dans l'embrasure, empoigna la corde et s'évanouit dans la nuit.

Avec un hoquet, Anne se précipita vers l'endroit où ils l'avaient vu disparaître, Philip sur ses talons. Tandis qu'elle grimpait dans l'ouverture pour aller voir, Philip étudia l'extrémité visible de la corde.

— Comme il descend vite ! chuchota-t-elle, ébahie. Et quelqu'un monte à la même allure !

— C'est un système de poulie, commenta Philip, admiratif malgré lui. Je n'en ai jamais vu de si perfectionné. C'est le poids de David qui fait monter l'autre homme. Je me demande bien ce qui empêche son compagnon de remonter par ses propres moyens…

Il jeta un coup d'œil à la silhouette en pleine ascension.

— En arrière, Anne !

Tandis qu'elle obtempérait, ils entendirent un

grognement. L'homme venait d'atteindre le sommet de la courtine, un peu brusquement, semblait-il. Philip se pencha pour l'aider à franchir les créneaux. Il se trouva nez à nez avec la pointe d'une dague.

— Tout doux, Joseph, c'est moi, murmura-t-il en levant les mains d'un air conciliant.

L'intéressé émit un nouveau grognement.

— Bon, puisque vous êtes là, aidez-moi donc à grimper.

L'homme de l'Épée saisit les bras que lui tendait Philip, puis se souleva de la barre fixée à la corde qui lui avait permis de monter en position assise.

— Pourquoi ne pas avoir escaladé ? demanda Philip, intrigué.

Sitôt sur le chemin de ronde, Joseph s'assit maladroitement.

— Je me suis tordu la cheville.

La respiration hachée, il leva les yeux vers Philip. C'est là qu'il sembla s'apercevoir de la présence d'Anne.

— Eh bien, commenta-t-il, on nous suit ?

Philip se contenta de hausser les épaules.

— Au moins, rendez-vous utile : retirez les poulies pour que les autres puissent remonter.

David et Walter ne furent pas longs à les rejoindre. À leur vue, le capitaine se rembrunit. Alors seulement, Anne commença à prendre un air penaud.

David aida Joseph à se relever, et Philip passa un bras du chevalier blessé autour de son cou.

— Vous avez trouvé quelque chose ? s'enquit-il.

Ébouriffé par le vent, Walter tourna des yeux préoccupés vers la campagne environnante.

— Nous avons inspecté les abords de la forteresse

en cercles de plus en plus larges. Au deuxième passage, nous sommes tombés sur les traces d'un campement démonté à la hâte. Les cendres étaient encore chaudes. Si près de la forteresse, de simples voyageurs auraient demandé l'hospitalité pour la nuit. Ces hommes-là ont préféré rester dehors.

— Nous les avons pistés un bon moment, ajouta Joseph. Nous les avons même approchés de près. Mais ils étaient à cheval, et ils ont fini par nous échapper. C'est là que je me suis tordu la cheville.

— C'étaient peut-être des braconniers, fit observer David en toute objectivité.

Walter plissa les yeux.

— Mon instinct me dit qu'il n'en est rien. À mon sens, on nous surveille toujours. Simplement, les hommes qui nous suivent ne veulent pas commettre l'erreur de nous attaquer une seconde fois.

— Ils me prennent toujours pour Lady Rosamond, rappela doucement Anne. Et ils ignorent que la comtesse a surpris leur conciliabule.

— Exactement, conclut Walter. Autrement dit, notre meilleure défense reste d'éviter que ces indiscrets aient l'occasion de vous voir de trop près.

Après la messe, le lendemain matin, les sœurs Egmanton emmenèrent Anne visiter les quartiers réservés aux dames, ainsi que les salles de couture et de tissage. Elle ne vit pas trace de leur mère. Tant mieux.

En milieu de matinée, alors qu'elle attendait que son jeune hôte se libère de ses obligations, des ménestrels arrivèrent au château. La baronne, qui trônait devant la cheminée, ne perdit pas de temps pour s'enquérir des dernières nouvelles. Tout en accordant son instrument en vue de la soirée à venir, le joueur de luth se répandait en courbettes. Après tout, lui et les membres de son petit groupe devraient le vivre et le couvert au bon vouloir de la maîtresse des lieux, aussi longtemps qu'ils parviendraient à la divertir.

Il commença par la régaler de quelques commérages sur les conquêtes du roi, avant de l'informer des récentes fiançailles au sein de la noblesse. Puis son expression se fit plus grave, et il regarda la baronne dans les yeux.

— La dernière nouvelle que j'ai à vous apprendre sera moins agréable, milady. La mort a frappé de façon tragique, et ce n'était pas un accident.

Anne croisa le regard de Philip, qui faisait une partie de jeu de tables avec Sir Walter non loin de là.

— Un assassinat ? s'écria Lady Egmanton avec un vif intérêt.

— Lady Staplehill a été retrouvée sans vie dans son lit, voilà à peine quinze jours, annonça le joueur de luth en se signant.

Margaret, qui apportait une coupe à sa maîtresse, laissa échapper un hoquet de stupeur et renversa un peu de vin sur les joncs. Anne la détailla du regard. Elle était pâle comme un linge.

— Vous voulez dire que sa mort n'était pas naturelle ? questionna la baronne avec enthousiasme.

Cet étalage de curiosité malsaine... Anne en avait la nausée, d'autant que Margaret paraissait bouleversée.

— Lorsqu'on l'a retrouvée, la dague était encore plantée dans sa gente gorge, précisa gravement le musicien.

Au milieu des murmures, Anne eut un moment de flottement : la comtesse était-elle censée connaître la malheureuse victime ? Était-ce pour cela que Margaret avait l'air si mal en point ?

Comme si elle lisait dans ses pensées, Lady Egmanton se tourna brusquement vers elle.

— Mais dites-moi, Lady Rosamond, ne connaissiez-vous pas Lady Staplehill ? Elle était à peu près de votre âge. Vous avez dû vous côtoyer à la Cour, non ?

— Je l'ai croisée en passant, milady, répondit Anne, la mine sombre. Quelle terrible tragédie !

Elle se tourna vivement vers le ménestrel.

— A-t-on attrapé l'infâme scélérat ?

— Hélas, milady, il court encore, répondit le joueur de luth en secouant la tête. Mais la question est sur toutes les lèvres : qui a pu s'introduire dans cette chambre si bien gardée, qu'elle partageait de surcroît avec son époux ?

— Le mari n'est-il pas suspecté ? insista la baronne.

Anne surprit le regard scrutateur, lourd de soupçons, que Philip posait sur Sir Walter. Elle jeta un coup d'œil aux deux autres hommes de l'Épée. Apparemment captivés par le plateau de jeu, tous deux affichaient une expression étonnamment neutre. Que se passait-il donc ? Et comment faire pour le découvrir ?

— Le pauvre homme est brisé de chagrin, répondit le ménestrel. La mort de son épouse le laisse seul avec deux jeunes bambins à élever. Il n'aurait eu aucune raison de commettre un tel crime, semble-t-il.

— Se pourrait-il qu'il y ait un amant là-dessous ?

Anne se leva d'un bond.

— Veuillez m'excuser, Lady Egmanton, dit-elle en s'efforçant de cacher son dégoût. Cette effroyable nouvelle m'affecte, et j'éprouve le besoin de prendre un peu l'air. Votre fils se trouve-t-il toujours avec son intendant ?

La vieille harpie lui adressa un petit sourire satisfait.

— Oui, il va être très occupé une grande partie de la journée.

— Quel dommage, répondit Anne, soulagée.

Pourvu que la partie de chasse passe aux oubliettes… Elle se tourna vers ses protecteurs.

— Messires, j'aimerais chevaucher un peu. La paix des terres environnantes me fera le plus grand bien après cette annonce dramatique. Voulez-vous bien m'escorter ?

Margaret ne semblait pas tenir à les accompagner, mais Anne insista. Dans la cour, pendant que les hommes sellaient leurs montures, elle assura à la servante qu'ils resteraient à portée de voix du château. À vrai dire, cette balade à cheval ne lui faisait aucune envie, surtout avec la menace d'« observateurs » tapis là, quelque part. Mais elle ne voyait pas d'autre moyen d'échapper aux oreilles indiscrètes.

Quelques instants plus tard, leurs chevaux passaient au trot sous la herse, relevée dans le corps de garde pour leur livrer passage. Enfin libres ! La forêt de Sherwood s'étendait devant eux. Craignant une embuscade, Anne préféra ne pas s'y aventurer. D'une pression des talons, elle mit sa monture au galop et s'éloigna, rapide, jusqu'à mettre une distance raisonnable entre eux et Markham Keep. La route était encore visible. Quelques silhouettes s'y détachaient, des charrettes et des villageois venant à la forteresse pour affaires. Ainsi à découvert, une attaque semblait peu probable. Au loin, des moutons paissaient. Elle tira sur les rênes et laissa son cheval aller au pas, comme pour mieux admirer cette scène pastorale. À ses côtés, Margaret soupira.

Quand les quatre chevaliers les eurent rejointes, Philip, visiblement irrité, apostropha Sir Walter :

— Que savez-vous du meurtre de Lady Staplehill ?

Le capitaine haussa un sourcil grisonnant.

— La même chose que vous. La dame a perdu la vie dans des circonstances tragiques.

Philip se tourna vers Margaret.

— Si j'ai bien compris, Lady Rosamond la connaissait ?

La servante baissa les yeux et acquiesça d'un signe de tête.

L'air contrarié de Sir Walter intrigua Anne.

— Cette affaire ne vous concerne en rien, Sir Philip, déclara le capitaine.

— Vous savez quelque chose à propos de cet assassinat, s'emporta Philip. Vous en aviez eu vent avant de partir pour cette mission, n'est-ce pas ?

— Quelle importance ? Cela n'a aucun rapport avec nous.

— Peut-être que si, le contra Philip en se tournant à nouveau vers Margaret. Dites-nous ce que vous savez, je vous en prie. Si vous ne le faites pas pour nous, faites-le au moins pour votre maîtresse.

Anne s'attendait à voir les hommes de l'Épée protester, mais ils se tinrent cois. Comprenaient-ils qu'ils ne feraient qu'aggraver la situation en taisant la vérité ?

La jeune servante serra les bras contre sa poitrine.

— La dernière fois que j'ai vu Lady Staplehill, c'était au tournoi de Durham.

Philip hocha la tête d'un air entendu.

— Celui-là même où Lady Rosamond a surpris l'aparté des traîtres. Vous m'en direz tant…

Anne jeta des coups d'œil affolés autour d'elle. Du calme. Ils étaient seuls sur le tertre herbu, avec le vent qui emportait leurs paroles et les moutons pour seule compagnie.

— Ce tournoi a rassemblé beaucoup de monde, rappela Sir Walter sans se départir de son calme. Et personne n'y a trouvé la mort. Ce crime a été commis plus tard, après le retour de la dame chez elle.

— Précisément là où une jeune mère risquerait le moins de se faire poignarder dans son lit, rétorqua Philip. Sa mort n'en est que plus étrange, vous ne trouvez pas ?

Anne n'avait jamais vu Sir Joseph et Sir David affecter un tel détachement, comme si la question ne les intéressait pas le moins du monde. Philip aurait-il mis le doigt sur quelque chose ?

— La Ligue a mené son enquête, admit Sir Walter. Le mari de Lady Staplehill a des ennemis. Et des dettes. Il s'agit vraisemblablement d'une vengeance.

— Ou d'une preuve de plus que les conspirateurs se savent en danger, argua Philip.

— Quand bien même, mes supérieurs ont estimé que les félons devaient croire la menace éliminée, à présent.

— Que faites-vous de l'attaque que nous avons essuyée ?

— J'en ai fait état dans ma missive, répondit posément le capitaine. Mais, ne l'oublions pas, les conjurés sont des nobles. Ils ont des armées à leur disposition. S'ils avaient voulu la mort de Lady Rosamond, ils nous auraient envoyé une force autrement plus efficace.

— Peut-être. Il n'en demeure pas moins que vous nous avez caché des informations cruciales.

Les yeux de Philip lançaient des éclairs lorsqu'il se tourna vers Anne.

— Vous avaient-ils mis dans la confidence ?

Elle fit un signe de tête négatif. Comment fallait-il prendre cette dissimulation ? Sir Walter devait avoir jugé cette affaire sans importance pour eux, elle en était certaine – ou, sinon lui, du moins ses supérieurs, et il n'avait eu d'autre choix que d'obéir aux ordres.

— Écoutez, Sir Philip, dit le capitaine d'une voix patiente. Je connais une grande partie des affaires de la Ligue, et je détiens des secrets dont la plupart des gens n'ont pas idée. Vous ne pouvez pas vous attendre à ce que je vous confie tout ce que je sais, tout de même ?

— Ne déformez pas mes propos, s'indigna Philip. Anne, j'ai besoin de vous parler. Seul à seule.

Le visage de Sir Walter se ferma.

— Réfléchissez bien à ce que vous faites, Philip.

L'abandon du titre fit tiquer Anne. La capitaine paraissait presque aux abois. Cette querelle prenait vilaine tournure. Mieux valait ne pas la laisser s'envenimer.

— D'accord, Philip, dit-elle en s'efforçant de parler d'un ton calme et mesuré. Sir Walter, pourriez-vous raccompagner Margaret vers Markham Keep avec vos chevaliers, je vous prie ? Tout en gardant un œil sur nous, bien entendu.

Les trois hommes de l'Épée tournèrent bride et rebroussèrent chemin au petit trot. La jeune servante chevauchait à leurs côtés, recroquevillée sur elle-même, comme diminuée.

*
* *

L'angoisse et la colère nouaient les entrailles de Philip. La Ligue, faire preuve de duplicité ? Il ne s'en remettait pas. C'était contraire à tout ce qu'il croyait savoir sur cette organisation.

— Même Margaret partage mes craintes, commenta-t-il quand ils furent seuls.

— Elle s'inquiète toujours en ce qui concerne Lady Rosamond, répondit Anne. Sa maîtresse a entrepris un voyage périlleux. D'ailleurs, son courage mérite d'être applaudi.

Il se pencha sur le pommeau de sa selle pour donner plus de poids à ses propos.

— Vous aussi, vous risquez votre vie. On vous a menti ! Si nous avions su que Lady Staplehill avait été assassinée, peut-être que…

— Si Sir Walter ne m'en a pas informée, c'est parce que la Ligue ne jugeait pas cette information pertinente pour nous. Qui sait s'il ne l'a pas regretté, ou s'il ne le regrette pas aujourd'hui ?

— Quand vous vous êtes portée volontaire pour cette mission, Anne, vous pensiez qu'il s'agissait d'une simple précaution. Or aujourd'hui, les preuves sont là : tout porte à croire que les traîtres savent que *quelqu'un* les a entendus comploter.

— Mais ils ne savent pas *qui*.

— Vous tenez vraiment à être le prochain cadavre ? Il faut mettre un terme à cette mission.

— Vous ne pouvez pas me demander une chose pareille, Philip. Il y va de l'avenir de notre royaume. Vous m'écouteriez, vous, si je vous demandais d'abandonner le roi en pleine bataille ?

— Ça n'a rien à voir, et vous le savez.

— Vous dites vrai, mais pas pour les raisons auxquelles vous pensez. Sur un champ de bataille, vous êtes un combattant parmi toute une armée. Moi, je suis peut-être la seule à pouvoir leurrer l'ennemi, la seule à pouvoir faire diversion pour permettre à Lady Rosamond de gagner Londres. Je vous ai expliqué combien cette collaboration avec la Ligue comptait pour moi.

— Mais à quel prix, Anne ? ragea-t-il.

Sa monture piaffait sous lui. Il sauta de selle et tendit les bras pour aider Anne à descendre. Elle se pencha vers lui et le laissa la prendre par la taille pour la déposer au sol. Aussitôt, les deux chevaux se mirent à paître.

Loin de la lâcher, il resserra son étreinte.

Son anxiété avait quelque chose de touchant.

— Il n'y aura aucun prix à payer, Philip. Je ne suis pas la damoiselle vulnérable que vous imaginez. Même si vous m'ennuyez, ajouta-t-elle avec un petit sourire qu'il ne lui rendit pas, je vous suis reconnaissante de votre aide. La Ligue le sera peut-être aussi.

— Peu m'importe la Ligue. C'est ma mère qui était fascinée par l'Épée, marmonna-t-il en se détournant.

Il se passa la main dans les cheveux et s'éloigna de quelques pas.

Perplexe, elle alla le rejoindre et contempla l'horizon avec lui. L'herbe s'étendait à perte de vue. L'unique silhouette visible était celle d'un berger qui veillait sur son troupeau. À l'ouest, une soudaine rafale fit bruisser les arbres dans la forêt. Elle frissonna.

Visiblement, Philip n'avait pas l'intention de poursuivre.

— Votre mère ? le relança-t-elle doucement.

Il soupira.

Au moins, il n'était plus en colère. Il paraissait seulement résigné, à présent.

— Je crois vous avoir entendu dire qu'un homme de l'Épée avait secouru votre grand-mère. Est-ce par gratitude que votre mère voulait vous voir rejoindre la Ligue ?

— Elle n'y songeait même pas, répondit Philip à voix basse. Elle était simple couturière au service de Lady Kelshall. Elle n'aurait jamais eu la prétention de croire qu'un fils de servante puisse nourrir de si grandes ambitions.

Il émit un rire dur.

— C'est incroyable, tous ces souvenirs qui me reviennent, maintenant qu'on approche de l'endroit où j'ai grandi.

Anne n'en croyait pas ses oreilles. Un fils de servante ? Dire qu'elle l'avait imaginé benjamin d'une famille noble, ou cousin éloigné, au moins. Mais non : il était… comme elle. Et même d'une classe légèrement inférieure, dans la mesure où son père à elle possédait ses propres terres. Ça alors ! Elle avait toujours cru que leurs conditions respectives les empêcheraient à jamais d'être égaux.

Cela dit, ils ne l'étaient pas. Lui s'était élevé au rang de chevalier. Sa famille pouvait être fière de lui. Voilà pourquoi il tenait tant à faire un mariage avantageux… Tout s'éclairait, à présent. Raison de plus pour se féliciter d'avoir compris qu'elle ne devait pas l'inclure dans ses projets d'avenir.

— Je vous déçois, je suppose, murmura-t-il.

— Me décevoir ? Après tout ce que vous avez accompli dans votre vie ? Vous n'êtes pas sérieux, voyons !

— Après le sauvetage de ma grand-mère, que des tire-laine tentaient de détrousser, ma mère a conçu une vénération absolue pour les hommes de l'Épée. Jusqu'à son dernier souffle, elle a recueilli les récits de leurs hauts faits. Elle me les racontait chaque soir avant de me coucher.

— Vraiment ?

— Elle était simple couturière, pourtant. Mais elle avait vécu à Londres avec sa maîtresse, et le monde n'avait guère de secrets pour elle. Sans compter les nombreux visiteurs qui passaient par Kelshall Castle : pas une de leurs anecdotes ne lui échappait.

Kelshall… N'avait-elle pas déjà entendu ce nom-là quelque part ?

— Ces rêves de chevalerie et d'aventures lointaines, c'est elle qui m'en a rempli la tête, poursuivit-il à voix basse. Je n'y aurais même pas songé tout seul. Elle maniait si bien les mots que toutes ces histoires prenaient vie devant mes yeux. Comme si je pouvais prétendre à une place dans ce monde-là. Je suis devenu… différent des autres garçons, dont les espoirs se limitaient à un lopin de terre et une gentille épouse. On me trouvait toujours près de la lice d'entraînement, à regarder les soldats faire leurs exercices. Je voulais être comme eux.

Anne n'en revenait pas de l'entendre s'épancher ainsi auprès d'elle. Elle n'osait plus parler, ne respirait plus qu'à peine, de peur de briser la bulle d'intimité que ces confidences avaient formée autour d'eux.

Au bout d'un moment, elle s'y risqua tout de même :

— Votre mère voulait que vous vous éleviez, et vous avez exaucé son vœu. Vous êtes devenu soldat.

Il hocha la tête.

— Mon seigneur m'a remarqué. Il m'a fait écuyer et m'a emmené en France. Ma mère était morte depuis longtemps, à l'époque, mais je suivais encore le chemin qu'elle avait tracé pour moi.

Il tourna vers elle un visage empreint de sérieux.

— Mais ce n'était pas *mon* chemin. J'ai mis du temps à m'en apercevoir. Il m'a fallu rencontrer les hommes de l'Épée à Alderley pour comprendre que je n'avais plus besoin de leur approbation. Quand je pense qu'aujourd'hui ils doivent croire que je ne recherche rien d'autre…

Était-ce de la colère qu'elle devinait en lui ? Il ne lui avait pas tout dit, elle le sentait.

— Si vous attendez ma permission pour vous retirer de cette mission, sachez que vous l'avez, Philip. Vous ne me devez rien. Quant à moi, je reste. Même s'il ne le sait pas, le roi a besoin de moi.

Il lui adressa un demi-sourire.

— Ah ! quel destin, madame la comtesse !

Elle haussa les épaules et détourna les yeux.

— Dans ce cas, dit-il, je resterai avec vous. Jusqu'au bout.

— Ne soyez donc pas si théâtral, répliqua-t-elle d'un ton sec pour dissimuler son soulagement. Je ne suis que Lady Rosamond, dame de la noblesse. Et lorsque toute cette histoire s'achèvera, fût-ce par la simple gratitude du roi, j'aurai peut-être gagné ma propre place dans ce monde.

Il l'attrapa par le bras avant qu'elle ait eu le temps de tourner les talons.

— Ces hommes vous ont menti, Anne. Les motifs louables que vous leur attribuez n'y changent rien. Ils feraient n'importe quoi pour vous garder ici avec eux. Un homme désespéré est capable de tout, ne l'oubliez pas. À mes yeux, ils ont dupé une innocente. C'est un acte qui n'est pas digne d'eux.

Elle eut envie de protester, mais à quoi bon ? Tout était dit.

— Je m'en souviendrai.

Il l'aida à se remettre en selle, puis tous deux allèrent rejoindre le reste du groupe. L'expression du capitaine était indéchiffrable.

— Nous restons tous les deux, annonça sèchement Philip. Mais je n'oublierai pas vos cachotteries, Walter.

L'omission volontaire du titre fit tressaillir Anne. Ils en savaient tous trop long les uns sur les autres, à présent. Le chef des chevaliers, toujours de marbre, se contenta de hocher la tête.

Tandis qu'ils regagnaient Markham Keep, Anne repensa aux révélations de Philip. Évidemment, après tous les obstacles qu'il avait déjà surmontés, comment ne pas comprendre qu'il aspire à trouver un parti digne de son rang de chevalier ? Sa mère avait eu de grandes aspirations pour lui, et Anne ne pouvait que la rejoindre sur ce point. Il avait sa propre destinée.

Ce qui ne l'empêchait pas de la désirer, et réciproquement.

Chapitre 12

L'après-midi, Lord Egmanton invita Anne à l'accompagner à la chasse. Il avait donc réussi à déjouer les manœuvres de sa mère, s'amusa Anne. Elle n'était pas très rassurée à l'idée de s'aventurer dans la forêt, mais elle se raisonna. Ils seraient nombreux. Elle ne risquait probablement rien. Plus d'une quinzaine de personnes étaient de la partie : ses quatre protecteurs, l'intendant de la forteresse, plusieurs baillis et chevaliers venus de manoirs voisins, auxquels s'ajoutaient les gardes du jeune baron et ses deux sœurs. L'équipage s'ébranla au rythme de la meute, que le veneur tenait bien en main. Pendant un moment, ils chevauchèrent dans la vallée baignée de soleil, et elle prit plaisir à montrer aux jumelles les avantages de monter à califourchon plutôt qu'en amazone.

Puis ils pénétrèrent dans la forêt de Sherwood, longeant d'anciens chemins de terre qui paraissaient souvent empruntés pour le même usage. Enfin, le veneur lâcha les chiens. Avec un sourire, Anne les regarda filer entre les arbres. Ils aboyaient gaiement tout en flairant le lièvre, proie désignée du jour. La chasse était ouverte.

Les cavaliers lancèrent leurs montures à travers bois, cherchant à soutenir l'allure de la meute.

Anne se pencha sur l'encolure de son cheval. Elle avait pris la précaution de nouer ses cheveux en arrière. Pourtant, le vent têtu faisait voler ses boucles autour de son visage. Elle rejeta la tête en arrière et éclata de rire, grisée par la course. Son regard accrocha celui de Philip, qui galopait à côté d'elle et ne la quittait pas des yeux. Au gré des écarts des chevaux pour éviter les arbres, il se rapprochait ou s'éloignait d'elle. Souvent, David ou Joseph venait se placer entre eux. Ils en firent un jeu : c'était à qui passerait devant les autres. Anne en oublia presque la partie de chasse, tant elle s'amusait dans cette folle cavalcade avec ses chevaliers.

Enfin, un grand cri leur parvint depuis la tête de l'équipage. Anne ralentit. La forêt résonnait d'aboiements frénétiques : les chiens acculaient leur proie. Les jumelles et elle restèrent en retrait, peu désireuses d'assister au rituel sanglant de la curée. Les chiens pouvaient savourer sans elles leur part de l'animal mis à mort en récompense de leur succès.

Philip rebroussa chemin jusqu'à elles. Le rouge monta aux joues des sœurs Egmanton, qui se mirent à glousser lorsqu'il leur sourit.

Leur réaction n'échappa point à Anne. Philip dut s'en apercevoir, lui aussi, car il se pencha sur le pommeau de sa selle et leur demanda galamment :

— Chassez-vous souvent avec votre frère, mesdames ?

Elles acquiescèrent vigoureusement.

Évidemment, ces damoiselles étaient un gibier de choix dans le type de chasse que Philip menait pour son propre compte. Elles n'étaient même pas trop vieilles.

Allons, pas de mesquinerie : souhaitait-elle lui voir un meilleur avenir, oui ou non ?

Pourtant, impossible de le nier : elle était jalouse. Qui ne pouvait-il s'empêcher de toucher à la première occasion ? Elle. Qui aurait pu le mettre dans son lit d'un claquement de doigts ? Encore elle. En devenant une femme de l'Épée, elle aurait plus facilement accès au plaisir. Quant à l'amour, c'était une autre histoire. Un tel sentiment serait difficile à concilier avec la vie qu'elle entendait mener. Elle observa Philip qui bavardait avec les jumelles. Il ne cherchait même pas à les séduire, simplement à se montrer poli. Prévoyait-il de revenir un jour pour les courtiser et gagner leurs faveurs ? Elles n'étaient pas hors de portée pour un champion de tournoi comme lui.

À côté de Philip, David veillait. Joseph ayant toujours mal à la cheville, c'était son tour d'assurer sa protection. Lui aussi saurait la garder en sécurité, elle le savait. Si seulement Philip n'avait pas semé le doute dans son esprit en tenant ces propos inquiétants sur la Ligue…

Une nouvelle traque commença, et l'équipage s'élança dans une autre direction. En fin d'après-midi, les chasseurs se regroupèrent dans une clairière, où un pavillon avait été dressé en vue du déjeuner en plein air. Des queux s'affairaient autour d'un feu. Lord Egmanton, solennel, alla leur présenter les dépouilles des lièvres afin qu'elles soient embrochées et rôties au-dessus de la fosse. L'atmosphère était à la gaieté et au rire. Les ménestrels étaient même venus rejoindre les chasseurs pour agrémenter les réjouissances de quelques airs enjoués. Anne s'efforça de se détendre.

Le baron vint l'aider à descendre de cheval.

— Vos talents de cavalière m'ont impressionné, milady. Votre père vous autorisait donc à chevaucher comme un homme ?

— C'est exact, milord, et peut-être a-t-il eu tort. Bien des hommes ont dit que cette habitude devait me donner de drôles d'idées.

Un grand éclat de rire accueillit sa boutade. Les jumelles, elles, avaient l'air médusées. Quant à Philip, il paraissait résigné.

— Marchez un peu avec moi, Lady Rosamond, proposa son hôte avec un sourire réjoui. Mes sœurs m'ont appris qu'il coule un peu plus loin un ruisseau digne des plus beaux tableaux de maître.

Anne se laissa conduire par la main. Du coin de l'œil, elle vit l'un des soldats de Markham Keep leur emboîter le pas, imité par David. Elle ne se retourna pas pour voir si Philip la regardait partir. Il ne pouvait pas être en permanence auprès d'elle. Sans compter qu'il avait des jeunes dames à charmer.

Au-dessus d'eux, les frondaisons denses des chênes et des aubépines tamisaient les rayons du soleil. Lord Egmanton restait étonnamment silencieux. Il avait la main moite. Pourtant, lorsqu'elle lui adressa un sourire, il le lui rendit avec un enthousiasme juvénile qui l'amusa. Bientôt, elle entendit le chant du ruisseau. Puis, au détour d'un chêne ancestral, l'eau claire lui apparut dans la lumière mouchetée. Le petit cours d'eau cascadait de rocher en rocher, qu'il nimbait de fines gouttelettes. Çà et là, des primevères et des ancolies émaillaient de jaune et de mauve la berge humide.

— Quelle splendeur..., murmura-t-elle, comme si le son de sa voix risquait de troubler la beauté des lieux.

Lord Egmanton l'entraîna vers le ruisseau. Leur approche dérangea un lapin, qui s'en fut se réfugier dans le sous-bois à petits bonds rapides. Ravie, Anne jeta un regard en arrière sans vraiment y songer. Elle recommença aussitôt. Il n'y avait personne derrière eux.

— Mes gardes sont à portée de voix, lui assura le baron comme s'il lisait dans ses pensées. Je ne souhaitais pas être dérangé.

Un sentiment de malaise s'insinua en elle. Allons, il ne fallait pas être ridicule. Tout un groupe de personnes se délassait non loin d'eux en attendant le repas. David n'était qu'à un jet de pierre. Et puis, n'avait-elle pas déjà prouvé qu'elle tenait le jeune homme bien en main ?

Cela dit, dans le jardin d'agrément, la voix de Philip les avait interrompus. Sans son intervention, Lord Egmanton se serait-il montré plus entreprenant ?

Le baron la conduisit jusqu'à un imposant rocher, où il s'adossa avec un sourire malicieux. Apparemment, elle n'allait pas tarder à avoir la réponse à sa question.

— À combien de seigneurs avez-vous déjà rendu visite, milady ? demanda-t-il.

Anne s'approcha de l'eau et se pencha pour cueillir une primevère.

— Vous êtes le troisième, milord.

— Et alors, sommes-nous tous très différents, ou au contraire très semblables, dans notre quête de l'épouse idéale ?

Elle huma le parfum de la fleur, puis se mit à rire.

— Un peu des deux. Mes précédents hôtes étaient bien plus âgés que vous, et envisageaient des secondes noces.

— Je vois. Dans ce cas, ils doivent déjà avoir un héritier.

— Oui, en effet.

— Bien sûr, vous comprenez qu'il vous faudra m'en donner un.

Sans crier gare, il l'attrapa par la main. Totalement prise au dépourvu, elle en lâcha la primevère, qui retomba dans l'herbe. Il l'attira à lui. Elle sentit s'accroître son sentiment de malaise. Hier, lorsqu'ils s'étaient embrassés, il lui avait laissé l'initiative, mais il faisait preuve de plus d'audace à présent.

Elle lui sourit et posa une main ferme sur son torse.

— Je vous donnerai volontiers un héritier, milord… Si nous nous marions.

— Nous pouvons faire bien des choses avant ce grand événement, répliqua-t-il en la serrant contre lui, avant de lui plaquer un baiser derrière l'oreille.

— Votre jeunesse vous égare, milord.

Elle s'exhorta au calme et le laissa l'embrasser dans le cou, lui caresser le dos. Elle ne pouvait s'empêcher de remarquer combien il l'émouvait peu par rapport à Philip, dont une seule caresse suffisait à lui faire perdre la tête.

Le baron promena une main sur sa taille et remonta jusqu'à sa poitrine.

Elle tenta de se dégager.

— On ne touche pas à ce qui ne nous appartient pas, milord.

Peine perdue : il resserra encore son étreinte et entreprit de lui pétrir un sein. Elle se contorsionna pour échapper à ses attouchements désagréables.

— Je vous ai demandé de cesser, protesta-t-elle avec

autorité. Vous ne m'inciterez pas à vous choisir en vous imposant à moi.

Il prit son visage à deux mains et l'immobilisa pour lui infliger un baiser bref, envahissant, qui manqua de la faire suffoquer. Son malaise se mua en inquiétude. Du calme, voyons, du calme. L'aide n'était pas loin. Et puis, si elle voulait devenir une femme de l'Épée, il fallait bien qu'elle sache se débrouiller seule dans ce genre de situation.

À la fin de ce simulacre de baiser, il lui susurra :

— Vous savez, Rosamond, je peux vous faciliter la tâche. Si vous portez mon enfant, votre choix sera vite fait.

Elle s'arc-bouta contre lui, mais il était d'une force surprenante pour son gabarit. Et voilà qu'il frottait ses attributs contre elle ! Quelle odieuse sensation !

— Bas les pattes immédiatement, ou je hurle ! ordonna-t-elle.

Tandis qu'elle se démenait pour lui échapper, les mains du baron semblèrent soudain se multiplier. Elle n'était pas de taille. La peur prit le dessus.

— David ! cria-t-elle.

Lord Egmanton se contenta de sourire, avant de la faire pivoter pour la clouer contre le rocher. D'un rude coup de hanches, il la força à ouvrir les jambes.

Où était Sir David ? se demanda-t-elle, paniquée.

— Il ne viendra pas, annonça le butor avec une douceur que contredisait sa poigne cruelle. J'ai fait savoir à mon garde que je voulais rester seul avec vous.

Avec tout le calme qu'elle pouvait rassembler, elle tenta de le raisonner.

— Voyons, milord, vos sœurs sont juste à côté. Quand elles découvriront ce que vous avez fait…

— Elles ne découvriront rien du tout, car, si vous parlez, je ne vous épouserai pas. Vous deviendrez la risée de la Cour et plus aucun homme ne voudra de vous.

Des menaces ! S'il s'imaginait qu'elles suffiraient à la rendre docile, il se trompait lourdement. Elle lui écrasa le pied d'un bon coup de talon. Il grimaça. Hélas, la douleur ne l'empêcha pas de la soumettre à un nouveau baiser. Alors qu'elle lui résistait, un souvenir l'assaillit. Elle avait déjà vécu un drame semblable. À l'époque, son agresseur s'était lui aussi persuadé qu'il était en droit d'abuser de la simple servante qu'elle était. La terreur, la vulnérabilité et l'accablement qu'elle avait éprouvés alors rejoignaient maintenant sa colère, au point qu'elle ne sut bientôt plus lequel de ces deux scélérats elle tentait de repousser.

Philip ne tenait plus en place depuis qu'Anne s'était enfoncée dans les bois. Il avait bien tenté de se distraire en faisant la conversation aux sœurs Egmanton, mais leur jeunesse et leur naïveté l'ennuyaient.

Il ne cessait de penser au soldat qui avait suivi le baron. Que craignait ce jeune freluquet ? David aurait amplement suffi à les protéger. Qui oserait attaquer un groupe si nombreux ?

À moins que… ce garde n'ait pour mission de tenir David à l'œil.

Philip croisa le regard de Walter. Malgré le malaise qui persistait entre eux depuis les révélations de la matinée, le capitaine parut deviner à quoi il pensait. D'un signe de tête, Philip indiqua la direction prise par Anne. Pourvu que le capitaine lui donne son assentiment ! Dans le cas contraire, Philip aurait bien du mal à lui obéir.

Le chef des chevaliers plissa les yeux, soupçonneux, mais finit par hocher brièvement le menton.

Philip ne se le fit pas dire deux fois. Il fila entre les arbres, le plus discrètement qu'il put. Dans la conversation, l'une des jumelles lui avait expliqué où se trouvait le ruisseau. Il savait donc à peu près quelle direction prendre. Soudain, il entendit le bruit caractéristique d'un poing entrant en contact avec la chair, suivi d'un grognement de douleur. Derrière un tronc, au sol, il aperçut David aux prises avec le garde d'Egmanton.

Palsambleu ! Il avait donc vu juste. Ses craintes pour Anne laissèrent la place à une rage plus sombre, celle du guerrier sur le champ de bataille, qui n'a plus d'autre but que d'abattre l'ennemi.

David asséna à son adversaire un coup de pied bien senti. C'est alors qu'il aperçut Philip.

— Ils sont juste derrière les arbres, là ! lui cria-t-il, visiblement soulagé, avant d'encaisser un crochet à la mâchoire.

Averti de la présence de Philip, le sbire du baron tentait maintenant de s'enfuir. Mais l'homme de l'Épée le tenait d'une main ferme. Philip les laissa à leur pugilat et s'élança vers la clairière qu'il devinait derrière le rideau d'arbres. Anne était là, acculée contre un rocher par Egmanton, qui se tenait entre ses jambes dénudées.

Philip fondit sur l'ennemi, l'attrapa par la taille et l'envoya s'écraser au sol. Quelque part au fond de lui, il savait qu'il lui aurait suffi de dénoncer le crime de ce vil dépravé. Mais le combattant en lui revendiquait ses droits. Déchaîné, il laissa libre cours à sa fureur. Il cloua le baron au sol et se mit à lui marteler le visage à coups de poing.

— Misérable ordure ! rugit-il. Quel effet ça fait, de subir un assaut sans pouvoir se défendre ?

Egmanton ruait des quatre fers, sans parvenir à se débarrasser de lui.

Enfin, des voix parvinrent à Philip. Quelqu'un le saisissait par les épaules et le tirait en arrière. David. Le souffle court, il se laissa faire.

— Ça suffit, Philip. Elle est saine et sauve.

Le baron gémissait de douleur. Cela lui apprendrait. Philip se tourna vers Anne. Elle s'était éloignée du rocher et se tenait à l'écart, les bras serrés contre sa poitrine.

Philip voulut la rejoindre, mais la poigne de David l'en empêcha.

— Occupez-vous du baron, intima-t-il à l'homme de l'Épée. Je vais voir Lady Rosamond.

À l'évidence, David hésitait encore à le relâcher. Tout de même, Philip finit par recouvrer sa liberté de mouvement. Anne le regarda approcher. Malgré la frayeur qui se lisait dans son regard, elle avait l'œil sec et le visage calme. Quel courage ! La parfaite femme de l'Épée… Il eut envie, à en avoir mal, de la serrer contre lui. Il la revoyait encore, les jambes nues, Egmanton entre ses cuisses. La scène l'avait profondément ébranlé.

Il ne savait que dire, comment lui demander. Au bout d'un moment, il murmura :

— Tout va bien ?

Elle acquiesça d'un signe de tête.

— Vous êtes arrivé à temps.

Il ferma brièvement les yeux, submergé par le soulagement. Puis il l'interrogea :

— Que s'est-il passé ? Est-ce qu'il a… perdu la tête ?

— C'était prémédité, dit-elle en regardant derrière lui.

Il se retourna. L'homme de main d'Egmanton clopinait vers son seigneur, que David aidait à se relever. Sans baisser la garde, pour le cas où les deux tristes sires s'en prendraient au chevalier, il reporta son attention sur Anne.

— Prémédité ? répéta-t-il, abasourdi.

Il baissa les yeux sur ses phalanges ensanglantées.

— Il prévoyait d'essayer de m'engrosser pour me forcer à le choisir, expliqua-t-elle avec amertume. Moi qui croyais que ça n'arrivait qu'aux femmes trop faibles pour se défendre…

Il la dévisagea, soucieux. Ses mots cachaient-ils autre chose ? Mais il n'eut pas le temps de le lui demander : derrière lui, Egmanton fulminait. Philip se retourna juste à temps pour le voir quitter la clairière à pas rageurs, le visage tuméfié et couvert de sang. Le baron disparut entre les arbres, son cerbère sur ses talons.

David vint jusqu'à eux et inclina la tête à l'intention d'Anne.

— Vous a-t-il blessée ?

Elle le rassura d'un signe de tête négatif.

— Me pardonnerez-vous, milady ? Je n'ai pas pu venir à bout de son garde assez vite.

— Vous l'avez tout de même maintenu hors de mon chemin, fit remarquer Philip.

— Merci à tous les deux. Je vous suis infiniment reconnaissante. Hélas, Lord Egmanton n'en restera pas là, je le crains.

— Il pourrait contester notre version des faits,

reconnut David, la mine grave. Et nous sommes entourés de ses gens.

Anne ferma les paupières.

— Je n'aurais jamais dû le laisser m'entraîner à l'écart. Je n'imaginais pas qu'il puisse être assez sot pour tenter quoi que ce soit si près des autres chasseurs.

Elle eut un rire sans joie.

— Dire que je le croyais plutôt naïf…

— Ne soyez pas trop dure avec vous-même, murmura Philip. C'est votre rôle qui vous contraint à adopter des comportements que vous n'auriez pas d'ordinaire.

Elle posa sur lui un regard angoissé.

— Et pourtant, c'est vous qui risquez d'en pâtir.

Quand Anne revint à la clairière où s'étaient réunis les chasseurs, l'atmosphère avait bien changé. L'intendant et les baillis la toisèrent avec mépris. Egmanton, déjà en selle, passa devant eux sans un regard pour elle. Qu'avait-il bien pu raconter à tous ces gens ?

Au moins, ses blessures semblaient le faire souffrir. Tant mieux. Il ne l'avait pas volé.

Les queux et les serviteurs s'activaient déjà à ranger matériel et victuailles. Quant aux sœurs Egmanton, livides et apeurées, elles l'évitèrent soigneusement. Leur avait-on fait croire que tout était sa faute ?

Sir Walter et Sir Joseph vinrent les rejoindre, tirant leurs chevaux par la bride. Sir David prit les rênes de sa monture.

— Qu'a-t-il été dit au retour du baron ? leur demanda-t-il.

Sir Walter tourna les yeux vers Philip.

— Que vous l'aviez agressé sans raison.

Anne ne put retenir une exclamation consternée. Si tout le monde croyait ce mensonge, ce serait comme si ce misérable n'avait pas tenté d'abuser d'elle.

Philip leva les yeux au ciel.

— Si c'était vrai, je serais déjà aux mains de ses soldats à l'heure qu'il est.

— Son garde m'a empêché d'aller secourir Lady Rosamond, renchérit Sir David.

Le capitaine lança un coup d'œil préoccupé vers l'endroit où Egmanton avait disparu.

— Quand je suis arrivé, il était déjà sur elle, expliqua Philip. Pardonnez la brutalité de mes propos, Anne, ajouta-t-il.

Le chef des chevaliers se radoucit.

— Comment vous sentez-vous, milady ?

Elle lui adressa un pauvre sourire.

— Pas trop mal. Mais j'ai grand besoin d'un bon bain chaud.

— Vous tremblez, fit observer Philip en lui passant un bras autour des épaules.

Anne se raidit, et les trois hommes de l'Épée le considérèrent d'un air réprobateur.

Philip ôta son bras.

Un bref instant, elle s'était sentie mieux. Mais voilà que son corps tout entier était secoué de frissons incontrôlables. Qu'est-ce qui lui prenait ? C'était une belle journée d'été, pourtant. Il faisait chaud. Comme elle détestait se sentir faible à ce point !

— Vous avez subi un choc. C'est le contrecoup, la rassura Sir Joseph avec douceur. Ça passera vite, vous verrez.

Elle le remercia d'un hochement de tête. Les chevaliers s'affairèrent autour de sa monture, puis voulurent l'aider à se mettre en selle, comme si elle était invalide. Pourtant, elle chevaucha bravement à travers la forêt. Elle ne s'arrêta qu'une fois l'orée franchie, pour lever les yeux vers Markham Keep.

— Si seulement nous n'avions pas à y retourner, dit-elle.

Sir Walter acquiesça.

— Nous ne resterons que le temps de plier bagage, je vous le promets. Newark n'est pas loin. Nous pourrons y être avant la nuit.

Elle poussa un soupir de soulagement.

— Je vous suis tellement reconnaissante... À tous, merci.

Hélas, quand le claquement des sabots de leurs chevaux résonna dans le passage du corps de garde, ils découvrirent qu'une foule de soldats en armes les attendait.

Anne tira vivement sur ses rênes. Sa monture se cabra.

— Que signifie ce comité d'accueil ? lança-t-elle d'une voix forte.

Lord Egmanton n'était nulle part en vue.

Un homme s'avança.

— Je suis Sir Martin, capitaine de la garde. J'ai ordre de mettre Sir Philip aux fers.

— Il n'en est pas question, décréta Anne. Sir Philip n'a fait que me sauver d'une agression vicieuse.

— Je dois obéir aux ordres, milady.

Anne s'apprêtait à riposter, mais Sir Walter rapprocha son cheval et l'en dissuada d'un signe de tête négatif.

— Nous pouvons résoudre cette affaire de façon

pacifique, murmura-t-il. Cela vaudrait mieux que de livrer une bataille inégale dans la cour.

Elle adressa un regard éperdu à Philip, mais il lui répondit d'un sourire.

— Ne vous inquiétez pas pour moi, milady, dit-il en mettant pied à terre.

Il défit sa ceinture pour remettre à Sir Walter sa dague et son épée, restées au fourreau.

Deux soldats vinrent se placer à ses côtés pour l'escorter.

— Où l'emmenez-vous ? demanda-t-elle, impérieuse.

— Au cachot, milady, là où tous les prisonniers attendent leur audience, lui indiqua le capitaine des gardes. Il ne lui sera fait aucun mal, vous avez ma parole.

C'était le moment ou jamais de mettre en avant la forte personnalité de Lady Rosamond.

— S'il subit le moindre mauvais traitement, soyez sûr que le roi en sera informé, et que sa puissance s'exercera en ma faveur.

Sir Martin s'inclina devant elle.

— Vos paroles ont été entendues, milady.

Anne s'aperçut que sa colère avait eu raison de ses tremblements. C'était au moins ça. Quand ses chevaliers se rassemblèrent autour d'elle après que leurs montures eurent été emmenées, les soldats de Markham Keep se dispersèrent enfin. Ils se retrouvèrent seuls dans la cour.

— Qu'allons-nous faire, Sir Walter ? demanda-t-elle.

— Nous allons entrer et montrer à tous que Lord Egmanton est un vil menteur. Vous saurez jouer le rôle de la comtesse offensée, je présume ?

— Je n'aurai pas à me forcer, assura-t-elle avec une froide détermination.

Malgré tout, alors qu'ils se dirigeaient vers l'entrée de

la forteresse, elle ne put s'empêcher de se sentir coupable. Philip l'avait prévenue que ses espiègleries pourraient être mal interprétées, que certains risquaient d'y voir un encouragement à pousser l'intimité plus loin qu'elle ne le souhaitait. S'il était prisonnier à présent, c'était à cause d'elle.

Chapitre 13

De retour dans sa chambre, Anne eut un élan de reconnaissance pour Margaret et sa prévenance. Un bain chaud l'attendait. Elle y plongea sans attendre pour chasser ses derniers frissons. Malgré tout, elle ne s'y attarda point : il fallait qu'elle obtienne la libération de Philip. La jeune servante l'aida à passer la plus somptueuse toilette qu'elle avait apportée, ornée d'assez d'or et de perles pour briller à la Cour. Quand enfin elle descendit dans la grande salle, elle était sûre de son effet. Sa robe accrochait et renvoyait la lumière des candélabres, la faisant scintiller comme le plus précieux des joyaux.

Lady Egmanton trônait dans l'un des deux fauteuils disposés sur l'estrade. Main dans la main, ses filles se tenaient debout à côté d'elle, visiblement nerveuses. Des servantes allaient et venaient. Plusieurs d'entre elles lui adressèrent des regards compatissants. Elle-même avait été épargnée, mais combien de ces femmes n'avaient pas eu autant de chance ?

Quant au baron, ce misérable s'entretenait avec son intendant devant l'âtre. Lorsqu'il se retourna à son arrivée, elle découvrit avec satisfaction ses yeux pochés et la croûte rougeâtre qui lui déformait la commissure des lèvres. Indifférente au regard menaçant qu'il lui lançait, elle se tourna vers la véritable détentrice de l'autorité : sa mère.

Elle dédaigna les sièges placés au pied de l'estrade pour aller se camper juste devant la baronne, au grand dam de l'intéressée. Alors, d'une voix aussi puissante que glaciale, qui résonna dans toute la grande salle, elle déclara :

— Votre fils m'a fait grand tort. Il a tenté de me prendre ce que seul le mariage m'avait incitée à offrir à un homme.

Lady Egmanton la dévisagea d'un air incrédule, comme si elle n'avait pas imaginé qu'Anne puisse s'exprimer aussi crûment.

— Votre soudard s'est permis de porter la main sur un baron, rappela la mégère d'une voix stridente.

— Votre fils aurait mérité plus qu'un œil abîmé en récompense de sa cruauté.

Là-dessus, Anne tira d'un coup sec sur les liens qui retenaient ses manches au buste de sa robe. Déjà nouées lâchement par Margaret, les manches se détachèrent aussitôt et tombèrent sur l'estrade. Anne leva les bras afin de bien montrer à cette vieille harpie les contusions qui lui marbraient la peau au-dessus des coudes.

— Voyez ce que votre fils m'a fait. Et, sans l'intervention de Sir Philip, il n'en serait pas resté là.

Tandis que Margaret ramassait les manches, Lady Egmanton se tourna vers son rejeton. L'impudent gardait le menton haut. Tout de même, une lueur d'inquiétude passa dans ses yeux. Anne était en droit de porter ses accusations devant la plus haute Cour de justice du royaume. Elle le savait, et les Egmanton aussi.

Pourtant, lorsque la baronne reporta son attention sur elle, Anne crut lire dans ses yeux une pointe de soulagement. Comme si elle estimait que son fils avait bien agi en les débarrassant des faveurs de Lady Rosamond. Décidément, ils étaient aussi abjects l'un que l'autre. Toute cette famille lui donnait la nausée.

— Je ne veux plus rien avoir à faire avec vous ou votre progéniture, reprit-elle en tournant le dos à Lady Egmanton. Vous allez relâcher mon chevalier sur-le-champ. Nous quittons cette forteresse maudite.

Personne ne dit mot tandis qu'elle remontait les marches. Mais, quand elle croisa le regard de Sir Walter, elle y lut de la fierté.

Le cachot creusé sous Markham Keep rappelait à Philip les geôles froides et humides qu'il avait connues en France. Voire celle d'Alderley, où John et lui avaient dû passer une nuit alors qu'ils tentaient de secourir Lady Elizabeth. Enfin… On lui avait laissé une bougie, tout de même. Dans l'obscurité totale, il y aurait eu de quoi devenir fou, à la longue. Il disposait d'un bat-flanc en bois, d'une couverture crasseuse qu'il n'osait pas toucher, et de deux petits baquets. L'un d'eux contenait une eau à la coloration tout juste saumâtre, mais pas question d'en boire à moins d'en être réduit à la dernière extrémité. La porte paraissait solide. À vrai dire, il ne s'était pas donné la peine de vérifier. Il avait confiance en Anne : elle le ferait libérer sous peu. Après tout, elle était Lady Rosamond, veuve d'un comte et fille d'un duc. Egmanton, simple baron, ne faisait pas le poids.

Il s'écoula tout de même plus d'une heure avant qu'un grincement de porte étouffé lui parvienne. Par les fissures dans le battant de bois, il vit la lumière vacillante d'une torche qui approchait. Des clés tintèrent, le verrou cliqueta, puis la porte s'ouvrit brusquement. Contre toute attente, le garde de la forteresse n'était pas venu le libérer : il lui ordonna de reculer. La silhouette de Walter se découpa dans l'embrasure, puis la porte se referma derrière lui.

L'homme de l'Épée promena son regard dans la cellule.

— C'est gentil, chez vous.

— Je vous aurais bien prié de vous asseoir, mais la planche risquerait de ne pas supporter notre poids.

Philip était soulagé de voir le chevalier. Pourtant, un mur subsistait entre eux depuis qu'il avait appris les dissimulations de la Ligue.

— On ne va pas me relâcher, alors ? demanda-t-il.

— Vous serez bientôt libre. Ils retardent simplement l'échéance autant qu'ils le peuvent.

En quelques mots, Walter lui résuma la confrontation entre Anne et les Egmanton.

Philip serra les dents.

— Quels personnages détestables…

— Je suis de votre avis. Mais passons. Avant que vous ne quittiez ce cachot, j'aimerais vous dire un mot.

Philip fronça les sourcils. Il attendait la suite.

— Vous avez manqué de discernement, déclara le capitaine.

— Et vous, vous n'avez pas vu ce que j'ai vu ! Il était sur elle, entre ses cuisses nues. Elle se débattait. J'ai cru qu'il l'avait déjà…

— Croyez-moi, je comprends, l'interrompit Walter

d'une voix lasse. Mais il aurait suffi de l'éloigner de Lady Rosamond. Quel besoin aviez-vous de le rouer de coups ? Vous ne pouvez pas laisser votre cœur guider votre main.

— Mais enfin…

— Vos divers tête-à-tête avec la comtesse ne m'ont pas échappé, souligna le capitaine un ton plus bas. Je sais que vos sentiments vous poussent l'un vers l'autre.

Les mâchoires crispées, Philip garda le silence.

— Le jour viendra où Lady Rosamond reprendra le cours de sa vie. Peut-être à vos côtés. Mais dans l'immédiat, vous devez comprendre que votre comportement irréfléchi aurait pu mettre en péril notre mission.

— La vie de la comtesse est à Alderley Castle, pas avec moi.

Philip fut tenté d'apprendre au capitaine qu'Anne avait déjà décidé de mettre sa vie au service de l'Épée. Mais il se ravisa : il ne lui appartenait pas de faire de telles révélations.

Walter le considéra avec étonnement, puis déclara :

— J'ai une dette envers elle. Si elle souhaite passer du temps avec vous, je ne m'y opposerai pas. Elle semble avoir besoin de votre compagnie. Tant qu'on vous voit agir comme son garde du corps, le reste ne me regarde pas. Nous en aurons sans doute bientôt terminé, de toute façon.

L'homme de l'Épée se tourna vers la porte.

— Vous serez libéré dès que nous serons prêts à quitter ces lieux.

Walter parti, Philip posa un coude sur son genou relevé et ferma les yeux. Naguère, il aurait cru le capitaine sur parole, mais comment lui faire encore confiance, désormais ? Cet homme faisait passer la Ligue avant tout le reste. Il était dévoué corps et âme à l'ordre auquel il appartenait. Qui sait s'il n'avait pas seulement cherché à endormir sa vigilance ? Jusqu'où l'homme de l'Épée était-il prêt à aller pour mener à bien sa mission ?

Quant à Anne, elle avait besoin de lui, avait dit Walter. Pourtant, elle lui avait assez répété le contraire. Quoi qu'il en soit, leur attirance mutuelle se révélait dangereuse. Philip faisait l'impossible pour y résister, mais tous ses efforts ne servaient qu'à exacerber encore son désir de l'embrasser, de la toucher. Et Anne semblait être en proie au même dilemme. Mais voilà : chacun avait fait un choix de vie différent. Il était même allé jusqu'à lui dévoiler une partie de son passé, pour qu'elle comprenne mieux.

Il songea à la fureur qu'Egmanton lui avait inspirée. Au choc qu'il avait éprouvé à l'idée qu'Anne ait pu être molestée. Jamais il n'avait reçu un coup plus terrible. Il avait lu un tel désespoir dans ses beaux yeux noirs, quand les assauts de cet odieux scélérat lui avaient rappelé le peu de pouvoir dont elle disposait… Qu'était-il arrivé à Anne par le passé ? En tout cas, aujourd'hui, elle avait besoin de lui. Seigneur… La dernière fois qu'une femme l'avait jugé aussi indispensable, sa vie en avait été bouleversée. Était-il prêt à laisser l'histoire se répéter, pour la simple raison qu'il était incapable de se sortir Anne de la tête ?

Ils étaient partis trop tard pour atteindre Newark avant la nuit. Mieux valait ne pas poursuivre dans l'obscurité : les chevaux risquaient de se blesser. Le petit groupe finit donc par se rabattre sur un pavillon de chasse abandonné en lisière de la forêt de Sherwood. Leur abri n'était guère plus qu'un toit de chaume surmontant quatre murs et un sol de terre battue, mais il les protégerait mieux d'une attaque que s'ils avaient dormi à la belle étoile.

Anne s'efforçait d'oublier sa détresse en observant ses compagnons de voyage. Les chevaliers prenaient leurs dispositions pour la nuit. Margaret étendait leurs couvertures près du feu. Joseph avait piégé plusieurs lièvres, qu'ils entreprirent bientôt de manger avec les doigts. Au bout d'un moment, Anne se surprit à dévisager Philip. Quel soulagement quand elle l'avait vu remonter du cachot, sain et sauf ! Elle se désolait de le voir si distant avec les hommes de l'Épée, à présent. Pour sa part, elle comprenait qu'on lui ait tu des événements jugés sans rapport avec leur mission. Sa condition de femme et sa vie de servante l'avaient habituée à être tenue dans l'ignorance. Du temps où il était soldat, Philip aussi avait dû être capable d'obéir sans discuter. Mais depuis, il avait été adoubé. Il avait goûté à la liberté. Il pouvait faire ses propres choix, en toute conscience. Quoi d'étonnant à ce qu'il s'offusque d'avoir été manipulé ?

Elle arracha un lambeau de chair d'un petit os. Au moment où elle se léchait les doigts, ses yeux croisèrent ceux de Philip au-dessus des flammes. Il la dévorait du regard. Cela ne dura qu'un bref instant : aussitôt, il retourna à sa conversation avec Sir Joseph. Son imagination lui aurait-elle joué des tours ? Non, pourtant. Elle savait bien qu'ils étaient incapables de résister l'un à l'autre. Et la réalité de ce regard de braise était indéniable. Il avait laissé en elle la même sensation de chaleur, la même langueur que si Philip avait posé les mains sur elle. D'ailleurs, elle en avait à peine dormi la nuit passée. Elle n'avait cessé de se retourner dans son lit, torturée par le désir d'achever ce qu'ils avaient commencé.

C'est à lui qu'échut le premier tour de garde. Anne alla s'allonger, tranquillisée, tandis qu'il faisait les cent pas entre les deux fenêtres closes et la porte, qu'il entrouvrait de temps à autre pour tendre l'oreille.

Une fois de plus, le sommeil la fuyait. Elle sentit Margaret remuer sous la courtepointe. Plusieurs ronflements se donnaient la réplique. Une chouette ululait au-dessus du toit. Le ruissellement du petit cours d'eau qui passait près du pavillon semblait emplir tout l'espace.

Au bout d'un moment, n'y tenant plus, elle se redressa sur son lit de fortune. Il faisait frais. Tandis qu'elle s'emmitouflait dans une couverture, Philip vint s'agenouiller près d'elle.

— Quelque chose ne va pas, milady ? souffla-t-il.

Elle se rapprocha un peu du feu, qu'il avait eu la bonne idée d'entretenir. D'une voix mal assurée, elle répondit :

— Je regrette que vous ayez eu à souffrir à cause de mon badinage, aujourd'hui.

De surprise, il s'assit sur ses talons.

— De quoi parlez-vous ? J'ai eu froid pendant deux ou trois heures, voilà tout. Ce n'était pas la fin du monde. Et puis, vous êtes venue à mon secours, ajouta-t-il avec un grand sourire.

Elle s'avisa qu'elle jouait machinalement avec ses cheveux, noués en une longue tresse.

— Mais, imaginez que cela se reproduise ! Je suis

censée être à l'aise avec les hommes. Il doit y avoir quelque chose que je ne fais pas comme il faut.

Il se frotta les mains sur les cuisses et tourna les yeux vers le feu.

— Votre seule erreur est de vous montrer trop confiante. Si vous jugez utile de vous retrouver seule avec un homme, arrangez-vous pour que ce soit selon vos propres termes, dans des circonstances qui nous permettent de vous protéger, et non parce qu'il vous le suggère.

Elle nota ses lèvres pincées, son regard fuyant.

— Ça ne vous plaît pas, quand je dois m'y résoudre, murmura-t-elle.

Cette fois, il la regarda en face.

— Non, en effet. Mais qui suis-je pour m'y opposer ?

— Et quand bien même, vos objections ne changeraient rien à mes décisions, soupira-t-elle en esquissant un geste fataliste. Je suis… Lady Rosamond. Investie d'une mission.

Ce rappel le fit sourire.

— Je sais.

Elle hésita un instant.

— Je n'ai même plus à me forcer pour jouer mon rôle, maintenant, lui confia-t-elle. D'ailleurs, je me demande parfois si je ne perds pas un peu le sens des réalités, comme si j'étais vraiment devenue la comtesse.

— Que voulez-vous dire ?

— Il est tellement facile d'imaginer que c'est vraiment moi que désirent tous ces prétendants. Il me reste beaucoup à apprendre pour garder la bonne distance avec le personnage que j'incarne. Cela dit, je n'oublie pas que je tiens une occasion inestimable de rencontrer différents types d'hommes, de comprendre leur façon de penser. Ce savoir me sera utile pour bien servir l'Épée.

— Oui, c'est une des façons de mettre à profit vos expériences, j'imagine.

Philip l'étudia un instant.

— Lord Egmanton vous aura donc appris une leçon sur lui-même et ses semblables. Vous rappelez-vous ce que vous m'avez dit dans la forêt, cet après-midi ? Que vous vous étiez imaginé que ce genre d'agression n'arrivait jamais aux femmes de pouvoir. À quoi faisiez-vous référence ?

Elle eut envie de nier tout sous-entendu, mais elle lui devait la vérité. Elle croisa les mains dans son giron et laissa son regard se perdre dans les flammes.

— Il y a quelques jours, je vous ai parlé de mes parents, vous vous souvenez ? Je vous ai dit qu'à leurs yeux j'avais gâché toute chance de trouver un parti convenable.

— Comment l'oublier ? Ils vous ont privée de dot après que vous avez refusé d'épouser l'homme qu'ils avaient choisi pour vous. Ils ne savent même pas que vous avez quitté Alderley pour accomplir ce voyage.

— Si je ne les ai pas prévenus, c'est parce qu'ils m'ont reniée.

Il en resta pantois.

— N'est-ce pas un peu excessif ?

— Je ne vous ai pas tout dit.

Elle prit une profonde inspiration et se tourna vers lui. La gravité qu'elle lut dans son regard lui donna le courage dont elle avait besoin.

— Ils m'ont ordonné de rentrer à la maison pour rencontrer un homme à qui ils avaient parlé de moi.

C'étaient mes parents, je leur devais obéissance. J'ai donc fait ce qu'ils me demandaient. Après tout, j'avais toujours su que je devrais me marier un jour. J'avais simplement espéré avoir mon mot à dire dans le choix de mon époux.

— Or, ils avaient déjà choisi pour vous.

Elle confirma d'un signe de tête.

— Si j'aime tant incarner Lady Rosamond, c'est peut-être en raison du pouvoir qu'elle a sur sa propre vie. Moi, quand je suis rentrée, je n'en avais aucun. Ils m'ont forcée à passer du temps avec le meunier. C'était un homme vieux et crasseux, qui avait déjà trop d'enfants. Mais il était prêt à donner des terres à mon père pour pouvoir m'épouser. Il a tenté d'abuser de moi, tout comme Lord Egmanton. Quand j'ai résisté, il s'est dit très surpris, car mes parents, eux, comprenaient qu'il ait besoin de vérifier ma fertilité avant de me prendre pour épouse. Il voulait être sûr que je sois capable de lui donner d'autres fils vigoureux pour l'aider au moulin.

— Vous voulez dire que vos parents l'ont autorisé à vous mettre dans son lit ? s'écria Philip, abasourdi.

Anne s'étonnait d'éprouver encore tant de douleur à ce souvenir.

— Dès mes huit ans, j'ai passé presque tout mon temps auprès de Lady Elizabeth. Je ne les connaissais plus vraiment. J'ai découvert des gens prêts à tout. Leur mépris à mon égard m'a profondément blessée.

— Beaucoup de villageois de ma connaissance ont attendu que leur promise ait fait la preuve de sa fécondité avant de l'épouser. Se voir imposer une telle épreuve est un sort terrible.

— Ce n'était pas au meunier que j'aurais dû en

vouloir, mais à mes parents, qui lui avaient fait cette promesse. Pourtant, je me suis défendue comme une diablesse, et je me suis enfuie. Quand je suis retournée chez moi prendre mes affaires, mes parents m'ont interdit à jamais de revenir. Ils ont déclaré que je n'étais plus leur fille. À ma grande surprise, j'en ai été soulagée plus qu'affligée.

— Parce que vous étiez enfin maîtresse de votre existence, devina-t-il.

— C'est ce que j'ai cru, dans un premier temps. Et puis j'ai réfléchi. Je me suis rendu compte que, sans dot, mes choix allaient être encore plus limités.

— Jusqu'au jour où la Ligue est venue vous trouver.

Elle sourit, gagnée par l'enthousiasme.

— Leur demande m'a ouvert tout un monde. Un monde où je ne suis plus servante, et où je suis utile aux autres. J'ai enfin l'occasion de faire le bien, tout en menant une vie passionnante.

— Et pleine de dangers.

— Je sais. Mais vous-même faites ce choix tous les jours, quand vous participez à des tournois ou quand vous louez votre lame à diverses causes. Et vous voudriez me le refuser, à moi ?

Il eut un sourire vague.

— Ma foi, j'ai bien l'impression que je suis incapable de vous refuser quoi que ce soit.

Si seulement c'était vrai, songea-t-elle. Pour autant, le forcer à lui accorder ce qu'elle désirait eût été impensable. Comme tout le monde, il était en partie prisonnier de son passé. À cette idée, un souvenir lui revint en mémoire.

— Philip, je repensais à notre conversation au sujet de votre mère. Vous m'avez dit qu'elle avait été couturière au service de Lady Kelshall. Sur le moment, ce nom m'a rappelé quelque chose. Et puis, avec le traumatisme d'aujourd'hui, je n'y ai plus songé. Mais ça y est : je me rappelle où je l'ai déjà entendu.

Ce changement de sujet ne parut pas le surprendre.

— Je sais ce que vous allez me dire.

— Comment ça ?

— Kelshall Castle n'est pas très loin d'ici. Comme j'ai appris que mon ancienne maîtresse avait trouvé la mort il y a quelques années, j'ai interrogé Walter. Il m'a confirmé que c'était notre prochaine étape.

— N'êtes-vous pas ennuyé que votre premier suzerain figure sur ma liste de prétendants ?

— Je n'ai guère eu le temps d'y réfléchir, reconnut-il avec un sourire ironique. C'est un homme bon, qui mérite de trouver une nouvelle épouse à chérir. Simplement, je regrette de devoir contribuer à le duper. D'autant plus qu'il n'a qu'une fille, donc pas d'héritier mâle à qui transmettre son titre de comte.

— S'il savait pourquoi, il comprendrait, murmura-t-elle avec douceur, tout en jetant des brindilles dans le feu. Mais je peux demander à éviter Kelshall Castle, si vous le souhaitez.

Philip secoua la tête.

— Cela ne ferait qu'éveiller la curiosité de Walter. Non, n'ayez crainte. J'ai laissé mon passé derrière moi – tout comme vous.

Voilà qu'il l'observait à nouveau. Et avec quelle intensité… Même à cet instant, l'attirance que son corps exerçait sur elle lui aurait facilement fait perdre toute prudence. Elle lui souhaita bonne nuit dans un souffle, puis retourna se glisser sous ses couvertures.

Décidément, sa faiblesse vis-à-vis de Philip commençait à prendre des proportions inquiétantes.

Entre ses paupières mi-closes, elle le regarda ajouter quelques morceaux de bois dans les flammes. Chacun des moments passés avec lui, chaque conversation, chaque étreinte, valaient la souffrance qu'elle éprouverait quand viendrait l'heure de le laisser derrière elle. Bientôt, elle cesserait d'être Lady Rosamond pour incarner un nouveau personnage. Plus jamais elle ne redeviendrait Anne, la simple servante. Mais, dans cette attente, Philip et elle jouaient avec le feu, songea-t-elle en contemplant la silhouette de ce dernier découpée sur les flammes. Elle en avait parfaitement conscience. Pourtant, elle était incapable de s'arrêter. Et elle n'en avait aucune envie.

Chapitre 14

Six années s'étaient écoulées depuis la dernière fois que Philip avait vu Kelshall Castle. Entre-temps, il était devenu un homme. Le château avait peu changé, même si, curieusement, il le trouvait plus petit que dans son souvenir. Cette impression se renforça encore quand ils traversèrent le village en direction de la place forte. Des moutons paissaient çà et là sur les coins d'herbe émaillant le bourg, tandis qu'un troupeau d'oies barbotait tranquillement dans la mare. Alors que les compagnons chevauchaient devant la taverne qui jouxtait la brasserie, des curieux sortirent sur le perron pour les regarder passer. Personne ne le reconnut, bien sûr. Pourtant, la vieille brasseuse l'aurait pu. Elle était toujours là, telle qu'il se la rappelait, même si son nom lui échappait.

À la sortie du village, il aperçut enfin l'humble cottage où ses parents et lui avaient vécu. Sur le toit de chaume, en fort mauvais état, une branche était tombée. Personne ne s'était donné la peine de l'enlever. La porte pendait de guingois. Quant à l'enclos de bois, il ne retenait plus aucune bête. L'endroit était visiblement à l'abandon. Cette idée l'attrista. Ce retour au passé aurait été moins pénible s'il avait trouvé là une famille heureuse, avec des enfants jouant dans la cour.

Il se rendit compte qu'Anne l'observait derrière son voile. Il lui adressa un hochement de tête, puis tourna son attention vers le château, dressé au-dessus des frondaisons. Les arbres se clairsemèrent et, bientôt, la place forte leur apparut dans toute son imposante masse. Ceinte de fossés, elle évoquait une île. Cinq tours jalonnaient la courtine, celle du milieu constituant le corps de garde. Le pont-levis était baissé. Joseph, qui les avait précédés pour annoncer l'arrivée de Lady Rosamond, s'y engagea et chevaucha vers eux. Comme s'il les avait guettés. Pourquoi diable ne les attendait-il pas à l'intérieur ?

Sur un signe de Walter, le groupe fit halte.

— Sir Joseph, vous avez un rapport à nous faire ? s'enquit le capitaine quand leur compagnon les eut rejoints.

L'intéressé fit un signe de tête affirmatif.

— Lord Kelshall est chez lui, comme vous l'avez vu à sa bannière qui flotte au-dessus du corps de garde. Il se réjouit de faire la connaissance de Lady Rosamond. Mais deux autres nobles sont en visite, qui demandent eux aussi à être présentés à la comtesse. Ils assurent ne jamais l'avoir rencontrée.

Philip jeta un coup d'œil à Anne, qui paraissait soudain méfiante. Sans mot dire, elle se tourna vers Sir Walter.

— Leurs noms ? demanda le capitaine.

— Lord Hungerford et Sir Robert Ludlow, tous deux originaires du Northumberland, en route pour Londres où le roi les a mandés.

Philip étudia Walter, songeur, puis compléta à voix basse :

— Comme d'autres de leurs pairs, sans doute. Ainsi, Lady Rosamond pourra les observer à son aise. Voilà donc ce qui la rend si précieuse aux yeux du roi, n'est-ce pas ?

Le capitaine confirma d'un hochement de tête, avant de se tourner vers Anne et Margaret.

— Reconnaissez-vous ces noms ?

Les deux femmes échangèrent un regard, puis firent un signe de tête négatif.

— J'ai entendu parler de Sir Robert, intervint Philip. Il s'est taillé une réputation d'homme d'honneur, en plus d'être un chevalier de grand talent.

— Et j'ai eu moi-même des échos semblables à propos de Lord Hungerford, déclara Walter. Quoi qu'il en soit, nous n'avons guère le choix. Il faut entrer. Je me fie à l'opinion favorable que vous avez de Lord Kelshall, Sir Philip. Restons tous attentifs à la sécurité de notre dame.

Le capitaine reporta son attention vers lui.

— Si vous voulez bien nous précéder ?

Philip haussa les sourcils, mais s'abstint de tout commentaire. Il savait pourquoi Walter s'en remettait à son jugement : il avait fait part au capitaine du lien qui l'unissait au maître des lieux. Il ne pouvait imaginer que son ancien suzerain tourne le dos au trône d'Angleterre, quel que soit le monarque qui l'occupait.

Il prit la tête du cortège, flanqué de Joseph. Lady Beatrice serait-elle en visite chez son père ? Leur enfance lui revint en mémoire. Les leçons de lecture, de danse, de conversation. Ils étaient à peu près du même âge, mais elle avait tout appris au petit manant illettré qu'il était à l'époque. Ses exploits dans la lice d'entraînement mis à part, c'était en grande partie grâce à elle que Lord Kelshall l'avait choisi pour écuyer.

Les sabots de leurs chevaux claquèrent en rythme sur le pont-levis, et le corps de garde leur cacha un instant le soleil. Mais, presque aussitôt, ils débouchèrent dans la cour intérieure baignée de lumière. Des serviteurs s'y étaient rassemblés pour assister à leur arrivée. Certains les pointaient du doigt avec enthousiasme, d'autres les saluaient de la main, d'autres encore avaient cueilli des roses à leur intention. Philip jeta un coup d'œil en arrière. Anne avait déjà les bras chargés de bouquets. Il la vit rougir joliment. Trouvait-elle difficile d'accepter des honneurs qui ne lui étaient pas réellement destinés ? En tout cas, il comprenait pourquoi elle avait du mal à garder la bonne distance avec son personnage.

Lorsqu'ils eurent atteint l'imposant escalier qui menait à l'entrée principale, David aida Anne à descendre de cheval. Tandis que Philip mettait pied à terre, il vit Lord Kelshall apparaître au sommet des marches. À la seule vue de son ancien suzerain, il éprouva un élan de gratitude presque douloureux. Cet homme avait su voir son potentiel alors qu'il n'était encore que le fils d'un humble forgeron rêvant de devenir soldat. Il avait toujours considéré Kelshall comme un mentor et une figure paternelle, bien plus que son propre père. Malgré lui, il en éprouvait une certaine culpabilité.

Kelshall descendit les marches d'un pas alerte. Il paraissait plus jeune que Philip ne s'y était attendu. Il devait avoir un peu moins de cinquante ans, à présent. Encore fringant, l'allure gaillarde, il s'était simplement dégarni au sommet du crâne, et ce qui lui restait de cheveux grisonnait.

Parvenu auprès d'Anne, le seigneur sourit et s'inclina devant elle. Elle lui tendit gracieusement la main.

— Lady Rosamond, je suis très flatté que vous ayez choisi de me rendre visite au cours de votre grand périple à travers le royaume d'Angleterre.

Anne émit ce rire de gorge qui ne manquait jamais de rappeler à Philip combien il la désirait.

— Voyons, Lord Kelshall, j'ai entendu tant de louanges à votre sujet. Comment aurais-je pu ne pas venir vous voir ? Mais ma visite vous réjouira peut-être encore davantage quand je vous aurai appris qui voyage à mes côtés. Figurez-vous que je vous amène l'un de vos anciens soldats, Sir Philip Clifford.

Le maître des lieux pivota sur lui-même pour dévisager les chevaliers. Son visage s'illumina quand il repéra son ancien écuyer.

— Philip !

Le comte s'avança vers lui et lui fit une accolade vigoureuse, puis lui tapa sur les épaules.

— Quel plaisir de te revoir, mon garçon ! Ça fait combien… Quatre ans, c'est bien ça ?

— Tout juste, milord.

Lord Kelshall se tourna vers Anne.

— À mon retour de France, Philip ne m'a pas suivi. Il a préféré rester pour se mesurer aux chevaliers du cru.

— Il reste très discret sur son passé, fit-elle observer.

— Il a toujours été modeste, confirma Kelshall en riant. Ainsi donc, Philip, te voilà garde du corps de Lady Rosamond dans sa grande aventure.

Il entraîna Anne dans l'escalier.

— Savez-vous que Philip m'a sauvé la vie au cours d'une bataille ? C'est pour cette raison que je l'ai adoubé.

Elle jeta un coup d'œil à Philip, derrière elle.

— Ma foi, non, je n'en avais jamais eu vent.

Philip lui adressa un haussement d'épaules gêné.

Dans la vaste entrée, les serviteurs furent nombreux à l'accueillir avec le sourire. Lui-même ne se rappelait pas beaucoup de noms, mais c'était fort agréable d'être reconnu ainsi. Le déjeuner devait être servi juste après midi. On les conduisit donc jusqu'à leurs appartements, pour leur permettre de se délasser et de prendre un bain. Quand tous se rejoignirent devant la chambre d'Anne, elle avait troqué ses vêtements de voyage contre une magnifique robe bleue. Décidément, songea Philip, Margaret avait un talent incomparable pour l'empaquetage. Le nombre de toilettes qu'elle arrivait à charger sur une seule bête de somme était impressionnant. Évidemment, il fallait bien que Lady Rosamond soit à son avantage pour séduire son futur époux.

Anne serait-elle autorisée à garder toutes ces tenues, ou devraient-elles retourner à leur propriétaire en même temps que son identité ? En tout cas, l'assurance que lui conféraient toutes ces parures faisait plaisir à voir. Cela dit, elle n'avait pas besoin de vêtements pour avoir confiance en elle. À cette pensée, son esprit, toujours prompt à ce genre de facétie, se la représenta sans aucun vêtement. Tandis qu'ils la suivaient, il eut toutes les peines du monde à afficher la même impassibilité que les autres chevaliers. Il ne songeait plus qu'à la dévorer des yeux tout en lui ôtant ses beaux atours l'un après l'autre.

Au cours du déjeuner, Lord Kelshall se tourna vers la table voisine de la sienne, où se trouvaient Philip et les hommes de l'Épée.

— Mon cher Philip, voilà des années que j'entends vanter tes mérites au combat. Tu me feras bien l'honneur de me retrouver dans la lice d'entraînement, cet après-midi ?

— Vous préférerez sans doute jouir de la compagnie de Lady Rosamond, milord, objecta-t-il.

Le comte se tourna vers Anne.

— Je gage que vous apprécieriez de voir deux hommes se battre en votre honneur, milady.

Elle sourit.

— En général, milord, je préfère voir les hommes s'échauffer à mon seul bénéfice. Mais je ferai une exception pour cette fois.

Toute l'assemblée partit d'un rire tonitruant.

Le repas terminé, tandis que la foule se dispersait, Lord Kelshall vint trouver Philip et lui passa un bras autour des épaules.

— Que penses-tu de Lady Rosamond, mon garçon ? demanda-t-il à voix basse.

— C'est une douce et bonne dame, milord, répondit prudemment Philip.

— Son humour me plaît. Et puis, elle ne semble pas avoir besoin d'être constamment le centre de l'attention. C'est une bonne chose. Lady Kelshall était comme elle, Dieu ait son âme.

— Je garde de votre épouse un souvenir affectueux, milord.

— Ma Beatrice aussi est de cette trempe, Dieu merci.

Philip hocha la tête.

— Comment va votre fille, d'ailleurs ? s'enquit-il.

— Elle se porte à merveille, tout comme son fils.

— N'a-t-elle pas eu d'autres enfants ?

— Son époux n'est plus un jeune homme. Grâce au ciel, elle a tout de même pu lui donner un héritier. Mais assez bavardé. As-tu besoin d'une petite sieste, ou te sens-tu prêt à te mesurer à ton seigneur ?

Philip lui adressa un sourire carnassier.

— Je me prépare pour ce grand jour depuis bien des années.

Alors qu'ils se tournaient vers la grande porte à deux vantaux qui menait à l'extérieur, il s'aperçut qu'Anne se trouvait bien plus près qu'il ne l'avait cru. Qu'avait-elle saisi de leur conversation ? Et qu'en avait-elle conclu ?

Anne, ravie, passa l'heure suivante à regarder Philip s'entraîner avec ses anciens compagnons d'armes. Assise sur un banc, à l'ombre, elle put apprécier les talents de Lord Kelshall. La loyauté qu'il inspirait à ses hommes était admirable.

Pour autant, elle n'en oubliait pas ce qu'elle avait entendu à propos de la fille du comte. Cette damoiselle avait sans doute grandi avec Philip. Avait-elle été de ces jeunes ladies qui ne faisaient aucun cas des enfants de leurs serviteurs ? Peu probable… Avec un père aussi généreux que Lord Kelshall, personne n'avait dû être maltraité entre ces murs.

Dans la lice, Philip renouait avec ses anciens amis, soldats et chevaliers comme lui. Lorsque le capitaine des gardes l'envoya chercher de l'eau pour étancher sa soif, comme s'il était encore un garçonnet corvéable, il rit de bon cœur avec les autres.

Malgré tout, quand l'exercice fut terminé et que Lord Kelshall fut rentré pour régler quelques affaires avec certains de ses métayers, Philip quitta la lice seul. Il s'éloigna, toujours vêtu de son pourpoint de cuir sans manches, les bras encore luisants de sueur. Anne entreprit de le suivre à distance, l'esprit tranquille : David restait attentif et veillait sur elle, elle le savait. Et puis, elle se sentait en sécurité ici, chez Philip. Plût au ciel que Lord Kelshall ne fasse pas partie du complot… Il lui avait appris qu'il comptait bientôt se mettre en route pour Londres, lui aussi, afin de répondre à l'appel du roi.

Sous ses yeux étonnés, Philip s'arrêta devant la forge et se pencha pour regarder à l'intérieur. La cheminée laissait échapper d'épais tourbillons de fumée. Le tintement du métal contre le métal résonnait dans l'air. Philip paraissait perdu dans ses pensées. La curiosité finit par l'emporter.

— Philip ? lança-t-elle en le rejoignant.

— Oui, milady ?

À son tour, elle jeta un coup d'œil à l'intérieur de la forge. Une bouffée d'air chaud l'assaillit.

— J'ai l'impression que cet endroit recèle des souvenirs pour vous.

Il lui adressa un sourire en coin.

— C'est ici que mon père travaillait.

— Il était forgeron ? s'étonna-t-elle.

Il lui avait déjà parlé de sa mère, mais jamais encore de son père.

Il répondit par l'affirmative.

— Et vous avez choisi de ne pas suivre la même voie que lui ?

Philip baissa les yeux.

— Il aurait bien voulu. Mais, comme vous le savez, j'avais d'autres projets en tête.

— Il n'a pas pu se désoler de vous voir devenir soldat.

— Il n'en a pas eu l'occasion, déclara-t-il avec tristesse. Il est mort alors que j'avais à peine neuf ans. Tué par des brigands qui tentaient de le détrousser.

Elle hoqueta de stupeur.

— Oh ! Philip, quelle tragédie pour vous et votre mère !

Il la dévisagea un instant.

— Je m'en vais voir le vieux cottage où nous avons vécu jusqu'à sa mort. Vous resterez donc sous la protection de…

— Me permettez-vous de vous accompagner ?

Il fronça les sourcils.

— Mieux vaut ne pas quitter l'enceinte du château.

— Allons, le village est à deux pas ! Et puis, je suis sûre que Sir Walter et les autres accepteront de veiller sur nous. À moins que ma présence vous dérange, bien sûr.

Elle mourait d'envie de le voir entouré de son passé, d'entrevoir le petit garçon qu'il avait été.

Il l'évalua du regard.

— Pour que vous saisissiez l'occasion d'éprouver vos talents de femme de l'Épée, et que vous me suiviez en douce ?

Sa perspicacité la fit sourire. Tout à coup, une fois de plus, ce fut comme s'ils étaient seuls au monde. Comme si plus rien n'existait que le désir qui les attirait l'un vers l'autre.

— Or, quand vous me suivez, il se produit ce qui ne devrait pas se produire, poursuivit-il d'une voix rauque.

— Quand *vous* me suivez, *moi*, vous voulez dire.

Il finit par détourner les yeux.

— Allez donc en parler à Walter.

Tandis que Philip sellait leurs montures, elle alla trouver l'aîné de ses protecteurs dans le quartier des soldats et lui expliqua leur projet.

Le chevalier se rembrunit.

— C'est entendu, mais uniquement parce que le village est tout proche. Je vais vous escorter avec mes hommes.

— Pas trop près, dans ce cas.

L'expression interloquée de Sir Walter lui fit aussitôt regretter ces quelques mots. Elle tourna les talons et regagna en hâte les écuries, où Philip l'attendait, les rênes des deux chevaux à la main.

Il regarda derrière elle.

— Alors ? Il a refusé, j'imagine.

— Détrompez-vous ! Ils vont nous accompagner.

— Moi qui croyais qu'il vous retiendrait au château, de crainte d'une attaque même sur les terres du comte…

— Si vous ne voulez pas que je vienne, dites-le tout de suite, Philip.

— Quand vous et moi sommes ensemble, on ne sait jamais ce qui peut arriver.

Ils se dévisagèrent longuement. Quand Anne s'avisa que tout le monde pouvait les voir, elle se détourna, non sans murmurer :

— N'est-ce pas là ce qui fait tout le piquant de notre situation, Philip ?

Là-dessus, elle grimpa sur le montoir, mit le pied à l'étrier, puis passa l'autre jambe par-dessus la selle. Avec un sourire espiègle, elle prit tout son temps pour remettre en place ses jupes, afin qu'il puisse admirer ses chevilles dénudées.

Il s'arracha à sa contemplation pour la foudroyer du regard. Alors, elle inclina la tête d'un air candide.

Résigné, il monta en selle à son tour et, côte à côte, ils franchirent les remparts. Aussitôt, elle se pencha sur l'encolure de son cheval et le lança au galop. Quel plaisir de constater à quel point son voyage la faisait progresser en la matière ! Philip ne tarda pas à la rattraper, mais leur course folle ne dura guère : déjà le village apparaissait entre les arbres. Anne jeta un coup d'œil en arrière. Les hommes de l'Épée les suivaient bien, à distance respectueuse. Comment expliquer qu'ils lui accordent une si grande liberté avec Philip ? Elle ralentit. Ils arrivaient en vue de la maisonnette abandonnée qu'il avait observée à l'aller.

Il lui adressa un demi-sourire.

— Vous aviez deviné ?

— Je l'avais déduit de votre attitude.

Elle se laissa glisser au sol avant qu'il ait eu le temps de venir l'aider et jeta les rênes par-dessus un amas de broussailles. Le toit avait perdu une grande partie de son chaume. Une branche avait éventré le peu qu'il en restait. Philip marcha jusqu'à la porte bancale, qui lui resta dans la main lorsqu'il tenta de l'ouvrir. Il la laissa tomber sur le côté et entra. Anne le suivit.

La masure était bien plus petite que les logis auxquels elle était habituée. Elle ne comptait que deux pièces surmontées d'un grenier, meublées en tout et pour tout d'un vieux coffre disloqué poussé dans un coin.

— Moyennant quelques réparations, ce serait encore

habitable, commenta-t-elle. À moins que le propriétaire ait préféré construire un logement plus grand.

— Ma mère n'avait même plus les moyens de vivre ici après la mort de mon père. Lady Kelshall nous a trouvé une chambre au château.

— C'était généreux de sa part.

Elle eut envie de l'interroger davantage, mais à quoi bon ? Il ne se laisserait pas tirer les vers du nez.

Il gagna l'arrière du cottage et passa la tête par la fenêtre ouverte.

— Quand il a appris que je ne voulais pas devenir forgeron comme lui, mon père a été très déçu.

— Bah, quel père n'aime pas voir son fils lui succéder ? répondit-elle sur un ton léger.

— J'ai essayé, pourtant. Mais j'étais si maladroit avec ses outils que je me suis brûlé au mollet avec la pointe de l'épée qu'il était en train de forger.

— Vous deviez être tout jeune.

Il confirma d'un signe de tête, puis fit demi-tour et ressortit. Elle le suivit jusqu'à la petite cour arrière, qui donnait sur le potager envahi de mauvaises herbes. Il s'arrêta devant un poulailler au toit affaissé.

— C'est ici que je me cachais quand il me cherchait, dit-il avec un sourire sans joie. Je n'avais d'yeux que pour les chevaliers. Quand il est mort en essayant de nous protéger de ces brigands, j'ai eu honte de lui.

La gorge nouée, Anne garda le silence.

Il promena son regard sur le pré qui s'étendait au-delà du jardin.

— Je me rappelle très clairement m'être dit qu'un chevalier aurait su se défendre, lui, et occire ces malandrins.

Elle alla poser une main sur son bras pour le réconforter.

— Philip, vous n'étiez qu'un enfant ! La colère était peut-être moins difficile à supporter que le chagrin. N'oubliez pas que vous veniez de perdre votre père et votre foyer.

— J'ai trouvé un nouveau foyer à Kelshall Castle. Et j'y ai été plus heureux. Je pouvais assister à l'entraînement des hommes d'armes chaque fois que j'en avais envie.

Il haussa les épaules.

— Je n'en ai jamais parlé à personne, mais vous imaginez, je pense, combien il m'était pénible de me sentir différent des châtelains. D'être de ceux qui n'ont pas d'espoir d'obtenir ce qu'ils désirent vraiment.

Anne hocha lentement la tête. Philip avait une bonne raison de taire ses origines modestes. Il s'était élevé au-dessus de sa condition. Lui, il était devenu l'homme qu'il voulait être. Il avait façonné son propre avenir, tout comme elle-même s'efforçait de le faire. Quelle tristesse de penser que leurs futurs ne seraient pas mêlés… Mais inutile de s'attarder sur ce point. Elle n'allait pas renoncer à son unique rêve dans l'espoir que lui modifierait le sien. À présent qu'elle voyait dans quelle simplicité il avait grandi, elle doutait encore moins de sa réussite. Il atteindrait les objectifs qu'il s'était fixés. Après tout, pour rien au monde elle ne retournerait à sa vie d'avant, elle non plus. Elle ne voulait plus jamais dépendre d'autrui pour survivre. Désormais, c'était elle qui maîtrisait son existence. Elle prenait ses propres décisions, et ce simple pouvoir était tout bonnement grisant.

Elle laissa sa main retomber.

— J'ai entendu Lord Kelshall vous parler de sa fille, tout à l'heure. Est-elle de votre âge ?

— Oui. Nous étions amis.

Ainsi, elle ne s'était pas trompée.

— C'est plutôt inhabituel, de voir la fille d'un seigneur se lier d'amitié avec un fils de forgeron. Ce doit être une personne peu ordinaire.

— C'est elle qui m'a appris à lire. Lord Kelshall n'ayant pas eu de fils, il a décidé de donner à sa fille toute l'instruction qu'il aurait donnée à un garçon. Un jour, Beatrice m'a surpris alors que je suivais en cachette l'une de ses leçons. Dès lors, elle a décrété qu'il fallait m'instruire, moi aussi. J'étais son petit projet personnel. Elle me faisait asseoir à côté d'elle dans le jardin d'agrément, où elle pratiquait ses lettres sur sa tablette en cire.

— C'était très charitable, commenta Anne.

Elle avait peine à dissimuler sa curiosité.

— Plus tard, ce fut la danse. Elle était résolue à faire de moi un écuyer, ce que je trouvais parfaitement risible. C'est pourtant ce qui a fini par arriver, comme par magie. De ce jour, elle n'avait plus de raisons de cacher qu'elle pourvoyait à mon éducation : un écuyer doit savoir servir son maître selon les usages. Elle m'a donc appris, aussi, à faire la conversation à une dame. Elle m'a enseigné…

Anne se figea. Voilà donc pourquoi il voulait épouser une dame de haute naissance… Il ne pouvait prétendre à Lady Beatrice, mais c'était elle qu'il continuait à rechercher, sans en avoir conscience. C'était l'évidence même.

Il se tourna vers elle. Il était trop près, tout à coup. Il la dominait de toute sa taille.

— Je devine ce qui se passe dans votre jolie tête, dit-il. Vous cherchez à savoir quel genre de relation nous unissait, elle et moi. Eh bien, non, Lady Beatrice n'était pas une jeune lady délurée en quête d'aventures et de plaisirs auprès d'un petit manant illettré. C'était une jouvencelle effrayée de dix-sept ans, offerte en mariage à un homme assez vieux pour être son grand-père.

Anne prit une profonde inspiration, soudain pleine de compassion.

— C'était un ordre du roi, en vue de réunir deux familles influentes. Elle avait d'abord été promise au fils, mais la peste en a décidé autrement. Le père a donc honoré l'engagement qu'avait pris son héritier.

Il l'étudia du regard, comme s'il se demandait ce qu'elle pensait. D'une main, il effleura une boucle qui s'était détachée de sa coiffe et cascadait dans son cou. Avec délicatesse, il l'enroula autour de son doigt, comme s'il s'agissait d'un talisman. Elle frémit.

— Elle est venue me trouver la veille de ses épousailles, poursuivit-il d'une voix rauque. Elle m'a conjuré de lui laisser un souvenir de moi qu'elle pourrait chérir ensuite dans cette union tant redoutée.

Le cœur d'Anne se serra. Elle s'imaginait à la place de cette jeune fille terrorisée. Elle-même était passée si près d'un sort semblable…

— Je n'éprouvais pas pour elle l'amour qu'un homme peut vouer à une femme, mais c'était mon amie, et j'ai eu pitié d'elle. J'ai accédé à sa demande. Nous étions jeunes, maladroits, pleins d'ardeur. Et puis elle a épousé quelqu'un d'autre.

Chapitre 15

Dès que ces mots eurent franchi ses lèvres, Philip eut l'impression qu'un sort venait de se dissiper. Le passé n'était plus. Il ne voyait qu'Anne, qui levait vers lui des yeux emplis de compassion. Il caressa ses cheveux de velours. Sa seule intention avait été de lui faire comprendre d'où il venait, de lui montrer tout le chemin qu'il avait parcouru. Et voilà qu'il lui confiait un secret de nature à briser la vie de Beatrice. Avait-il donc perdu la tête ?

Il prit le visage d'Anne entre ses mains et murmura d'une voix fiévreuse :

— Jamais, à aucun prix, vous ne devez révéler à quiconque ce que je viens de vous apprendre.

— Jamais, souffla-t-elle. Vous avez ma parole.

Une unique larme roula sur sa joue. Sans même réfléchir, il la but. Il n'avait pas voulu l'attrister.

Non sans peine, elle surmonta son trouble.

— J'ai aussi entendu Lord Kelshall vous dire que Lady Beatrice avait donné à son époux son seul et unique fils.

Philip chercha son regard. Il percevait son empathie dans la façon dont elle lui étreignait la taille.

— Il est né neuf mois après les noces. Elle n'a pas eu d'autre enfant.

— Savez-vous… s'il vous ressemble ?

Il ferma les yeux, soudain submergé par la douleur qu'il gardait d'ordinaire enfouie au plus profond de son cœur.

— J'étais déjà en France avec mon seigneur quand j'ai appris qu'elle avait enfanté. Lord Kelshall débordait de fierté quand il m'a lu sa missive. Elle y écrivait que son petit garçon lui ressemblait beaucoup, qu'il avait les cheveux clairs comme elle, le même teint… Je crois qu'elle a donné tous ces détails pour que je sache. Et puis, rien ne dit qu'il est vraiment de moi. Mais enfin, quand j'ai appris aujourd'hui qu'elle n'avait pas eu d'autre enfant…

Tant qu'il l'avait crue entourée d'une demi-douzaine de bambins, il avait pu se raccrocher à l'idée que le premier enfant de Beatrice n'était pas de lui. À présent, difficile d'entretenir encore l'illusion.

— L'avez-vous déjà vu ?

Il secoua la tête, puis appuya son front contre celui d'Anne.

— Je m'y refuse. Peut-être ai-je bel et bien laissé une part de moi-même en ce monde, et peut-être était-ce le meilleur acte que je pouvais accomplir. Peut-être suis-je celui qui a fait d'elle une mère et apporté la joie dans son existence.

Il se redressa et tourna la tête vers le cottage. Elle resserra son étreinte, comme pour le retenir.

— Mais j'ai toujours eu honte que mon père ne soit qu'un roturier assigné à une basse besogne, plutôt qu'un soldat ou un chevalier. Et maintenant, je suis victime de mes propres préjugés… Si mon fils venait à apprendre qui je suis, il aurait honte à son tour.

— Philip…

— Ne vous fatiguez pas à tenter de me démontrer mon ineptie, l'interrompit-il en relâchant son visage pour poser les mains sur ses épaules.

— Vous étiez si jeune, Philip. Trop jeune pour vous rendre compte, insista-t-elle.

— Et il m'a fallu de longues années pour mûrir. Pour comprendre que mon père, à défaut d'être chevalier, avait tout de même été son propre maître. Qu'il avait fait face à ces brigands pour protéger sa famille. Et que, s'il en était mort, c'est parce qu'il était seul contre toute une bande d'hommes sans scrupule. Moi, je ne pouvais pas l'aider.

Elle lui caressa le visage du bout des doigts et se hissa sur la pointe des pieds. Quoi de plus naturel que de se pencher vers elle, de l'embrasser doucement, de goûter le sel de ses larmes ? Ses lèvres avaient une saveur suave, ensoleillée. Il eut envie de se perdre dans leurs courbes tièdes. À chaque nouveau baiser, elle s'ouvrait davantage à lui. Elle finit par s'abandonner à son étreinte. Il la fit reculer jusqu'au tronc du pommier où il avait passé des heures, enfant. Leurs langues se mêlaient, ardentes, et leurs cœurs battaient l'un contre l'autre.

Elle ne lui résistait pas, et il laissa la passion balayer toute émotion importune. Il l'écarta du tronc et l'allongea dans l'herbe haute. Elle se laissa faire et tendit les bras vers lui. Il se coucha sur elle, prenant soin de faire porter son poids sur ses mains et ses genoux. Alors, ils s'étreignirent passionnément et s'embrassèrent sans retenue, fébriles. Elle passa une jambe autour de lui et le plaqua tout contre elle. Il la faisait gémir et onduler sous ses caresses. Il prit ses seins à pleines mains, et sentit les mamelons se dresser sous ses paumes. Tout à coup, elle roula de côté et se plaça au-dessus de lui, couchant un nouveau carré d'herbe. Lorsqu'elle tendit les mains vers sa ceinture, il l'arrêta d'un geste.

— Anne, n'oubliez pas où nous sommes, souffla-t-il en contemplant, au supplice, la beauté de son visage exalté auréolé de boucles folles. Je ne veux pas que vous découvriez l'amour dans de telles circonstances.

Elle se pencha sur lui et serra les doigts sur son pourpoint.

— Vous serez le premier, murmura-t-elle d'une voix rauque.

— Vous êtes vierge, Anne…

— Et il n'y aura pas d'époux à qui me réserver.

C'était dit sans tristesse, ce qui ne fit qu'attiser encore son désir pour elle. Avec un grognement, il leva les hanches à sa rencontre, pressant son membre dur contre le creux chaud niché sous les jupes.

— Lady Rosamond ?

L'appel, étouffé, venait de l'avant du cottage. Philip reconnut vaguement la voix de Walter, mais il n'était plus maître de lui-même : il faillit attirer Anne au sol et lui intimer le silence jusqu'à ce que les chevaliers soient partis.

Diantre, il ne devait pourtant pas oublier qui il était devenu à force de sacrifices et de ténacité ! Toute sa vie, il s'était évertué à prouver sa valeur, d'abord aux soldats de Lord Kelshall, puis au comte lui-même et à la Ligue, enfin à son ami John, Lord Alderley. Et à présent, il s'efforçait de se montrer digne de quelque épouse bien née qui ne se doutait même pas encore qu'un jour elle serait sa femme.

Et voilà qu'Anne s'offrait à lui pour leur plaisir mutuel. Quelle épreuve de devoir se rappeler son honneur sous ce regard sombre et enfiévré !

Lorsque Walter l'appela à nouveau, elle se releva maladroitement et entreprit de lisser le bas de sa robe. Sans la quitter des yeux, il se redressa à son tour. Elle se passa les doigts dans les cheveux pour les discipliner et remit sa coiffe en place. Elle avait les mains tremblantes, la bouche humide ; ses seins se soulevaient à un rythme effréné… Pas de doute : elle causerait sa perte !

— Il semble qu'on veuille nous raccompagner au château, dit-elle avec une pointe de regret.

Quelle sérénité… Comment faisait-elle, quand lui-même était encore en proie au tumulte de ses émotions, hanté par le passé, consumé de désir ?

Anne surmonta tant bien que mal le dîner. Elle multipliait les sourires énigmatiques et les éclats de rire rauques qui semblaient pousser les hommes à porter un autre regard sur elle. Elle pouvait être à la fois Lady Rosamond et Anne. Jouer la comtesse ne l'empêchait pas de songer au secret que Philip avait porté ces six dernières années – et à la flamme qui brûlait entre eux.

Après le repas, Sir Robert Ludlow, un jeune homme blond à la mine sérieuse, la divertit d'une chanson en son honneur. Puis les seigneurs Hungerford et Kelshall se relayèrent pour la faire danser. Quand Sir Robert revint à la charge, elle rit de bon cœur et le laissa l'entraîner à l'écart. Du coin de l'œil, elle vit Philip en grande conversation avec un homme qu'elle ne reconnut pas.

Avec un peu de chance, il se laissait un peu distraire des souvenirs que ces lieux avaient ramenés à sa mémoire.

— Lady Rosamond ?

Elle sursauta, s'avisant soudain que Sir Robert avait déjà prononcé son nom plusieurs fois.

— Pardonnez-moi, messire.

Il sourit et lui tapota la main qu'il tenait dans la sienne.

— Je vous demandais s'il vous plairait de faire une partie de jeu de tables avec moi, dit-il en la conduisant vers l'endroit où le plateau avait été mis en place.

Elle considéra avec mélancolie les longues rangées de cases où s'alignaient des jetons ronds.

— Hélas, je n'ai jamais appris à jouer, Sir Robert.

— Vraiment ? s'étonna-t-il. C'est un divertissement très agréable. Je pensais qu'on en enseignait les règles à toutes les jeunes ladies.

Elizabeth avait bien tenté de les lui inculquer, mais Anne avait toujours jugé une telle frivolité inconvenante pour une simple servante. Elle avait estimé ses soirées mieux employées à coudre ou à préparer les effets de sa maîtresse pour le lendemain.

Impossible d'en dire autant à Sir Robert, bien entendu. Elle se contenta donc d'un haussement d'épaules assorti d'un sourire charmant.

— Je jouerai contre vous, Sir Robert, intervint Philip derrière elle.

Cette voix… Surtout, ne pas rougir.

— Ainsi, Lady Rosamond pourra apprendre en nous regardant, ajouta-t-il.

Quand les deux chevaliers se furent assis de part et d'autre du plateau, Lord Kelshall s'approcha et les couva tous trois d'un regard bienveillant.

— C'est ma fille Beatrice qui a appris les règles de ce jeu à Philip, il y a bien des années. Quelle patience, cette enfant !

Le comte asséna une claque affectueuse sur le dos de son protégé.

— Qui sait, elle les enseigne peut-être à son fils, maintenant, pas vrai ?

Anne guetta la réaction de Philip. Il hocha simplement la tête en souriant, aimable comme à son habitude.

Il ne saurait jamais si cet enfant était de lui ou non. Heureusement, désormais, il était en paix avec cet épisode de son existence, songea-t-elle. Lady Beatrice lui avait demandé un sacrifice, auquel il avait consenti par amitié pour elle. Évidemment, Anne n'aimait pas songer à lui dans les bras d'une autre femme. Cela dit, comment s'attendre à ce qu'un homme de son âge soit encore innocent ?

Lady Beatrice, en revanche, avait pris sa virginité en même temps qu'elle lui avait offert la sienne. Et par cet acte, elle l'avait forcé à cacher ensuite la vérité à l'homme qu'il vénérait comme un père. La vie était injuste.

Quand Anne se fut retirée dans sa chambre, elle ne put trouver le sommeil. Elle était préoccupée. Tous semblaient partir du principe que Lord Kelshall ne pouvait pas faire partie des conjurés, au simple motif qu'il avait contribué à élever Philip. Pourtant, l'an passé, un roi avait perdu son trône et trouvé la mort. Et si Lord Kelshall avait été un ami fidèle du roi Richard ? Ne se sentirait-il pas tenu de réclamer vengeance ? Hélas, demander à Philip de se renseigner était exclu : il aurait été blessé de devoir suspecter son mentor. Non, c'était à elle qu'incombait cette tâche.

Devant sa porte, Sir Joseph montait la garde. Elle le pria d'entrer et lui exposa ses inquiétudes.

— Que pouvons-nous faire, d'après vous ? s'enquit l'homme de l'Épée, la mine préoccupée.

— Il me semble que vous n'êtes pas monté en même temps que nous, ce soir.

Il confirma d'un hochement de tête.

— Aviez-vous une raison particulière de vous attarder dans la grande salle ?

Le chevalier détourna les yeux.

— Pas vraiment, non.

— Où était Lord Kelshall quand vous avez pris congé ?

— Il se dirigeait vers son solarium privé avec Hungerford et Ludlow.

— Ils s'y rendaient tous les trois, seuls ?

Un froid soudain l'assaillit au creux de l'estomac.

— Les félons sont au nombre de trois, nous sommes d'accord, mais ils savent que quelqu'un a surpris leur conversation, objecta Sir Joseph avec patience. Je ne peux croire qu'ils prendraient le risque de se trahir en se réunissant ainsi, au vu et au su de tous.

— Qui nous dit que Hungerford et Ludlow ne font pas partie des hommes qui nous ont suivis ?

— Comment le savoir ? Mais enfin, il y a peu de chances…

— Je vais au solarium. Je pourrai peut-être écouter ce qui se dit à travers la porte.

— Vous n'y pensez pas, milady ! C'est trop dangereux, protesta Sir Joseph en croisant fermement les bras sur son torse.

— S'ils me surprennent, je n'aurai qu'à prétendre que je les cherchais. Les hommes n'y résistent pas.

Elle crut deviner une ombre de sourire sur le beau visage du chevalier, mais il s'en tint à sa rigueur habituelle.

— Milady, je ne peux pas vous laisser faire une chose pareille.

Sourde à ses protestations, elle s'élança vers la porte et l'ouvrit.

— Tout se passera bien, je vous le promets.

Vif comme l'éclair, Sir Joseph la retint par la taille et la souleva sans le moindre effort pour la ramener à lui.

À cet instant, Philip franchit le seuil et s'arrêta net.

Il ne manifesta aucune émotion, mais Anne le connaissait assez pour percevoir sa soudaine tension. Était-il… jaloux ? Elle tenta de passer en force, et sentit le bras de Sir Joseph lui entrer dans les côtes.

L'homme de l'Épée la reposa et s'éclaircit la voix.

— Philip, dit-il avec douceur, peut-être parviendrez-vous à faire entendre raison à notre dame. Elle a l'intention d'aller épier Lord Kelshall pour vérifier qu'il n'est pas…

Il laissa sa phrase en suspens, et Philip hocha la tête. Sous les yeux interloqués d'Anne, Sir Joseph quitta la chambre et referma la porte derrière lui. Que signifiait cet étrange revirement ?

— Vous vouliez donc jouer les espionnes ? s'étonna Philip.

Anne fit mine de ne pas avoir entendu.

— Je vous signale que Sir Joseph vient de me laisser seule avec vous.

— Mais à propos de Lord Kelshall…

— Cela n'a pas l'air de vous surprendre. Que se passe-t-il, Philip ?

Il alla se poster devant l'âtre. S'appuyant d'une main sur le manteau de la cheminée, il plongea son regard dans les flammes.

— Walter pense que nous devrions passer un peu de temps en tête à tête.

— Vous voulez dire que vous lui avez demandé *sa bénédiction* ? s'écria-t-elle, abasourdie.

Saisie d'une brusque irritation, elle le tira par l'épaule pour qu'il la regarde en face. Il n'avait pas osé la mettre en difficulté vis-à-vis de la Ligue, tout de même ?

Il la rassura d'un signe de tête négatif et posa la main sur la sienne – qu'elle retira aussitôt.

— C'est un homme intelligent. Il aurait deviné notre attirance mutuelle même sans avoir suivi l'entraînement des hommes de l'Épée. Il estime avoir une dette envers vous, et ne vous refusera pas ce que vous voulez.

— Parce que c'est vous que je veux, d'après lui ?

Il haussa les épaules sans faire de commentaire. Elle fit volte-face et s'éloigna de quelque pas, frémissante de colère, d'humiliation et de remords. Après tout, si les hommes de la Ligue avaient perçu le désir qu'elle éprouvait pour Philip, elle en était peut-être responsable. Mais que leur importait sa vie privée ? Si elle avait envie de prendre Philip pour amant…

Dieu du ciel, ils lui avaient pour ainsi dire donné leur permission.

Elle ne put retenir un gémissement.

— Ça ne va pas du tout. Je dois leur prouver que je suis tout entière dévouée à leur cause. Que cette mission passe avant toute idylle.

— Ils ne doutent pas de votre engagement.

La compassion de Philip ne fit qu'accroître son exaspération.

— Je suis la mieux placée pour me rapprocher de Lord Kelshall. Je pourrais très bien me faufiler jusqu'à sa porte et…

— Inutile, l'interrompit-il doucement. J'en reviens. Il fallait que je sache.

À en juger par son calme, il n'avait rien découvert de suspect. Elle en fut soulagée pour lui. Nourrir des soupçons à l'égard de son propre seigneur n'avait pas dû être simple.

Elle se détourna, lassée de sa propre sensibilité dès qu'elle posait les yeux sur lui. Décidément, elle semblait incapable de se maîtriser en sa présence. Sir Walter avait donné son consentement ? Soit. Mais qu'en pensait la Ligue ? La voyait-on comme une femme fragile, qui accordait plus d'importance au réconfort amoureux qu'à la mission qu'on lui avait confiée ?

À moins que l'avenir qu'elle espérait aux côtés des chevaliers de l'Épée ne soit qu'une chimère ? Son cœur se serra. Non, ces sombres pensées ne la mèneraient nulle part. Elle avait déjà prouvé sa force d'âme. Elle ferait en sorte de concrétiser son rêve.

— Anne…

Il ne fallait pas qu'il la touche. Elle ne saurait pas lui résister.

— Partez, Philip.

Le lendemain, ils reprirent leur route vers le sud. Londres se rapprochait, tout comme le terme de leur mission. La crainte permanente d'une nouvelle attaque épuisait Anne. Pour la première fois, son rôle lui pesait, comme une seconde peau usée à force d'être trop portée.

Le temps n'arrangeait rien. Le brouillard et la pluie semblaient les pourchasser. Même leurs chevaux avaient l'oreille basse. Le capuchon d'Anne, trempé, s'alourdissait. Bientôt, elle sentit la pluie s'infiltrer jusqu'à son cuir chevelu. À côté d'elle, Margaret se taisait, recroquevillée sur sa selle.

Sir Joseph, qui chevauchait en tête, jeta un coup d'œil en arrière. Puis un deuxième. Il paraissait soucieux. Trop abattue pour s'affoler, elle suivit son regard. Rien d'inhabituel. Ses trois autres protecteurs la suivaient, sur le qui-vive, comme s'il pouvait lui arriver malheur à tout moment. Comment faisaient-ils pour rester si concentrés ?

Sir Joseph tira sur les rênes et la laissa le dépasser. Par-dessus son épaule, elle le vit s'entretenir avec Sir Walter. Sur un hochement de tête du capitaine, Sir Joseph rebroussa chemin au petit galop. Il ne tarda pas à être englouti par les volutes de brume qui dissimulaient la route derrière eux.

Les minutes passèrent. Un soudain murmure de voix, dans son dos, lui apprit que Sir Joseph était revenu. Elle ne l'avait pas entendu approcher. À l'évidence, les chevaliers ne tenaient pas à se faire remarquer. Elle se redressa sur sa selle et fit ralentir sa monture. Tandis que Margaret continuait à avancer, elle-même laissa les hommes la rattraper.

— Quelque chose ne va pas, Sir Walter ?

Le capitaine ne répondit pas tout de suite, et elle eut l'étrange impression, une fois de plus, que les hommes de l'Épée se parlaient sans prononcer un mot. Philip les observait attentivement. Pour une fois, il paraissait les comprendre.

L'aîné des chevaliers finit par lui répondre :

— Nous sommes suivis, milady. Un groupe d'hommes, à moins d'une demi-lieue d'ici. Joseph les a aperçus par une trouée dans le brouillard.

— Il pourrait s'agir de voyageurs, désireux comme nous d'atteindre Stamford au plus vite, suggéra Anne sans vraiment y croire.

La nouvelle l'inquiétait. Elle secoua la torpeur qui s'était emparée d'elle.

— Ils cheminent bien discrètement, au regard de leur nombre. Joseph en a compté six, tous à cheval. Ils auraient déjà dû nous doubler : avec nos bêtes de somme, nous avançons moins vite qu'eux. Or, ils chevauchent à distance. Ce pourrait bien être nos fameux guetteurs, que cette purée de poix force à nous talonner de trop près. Nous allons donc tourner le mauvais temps à notre avantage, et nous cacher pour les laisser passer.

Devant eux, la route formait un coude bordé par un fossé envahi d'herbes folles. La monture d'Anne suivit celle de Sir Walter jusqu'à la tranchée. Sur la pente opposée, une haie mal taillée se dressait entre eux et la prairie au-delà. Par chance, ils n'eurent pas à la longer très longtemps avant de trouver une petite barrière en bois, qu'ils franchirent aussitôt.

Une fois à l'abri des regards, ils mirent pied à terre et attendirent. Anne tenait son cheval par la bride et lui caressait le chanfrein pour s'efforcer de le rassurer. Peu après, ils entendirent le claquement de nombreux sabots. Puis des voix leur parvinrent, atténuées par la brume et la configuration des lieux.

La peur lui nouait les entrailles. Allons, du calme. Le danger serait un compagnon quotidien si elle devenait une femme de l'Épée. Philip se tenait près d'elle. Il affichait la même détermination, le même sang-froid que les autres chevaliers. Il avait souvent dû faire face à l'inconnu, sans doute.

À côté d'elle, Margaret tremblait de la tête aux pieds. Anne lui passa un bras autour des épaules.

Les voix se précisèrent.

— Elle n'est pas là.

Anne se figea.

Elle entendit prononcer son nom.

Comme un seul homme, ses protecteurs détachèrent le heaume accroché à leur selle.

— Que faites-vous ? chuchota-t-elle.

Philip se pencha vers elle pour murmurer :

— Si c'est bien après vous qu'ils en ont, nous ne pouvons pas les laisser nous devancer. Ils pourraient nous tendre une embuscade un peu plus loin.

— Vous allez les attaquer ? Sans être certains que…

— Au moins, nous saurons une bonne fois pour toutes si notre mission est compromise ou non.

Son heaume sous le bras, il remonta en selle en même temps que les hommes de l'Épée. Pourquoi le cuir de leurs vêtements grinçait-il si fort ? Elle sentit la main de Margaret agripper la sienne.

Les quatre chevaliers repassèrent par la barrière qui leur avait permis de franchir la haie. Si seulement elle avait pu se rendre utile ! Et s'ils ne revenaient pas ? Ils n'avaient laissé aucune instruction. Avaient-ils donc confiance en eux-mêmes à ce point ?

— Quel courage vous avez montré en acceptant cette mission, Margaret ! chuchota-t-elle.

— Vous aussi, milady.

Un ordre fusa, les faisant toutes deux sursauter. Des lames s'entrechoquèrent à grand fracas, plusieurs fois. Un autre cri. Puis, plus rien.

— Miséricorde ! gémit Margaret dans un souffle.

Des voix s'élevèrent, sans qu'elles puissent comprendre ce qui se disait. Le combat semblait terminé.

Enfin, la barrière s'ouvrit et Philip passa la tête par l'ouverture.

— Vous pouvez venir, maintenant, dit-il d'une voix tout à fait normale.

— Qui était-ce ? demanda Anne.

— Votre soupirant, Sir Robert Ludlow. Il prétend qu'il voulait passer une soirée de plus en votre compagnie.

Elle le dévisagea, interdite.

— Comment savoir s'il dit la vérité ?

— S'il vous voulait du mal, il aurait pu agir bien plus tôt. Quoi qu'il en soit, mieux vaut l'avoir à nos côtés que derrière nous. Au moins, nous pourrons le tenir à l'œil. N'ayez crainte, nous ne prendrons aucun risque.

Lorsqu'elle apparut sur la route, menant son cheval par la bride, Sir Robert s'inclina, l'air penaud.

— Milady, pourrez-vous me pardonner de vous avoir causé tant de frayeur ?

— Pourquoi ne pas m'avoir dit que vous partiez en même temps que nous, Sir Robert ?

Elle ne savait que penser de lui. Ce jeune lord au teint pâle et au visage avenant cachait-il un terrible secret ?

Manifestement, sa question l'avait mis mal à l'aise.

— Je ne voulais pas que Hungerford et Kelshall

sachent que je souhaitais prolonger notre rencontre, admit-il enfin.

Elle retint un grognement irrité.

— La prochaine fois, pensez au moins à m'en avertir.

— Parce qu'il y aura une prochaine fois ? releva-t-il, avec tant d'espoir qu'il lui fit penser à un chiot enthousiaste.

— N'y voyez pas un engagement.

La lassitude perçait dans sa voix, au point qu'elle-même s'en aperçut.

— Et maintenant, nous pourrions peut-être nous remettre en route ? J'aimerais éviter de dormir dehors par ce temps…

Tout de même, voir leurs deux groupes se mêler la rendit nerveuse. Et s'ils sous-estimaient Sir Robert ?

Chapitre 16

L'auberge de Stamford ne disposait pas d'une salle privée. Anne et Sir Robert prirent donc leur souper ensemble dans la salle commune. Leurs escortes respectives, neuf chevaliers en tout, avaient rapproché des tables pour dîner ensemble. Le vin et la bière coulaient à flots, et la taverne résonna de leurs éclats de voix toute la soirée. Anne ne cessait de glisser des regards stupéfaits en direction de Sir Walter, qui affichait un sourire niais. Ce détail, plus que tout le reste, la convainquit que les hommes de l'Épée avaient décidé de faire boire les chevaliers de Ludlow. Pour les rendre inoffensifs ? Pour voir quels secrets ils avaient à révéler ?

Eh bien, soit : elle aussi, elle allait mener sa petite enquête sur son prétendant.

Il lui souriait.

— C'est un bien long voyage que vous avez entrepris là, Lady Rosamond, fit-il remarquer en plongeant sa cuillère dans le bol de ragoût posé devant lui.

— Le jeu en vaut la chandelle.

Elle remua un peu l'épais bouillon.

— Un nouvel époux, oui… Votre première union a dû être une période heureuse.

Elle feignit la mélancolie, même s'il lui était difficile d'imaginer la paix et la sécurité que pouvait apporter le mariage.

— C'est exact. Le comte était un homme merveilleux. La complicité qui nous liait me manque terriblement. Et puis, à quoi bon avoir de la fortune et des biens si on n'a personne avec qui en jouir ?

Cette remarque le fit rire.

— Quant à moi, j'ai passé l'essentiel de ma vie à accroître mes possessions et à acquérir des terres, dans le seul but d'accueillir confortablement une future épouse.

Elle réfléchit un instant à la meilleure façon de l'interroger.

— Vous devez avoir usé judicieusement de vos talents au combat, avança-t-elle.

— Nous venons de traverser quelques années troubles, avec l'accession au trône de trois rois différents.

Sans cesser de sourire, elle redoubla de vigilance.

— Je suis resté en retrait autant que j'ai pu, poursuivit-il. Je me suis contenté de faire ce qu'on me demandait. Mon statut de simple chevalier m'a facilité la tâche, je dois dire. Je ne dépends pas directement du roi, mais de mon suzerain.

— Vous n'avez donc pas eu à choisir votre camp ?

— La décision revenait au seigneur à qui j'ai prêté allégeance, Lord Hungerford. Par chance, il a fait des choix avisés. Il a su traverser ces changements de règne avec brio. Après tout, il s'agit surtout de préserver ses propres intérêts.

— Bien des hommes ont l'infortune de rallier la mauvaise bannière, fit-elle observer.

Il acquiesça d'un signe de tête, puis changea de sujet.

— Mais parlez-moi un peu de vous, milady.

Charmant, enfantin, il lui souriait à nouveau. Les divers conflits ne semblaient pas l'avoir affecté. Il ne devait pas porter beaucoup d'attention aux affaires politiques. Quel intérêt un homme comme lui aurait-il à renverser un souverain ?

— Oh ! j'imagine que vous en avez déjà trop entendu à mon sujet, répondit-elle aimablement.

— Jouez-vous d'un instrument ?

La question l'étonna.

— Ma foi, oui. De plusieurs, en réalité. Mais c'est le luth qui a ma préférence.

Elizabeth avait pris l'habitude de la faire jouer pour divertir ses invités. Et puis, à l'époque de sa captivité dans la tour d'Alderley, c'était le luth qui lui avait tenu compagnie.

— Nous serions bien assortis, dans ce cas, déclara-t-il. Pour ma part, j'aime beaucoup danser.

Soudain, à la table voisine, Philip entonna un chant, dont la boisson rendait la justesse un peu approximative.

Sir Robert l'observa à la dérobée, amusé.

— Je chante, aussi. Peut-être un peu mieux que votre garde…

Anne s'esclaffa. Elle sentait les yeux de Philip posés sur elle. Depuis longtemps maintenant, il la regardait séduire un homme après l'autre. Que penserait-il s'il apprenait que, cette fois, elle ne trouvait pas l'expérience aussi pénible que les fois précédentes ? Que le vassal de Lord Hungerford s'intéressait à elle plus qu'à l'ampleur de ses richesses ? Sir Robert était-il de ceux qui attachaient moins d'importance aux origines sociales d'une future épouse qu'à son humour et à ses talents ?

Les chevaliers, ivres, ne tardèrent pas à devenir trop bruyants. Bientôt, l'aubergiste vint prier Anne et Sir Ludlow de les envoyer se coucher.

Anne se leva.

— Je devrais en faire autant, moi aussi. Demain, Sir Walter va vouloir partir tôt.

Sir Robert évalua du regard le doyen des chevaliers. Un bras passé autour des épaules de Philip, il titubait en direction de l'escalier.

— Je doute que votre capitaine fasse du zèle demain matin.

Elle soupira.

— C'est mal le connaître.

— Allez-vous à Londres ?

Il l'invitait implicitement à poursuivre le voyage en sa compagnie.

— Non, messire, nous avons une autre visite à faire.

Le visage du chevalier se défit un instant, avant de prendre une expression de joyeuse résignation.

— Ah ! Un adversaire de plus dans la bataille, alors.

— Vous comparez ma quête à un combat ? s'amusa-t-elle.

— Vous ne voyez peut-être pas les choses de cette façon, mais c'est ainsi que nous les percevons, nous qui sommes en lice. À ceci près que la victoire, cette fois, revêt une importance toute particulière.

Elle se surprit à rougir. De tous les nobles qu'elle avait rencontrés sous l'identité de Lady Rosamond, il était le premier à la toucher, elle, par sa sincérité.

Alors qu'elle se préparait pour la nuit, elle entendit des petits coups frappés à ses volets. Elle enfila son déshabillé, songeant qu'il devait s'agir d'un oiseau, ou du vent. Mais le bruit se répéta, rythmé, si bien qu'elle finit par s'approcher de la fenêtre pour écouter.

— Je sais que vous êtes là, fit une voix étouffée.

— Philip ? Qu'est-ce que vous faites là-dehors ? chuchota-t-elle.

— J'essaie d'éviter une chute mortelle. Puis-je entrer ?

Agacée, elle ouvrit les volets, puis recula pour le laisser passer. Il se laissa tomber au sol, puis se releva et promena son regard dans la petite chambre. L'espace réduit le faisait paraître encore plus grand.

Des souvenirs d'étreintes fiévreuses remontèrent à sa mémoire. Cette manie qu'il avait de s'introduire chez elle l'irritait au plus haut point, mais, même ainsi, il l'attirait encore.

— Pour un homme ivre mort, vous m'avez l'air plutôt alerte, constata-t-elle à voix basse pour détourner le cours de ses pensées.

— J'ai quelque talent de comédien, moi aussi.

Elle haussa un sourcil.

— Vous cherchiez à découvrir si les chevaliers de Sir Ludlow avaient quelque chose à cacher, j'imagine.

— Ils sont inoffensifs, je crois. Mais je vois que ma subtilité a ses limites, ajouta-t-il avec un sourire.

— N'ayez crainte, votre réputation de maître espion est sauve. Je commence à bien vous connaître, voilà tout.

Le sourire de Philip s'effaça.

— Je peux en dire autant à votre sujet, madame la comtesse. Vous-même avez cherché à faire parler Sir Robert.

— Vous divaguez, Philip.

Elle se détourna et chercha du regard un endroit où

s'asseoir. La chambre ne comportait qu'une escabelle… et le lit. Hors de question. Elle opta donc pour l'escabelle.

— Maintenant, vous feriez mieux de vous en aller. Vous avez peut-être reçu « l'autorisation » de me séduire, mais rien ne m'oblige à entrer dans votre petit jeu.

Il lui adressa un regard un peu trop appuyé à son goût, puis répondit d'une voix douce :

— Je ne suis pas là pour la bagatelle, mais pour vous parler de la Ligue. Votre aspiration à servir l'Épée est louable, mais je m'inquiète pour vous. Il me semble que plus vous incarnez l'audacieuse Lady Rosamond, plus vous vous persuadez que la décision vous appartient. Or, c'est la Ligue qui choisit ses membres, et non l'inverse.

Elle ferma les paupières et se passa les mains sur le visage. Elle avait envie de tout nier. Mais à quoi bon ? C'était Philip qui se tenait devant elle. Il ne se laisserait pas berner.

— Est-ce si mal de vouloir maîtriser son propre destin ? murmura-t-elle.

Il vint s'agenouiller devant elle, visiblement préoccupé.

— Seulement si ce que vous convoitez peut vous être refusé.

— Vous avez raison, je le sais, reconnut-elle d'un ton las. Toute cette histoire me monte à la tête. Je perds le sens des réalités. Je ne sais même plus à quand remonte la dernière fois que j'ai aidé Margaret. Je la regarde me servir comme si c'était un dû.

Il posa la main sur son genou.

— Vous ne faites que jouer le rôle qui vous a été assigné. Margaret en a parfaitement conscience.

— Je désire plus que tout devenir membre de la

Ligue, Philip, chuchota-t-elle. Je ferais l'impossible pour concrétiser mon rêve.

— J'aimerais trouver les mots pour vous faciliter les choses. Je redoute que vous soyez déçue, c'est tout.

— La déception est un risque permanent. C'est pourquoi il faut saisir la vie à bras-le-corps et s'emparer de ce qu'on veut – ou de tout ce qu'on peut attraper.

Ils se dévisagèrent, soudain plus sérieux. Le désir montait entre eux. Comme toujours. Que faire ? Aller dans le sens de ce que lui accordait la Ligue, et prendre Philip pour amant ?

Avec une inspiration saccadée, elle détourna les yeux.

— Sir Robert m'a paru sincère dans les attentions qu'il portait à Lady Rosamond. De votre côté, avez-vous décelé un comportement suspect chez ses chevaliers ?

Il se releva.

— Non, aucun ne m'a semblé avoir des intentions cachées.

— Pas de traître parmi eux, donc.

Il fit un geste d'incertitude.

— Je n'en ai pas l'impression, mais…

— Mais vous ne prendrez aucun risque.

— C'est ça, confirma-t-il en souriant.

— J'ai été plutôt amusée par le comportement de Sir Walter, ce soir.

— Pas moi. J'ai presque dû le porter jusqu'à l'étage. Il n'y est pas allé de main morte, si vous voulez mon avis.

Elle acquiesça d'un signe de tête. Ils se turent un moment. Le silence se prolongea, au point de devenir pesant.

— Je vais vous laisser, dit-il.

Elle n'avait aucune envie de le voir partir. D'un autre

côté, sa vie était déjà bien assez compliquée, et un acte irréfléchi n'arrangerait rien.

— Bonne nuit, Philip. Ne tombez pas.

Il se hissa sur l'appui de la fenêtre.

— N'oubliez pas de barrer vos volets après mon départ.

— Soyez tranquille.

Lorsqu'il fut parti, elle s'adossa au mur, toute assurance envolée. Les paroles de Philip l'avaient ébranlée. Mais elles avaient aussi éveillé sa curiosité : comment faisait-il pour comprendre si bien ce qu'elle éprouvait ? Était-ce parce que lui-même cherchait sa propre place dans le monde ?

Quelqu'un frappa discrètement à la porte. Encore ? Elle se retint de grogner tout haut.

Se souvenant des conseils de prudence qu'elle avait reçus, elle demanda :

— Qui est là ?

— C'est moi, Margaret.

Anne ouvrit. Derrière la servante, elle aperçut Sir David qui montait la garde dans le couloir. Elle fit entrer la jeune femme et remercia l'homme de l'Épée pour sa vigilance, puis referma le battant.

— Je voulais savoir si vous aviez envie d'un bain, milady.

Anne prit place au bord du lit et tapota l'espace à côté d'elle.

— Viens t'asseoir, veux-tu ?

Perplexe, Margaret obtempéra. Anne lui prit la main.

— Toi et moi sommes dans une situation bien curieuse, qui nous a été imposée, je le sais. Mais je te dois des excuses, je crois.

La servante écarquilla les yeux.

— Ah ça ! Pourquoi donc, milady ? Vous vous êtes toujours montrée gentille avec moi.

— Merci, mais je m'en veux : je me suis habituée à te traiter comme une servante.

Margaret la dévisagea sans comprendre.

— Mais… C'est ce que je suis.

— Oui, Margaret. Et moi aussi, expliqua Anne avec douceur. Or, il y a une éternité que je ne t'ai pas proposé mon aide.

— Voyons, milady, nous jouons chacune notre rôle, chuchota la jeune femme. C'est vrai, j'étais en colère, au début. J'estimais que ma place n'était pas ici, mais aux côtés de ma maîtresse. Depuis, j'ai compris que je me trompais. C'est en étant ici que nous l'aidons le mieux, vous et moi.

— Allons, assez d'excuses pour ce soir, déclara Anne en riant. Dis-moi plutôt : vas-tu revoir bientôt l'homme que tu as retrouvé à Doncaster ?

Margaret acquiesça timidement.

— Il appartient à la maison du prochain lord sur votre liste.

— Vraiment ? Dans ce cas, il va falloir me le présenter !

— Et vous, milady, avez-vous quelqu'un dans votre vie ?

Anne fut sur le point de répondre, mais elle se ravisa. Philip ne pouvait guère être considéré comme faisant partie de sa vie.

— J'ai entendu des voix ici, tout à l'heure, souligna Margaret d'un air entendu. Ce Sir Philip n'arrête pas de vous tourner autour.

Anne agita la main.

— Il est chevalier, et moi… servante, acheva-t-elle en baissant le ton. Il peut espérer s'élever encore à la Cour.

— N'empêche. Il vous veut, milady. Comme un homme veut une femme, j'entends.

Anne s'empourpra violemment.

— Et à vous, il vous plaît ? poursuivit Margaret.

Anne ne put que répondre par l'affirmative.

— Alors, vous devriez saisir votre chance et la prendre.

Comment protester ? Elle ne rêvait que de cela.

— Milady, ce n'est peut-être qu'une question de temps avant qu'un autre homme s'impose à vous. Là, vous n'aurez plus votre mot à dire. La différence sera de taille, croyez-moi.

— Tu sembles parler en connaissance de cause, Margaret…

Une ombre passa sur le visage de la jeune femme, qui hocha le menton. Mais elle recouvra bien vite son entrain.

— C'est du passé. Bientôt, mon homme me conduira à l'autel et m'épousera devant Dieu.

— Pourquoi ta maîtresse ne t'a-t-elle pas protégée ?

— Je n'ai rien pu lui dire, avoua Margaret en se tordant les mains. C'était son frère qui me convoitait. Elle n'aurait pas supporté d'apprendre qu'il… s'était servi de moi.

Anne soupira.

— C'est terrible, Margaret.

Mais la servante coupa court :

— Voulez-vous que je vous amène Sir Philip, milady ?

Elle paraissait tout excitée, comme si toutes deux partageaient une grande aventure. Anne éclata de rire.

— Non, mais tu pourrais me faire préparer un bain,

comme tu me l'as proposé. Va dire à Sir Philip de venir me rejoindre à la fin de son tour de garde.

— Mais… le chevalier qui va prendre sa relève le verra entrer. Ça ne vous ennuie pas ?

— N'aie crainte. Il saura se montrer discret. Il l'a déjà fait.

Margaret tourna un regard songeur vers la fenêtre, ce qui fit rire Anne.

Plus tard dans la soirée, après s'être plongée avec délices dans le bain que lui avait fait préparer la servante, Anne entreprit de revêtir son déshabillé. Au moment où elle achevait de l'enfiler, on frappa une fois de plus à sa porte. Ce ne pouvait pas déjà être Philip. Pourtant, lorsqu'elle demanda qui était là, ce fut bien lui qui répondit. Intriguée, elle alla ouvrir. Derrière lui, Sir David n'avait pas bougé. Elle resserra le col de son déshabillé, mal à l'aise.

— Qu'y a-t-il ?

— Venez avec moi dans la chambre d'à côté.

— Mais…

Sans lui laisser le temps de protester, Philip la prit par la main et l'entraîna dans le couloir. Elle jeta un coup d'œil éperdu à Sir David, qui leur emboîta le pas sans manifester la moindre émotion. Philip ouvrit la porte voisine et la fit entrer. La chambre, minuscule, était déjà comble : elle y trouva Sir Walter, Sir Joseph… et Sir Robert.

Tous les regards se tournèrent vers elle. D'un geste qu'elle espérait digne, elle croisa les bras sur sa poitrine. Elle ne portait rien sous son déshabillé.

— Que signifie, Philip ? protesta le capitaine.

— Elle a le droit d'assister à cette conversation. Tout ceci la concerne de près.

Les yeux d'Anne passèrent de l'un à l'autre avant de s'arrêter sur Sir Ludlow. Il l'observait, un vague sourire aux lèvres. Un doute s'insinua en elle. Il ne pouvait pas être… ? D'un regard, elle demanda confirmation à Sir Walter, n'osant rien révéler tout haut.

— Comme vous l'aurez deviné, répondit le capitaine d'une voix grave, Sir Robert est un homme de l'Épée.

La surprise lui coupa les jambes. Elle dut s'asseoir sur l'un des lits.

— Dans ce cas, je vous en prie, ne vous interrompez pas pour moi.

Cette fois, ce fut Sir Robert qui interrogea Sir Walter du regard.

— Vous pouvez parler en sa présence, lui assura le capitaine. Elle sait tout.

Flattée, Anne réprima à grand-peine son excitation. Allons, inutile de s'emballer. Après tout, si elle se trouvait là, ce n'était pas sur l'initiative de Sir Walter. Il ne fallait pas oublier qu'elle n'était pas membre de la Ligue… *Pas encore.*

Sans la quitter des yeux ni se départir de son sourire charmeur, Sir Robert expliqua sur le ton de la conversation :

— Comme je le disais, Sir Walter, nous avons reçu votre missive. Vous n'êtes pas le premier à nous signaler des événements inhabituels, même si aucune autre dame de la noblesse n'a été agressée jusqu'ici.

— Vous oubliez Lady Staplehill, intervint sèchement Philip. D'ailleurs, dans son cas, on peut difficilement parler d'une simple agression.

Le sourire de Sir Robert s'évanouit, et il se rembrunit.

— Vous avez raison, Sir Philip. Je voulais dire, récemment. Nous n'avons pas encore pu établir s'il existait un lien entre notre affaire et l'assassinat de cette malheureuse.

— De quels événements parliez-vous ? l'interrogea Anne.

— Deux nobles dames ont vu leur demeure visitée de nuit par un mystérieux intrus, sans que rien n'ait été volé. Une autre dame a affirmé qu'elle se sentait surveillée, tout comme vous. Lors d'un de leurs déplacements, son mari a fini par tuer quelqu'un qui les suivait.

— Est-il arrivé quelque chose à la dame en question ? s'enquit Sir Walter.

Sir Robert répondit par la négative.

— Reste que toutes ces femmes ont en commun de s'être trouvées au tournoi de Durham. Hormis ces faits, il y a peu à dire. La Ligue estime que vous pouvez poursuivre votre mission.

Anne inspira longuement. Elle se surprit à observer Philip. Il paraissait las et résigné, mais n'émit aucun commentaire. Lui faisait-il enfin confiance pour prendre la bonne décision ? Elle n'osait plus le regarder, tant elle lui était reconnaissante. C'était grâce à lui si elle avait pu suivre cette conversation au même titre que les membres de la Ligue. Elle brûlait de le remercier sur-le-champ, et dut se retenir pour ne pas l'entraîner dans sa chambre séance tenante.

Sir Robert se dirigeait vers la porte, à présent.

— Merci pour ces informations, lui dit Sir Walter.

— Et bonne chance dans vos recherches de l'épouse

idéale, ajouta Anne en lui souriant. Pour autant que cette partie de l'histoire soit vraie.

Le jeune homme laissa courir un regard appréciateur sur son corps légèrement vêtu.

— Elle l'est, confirma-t-il.

Puis il tourna les yeux vers Philip et, touchant son chapeau, il prit congé.

Anne serra les dents. Le lien qui l'unissait à Philip était-il donc si visible ?

Elle s'aperçut que Sir Walter la regardait avec insistance. Elle se leva.

— Merci de m'avoir permis de rester, lui dit-elle.

Le capitaine se contenta d'incliner la tête, conscient que les remerciements d'Anne auraient dû aller à un autre que lui. Elle n'osa pas regarder Philip et laissa Sir David la reconduire jusqu'à sa chambre.

Depuis qu'il avait pris la relève de David, Philip faisait les cent pas dans le couloir pour lutter contre le sommeil. De temps en temps, un ronflement sonore lui parvenait depuis l'une ou l'autre des chambres. Dans celle d'Anne, le silence régnait.

Une porte s'ouvrit à son passage. Il se retourna vivement. Margaret se tenait dans l'embrasure, une main serrée sur le col de sa robe de chambre. Elle retint un bâillement.

Après avoir jeté un coup d'œil de chaque côté du couloir, elle murmura :

— Sir Philip, j'ai un message pour vous de la part de milady. Elle vous demande d'aller la rejoindre à la fin de votre tour de garde.

— Savez-vous de quoi elle veut me parler ?

Margaret fit un geste d'ignorance.

— Ça ne me regarde pas. Bonne nuit, messire.

Soit. Voilà qui le tiendrait éveillé, au moins… Son corps ne le laissa plus en paix jusqu'à la fin de sa surveillance.

Quand Joseph l'eut relevé, Philip retourna dans sa chambre, prenant soin de ne pas refermer complètement la porte. Au fond de la pièce, la respiration de Walter s'élevait, lente et régulière. L'oreille collée au battant de bois, il écouta le bruit des pas de Joseph, qui arpentait le couloir comme lui-même l'avait fait. Lorsqu'il l'entendit faire demi-tour et s'éloigner, Philip ressortit sur la pointe des pieds, referma la porte en silence et fila se réfugier à l'angle du couloir. Joseph n'avait rien vu. Le plus difficile était fait.

Une fois descendu du toit, il put constater qu'Anne n'avait pas fermé ses volets. Il les ouvrit et se laissa glisser au sol. À l'intérieur, une unique chandelle brûlait dans son bougeoir, posé sur la petite table à deux pas du lit.

Dans la pénombre, il distingua la silhouette d'Anne sous les couvertures. La courbe de sa hanche. Elle était allongée sur le côté, tournée vers le mur. Elle disparaissait presque entièrement sous la courtepointe, comme si elle avait froid. Que portait-elle pour la nuit ? À peine cette question lui effleura-t-elle l'esprit qu'il se réprimanda en silence. Elle dormait, bon sang ! Ce qu'elle avait à lui dire pouvait bien attendre jusqu'au matin.

Résolu à ne pas la réveiller, il regagnait la fenêtre à pas de loup quand il l'entendit murmurer :

— Philip ?

Il se figea. Elle avait parlé d'une voix chaude, ensommeillée, avec cette note rauque qui ne manquait jamais de lui faire dresser les cheveux sur la nuque.

Entre autres choses.

Au fond de lui, une voix lui intima de ne pas répondre à son appel. De remonter le long de la corde. Suspendu dans le vide, deux étages au-dessus du sol, il serait toujours plus en sécurité que dans cette chambre.

Il ne put s'empêcher de jeter un coup d'œil en arrière. Elle ne s'était pas retournée, mais elle avait passé une main dans son dos et relevé un peu la couverture. Comme pour l'inviter à venir la rejoindre.

— Anne…

Le son rocailleux de sa propre voix le déstabilisa. Il s'en voulut de se trahir ainsi. Il en avait perdu ce qu'il s'apprêtait à dire. Mais il ne pouvait plus faire un pas. Oh ! si seulement il avait pu se glisser derrière elle, se lover tout contre ses courbes. Faire remonter d'une main sa chemise de nuit.

Elle continuait à relever la courtepointe. Sous ses yeux stupéfaits, elle fit glisser lentement l'ourlet par-dessus son corps.

Elle était entièrement nue.

Dans la lumière ténue, il contempla son dos pâle, sa longue chevelure sombre éparpillée sur l'oreiller, où sa tête reposait sur son bras replié. Il laissa ses yeux s'égarer plus bas, faire le tour de sa hanche, s'attarder sur le sillon si désirable de ses fesses. Ses jambes semblaient interminables. Elle avait des chevilles fines, des pieds menus.

Elle s'étira lentement, d'un mouvement lent et félin. Il ne put retenir un gémissement étouffé. Elle leva l'autre bras au-dessus de sa tête et arqua le dos. L'arrondi d'un sein se dessina peu à peu, comme une mise en bouche. Ou un défi.

Avec une lenteur insoutenable, elle se mit sur le dos.

Il en eut le souffle coupé. Chaque nuit, il avait rêvé de sa perfection. De ses seins généreux aux pointes d'un rose sombre. De son ventre souple, légèrement creusé. De ce tourbillon de boucles brunes à la naissance de ses cuisses.

Il la dévorait du regard, et son désir, presque douloureux, ne pouvait passer inaperçu. Pourtant, elle lui souriait, les yeux plissés, comme si elle savait parfaitement qu'elle le tenait en son pouvoir – et qu'il serait incapable de lui résister.

Mais elle était encore intacte. Avait-elle vraiment conscience de ce qu'elle s'apprêtait à faire ?

Il s'avança vers elle.

— Où vous mènera votre audace cette nuit ? souffla-t-il.

Elle lui tendit les bras sans répondre.

— Jusqu'où êtes-vous prête à aller ? demanda-t-il encore.

Il capta un éclair d'incertitude sur ses traits, vite dissimulé. Pour elle, cacher ses émotions était presque devenu une seconde nature. Il hésita. S'il la menait trop loin, au-delà de ce qu'elle se savait capable d'assumer, n'allait-elle pas regretter d'avoir vécu dans l'instant ?

— Je veux vous voir tout entière, chuchota-t-il pourtant. Je veux tout contempler de vous.

Elle ne fit pas un mouvement. Il était au supplice. D'un côté, il espérait que ses tourments prendraient fin au plus vite. De l'autre, il brûlait de la faire sienne cette nuit.

Alors, il la vit bouger une jambe. Il en oublia de respirer. Elle replia lentement le genou et, soulignant son geste d'une main, commença à l'écarter.

Le défi était on ne peut plus clair.

Chapitre 17

Anne suspendit son mouvement, le souffle court. Elle venait de se mettre à nu, au propre comme au figuré, devant un homme à qui elle n'était pas certaine de pouvoir faire confiance. Tous deux avaient déjà vécu ces instants ensemble par le passé. À l'époque, parce qu'il s'était montré honnête, elle l'avait repoussé. Désormais, son avenir ne la préoccupait plus. Il se tenait devant elle, imposant, sombre, puissant. Sur son visage, dont la lueur vacillante accusait les méplats, elle ne lisait pas la moindre trace de rejet ou d'hésitation. Il serrait les poings et la contemplait avec l'avidité d'un affamé devant un festin.

Elle avait accédé à sa requête sans même y réfléchir. Tout, pourvu qu'il reste auprès d'elle, qu'il lui donne une part de lui-même.

Elle releva encore la jambe, s'exposant un peu plus à lui. Elle crut qu'il allait s'étrangler.

— Assez, haleta-t-il.

Comme pris d'une impulsion, il s'empara de son pied et le massa sous ses paumes chaudes, durcies par le maniement de l'épée. Il prolongea ses caresses vers la cheville, puis le mollet, avant de remonter jusqu'à son genou, dont il souligna le contour d'un effleurement léger. Son geste la chatouilla, et elle dut prendre sur elle pour ne pas bouger. Délicatement, il lui fit reposer la jambe sur le lit. Puis, de ses doigts repliés, il en caressa l'intérieur jusqu'à la cuisse, qu'il l'invita à ouvrir d'une infime pression. Elle inspira longuement tandis qu'il admirait ce qu'elle offrait à son regard.

Mais il ne la toucha pas. Décontenancée, elle le vit s'agenouiller à côté du lit, tout près. Il se pencha sur elle. Que comptait-il faire ? Alors, il souffla doucement sur ses seins. Ses mamelons réagirent aussitôt. Elle soupira, haletante.

— Fermez les yeux, dit-il.

Elle faillit protester. Privée de la vue, alors que lui-même pouvait la voir, elle se sentirait trop vulnérable. Cela dit, ne l'était-elle pas déjà, nue alors qu'il était vêtu, ouverte à tout ce qu'il lui plairait de lui faire ?

Il plissa les yeux, comme s'il doutait qu'elle obtempère. Quand elle s'exécuta, elle crut l'entendre soupirer.

Mais elle n'était déjà plus en mesure de réfléchir. Allongée là, tremblante, elle attendait, tous les sens en éveil. Quelles caresses allait-il inventer ? Où allait-il la toucher ?

Elle sentit son souffle chaud juste avant qu'il l'embrasse sur les lèvres. Elle accueillit son baiser, le laissa avancer sa langue. Puis elle lui opposa la sienne, avide de le goûter à son tour. Hormis de ses lèvres, il ne la touchait toujours pas. Elle eut envie de le sentir contre elle. Elle remonta les mains le long de ses bras. Aussitôt, il se recula.

— Pas de caresses. Gardez les yeux fermés.

Il la laissait sur sa faim…

De longues secondes passèrent sans qu'elle perçoive d'autre son que le souffle saccadé de Philip. Elle en fut aussi flattée que si elle avait pu lire le désir dans ses yeux.

Soudain, elle le sentit plonger la langue dans son nombril. Elle tressaillit. Il rit doucement contre son ventre, lui effleurant la peau de la pointe de sa barbe naissante. Une autre caresse, au pli de la cuisse, la fit frémir.

Quelques secondes passèrent encore. La tension devenait insoutenable.

Alors, la langue chaude et humide passa sur son mamelon. Elle se cambra et se mordit les lèvres pour ne pas crier. Elle n'avait jamais imaginé pareille sensation. Le plaisir prenait des formes tellement inattendues…

Quand il souffla doucement sur le sein qu'il venait de lécher, elle laissa échapper un gémissement.

— Vous êtes… divine, murmura-t-il.

Elle sentit la chaleur de son souffle envelopper son autre sein. Puis il en happa goulûment la pointe, et sous ses lèvres et sa langue elle se tordit de plaisir. Du bout des doigts, il trouva l'autre mamelon. Dieu, quelle volupté ! Elle eut envie d'attirer la tête de Philip contre elle, mais se contenta de crisper les doigts sur les draps.

Brusquement, il la relâcha, laissant son corps affamé, insatisfait.

— Oh ! Philip, je vous en prie !

Mais il la fit attendre, encore, jusqu'à ce qu'elle en ait les nerfs à fleur de peau.

Et puis, soudain, il effleura les boucles au bas de son ventre. Oui ! C'était là qu'elle voulait qu'il la touche, là que sa chair le réclamait, là que toutes ses sensations semblaient s'être rassemblées.

Il passa un doigt dans sa toison, et elle s'ouvrit à lui. Une onde de plaisir la parcourut. Elle se rendit compte que son corps se préparait à l'accueillir, et elle en eut presque honte. Mais à cet instant, il émit un son rauque, comme si sa réaction le contentait. Il accentua la pression de son doigt, jusqu'aux replis les plus intimes, comme s'il voulait la prendre ainsi. Alors, d'un long mouvement caressant, il plongea le doigt en elle. Un frisson incontrôlable la secoua. Mais ce n'était pas assez. Elle ne voulait pas qu'il s'arrête là, même si elle ne savait pas ce qu'elle attendait de lui ni comment le lui demander.

Il retira son doigt et remonta jusqu'à son petit bouton de chair, qu'il effleura doucement en cercle. Elle se figea, tout entière abandonnée à cette sensation nouvelle, exquise. Il se mit à la titiller, à l'agacer, alternant les touches légères et les caresses appuyées. Son corps s'embrasa lorsqu'elle sentit les lèvres expertes reprendre possession de ses seins. Incapable de rester immobile plus longtemps, elle ondula pour accompagner les vagues de félicité qui la parcouraient.

Au moment où elle croyait ne plus pouvoir en supporter davantage, alors que chaque caresse la comblait d'une volupté douloureuse, ce fut comme si son corps implosait, comme s'il volait en un million d'éclats de plaisir, la baignant dans l'extase. Elle vibra de tout son être, frémissant sous les caresses qu'il continuait à lui prodiguer, de plus en plus lentement.

Enfin, elle retomba sur le lit, épuisée. Lorsqu'elle rouvrit les yeux, il la regardait, le menton posé juste en dessous de ses seins. Il gardait une main possessive sur la zone de son corps devenue si sensible.

Elle battit des paupières et lui rendit son regard, un sourire mystérieux gagnant lentement ses lèvres. Malgré l'intensité de son expression, il lui sourit à son tour.

— Vous avez joué de mon corps comme d'un luth, murmura-t-elle.

— Hum.

Sa voix grave sembla rouler sur sa peau. Elle frissonna.

— Déshabillez-vous, dit-elle.

Il se redressa, et son sourire s'évanouit.

— Non.

Elle en resta sans voix. Comment, il n'attendait pas d'elle qu'elle lui donne du plaisir à son tour ? La croyait-il trop ingénue ? Ou, pis, incapable de le satisfaire ?

Sans lui laisser le temps de s'expliquer, elle gronda d'une voix dure :

— Ne venez pas me dire que ce n'est pas ce que je veux !

— Vous en avez envie maintenant, mais n'allez-vous pas le regretter demain ?

— Je vous désire depuis le premier jour !

Il prit son temps pour se relever.

Puis il se pencha vers elle et passa les mains sur ses seins, soupesant leur plénitude. Elle se prêta à ses caresses avec un soupir. Oui… Elle le voulait, c'était son choix. Elle allait le lui faire comprendre. Elle se leva lentement. Il recula pour mieux admirer sa nudité.

Quoi qu'il en dise, il ne semblait pas avoir envie de s'en tenir là. Ce constat lui redonna de l'assurance. Elle posa les mains sur son torse et les fit courir vers le bas, cherchant son ceinturon. Lorsqu'elle défit la boucle, elle entendit sa respiration s'accélérer.

— Vous n'y songez pas…, protesta-t-il d'une voix rauque.

— Je ne songe qu'à ça.

Elle laissa tomber la lanière de cuir sur le sol, puis empoigna sa tunique et la dégagea de ses chausses.

Il la prit par les épaules comme pour la repousser, mais le contact de sa peau nue dut le troubler. Du bout des pouces, il suivit la ligne de ses clavicules. À ce frôlement chaud, à la fois doux et rugueux, elle tressaillit. Elle mourait d'envie de se serrer contre lui, mais elle refréna son ardeur.

— Anne, souffla-t-il.

Puis il répéta son prénom, d'une voix plus dure dont les accents fiévreux l'électrisèrent. Elle avait vu juste : il ne saurait pas lui résister.

Inutile d'espérer lui enlever ses vêtements elle-même. Il était trop grand pour elle. Mais elle pouvait le toucher, et elle ne s'en priva pas. Elle passa les mains sous sa chemise. Il avait la peau brûlante, à la fois souple et ferme. Elle fit courir ses doigts le long de sa ceinture, depuis les hanches jusqu'au nombril.

Il haletait. Elle plongea la main dans ses chausses. Il cessa de respirer un instant, puis inspira vivement quand elle fit glisser sa paume le long de son membre durci. Comme elle avait envie de le voir nu ! Mais pour l'instant son sens du toucher devrait suffire…

Dans un sursaut, il tenta de s'éloigner d'elle, mais il buta contre le lit et y tomba assis. Grisée par cette aubaine, elle le rejoignit et se plaça à califourchon sur ses genoux. Puis elle passa les bras autour de son cou et attira sa tête contre elle.

— Prenez-moi, Philip, murmura-t-elle.

Elle caressa ses cheveux soyeux, puis suivit du bout des doigts la ligne de son cou, jusqu'aux épaules. Elle s'y agrippa et renversa lentement la tête pour lui offrir sa gorge. Au bout d'un temps qui lui sembla durer une éternité, les lèvres qui lui avaient donné tant de plaisir furent tout près de l'endroit où elle voulait les sentir à nouveau.

— Faites-moi l'amour, Philip.

Elle s'avança jusqu'à ce que leurs hanches se rejoignent, et leurs deux sexes s'effleurèrent à travers le tissu. Dieu, quelle ivresse ! Et quel vertige de le serrer entre ses cuisses ! Mais il ne la touchait toujours pas, ne faisait aucun effort pour la guider. Éperdue, elle fit un lent mouvement du bassin, qui la fit gémir de plaisir.

Enfin, elle sentit ses deux mains puissantes lui empoigner les fesses et les immobiliser fermement contre lui. Elle voulut reprendre son mouvement, mais il l'en empêcha. Il gardait le silence, même s'il tremblait autant qu'elle. Alors, résignée, elle lui lâcha les épaules et se laissa aller en arrière, s'allongeant sur ses genoux. Ils semblaient être dans une impasse.

Et puis soudain, avec un grognement, il fit glisser ses paumes le long de son ventre jusqu'à ses seins, dont il s'empara à pleines mains. Elle haleta et se remit aussitôt à onduler des hanches. Cette fois, il ne l'arrêta pas. Il la caressait, la titillait, agaçant ses mamelons tout en venant à sa rencontre entre ses cuisses.

Quand il se pencha sur elle, elle passa les mains dans son dos, saisit l'ourlet de sa tunique et se mit en devoir de la lui ôter. À cet instant, il prit une aréole dans sa bouche et, du bout de la langue, dessina des cercles tout autour. Elle faillit en oublier ce qu'elle avait commencé à faire, mais se remit à tirer sur son vêtement.

Étouffant un juron, il se redressa pour le faire passer par-dessus sa tête. Il revint aussitôt à sa tâche, mais cette fois ce fut entre ses dents que, délicatement, il saisit la pointe de son sein. Entêtée, elle s'attaqua à sa chemise, qui s'interposa entre eux un instant. Quand il la retira d'une secousse, elle entendit une couture craquer. Elle en conçut une satisfaction primitive.

Elle sentit contre elle la chaleur de son ventre nu. Avec délices, elle caressa les muscles saillants de son dos, de ses bras. Il émanait de lui une telle puissance…

À demi-nu, il ne pouvait plus se dérober si aisément. D'une pression sur ses reins, elle l'attira à elle et, avec un petit gémissement, elle le frôla sur toute sa longueur.

Tout à coup, il la souleva et la déposa sur le lit. Puis il laissa tomber ses chausses sur le sol. L'instant d'après, il était au-dessus d'elle, lui ouvrant les cuisses de ses genoux dénudés. Elle tendit les mains vers lui, frémit d'excitation au contact de ses jambes velues. Elle chercha à le caresser plus haut, mais déjà il faisait courir ses lèvres au creux de son cou, à la naissance de ses seins, dans le sillon qui descendait jusqu'à son nombril. Elle tressaillit : il ne s'arrêtait pas. Elle retint son souffle quand, de ses épaules, il l'invita à s'ouvrir tout entière. Il fit frémir ses boucles intimes sous son haleine chaude.

— Philip ? murmura-t-elle, incertaine.

Elle n'eut pas le temps d'en dire davantage : elle dut se mordre les lèvres pour ne pas crier. La langue de Philip jouait avec elle, la lapait, puis plongea en elle. Elle se tordit de plaisir, incapable de résister à l'envie d'accompagner ses mouvements, jusqu'à ce qu'il la plaque sur le lit. Il l'aspira goulûment, puis l'apaisa de coups de langue légers. Il la picorait, la suçotait, sans que jamais ses caresses ne durent assez. Le désir montait, l'inondant de chaleur, et avec lui un mélange de gêne et d'impatience. Quand il glissa ses longs doigts fins en elle, elle sentit une résistance. Lui aussi dut la percevoir, car il se retira, laissant son corps inassouvi. Mais il s'empara de ses hanches et, la soulevant jusqu'à ses lèvres, se remit à opérer la magie qui les rapprochait de plus en plus l'un de l'autre, les unissant par des liens invisibles. De sa langue, il l'explora, la goûta, la caressa, lui procurant une félicité de plus en plus intense. Languide, elle se laissa porter par cette onde de volupté, toujours plus haut…

Brusquement, il s'interrompit et se redressa. Elle voulut protester, frustrée, mais il étouffa son cri d'un baiser. Alors, il s'allongea sur elle, et elle accueillit son poids avec gratitude. D'un mouvement des cuisses, il lui écarta les jambes. Puis il lui releva les genoux, et elle sentit son sexe la caresser.

— Oui…, murmura-t-elle pour l'encourager.

Enfin ! Il allait être à elle.

Il n'eut pas besoin d'autre incitation : il trouva l'entrée de son corps et plongea en elle. La douleur qu'elle éprouva la prit au dépourvu. Elle hoqueta. Il se figea, comme s'il craignait qu'elle le rejette à cet instant décisif.

Mais elle l'attira à lui jusqu'à ce qu'il se penche pour l'embrasser. Elle glissa la langue entre ses lèvres, un peu comme il l'avait fait avec elle.

Alors, il entama un lent mouvement de va-et-vient, et la douleur s'évanouit, balayée par une vague de plaisir.

Chapitre 18

Dès qu'il fut en elle, Philip se sentit à sa juste place. Il y avait si longtemps qu'il rêvait de se trouver là, au plus profond de son intimité, les hanches prises entre ses cuisses veloutées. Tandis qu'elle lui caressait le torse et jouait avec ses mamelons, comme il le lui avait fait un peu plus tôt, il montait et descendait en elle, chaque coup de reins les rapprochant tous deux de l'extase vers laquelle ils tendaient.

Passé et avenir n'existaient plus. Il ne songeait plus qu'au présent, à leur nudité partagée, à la chaleur de cette nuit qui les enveloppait. Insatiable, il ne cessait de se pencher vers elle pour l'embrasser. Anne avait le goût de la passion. Il s'en délectait comme d'une douceur longtemps refusée.

Le plaisir montait en elle. Il le devinait à l'ardeur de ses mouvements de hanches, à l'avidité de ses caresses, à son souffle saccadé. Il tint bon jusqu'à ce qu'il la sente trembler dans ses bras, jusqu'à ce qu'il éprouve sur son sexe le spasme exquis. Alors, étouffant un grognement dans l'oreiller, il s'abandonna à la volupté, emporté par une onde radieuse, avant de retomber sur elle, tremblant et alangui. Il se lova contre elle dans le lit étroit.

De longues minutes, ils gardèrent le silence, laissant leur souffle s'apaiser et leur peau tiédir. Le cœur d'Anne battait toujours follement contre le sien. Il lui caressait le dos, lissait des doigts sa longue chevelure.

Il se redressa sur un coude pour contempler sa beauté sensuelle. La flamme de la bougie jouait sur sa peau d'ivoire, y dessinant des ombres mouvantes. Une mèche, noire comme la nuit autour d'eux, glissa de son épaule et vint s'enrouler sous l'un de ses seins, comme pour raviver son désir. Anne tendit la main vers le bougeoir et le souleva au-dessus d'eux.

— Vous êtes très beau, souffla-t-elle, les yeux brillants d'admiration.

Il resta immobile, ravi de l'examen auquel elle le soumettait.

— Je ne veux pas oublier un seul détail, ajouta-t-elle.

— Rien ne m'oblige à partir tout de suite. Après tout, je ne fais que mon devoir de garde du corps.

Il tenta de saisir sa main libre, mais elle ne le laissa pas faire et leva plus haut la bougie.

— C'est plutôt moi qui joue les vigies, ce soir.

Elle continua à le détailler du regard, et fronça bientôt les sourcils.

— Est-ce là que vous vous êtes brûlé à la pointe d'une épée quand vous étiez enfant ?

Il plia la jambe pour inspecter son mollet.

— Eh oui. Un rappel permanent de ma maladresse.

— Vous, maladroit ? Ce n'est pas ainsi que je vous ai vu ce soir, murmura-t-elle en reposant le bougeoir.

— Comme vous l'indique votre longue expérience en la matière, s'amusa-t-il.

Son trait d'humour la fit rire doucement.

— C'est loin d'être le cas, comme vous avez pu le constater.

— Je n'ai remarqué que votre désir et votre passion.

Il l'enlaça et la fit basculer au-dessus de lui. Elle soupira tandis que leurs corps s'entremêlaient. La rondeur de ses seins sur son torse le fit frémir de désir renouvelé.

Son regain d'ardeur se fit aussitôt sentir, et elle haleta doucement.

— Avons-nous encore le temps ?

— Si nous faisons vite…

Il lui ouvrit les cuisses et s'enfonça en elle, retrouvant avec délices ce havre de chaleur où il ne songeait plus qu'à se perdre.

— Comme ceci ? chuchota-t-elle, le souffle court.

— Oui, milady, comme ceci…

Il lui apprit à le chevaucher, lui livra sans hésiter les clés de son plaisir, puis se laissa porter par la pure félicité de la regarder onduler au-dessus de lui.

Lorsqu'ils furent tous deux rassasiés, elle reposa un moment à côté de lui, puis se releva sur un coude.

— Merci pour ces merveilleux enseignements, dit-elle avec sérieux.

Philip mit un moment à saisir ce qu'elle venait de dire. Des enseignements ? Comment pouvait-elle réduire ce qu'ils venaient de vivre ensemble à une idée si simpliste – si dénuée d'émotion ?

— Je voulais que vous soyez le premier, poursuivit-elle, ajoutant encore à son trouble. Maintenant, je comprends pourquoi Lady Rosamond souhaite se remarier. Au nom de quoi devrait-elle renoncer à tout cela ?

Son premier… *amant* ? Évidemment, il avait toujours

su qu'il en était ainsi. Pourtant, la seule pensée qu'un autre homme la prenne le révoltait.

Mais elle ne lui appartenait pas.

Écuyer de Lord Kelshall, homme de confiance de John, puis chevalier d'appoint pour la Ligue… Et maintenant, amant d'Anne.

Amant plus que temporaire.

N'était-ce pas ce qu'il souhaitait ? Ne préférait-il pas rester seul, libre de façonner son propre avenir ?

Et voilà qu'il s'était laissé séduire par une vierge en mal de sensualité. Allons, en toute franchise, il ne pouvait pas dire qu'il le regrettait. Et puis, ne devait-il pas se sentir soulagé qu'elle n'en attende pas davantage de lui ? En outre, il avait de quoi se réjouir : sa douloureuse abstinence de ces deux dernières semaines était enfin terminée.

Mais alors, pourquoi se désolait-il qu'elle accorde plus d'importance à l'Épée qu'à lui ?

Il se mit à genoux et, passant au-dessus d'elle, descendit du lit. Toujours allongée sur le dos, un bras replié sous la tête, elle le regardait avec un air de chatte repue.

Et il eut envie d'elle, encore.

La brusque manifestation de son désir la surprit, mais il lui tourna le dos pour chercher ses vêtements. Une fois rhabillé, il risqua un dernier coup d'œil vers le lit. Elle n'avait pas bougé. Nue, les yeux mi-clos, un sourire rêveur aux lèvres. Belle à se damner.

— Merci, répéta-t-elle dans un souffle.

Il la rejoignit et se pencha sur elle pour lui déposer un baiser sur le front.

— Bonne nuit, ma douce.

Elle se redressa sur ses coudes tandis qu'il se hissait

sur l'appui de la fenêtre. Saisissant la corde, il disparut dans la nuit sans un regard en arrière.

Le lendemain matin, dans la salle commune où ils prenaient leur petit déjeuner, Anne n'osa pas croiser le regard de Philip. Pour risquer de rougir ou de bafouiller ? Autant annoncer tout de suite aux hommes de l'Épée ce qui s'était passé entre eux ! Hélas, le hasard voulut qu'elle se retrouve assise à côté de lui sur le banc. Leurs épaules se frôlèrent, ce qui ne fit qu'accentuer le trouble qu'il semait en elle. Elle réprima à grand-peine un frisson.

Elle avait dormi paisiblement, sans aucun regret. Mais à présent qu'il fallait garder le secret sur leur intimité partagée… Quelle folie ! Qu'en ressortirait-il pour eux deux ? Comment leur histoire finirait-elle ? À moins qu'elle ne soit déjà terminée… Une nuit d'amour avait-elle suffi à satisfaire la curiosité de Philip ?

Leur repas une fois achevé, ils quittèrent la salle commune en file indienne, passant devant l'aubergiste, en grande conversation avec un petit groupe d'hommes. L'un des interlocuteurs retint son attention, sans qu'elle sache pourquoi. Il lui tournait le dos. Grand, large d'épaules, les cheveux châtain foncé, il portait sous le bras un chapeau extravagant. C'était ce couvre-chef qui lui rappelait quelque chose…

L'homme lui jeta un coup d'œil distrait. Pétrifiée, elle ne détourna pas les yeux assez vite. Lord Bannaster ! Le vicomte qui avait voulu épouser Elizabeth ! Sa captivité dans la tour, pendant sept longues journées, c'était à lui qu'elle la devait !

Elle bouscula Philip pour lui faire presser le pas,

priant pour que Bannaster ne l'ait pas reconnue. Si seulement elle avait pensé à mettre son voile !

Lorsqu'ils eurent regagné l'étage, alors que les chevaliers et Margaret se dispersaient pour finir d'emballer leurs effets, Anne retint Sir Walter et Philip, et les fit entrer dans sa chambre.

— Sir Walter, je connais l'un des hommes qui s'entretenaient avec l'aubergiste, annonça-t-elle à voix basse. L'avez-vous reconnu, Philip ?

Il secoua la tête.

— Ils étaient tous de dos. De qui s'agit-il ?

— Du vicomte de Bannaster.

— Il figurait sur la liste, releva Sir Walter. C'est le seigneur que vous avez souhaité éviter.

Elle acquiesça.

— Je sais que nous sommes tout près de ses terres, mais que peut-il bien faire ici ?

— Vous a-t-il vue ?

— Oui, je crois, mais il n'a pas l'air de m'avoir identifiée.

— L'annonce du voyage de Lady Rosamond a fait grand bruit, fit remarquer Philip. Connaissant Bannaster et son désir d'épouser une dame fortunée, je ne serais pas surpris qu'il se soit mis en tête de venir vous trouver.

Une volée de coups frappés à la porte les interrompit. Ils s'entre-regardèrent en silence.

— Si c'est lui, je vous excuserai, milady, déclara Sir Walter. Allez vous mettre hors de vue.

La chambre n'était pas grande : seul l'angle situé derrière le battant de bois leur offrait un refuge. Philip et Anne allèrent s'adosser au mur, côte à côte, et il se tourna un peu pour lui faire rempart de son propre corps. Elle se retint de poser les mains sur son dos et d'enfouir son visage contre lui.

Le capitaine ouvrit.

— Oui, milord ? En quoi puis-je vous aider ?

— L'aubergiste m'a fait savoir que Lady Rosamond Wolsingham était descendue chez lui. Si près de mes terres, je ne pouvais manquer de lui présenter mes hommages.

C'était bien la voix de Bannaster… Jamais elle ne pourrait l'oublier.

— C'est exact, milord. Hélas, nous sommes sur le départ, expliqua Sir Walter.

— Il faut que je m'entretienne avec elle. Du reste, vous pouvez lui faire savoir que je l'ai aperçue en bas, et que j'ai des raisons de m'inquiéter.

Impossible de le laisser bavarder de la sorte dans le couloir, à la portée des oreilles indiscrètes.

Anne fit un pas de côté.

— Sir Walter, faites entrer M. le vicomte, je vous prie.

Sans cesser de faire écran, le capitaine lui adressa un regard dubitatif.

— Lord Bannaster est le cousin du roi, insista-t-elle.

À contrecœur, l'homme de l'Épée recula pour laisser leur visiteur entrer.

Bannaster s'engouffra dans la chambre et la chercha des yeux. Lorsqu'il vit Philip derrière elle, son regard s'éclaira.

— Mais oui, je vous reconnais aussi, lui dit-il. L'homme lige de Lord Russell, c'est bien ça ?

— Lord *Alderley*, désormais, corrigea Philip.

Anne se retint de grimacer. Le vicomte avait convoité le comté d'Alderley, qui lui aurait été échu s'il avait épousé

Elizabeth. Quel besoin Philip avait-il de lui rappeler ce cuisant échec, alors que Bannaster les tenait à sa merci ?

Par chance, ce dernier ne parut pas en prendre trop ombrage.

— Oui, je n'ai pas oublié, répondit-il avec un sourire en coin.

Puis il évalua Anne du regard.

— Vous n'êtes pas Lady Rosamond. Votre prénom m'échappe, mais je me souviens de notre dernière rencontre. À l'époque, c'est pour Lady Elizabeth que vous vous faisiez passer. Je vois que vous avez pris goût aux mascarades de ce genre.

Évidemment, il n'avait pas retenu son nom. Quoi d'étonnant ? Elle n'était qu'une servante. Qu'il était pénible de devoir s'excuser d'exister ! Comme si elle n'avait pas assez de valeur sous sa véritable identité...

Joignant les mains pour dissimuler sa nervosité, elle s'avança vers lui. Elle n'avait pas le choix : il fallait absolument le convaincre de garder le silence. Le respect qu'il vouait au roi Henry dépassait leur seul lien de parenté. Il aurait beaucoup à perdre si son cousin venait à être évincé du trône, et aucune raison de le souhaiter.

— Mon nom est Anne Kendall. Lady Rosamond a vécu quelque temps chez ma maîtresse, et m'a priée de l'aider dans une mission de la plus haute importance pour le roi.

Le vicomte ne cacha pas son étonnement.

— Elle vous a demandé de vous faire passer pour elle ? Pour quelle raison ? Et en quoi cette affaire concerne-t-elle mon royal cousin ?

Si seulement elle avait pu laisser Sir Walter tout lui expliquer... Mais la Ligue préférait rester discrète sur ses agissements, elle le savait. L'homme de l'Épée n'interviendrait que s'il le jugeait utile. Pour l'heure, il se contentait de l'observer, les bras croisés.

— Lady Rosamond a surpris une conversation entre trois seigneurs. Ils parlaient de trahir le roi.

Le sourire de Bannaster s'évanouit. Son regard, soudain nerveux, passa de Philip à Sir Walter.

Philip confirma d'un signe de tête.

— Elle dit vrai. La comtesse a vu ces hommes, mais elle ne connaît pas leur nom. Le roi l'a donc priée de les identifier en personne.

— Voilà donc pourquoi Henry a convoqué tous ses vassaux à la Cour, commenta le vicomte d'une voix songeuse.

Anne acquiesça.

— Je suis chargée de faire diversion pour permettre à Lady Rosamond de gagner Londres dans le plus grand secret.

— Et vous n'avez rien trouvé de mieux que cette chasse aux prétendants ?

— Elle en avait fait l'annonce avant que survienne ce périlleux événement, expliqua-t-elle, avant d'ajouter pour tenter de l'amadouer : Vous figuriez sur sa liste, milord, mais vous connaissiez mon identité. Nous avons donc été forcés d'éviter votre château.

Il hocha la tête et fit claquer ses gants contre sa cuisse.

— Sage décision. Merci pour ces informations. Je vais me rendre à Londres, moi aussi, pour voir ce que m'en dit mon cousin – et pour rencontrer la courageuse Lady Rosamond.

Anne le dévisagea, surprise.

— Vous ne mettez pas notre parole en doute, milord ?

— Pourquoi le devrais-je ? Je vous ai toujours considérée comme une femme intelligente, « Lady Rosamond ». Si vous mentiez, il me serait bien trop facile de le savoir.

Elle perçut la tension et l'incertitude de Philip, mais elle se contenta de demander :

— Allez-vous parler de notre rencontre, milord ?

Le vicomte fronça les sourcils et répondit un ton plus bas :

— Je comprends votre méfiance à mon égard. N'ayez crainte : le roi est mon cousin. Jamais je ne le mettrais en danger.

— Soyez-en remercié, milord, dit-elle.

— Il me reste à vous souhaiter une bonne journée, Lady Rosamond.

Anne le suivit des yeux, étonnée du contraste entre cet homme et le souvenir qu'elle gardait de lui. Il paraissait… raisonnable.

Le vicomte une fois parti, le regard de Sir Walter alla d'Anne à Philip.

— Pensez-vous que j'aie commis une erreur en lui avouant la vérité ? lui demanda-t-elle.

Le capitaine soupira.

— D'après ce que j'en ai vu, vous n'aviez guère le choix.

Agréablement surprise de la confiance qu'il lui témoignait, elle s'efforça de se détendre.

— Et puis, sa parenté avec le roi représente son unique porte d'accès au pouvoir, ajouta l'homme de l'Épée. Pourquoi lui tournerait-il le dos ?

— Pour de l'or ? Pour un titre plus prestigieux ? suggéra Philip d'un ton sec.

Anne haussa les épaules.

— De l'or, il n'en manque pas. Quant au titre, il a toujours affirmé qu'il voulait surtout épouser Elizabeth pour contribuer à stabiliser le Gloucestershire après l'accession au trône du roi Henry. Après tout, il disait peut-être vrai.

— D'ailleurs, quel titre lui conférerait plus de pouvoir qu'une bonne relation avec le souverain ? demanda Sir Walter d'une voix songeuse.

— Nous les avons vus ensemble à Alderley. Il est vrai que le roi semblait lui être attaché, concéda Philip.

Sir Walter opina du chef, puis se dirigea vers la porte.

— Retrouvez-nous dans le couloir lorsque vous aurez fini de rassembler vos effets, milady.

— C'est entendu. Margaret a déjà dû s'occuper de l'essentiel. Je ne serai pas longue.

Le capitaine prit congé, sans chercher à vérifier si Philip le suivait.

Anne tourna vers lui un regard soupçonneux. Il soupira.

— Rappelez-vous, il pense qu'il y a une « légère » attirance entre nous.

— Philip, je ne peux pas laisser notre histoire altérer la façon dont Sir Walter perçoit mon implication.

Le visage fermé, il murmura :

— Vous me croyez capable de vous nuire en révélant notre secret ?

— Pas volontairement, non. Mais si Sir Walter s'imagine que nous faisons passer nos sentiments réciproques avant cette mission…

Elle ne put même pas achever sa phrase. Les conséquences possibles lui donnaient presque la nausée. Son avenir tout entier reposait entre les mains du chef de son escorte.

Philip s'éclaircit la voix.

— N'oubliez pas que notre cher capitaine vous a caché l'assassinat de l'amie de Lady Rosamond. Il ne doit pas en être très fier.

— Je doute qu'il ait jamais eu de remords à ce sujet. Il pensait bien faire et n'a pas changé d'opinion.

Anne s'approcha du lit, où était posée sa sacoche de selle. Ses affaires étaient prêtes, elle le savait, mais elle fit mine de vérifier la sangle pour éviter le regard de Philip.

— J'espère que nous n'avons pas commis une erreur la nuit dernière.

Du coin de l'œil, elle vit Philip se raidir, puis faire un effort pour maîtriser son expression. Ses paroles lui faisaient du mal. Pourtant, elle n'en avait aucune envie. Mais elle était en train de tomber amoureuse de lui, et elle-même risquait d'en souffrir.

— Anne, qu'attendez-vous de moi ?

— Tout cela est tellement nouveau, répondit-elle, déroutée. Je me dis qu'il ne faut pas recommencer, mais d'un autre côté… l'idée de ne plus pouvoir vous toucher m'est insupportable. Ne pourrions-nous pas simplement… attendre de voir comment la situation évolue ?

Il acquiesça sans mot dire. Elle l'avait blessé. Elle eut envie de le serrer dans ses bras, de noyer sa peine sous ses baisers. Face à la souffrance de Philip, elle oubliait ses projets avec une facilité déconcertante. C'en était même effrayant.

Chapitre 19

Philip dévisagea Anne. Ainsi, à ses yeux, la nuit inoubliable qu'ils avaient passée ensemble était déjà de l'histoire ancienne. Elle ne songeait plus qu'à son avenir. Et il n'en faisait pas partie.

D'un autre côté, lui-même avait-il agi différemment depuis le début de ce périple ? N'avait-il pas songé sans cesse à la noble épouse qu'il saurait séduire… *un jour ?*

Quel renversement de situation ! Lorsqu'ils s'étaient rencontrés, c'était lui qui avait refusé de l'accueillir dans son existence. Et voilà qu'à présent elle lui rendait la politesse. Il n'aurait jamais cru qu'un tel rejet pouvait être aussi douloureux.

Pour la première fois, il tenta d'imaginer la vie sans sa présence quotidienne. Il en eut l'estomac noué. Décidément, il fallait se rendre à l'évidence : il s'attachait de plus en plus à elle. Bien malgré lui.

L'image de ce lit le hantait. Il ne songeait qu'à l'y coucher à nouveau, pour revivre l'ivresse qu'il avait éprouvée entre ses bras.

*
* *

L'après-midi, Margaret chevaucha avec Anne en tête du cortège. Ils se dirigeaient vers Bramfield Hall, la demeure du dernier prétendant sur la liste de Lady Rosamond. Londres ne se trouvait plus qu'à sept lieues. La route du Nord serpentait maintenant entre les champs de blé ondoyants et les prés où paissait le bétail. La cité du roi ne manquerait ni de pain ni de viande.

Anne n'y était pas retournée depuis des années. La circulation, plus dense, lui rappelait déjà les mauvais souvenirs qu'elle avait gardés de sa dernière visite. À l'époque, la litière dans laquelle elle voyageait avec Elizabeth avait été séparée du reste du cortège de Lord Alderley au beau milieu des rues encombrées. Les deux fillettes avaient tremblé pendant une heure avant que le père d'Elizabeth les retrouve.

À présent, elle avait une nouvelle raison d'avoir peur. De grands groupes de voyageurs convergeaient vers Londres, dont beaucoup comptaient des seigneurs répondant à la convocation du souverain. Les félons que Lady Rosamond devait identifier se trouvaient forcément parmi eux.

Allons, inutile de s'attarder là-dessus pour l'instant. Elle portait son voile pour protéger sa véritable identité. Et puis, il lui faudrait encore faire bonne impression sur deux hommes de la noblesse avant d'entrer enfin dans la cité.

Bramfield Hall se révéla être un manoir aux dimensions impressionnantes, refuge campagnard du maître des lieux quand la vie citadine se faisait trop pesante – et la peste, trop menaçante. La demeure, en forme de U, comportait deux ailes dotées chacune d'un étage qui encadraient une cour, au fond de laquelle se situait l'entrée. L'ensemble était charmant, mais elle se serait sentie plus en sécurité à l'abri de solides remparts.

L'accueil des serviteurs fut chaleureux, comme toujours, car Sir David l'avait devancée pour préparer son arrivée. Pourtant, cette fois, c'est à Margaret qu'elle accorda toute son attention. La jeune femme rayonnait. Elle avait repéré son soupirant dans la foule, sans doute.

— Il est donc là, murmura-t-elle.

Margaret le lui confirma d'un signe de tête enjoué.

— Mais je le verrai plus tard, milady. Je vais d'abord m'occuper de vous.

On fit savoir à Anne que la passion de Lord Bramfield pour ses chiens l'avait retenu au chenil. Elle accepta donc l'offre qui lui était faite de se rafraîchir dans sa chambre avant de le rejoindre pour le dîner. Pendant que les autres chevaliers se mêlaient aux serviteurs du manoir, Walter l'accompagna jusqu'à l'aile est.

Le capitaine une fois parti, Margaret sortit la robe qu'Anne revêtirait le soir et entreprit d'en passer les plis au fer chaud. Anne l'observait en s'efforçant de ne pas sourire.

— J'imagine ton impatience, Margaret. Quand je serai habillée, tu pourras aller retrouver ton homme. Tu me le présenteras, n'est-ce pas ?

— Avec plaisir, milady, s'enthousiasma la jeune femme, avant de plaquer les mains sur ses joues écarlates. Je dois avoir l'air d'une folle !

— Non, simplement d'une femme amoureuse. Comme je t'envie !

Margaret lui prit la main et la serra.

Après avoir donné congé à sa servante, Anne alla s'asseoir à une petite table et étudia son reflet dans son miroir à main. Margaret avait oublié une boucle. Elle s'employait à la remettre en place quand des coups résonnèrent à sa porte.

Elle n'avait rien à craindre : Sir Walter montait la garde devant sa chambre. Elle pria donc son visiteur d'entrer. Philip et le capitaine franchirent la porte ensemble, la mine sombre.

— Qu'y a-t-il ? demanda-t-elle en se levant pour aller à leur rencontre.

Philip tourna les yeux vers l'homme de l'Épée.

— Margaret connaît déjà quelqu'un ici. De façon plutôt intime, apparemment. Je suis venu en avertir Walter.

Perplexe, Anne répondit :

— Je suis au courant. Il s'agit d'un serviteur de Lord Bramfield. Il la courtise depuis plusieurs semaines. C'est lui qu'elle a retrouvé à Doncaster.

— Il nous suit depuis Doncaster ? intervint Sir Walter d'un ton brusque.

— Non, il est rentré ici après l'avoir vue… Enfin, je crois.

Consternée, elle s'avisa qu'elle n'avait jamais demandé de détails.

— Vous ne trouvez pas curieux qu'il appartienne justement à la maisonnée d'un des prétendants de la liste ? s'enquit Philip.

Elle ferma les yeux.

— Je n'y avais pas réfléchi. Quelle idiote je fais !

Les chevaliers échangèrent un regard soucieux, ce qui ne fit qu'accentuer son sentiment de culpabilité. Voilà qui n'allait pas rehausser l'opinion que Sir Walter avait sur son intelligence.

Ce fut Philip qui rompit le silence :

— Toute cette histoire me déplaît de plus en plus. Il faut mettre la main sur Margaret. Je veux savoir par quel hasard son galant habite précisément sur le lieu de notre dernière étape avant Londres.

— Elle est avec lui en ce moment même, indiqua Anne.

— Je vais la chercher, décréta le capitaine. J'en profiterai pour expliquer la situation à David et à Joseph. Vous, vous attendez ici avec Lady Rosamond.

Philip signifia son accord d'un hochement de tête. Quand il fut seul avec elle, il ne trouva pas grand-chose à dire. Il se mit à faire les cent pas en silence.

De longues minutes s'écoulèrent ainsi. Puis, enfin, Sir Walter fit entrer Margaret dans la chambre. La servante les regarda à tour de rôle, intimidée.

— Milady ? dit-elle d'une petite voix.

Anne s'efforça de lui sourire.

— Ces messires chevaliers ont quelques questions à te poser sur ton ami, Margaret. Simple mesure de précaution.

Le capitaine prit l'initiative :

— Nous trouvons curieux que votre soupirant soit attaché au service d'un des lords auxquels nous avons prévu de rendre visite. La coïncidence est étrange, vous ne trouvez pas ?

— Ça n'a rien d'une coïncidence, Sir Walter, répondit la servante, troublée. C'est moi qui ai demandé à Lady Rosamond d'inscrire Lord Bramfield sur la liste. Comme elle ne le connaissait pas, elle n'y a pas vu d'objection.

Philip se rembrunit encore.

— L'idée était de vous ?

— Eh bien, oui…, dit-elle sans conviction. Enfin, Stephen et moi en avions discuté.

De marbre, le capitaine reprit :

— Margaret, je ne vous reproche rien, mais c'était une erreur de ne pas nous en parler dès le début.

— Mais c'est ma vie privée, protesta la servante, la lèvre tremblante. C'est mon tour d'être heureuse.

Philip posa une main sur son épaule.

— J'ai bien peur que les choses ne soient pas telles que vous les voyez. On vous a manipulée pour que vous ajoutiez ce manoir sur notre liste.

Bouche bée, Margaret dévisagea les chevaliers tour à tour, avant de se tourner vers Anne.

— Milady, je ne…

— Bien sûr, Margaret, murmura Anne avec douceur. Tu n'aurais jamais cherché à nous nuire intentionnellement. Personne n'en doute, ici. Clarifions tout cela, veux-tu ? De quand date ta première rencontre avec Stephen ?

La jeune femme pinça les lèvres.

— C'était au tournoi de Durham.

Elle écarquilla les yeux.

— Mon Dieu, je n'avais pas fait le rapprochement ! Vous devez me croire, jamais je n'aurais mis Lady Rosamond en danger !

— Il faut partir, déclara Philip.

Sir Walter acquiesça.

— Savez-vous si Stephen a vu votre maîtresse à Durham ? Et *notre* Lady Rosamond ?

Margaret se mit à pleurer.

— À Durham, je ne pourrais pas vous dire, mais ici, oui ! Il était dans le hall quand nous sommes arrivés.

Anne fut saisie d'un mauvais pressentiment.

— Dans ce cas, il sait peut-être que je ne suis pas…

— Je ne lui ai rien dit ! s'écria la servante.

Elle se plaqua une main sur la bouche pour étouffer ses sanglots. Anne la prit dans ses bras.

— Nous nous inquiétons peut-être pour rien, mais nous ne pouvons pas courir le risque que Stephen aille dénoncer mon imposture auprès de Lord Bramfield.

Margaret la repoussa.

— Il ne ferait jamais une chose pareille. Il m'aime. Je ne peux pas m'en aller.

— Margaret…, commença Sir Walter.

Mais la servante secoua la tête, obstinée.

— Si je pars avec vous, il saura que quelque chose ne va pas.

— Notre départ suffira à le lui apprendre, même si vous-même restez ici, objecta le capitaine.

Philip plissa les yeux d'un air songeur.

— C'est là que Lady Rosamond pourrait entrer en scène, avança-t-il.

Anne lui adressa un regard étonné, ravie de sa confiance.

— Vous êtes vexée que Bramfield tienne plus à cajoler ses chiens qu'à vous accueillir, suggéra Philip lentement.

— Ma foi, c'est dans mes cordes, commenta Anne, soulagée de voir se dessiner une stratégie. Margaret, es-tu sûre…

— Je reste, l'interrompit la servante d'un ton ferme. Je l'aime. Je dois prendre le risque de croire qu'il m'aime, lui aussi. Je ne dirai rien, vous avez ma parole.

Sans crier gare, la jeune femme se précipita vers Anne et la serra contre elle.

— Prenez soin de vous, milady. Racontez tout à ma maîtresse. Dites-lui que j'espère être heureuse.

— Dans le cas contraire, elle te gardera toujours une place, tu le sais, lui assura Anne. Je te comprends, Margaret.

La servante recula d'un pas.

— Merci, milady. Et adieu.

Anne la regarda quitter la chambre, puis tourna les yeux vers Philip. Margaret donnait une chance à l'amour, chose qu'elle-même ne pouvait pas envisager. Comment mettre en péril ses rêves sans savoir si Philip était prêt à modifier ses projets d'avenir ?

— Rassemblez vos affaires au plus vite, conseilla Sir Walter. Je vais prévenir Joseph et David. Au passage, je ferai part de votre courroux à l'intendant. Quant à vous, Philip…

— Je reste ici. Je n'avais pas défait mon bagage.

Sur un signe de tête, le capitaine se retira.

— Je me dépêche, dit Anne en pliant la robe qu'elle avait portée dans la journée. Inutile de me changer. Ma cape cachera mes soieries.

Philip acquiesça d'un air absent. Il se tenait près de la porte, la tête inclinée comme s'il tendait l'oreille.

— Vous guettez le pas des gardes ? plaisanta-t-elle pour alléger un peu l'atmosphère.

— Non, hélas : ils viendraient en secret, pour dissimuler leurs intentions. Et ce serait bien pire.

Voilà qui lui passa l'envie de faire de l'humour. Elle redoubla d'efforts. En quelques minutes à peine, elle fut prête. Philip l'escorta jusqu'à sa propre chambre, où il récupéra ses affaires et celles des hommes de l'Épée.

Lorsqu'ils furent au sommet de l'escalier menant à la grande salle, il se tourna vers elle et murmura :

— Vous êtes prête ?

Elle fit un signe de tête affirmatif, même si son cœur battait si fort que Philip devait l'entendre. Au beau milieu du fief ennemi, elle et son escorte étaient si peu nombreuses au regard des forces qui pouvaient leur être opposées… Le prétendant de Margaret les attendait-il en bas ? Lord Bramfield faisait-il vraiment partie des félons ?

Anne prit une grande inspiration et se prépara mentalement à jouer son rôle. Elle était riche et pleine d'assurance. Elle se savait désirable. Elle ne doutait pas d'être le centre de l'attention. Peu à peu, la transformation s'opéra et le calme revint en elle. Elle était Lady Rosamond.

Dans la salle en contrebas, les serviteurs s'affairaient à dresser les tables pour le dîner. Leur maître n'était nulle part en vue. Tant mieux.

— Qui est l'intendant de cette maison ? demanda-t-elle d'une voix forte.

Les bavardages cessèrent et les serviteurs échangèrent des regards confondus. Sir Walter, Sir David et Sir Joseph vinrent se placer derrière elle, tandis que Philip restait à ses côtés.

Un homme ôta nerveusement son couvre-chef.

— Il est dans son bureau, milady. Voulez-vous que j'aille le quérir pour vous ?

— Faites. Et ne traînez pas.

Elle n'eut pas à attendre longtemps. Un autre homme surgit bientôt d'un couloir en se triturant la barbe, comme s'il était de la plus haute importance pour la maisonnée de Lord Bramfield de faire bonne impression à la richissime comtesse.

L'intendant exécuta une révérence obséquieuse.

— Milady, en quoi puis-je vous être utile ?

— Je m'en vais. Faites amener nos chevaux dans la cour.

— Seigneur, mais vous venez à peine d'arriver, milady ! protesta-t-il, déconcerté.

— Malgré le soin que j'ai pris de me faire annoncer, votre maître a préféré s'occuper de *ses chiens* plutôt que de venir m'accueillir.

— Vous vous méprenez, milady ! Il a pensé que vous aimeriez vous rafraîchir avant de le rencontrer.

— Parce que je n'étais pas assez fraîche pour lui à mon arrivée ?

L'intendant ne savait plus à quel saint se vouer.

— Voyons, milady, je ne me serais jamais permis !

— Faites préparer nos chevaux sur-le-champ.

Le malheureux parut se racornir comme la chair d'un faisan resté trop longtemps sur la broche.

— Vos désirs sont des ordres, milady.

Allaient-ils s'en tirer à si bon compte ? Avec un air de dignité offensée, Anne quitta la grande salle d'un pas décidé. Elle s'efforça de ne pas tenir compte des regards noirs que lui valait son attitude. Après tout, les serviteurs de Bramfield ne devaient guère approuver l'affront qu'elle venait de faire à leur maître. Comment auraient-ils su qu'elle avait des raisons de le soupçonner de trahison ?

Pourtant, ce n'était pas un secret pour tout le monde, ici. Où était Margaret ? Elle ne l'avait pas vue. Avec un peu de chance, elle occupait Stephen pour protéger leur fuite.

Pourvu que tout cela ne soit qu'un malentendu… Et pourvu que seule la fierté de Lord Bramfield ait à en pâtir !

Ils préférèrent éviter la route principale. Mieux valait suivre un chemin parallèle, à une lieue de distance. Ils chevauchaient en silence. Anne ne cessait de jeter des coups d'œil inquiets autour d'elle, mais elle ne voyait dans les bocages alentour que du bétail et, de temps en temps, la silhouette d'un paysan.

Dormir à la belle étoile était exclu. Il n'était pas davantage question de faire halte à Ware, trop près de Bramfield Hall. Sir Walter opta donc pour Waltham Abbey, la plus proche ville au sud. Il s'y trouverait davantage de témoins si quelqu'un cherchait à leur nuire. Ils y parvinrent à la tombée de la nuit. La première auberge où ils s'arrêtèrent n'avait plus de chambres à leur proposer, mais leur seconde tentative fut la bonne.

— Nous aurions dû essayer de trouver un refuge plus discret, commenta Philip en inspectant la chambre d'Anne.

Les autres chevaliers étaient partis s'installer dans celles qui jouxtaient la sienne. Elle tenta de se persuader qu'elle était en sécurité. L'annulation de leur dernière étape était une sage décision. Ainsi, dès demain, ils seraient à Londres.

Pourtant, elle ne pouvait se départir d'un soupçon d'inquiétude et de doute. Et il en allait de même pour les hommes de l'Épée, elle le savait. À leur arrivée dans la ville, ils n'avaient pas caché leur soulagement.

— Auriez-vous préféré que nous passions la nuit dans une grange ? ironisa-t-elle.

— Absolument.

Elle leva les yeux au ciel. À cet instant, on frappa à la porte. Elle fit mine d'aller ouvrir, mais Philip s'interposa, non sans lui adresser un regard réprobateur.

— Qui est-ce ? lança-t-il.

— Walter. J'apporte le dîner.

D'un geste, Philip intima à Anne d'aller se placer dans un coin de la chambre. Elle obtempéra en soupirant. Lorsqu'il ouvrit le battant, Sir Walter entra, suivi de Sir David et de Sir Joseph. Les deux chevaliers portaient des plateaux, qu'ils allèrent poser sur la table. Aussitôt, ils entreprirent de partager la nourriture. Anne alla s'asseoir sur le lit, et Philip lui emboîta le pas. Personne n'y trouva à redire : la chambre surpeuplée ne comptait que deux escabelles. Sir Joseph, qui était le plus jeune, dut même rester debout.

Anne, mortifiée, ne put que constater à quel point la proximité de Philip la troublait. Il faisait ployer le matelas de paille sous son poids, si bien qu'elle devait s'astreindre à rester droite pour ne pas tomber sur lui. Elle percevait la chaleur de son corps. Il évitait soigneusement de la regarder. Était-il troublé, lui aussi ? La peur d'être découverte, la crainte d'être poursuivie ne faisaient que lui rappeler, par contraste, l'intimité qu'ils avaient partagée. Son corps en redemandait. Quant à sa raison, elle ne semblait plus se soucier des possibles conséquences de leur relation sur son avenir. Se maîtriser lui demandait des efforts insoupçonnés. En serait-il toujours ainsi ? Leurs routes une fois séparées, allait-elle passer le restant de ses jours à penser à lui ?

Les hommes avaient monté un pichet de bière, mais elle refusa la chope qu'ils lui proposèrent, préférant se concentrer sur sa tourte à la lamproie.

Lorsqu'ils eurent achevé leur repas, le capitaine se leva.

— J'assurerai le premier tour de garde devant votre chambre, milady.

— Je ne prends pas le risque de la laisser seule, annonça Philip. Si j'ai déjà pu entrer par la fenêtre, d'autres le pourraient aussi.

Anne eut envie de protester, d'arguer que Sir David ou Sir Joseph pouvaient très bien se charger de sa protection, mais Sir Walter ne lui en laissa pas le temps.

— C'est entendu. Bonne nuit, milady.

Les dents serrées, elle regarda les hommes de l'Épée quitter sa chambre l'un à la suite de l'autre. Une fois de plus, ils la laissaient sciemment seule avec Philip.

Philip, qui faisait les cent pas d'un air préoccupé.

Du calme, Anne, du calme. Elle s'en était bien sortie, aujourd'hui. Ses talents de comédienne leur avaient permis de quitter Bramfield Hall sans encombre. Sir Walter saurait s'en souvenir.

Au bout d'un moment, elle se rendit compte qu'elle portait toujours la toilette luxueuse qu'elle avait revêtue dans l'idée d'impressionner Lord Bramfield. Elle attendit que les pas de Philip le ramènent vers elle et lui présenta son dos.

— Pouvez-vous m'aider à me délacer ? demanda-t-elle d'une voix tremblante.

Elle s'était pourtant promis de ne pas se laisser émouvoir par le contact de ses mains. Elle maudit sa propre faiblesse vis-à-vis de lui.

Rien ne se produisit. Elle jeta un coup d'œil par-dessus

son épaule. Philip affichait une expression étrange. Et il avait une main crispée sur le ventre.

— Philip ?

— Je ne me sens pas bien, tout à coup.

Atterrée, elle le vit tituber et se rattraper à la table. Elle posa la main sur son bras. Il grelottait.

— Vous devriez vous allonger.

Il ferma les yeux.

— Je crois que j'ai besoin du pot de chambre.

Il eut à peine le temps de soulever le couvercle qu'il fut pris de violents haut-le-cœur.

Debout à côté de lui, Anne ne savait que faire.

— Ce n'est pas normal, Philip. Je vais chercher de l'aide.

— Non ! croassa-t-il en la retenant d'une main. Ne quittez pas cette pièce !

Cet effort dut lui coûter ses dernières forces, car il s'effondra sur le flanc en grognant. Puis il se tut. C'était encore pire.

Elle se laissa tomber à genoux et lui tâta le front. Il était brûlant et couvert de sueur. Il respirait, mais Anne s'affola. Et s'il était en train de mourir ? Elle ne pouvait pas rester là à ne rien faire ! Il fallait aller voir Sir Walter. Il ferait sûrement venir un médecin.

Elle colla une oreille contre la porte et écouta un moment. Puis elle ouvrit. Un inconnu l'attendait, un grand sourire aux lèvres.

Elle tenta de lui claquer la porte au nez, mais il retint le battant d'une main et s'engouffra dans la chambre. Grand et maigre, les cheveux d'un châtain terne, il était vêtu comme un homme du commun. Ses yeux brillaient d'un amusement malsain.

Elle recula devant lui et jeta un coup d'œil fébrile dans le couloir. Personne. Où était passé Sir Walter ?

L'intrus referma la porte. Le bruit du loquet, irrévocable, la rendit malade de terreur. Pourtant, elle s'exhorta au calme. Elle ne pouvait plus compter que sur elle-même.

— Lady Rosamond ? s'enquit l'homme poliment en ôtant son chapeau, comme si de rien n'était. À moins que vous préfériez que je vous appelle par votre véritable nom ?

Elle se précipita vers la porte. Il la rattrapa par la taille.

— Personne ne vous viendra en aide, ma chère *comtesse*, la railla-t-il en accentuant exagérément son titre.

Elle rua des quatre membres, en vain. Il évitait ses coups.

— À ce qu'il semble, vos gardes ont eu un besoin pressant.

— Qu'avez-vous fait à mes hommes ? demanda-t-elle avec toute l'autorité dont elle était capable.

— Allons, n'ayez crainte. Ils n'y laisseront pas leur vie.

Elle n'osait pas espérer qu'il dise vrai. Elle avait bien trop peur.

— Pourquoi vous croirais-je ?

— Nous avons dû assaisonner un peu la bière, je vous l'accorde. Mais dans la mesure où vous risquiez d'en boire, nous avons fait en sorte que la dose de poison ne soit pas mortelle. Je ne pouvais pas me permettre de vous tuer, *vous*.

Il fallait gagner du temps, continuer à le faire parler.

— L'attaque d'il y a quelques jours, c'étaient vos sbires ?

Sans la lâcher, il poussa un soupir théâtral, faisant voler quelques-unes de ses mèches.

— Une terrible erreur, qui aurait pu tout faire échouer. Certains n'ont aucune patience.

Il se pencha pour lui susurrer à l'oreille :

— Assez bavardé. Ne faites pas d'histoires. Je suis disposé à vous relâcher, à condition que vous me promettiez de ne pas chercher à fuir.

De mauvaise grâce, elle accepta d'un hochement de tête. Dès qu'elle eut recouvré sa liberté de mouvement, elle battit en retraite.

— Bien. Vous allez me suivre calmement jusqu'à mon maître. En échange, je vais demander à mes hommes d'épargner les vôtres dans le piteux état où ils se trouvent. J'ai tendance à croire que je gagnerai mieux votre coopération en faisant preuve de clémence. Et puis, je préfère éviter de semer des cadavres. Ça ferait désordre – et ça risquerait d'attirer l'attention.

Elle avait beau faire son possible pour refouler ses émotions, un sanglot lui échappa. Ce misérable insistait un peu trop pour la convaincre qu'il ne ferait pas assassiner ses compagnons. Comment se sortir d'un tel guêpier ? Lorsque deux autres inconnus franchirent la porte à leur tour, elle comprit ce que le mot « impuissance » voulait dire.

Philip et ses autres protecteurs étaient-ils en danger de mort ?

Chapitre 20

Les élancements dans sa tête étaient si douloureux qu'ils firent revenir Philip à lui. Il hésita à ouvrir les yeux, redoutant que la lumière n'aggrave encore son intolérable migraine. Allons, du cran ! Il fallait agir ! Au prix d'un violent effort, il bascula sur le ventre, puis se hissa à quatre pattes. Dodelinant de la tête, pris de vertige, il fut saisi d'un haut-le-cœur, mais il n'avait plus rien dans l'estomac.

Brusquement, le souvenir des récents événements prit le pas sur sa souffrance. Il se redressa à genoux.

— Anne ?

Pas de réponse.

Il entendit comme un sifflement derrière lui. Mû par l'instinct, il se jeta de côté. Un homme l'enjamba, et une épée fendit l'air à côté de lui avant de se ficher dans le plancher. D'un coup de poing à l'arrière du genou, Philip envoya l'individu valser la tête la première sur le lit. Puis, sans bien savoir comment, il parvint à se relever et à s'emparer de l'épée. Quand son agresseur se retourna vers lui, Philip brandit la lame, menaçant.

— Où est Lady Rosamond ?

Le regard fou, l'homme tira une dague de sa ceinture

et se rua sur lui. Philip para le coup. Hélas, en déviant la lame, il atteignit malencontreusement son adversaire à la gorge. Le spadassin se pétrifia, puis porta une main à sa blessure. Le sang se mit à ruisseler entre ses doigts. L'instant d'après, il s'écroulait au sol. Mort.

Jurant tout haut, Philip prit appui sur la table pour reprendre son souffle.

— Oh ! mon Dieu, Anne…

C'était autant une question qu'une prière. D'un pas mal assuré, il sortit dans le couloir et gagna la chambre voisine, où il trouva les trois hommes de l'Épée, qui gémissaient, se tordaient. Diantre ! Quelle puanteur… Mais ce n'était guère pire que dans la chambre d'Anne.

— Walter ! s'exclama-t-il.

Le capitaine gisait à terre tout près de la porte, comme s'il était tombé juste après l'avoir franchie. Philip se souvint : Walter avait été en faction devant la chambre d'Anne.

Le chef de l'escorte émit un grognement et se redressa sur les coudes.

— Walter, la comtesse n'est plus là !

L'homme de l'Épée leva les yeux vers lui et le dévisagea, les sourcils froncés, comme s'il ne se souvenait pas vraiment de lui. Puis il reprit son impassibilité habituelle et se releva tant bien que mal.

— Nous avons été empoisonnés, déclara-t-il d'un ton neutre.

Philip le foudroya du regard.

— Vraiment ? Je ne l'aurais pas deviné ! Et les coupables avaient l'intention d'achever leur sale besogne, figurez-vous. Quand j'ai repris conscience, j'ai dû me battre pour rester en vie. J'ai fini par tuer mon agresseur sans le vouloir. J'aurais préféré l'interroger. Quoi qu'il en soit, Lady Rosamond a disparu.

— L'avez-vous cherchée ? Elle est peut-être partie demander de l'aide.

Cette idée lui rappela un vague souvenir.

— Je crois que j'essayais de l'en dissuader quand j'ai perdu connaissance. Je descends voir l'aubergiste. Il l'aura peut-être vue.

Après s'être nettoyés sommairement, les quatre compagnons se déployèrent dans l'auberge. Seul un valet avait aperçu Anne, en compagnie de plusieurs chevaliers comme à son arrivée.

Plus tard, son rapport une fois terminé, Philip s'assit sur le lit pour écouter celui des hommes de l'Épée. Il se sentait encore faible. La tête lui tournait. Heureusement, les effets du poison semblaient se dissiper peu à peu.

— Je crois qu'Anne n'a pas été malade, fit-il remarquer.

— Pourtant, elle a mangé la même chose que nous, commenta Joseph, perplexe.

— Oui, mais elle n'a pas bu de bière, souligna Philip. C'est sans doute là que se trouvait le poison. Apparemment, elle allait toujours bien quand ils l'ont emmenée.

Ce point au moins le soulageait. Mais, Dieu du ciel, qu'étaient-ils en train de lui faire ? Il refusait d'y songer. Incapable de tenir en place plus longtemps, il se releva d'un bond.

— Nous sommes d'accord que c'est Bramfield qui est derrière tout ça ?

— Impossible de l'affirmer, répondit Walter d'un ton grave. Mais j'aurais tendance à conclure comme vous. Il a dû comprendre qu'Anne n'était pas Lady Rosamond. Pour quelle autre raison l'aurait-on enlevée ?

— Le galant de Margaret ! cracha Philip. Il nous suit depuis le début, mais il n'a jamais pu approcher Anne d'assez près avant notre arrivée à Bramfield Hall.

— Si tel est le cas, la véritable Lady Rosamond est en grand danger. Et le roi aussi, peut-être, pour peu que Bramfield et ses comparses perdent leur sang-froid. Ils pourraient passer à l'acte contre lui.

Philip toisa le capitaine d'un air de défiance.

— Certes, mais c'est Anne qui court le plus de risques dans l'immédiat.

— Vous vous trompez, objecta Walter. Ils veulent simplement qu'elle leur dise la vérité. Ils ne lui feront pas de mal. Il ne nous reste qu'une chose à faire.

Philip s'avançait déjà vers la porte.

— Nous partons à son secours.

— Non. Nous allons à Londres.

Philip se figea. Il avait mal entendu, sans doute. Il fit volte-face. David et Joseph le regardaient avec compassion, mais l'expression de leur chef ne laissait aucun doute sur sa détermination.

— Qu'avez-vous dit ? demanda-t-il avec une colère sourde.

— Notre devoir est clair. Le danger est moindre pour Anne.

— Vous plaisantez ? Ils la retiennent prisonnière ! Que vous faut-il de plus ? Pourquoi n'envoyez-vous pas un messager à Londres ?

— C'est Lady Rosamond qu'ils veulent. Nous devons absolument faire en sorte qu'elle puisse livrer ses informations au roi Henry. Autrement dit, chaque homme compte. Si nous échouons, nous risquons une guerre entre les partisans du roi et ceux qui prendront fait et cause pour les félons. Nous ne pouvons pas les laisser mettre le royaume à feu et à sang, à peine un an après la dernière bataille. Qui sait si Bramfield n'a pas déjà envoyé l'un de ses sbires intercepter Lady Rosamond à Londres ?

— Walter, il est hors de question que je...

— Écoutez-moi bien, Philip, l'interrompit le capitaine d'un ton sans réplique. Si vous voulez devenir membre de la Ligue, vous allez devoir apprendre à respecter la discipline, et à obéir aux ordres dans l'intérêt du plus grand nombre. Si vous faites cavalier seul, vous vous ferez tuer. Nous devons absolument faire en sorte que Bramfield se rende à Londres, pour que la vraie Lady Rosamond puisse témoigner contre lui. Et puis, n'oubliez pas qu'il reste encore deux traîtres à identifier.

— Je n'arrive pas à croire que vous soyez prêt à abandonner une femme qui a risqué sa vie pour tout ce en quoi vous croyez, fulmina Philip. Elle n'espère qu'une chose : rejoindre la Ligue ! Et vous, vous lui tourneriez le dos sans état d'âme ?

Walter parut peiné.

— Elle comprendrait l'importance capitale de cette mission. Quant à rejoindre la Ligue, de quoi parlez-vous ? Pourquoi imaginerait-elle une chose pareille ?

— Elle a d'indéniables talents de comédienne. Elle espérait pouvoir continuer à servir l'Épée de cette façon.

— Philip, c'est impossible, objecta Walter avec un mélange d'irritation et de regret. Bien trop de gens l'ont vue sous l'identité de Lady Rosamond. Comment pourrait-elle se prêter à une autre mascarade de ce genre avec le moindre espoir de réussite ? Or, elle n'a pas d'autres compétences qui la distingueraient des autres femmes.

Quelle ne serait pas la détresse d'Anne lorsqu'elle apprendrait que ses projets d'avenir ne se concrétiseraient jamais ! Il se devait de lui apprendre lui-même la terrible nouvelle, pour pouvoir la consoler… Mais avant tout, il fallait aller la délivrer.

— J'ai passé ma vie à obéir, le contra Philip. N'y comptez pas cette fois. Vous irez à Londres sans moi.

— Vous ne pensez pas ce que vous dites, protesta David avec son calme habituel. Depuis l'enfance, vous rêvez d'être des nôtres.

— Croyez-moi, David, j'avais compris mon erreur bien avant de me joindre à votre groupe. Cette affaire ne fait que me le confirmer.

Il se tourna de nouveau vers Walter.

— Vous avez commencé par dissimuler des informations sur un assassinat, et maintenant vous abandonnez Anne parce qu'elle ne vous est plus d'aucune utilité.

— Ce n'est pas un abandon ! En menant à bien notre mission, nous obtiendrons sa libération.

— Et s'il est trop tard à ce moment-là ? Le risque est bien trop grand ! Elle est seule à la merci d'un criminel. Je ne peux pas la laisser dans la terreur où elle doit se trouver. Oh ! ne vous inquiétez pas, je ne dirai rien de votre mission. Je veux simplement accomplir le devoir de tout bon chevalier qui se respecte : voler au secours de sa dame.

Sourd aux prières de David, Philip regagna la chambre qu'il avait brièvement partagée avec Anne. Son regard s'attarda sur les affaires qu'elle avait laissées. Quelle terrible épreuve était-elle en train d'affronter ? Allons, pas de panique. Le temps pressait. Il ne fallait songer qu'au moyen de retourner à Bramfield.

Quand il entendit le loquet derrière lui, il fit volte-face, prêt à combattre. Ce n'était que David.

— Vous n'êtes pas venu me dire que vous m'accompagnez, j'imagine, commenta-t-il d'un ton amer.

Sans accorder plus qu'un coup d'œil au cadavre qui gisait à terre, l'homme de l'Épée secoua la tête en signe de dénégation.

— J'ai un devoir d'obéissance. Cela dit, je comprends votre raisonnement. Je voulais vous donner quelque chose.

Il déposa une pièce de monnaie dans la main de Philip. Une livre ? Il se moquait de lui ! Minute… Non, ce n'était pas une livre ordinaire.

— Ne la dépensez pas, murmura David. Ce sera votre sésame pour joindre la Ligue à Londres. Vous vous rendrez dans la chapellerie la plus au nord sur London Bridge. En présentant cette pièce, vous pourrez y laisser un message. Il nous parviendra.

Philip glissa la pièce dans la bourse qu'il portait à la ceinture.

— Merci.

Il lui tourna le dos et désigna d'un geste la dépouille.

— Dites à Walter de s'occuper de lui.

Il perçut l'hésitation de l'homme de l'Épée.

— Nous allons faire le nécessaire, murmura David au bout d'un moment. Bonne chance.

Trop furieux pour lui retourner ses bons vœux, Philip se contenta de hocher la tête. Pourtant, lorsqu'il entendit la porte se refermer, ses épaules s'affaissèrent. Il n'avait jamais entrepris seul une action de cette envergure. Les fois précédentes, il s'était toujours tenu dans l'ombre d'un autre.

Assez tergiversé. L'heure était venue. Il était dans son bon droit – et Anne n'avait plus que lui au monde.

Il laissa à l'aubergiste une somme plus que suffisante pour remiser les effets d'Anne. Et pourvoir au nettoyage des chambres.

Même à la saison chaude, le cachot de Bramfield était humide et glacial. Enfin, si c'était bien là qu'Anne se trouvait. Elle n'en était pas certaine : on lui avait bandé les yeux dès la sortie de Waltham Abbey. Tout de même, le temps qu'avait duré leur trajet semblait correspondre. Et puis, où ailleurs que dans des geôles un seigneur pourrait-il la retenir sans craindre qu'on entende ses cris ? Car elle avait hurlé, bien sûr. Mais ses appels à l'aide étaient restés sans réponse. Hélas, à quatre seulement, Philip et les hommes de l'Épée ne pouvaient guère envisager de prendre d'assaut le manoir pour la délivrer. Elle n'en avait pas fermé l'œil de la nuit. D'ailleurs, était-ce déjà le matin ? Et ses protecteurs étaient-ils seulement encore en vie ?

Non, il ne fallait pas nourrir de telles pensées, sous peine de sombrer dans le désespoir. Recroquevillée sur une corniche creusée à même la roche, elle s'efforçait d'occulter l'humidité qui imprégnait ses jupes. On lui avait laissé une torche, au moins. Fixée trop haut pour qu'elle puisse l'attraper, mais elle avait le mérite d'exister. Elle regarda les chaînes scellées dans les parois rocheuses. Allait-on s'en servir pour l'entraver ?

Au bout d'un long moment, elle entendit un bruit de pas lourds résonner dans le couloir. Elle se leva. Une clé tourna dans la serrure, la porte s'ouvrit en grand, et elle se retrouva nez à nez avec l'inconnu qui l'avait enlevée. Il affichait toujours le même sourire aimable. D'une certaine façon, c'était encore plus effrayant.

Elle le toisa avec mépris.

— Où sont mes hommes ? Qu'avez-vous l'intention de faire ?

Il ne tint pas compte de sa première question.

— Je viens vous parler, bien sûr. Je n'en ai pas eu le plaisir jusqu'ici. On m'avait chargé de surveiller Lady Rosamond. Or, je n'ai pas dû le faire d'assez près, car je me suis aperçu, à ma grande stupeur, qu'un échange s'était produit à mon insu.

— Vous devez être Stephen, le… « soupirant » de Margaret. Vous vous fourvoyez. Il n'y a eu aucun échange. Je suis bien Lady Rosamond. Et je vous assure d'une chose : quand le roi découvrira ce que vous avez fait à une noble dame de sa Cour…

— Vous ne faites pas partie de la Cour, objecta l'homme d'une voix doucereuse. J'ai vu de mes propres yeux la comtesse à York, lors du tournoi de Durham. Vous ne lui ressemblez pas le moins du monde. Maintenant, tout ce que je vous demande, c'est de me dire où elle se trouve.

À quoi bon continuer à nier ?

— Je ne peux pas vous aider. Je n'en ai aucune idée. Mais dites-moi : si vous vous inquiétiez de ce qu'elle a pu entendre à Durham, pourquoi n'avoir pas réagi sur-le-champ ?

Stephen secoua la tête d'un air affligé.

— C'est regrettable, n'est-ce pas ? Nous nous serions épargné bien des tracas. Hélas, nous ignorions qui nous cherchions. Mon seigneur a aperçu une dame bien mise, mais seulement de dos. S'il l'avait reconnue, il aurait pu lui expliquer de quoi il retournait. Car il n'était question que de ce qui se produirait si quelqu'un venait à conspirer contre le roi, et des mesures à prendre pour l'empêcher de nuire.

Anne préféra garder le silence. Stephen et son maître pouvaient bien tenter de déformer les faits tout leur soûl, cela ne changerait rien.

— Est-ce vous qui avez assassiné Lady Staplehill ?

Stephen porta une main à son cœur.

— Juste ciel, non ! Comme je vous l'ai dit, j'étais assigné à la surveillance de Lady Rosamond.

— Pendant que d'autres épiaient diverses autres dames de la noblesse, compléta-t-elle d'une voix songeuse. Pour déterminer qui pouvait avoir surpris votre… *malentendu*. Qui sait si Lady Staplehill n'était pas celle que vous cherchiez ? Si tel est le cas, sa mort met un terme à vos inquiétudes.

— Évidemment, ce serait une excellente nouvelle pour la comtesse. Malheureusement, le trépas de Lady Staplehill était un accident.

— Vous voulez dire qu'on l'a *accidentellement* assassinée, de la même façon qu'on nous a *accidentellement* attaqués sur la route ?

Stephen fit un geste fataliste.

— Je n'y étais pas. Je ne peux pas vous dire. Mais revenons à nos moutons : où est Lady Rosamond ?

Il fit un pas vers elle.

Effrayée, Anne croisa les mains devant elle pour qu'il ne les voie pas trembler.

— Qu'est-ce qui vous fait croire qu'on m'aurait

confié, à *moi*, un secret de cette importance ? Je n'ai été qu'un instrument dans cette affaire.

— C'est ce que je pensais aussi, mais mon seigneur a un autre point de vue.

Une soudaine agitation leur parvint depuis le couloir. Stephen, intrigué, jeta un coup d'œil en arrière.

— Veuillez m'excuser, milady. Je reviens dans un instant.

Il ne se donna même pas la peine de refermer complètement la porte. Où serait-elle allée, de toute façon ? Elle s'appuya d'une main contre le mur irrégulier et, courbant l'échine, se laissa gagner tout entière par les tremblements. Si elle se révélait inutile, auraient-ils le moindre scrupule à la supprimer pour l'empêcher de parler ? Il fallait gagner du temps, leur faire croire qu'elle savait où Lady Rosamond se cachait. L'aller-retour jusqu'à Londres pour vérifier ses dires leur prendrait du temps. D'ici là, Philip serait venu la délivrer. Stephen lui avait affirmé qu'il était encore en vie. Que faire, sinon se raccrocher à cet espoir ?

La porte se rouvrit sur Stephen. Elle se raidit.

— Milady, il semble que vous ayez de la chance.

Du regard, elle fit le tour de sa cellule, avant de répliquer d'un ton sarcastique :

— Ah oui ? C'est curieux, ça ne m'avait pas frappée, jusqu'ici.

— Nous savons où se cache la comtesse. Mon seigneur l'a localisée.

Sidérée, elle ne sut que répondre. Comment Bramfield s'y était-il pris ?

Au bout d'un moment, elle finit par commenter, d'une voix qu'elle s'efforçait de garder ferme :

— Dans ce cas, vous n'avez plus de raison de me retenir ici.

Stephen inclina la tête.

— Je regrette profondément, mais nous ne pouvons pas encore vous laisser partir. Vous pourriez nous être utile. N'ayez crainte, je vais vous faire descendre à boire et à manger.

— Attendez ! cria-t-elle en se précipitant vers la porte.

Mais le lourd battant se referma dans un claquement sinistre, que ponctua le cliquetis du verrou.

Et s'ils l'oubliaient là ? À leurs yeux, elle n'était rien. Elle allait mourir entre ces quatre murs, sans jamais avoir pu dire à Philip qu'elle l'aimait. Sans même savoir s'ils auraient pu trouver une solution pour concilier leurs avenirs respectifs.

Devait-il en être ainsi ? Non. Pas question. Le futur était entre ses mains.

En commençant par le mur derrière elle, elle se mit en devoir d'inspecter la pièce. Il fallait trouver quelque chose, n'importe quoi : une grosse pierre pour assommer le prochain visiteur, ou une anfractuosité dans la roche par où gagner la cellule voisine. Elle s'acharna pendant plus d'une heure, au prix de maintes déchirures dans le tissu délicat de sa robe et de plusieurs ongles arrachés. En pure perte.

Au bout d'un long moment, elle entendit un nouveau bruit de pas. Elle alla se placer à côté de la porte. Avec un peu de chance, l'individu s'avancerait suffisamment pour qu'elle puisse se glisser derrière lui et prendre ses jambes à son cou. Adossée à la paroi, elle inspira profondément à plusieurs reprises pour tenter de réguler son souffle. Lorsque la clé tourna dans la serrure, elle banda ses muscles. Mais la porte ne fit que s'entrouvrir.

— Milady ? chuchota une voix reconnaissable entre toutes.

— Margaret ? murmura-t-elle, incrédule.

Le battant s'ouvrit plus grand, et la servante s'engouffra dans le cachot. Mais le soulagement d'Anne fut de courte durée : un homme la suivait. Elle recula, horrifiée. Puis elle le reconnut. Philip ! Devant son expression abasourdie, il sourit. Alors seulement, elle se rendit compte à quel point elle avait eu peur de ne jamais le revoir.

Elle se jeta à son cou. Quel bonheur de retrouver sa chaleur, sa force, la sécurité de ses bras !

Pourtant, c'était non pas elle, mais Margaret, qui pleurait à chaudes larmes, à en juger par les reniflements sonores qui emplissaient la cellule. Anne se tourna vers elle et la serra dans ses bras.

— Merci, Margaret, merci infiniment !

— Je ne mérite pas votre reconnaissance, milady, murmura la servante d'un air abattu. C'est moi qui vous ai conduite ici, dans la maison de l'ennemi.

— Voyons, tu ne savais pas, protesta Anne en s'écartant pour la prendre par les épaules. Et puis, tu viens de me délivrer ! Si tu pensais devoir te racheter, voilà qui est fait !

— Ne nous attardons pas, intervint Philip en jetant un coup d'œil dans le couloir. J'ai assommé le garde en haut de l'escalier, mais il peut revenir à lui à tout instant.

— Et une fille de cuisine sait que nous sommes ici, ajouta Margaret. On l'avait chargée de vous apporter un plateau, mais elle avait tellement peur des fantômes du cachot qu'elle a accepté que je vienne à sa place.

— Comment avez-vous fait pour vous introduire dans le manoir, Philip ? demanda Anne. Les gardes devaient s'attendre à ce qu'on essaie de me délivrer, je suppose.

— J'ai repris à mon compte l'astuce de John : je me suis caché dans une charrette qui transportait du foin. J'en ai encore des démangeaisons, d'ailleurs. Ensuite, je me suis mis à la recherche de Margaret, que j'ai trouvée dans les cuisines. Mais assez bavardé ! Dépêchons-nous !

Il lui tendit un vêtement roulé en boule.

— Elle vous a déniché une robe de service, pour que vous passiez inaperçue. Enfilez-la vite.

Margaret l'aida à délacer sa tenue en lambeaux, puis elle se glissa dans une robe grise élimée taillée dans un tissu grossier. Pendant ce temps, Philip surveillait le couloir. Au moment où Anne s'apprêtait à lui emboîter le pas, Margaret la retint par le bras.

— Je ne viens pas avec vous, milady.

— Margaret ! Tu ne peux pas rester ici, c'est trop dangereux !

— Si je disparais, Stephen saura que vous vous êtes échappée, et que je vous ai aidée. Je partirai quand les choses seront rentrées dans l'ordre.

Anne serra les mains de la servante dans les siennes.

— Nous reviendrons te chercher. Tu as ma parole.

— Hâtez-vous, milady.

La jeune femme lui fourra un ballot entre les mains.

— Voilà des capes pour vous deux. Partez avec les valets qui descendent à Ware faire leurs commissions quotidiennes. Que Dieu vous garde !

Chapitre 21

Le pouls de Philip ne revint à un rythme normal que lorsqu'il eut conduit Anne à l'abri des bois où il avait dissimulé leurs chevaux, non loin de Bramfield Hall. Il peinait à se remettre de ses émotions. Quand il l'avait aperçue dans le cachot, saine et sauve, si courageuse encore… Quel soulagement ! Plus jamais il ne voulait la voir courir de tels risques.

Par chance, ce serait bientôt de l'histoire ancienne, puisque la Ligue n'avait plus l'intention de recourir à ses services. À ce propos… Comment diable allait-il pouvoir lui annoncer la nouvelle ?

— Nous allons trouver une auberge à Ware, décréta-t-il en resserrant les sangles de leurs selles. Vous m'y attendrez. Je reviendrai vous chercher dès que je le pourrai.

— Il n'est pas question que vous me laissiez, Philip Clifford.

Il lui lança un regard réprobateur.

— Vous m'avez dit qu'ils savaient où trouver Lady Rosamond. Or, seule la Ligue détenait cette information. Autrement dit, il y a un espion parmi les hommes de l'Épée.

— Un traître au sein même de la Ligue ? répéta-t-elle, horrifiée.

— C'est la seule explication, dit-il d'un ton lugubre. J'ajoute qu'il ne peut pas s'agir de l'un de nos compagnons, car ils savent tout depuis le début. Non, c'est quelqu'un qui est en relation avec Bramfield. Il faut absolument retrouver Lady Rosamond avant eux.

— Vous voulez fouiller Londres ?

— David m'a laissé un moyen de le joindre.

— À propos des hommes de l'Épée, où sont-ils donc ? J'avoue avoir été surprise de vous voir arriver seul.

Il hésita. Comment réagirait-elle quand elle apprendrait qu'ils avaient estimé pouvoir la sacrifier ?

— Ils sont partis pour Londres afin de protéger la comtesse.

Il posa une main sur son épaule.

— Ils m'ont demandé de les accompagner, mais j'ai refusé.

Elle le dévisagea, abasourdie.

— Vous avez… rompu avec la Ligue ?

— Ils ont prétendu que vous n'étiez pas en danger, et que leur premier devoir allait donc à Lady Rosamond et au roi. Quant à moi, je ne pouvais me résoudre à vous abandonner.

Elle lui sourit tendrement et lui caressa la joue.

— Je ne sais comment vous remercier, Philip. Soyez sans crainte : quand nous reverrons Sir Walter, je lui parlerai en votre faveur.

— Attendez… Je ne vous ai pas tout dit.

Le sourire d'Anne s'évanouit.

— Quelqu'un a été tué ?

— Non, c'est autre chose. Walter estime que trop

de personnes vous ont vue sous l'identité de Lady Rosamond. Selon lui, de ce fait, la Ligue ne peut pas vous inviter à rejoindre ses rangs.

Elle le dévisagea sans paraître comprendre. Puis elle s'empourpra violemment.

— M'en veut-il de ne pas lui avoir parlé du soupirant de Margaret ? C'était une grossière erreur, j'en conviens, mais…

— Erreur ou non, là n'est pas la question, hélas ! Il m'a dit que votre courage et la qualité de votre engagement avaient été fort appréciés, mais que…

— N'en parlons plus, Philip. Le temps presse. J'ai été sotte, voilà tout.

Il plongea son regard dans celui d'Anne, mais n'y lut aucune émotion. Il ne put qu'acquiescer d'un signe de tête.

— Allez à Ware. Attendez-moi là-bas.

— Alors, vous aussi, vous me croyez incapable de me rendre utile ?

Il se raidit.

— Comment osez-vous m'accuser d'un tel manque de considération ? gronda-t-il.

Elle ferma les yeux un bref instant.

— Vous avez raison. Excusez-moi, Philip. Mais, si vous me laissez à Ware, rien n'exclut qu'ils m'enlèvent à nouveau. Ils pourraient se servir de moi pour vous atteindre, *vous*.

Si seulement cette idée n'avait eu aucun sens…

— La décision m'appartient, Philip, reprit-elle. Et je choisis de venir avec vous.

Il se prit à espérer qu'elle allait chercher à le convaincre par des baisers. Tout, pourvu qu'elle lui montre qu'elle allait surmonter sa déception face au rejet de la Ligue. Mais non : elle se contenta de guetter sa réaction.

— Très bien. Vous pouvez voyager avec moi. Mais il faut me promettre de m'obéir en toute chose.

— Vous avez ma parole.

Ils entrèrent dans Londres par une porte monumentale ménagée dans les vieux remparts. Anne n'avait jamais emprunté ces rues à cheval, et elle ne tarda pas à comprendre pourquoi. Elles étaient à ce point bondées qu'à plusieurs reprises des passants durent se plaquer contre un mur pour la laisser passer. Par deux fois, Philip fut contraint de se baisser pour éviter une enseigne. La majeure partie des bâtiments en pierre étaient surmontés d'étages en bois décrépits qui penchaient les uns vers les autres au-dessus de la chaussée. Une odeur pestilentielle, mélange d'égouts à ciel ouvert et de relents d'abattoirs, flottait dans l'air alourdi par la fumée des fourneaux de cuisine.

Anne faisait bonne figure. Peut-être même réussissait-elle à faire croire à Philip qu'elle s'était remise de sa cruelle déception. Pourtant, elle ne songeait plus qu'à une chose : son avenir au sein de la Ligue n'avait été qu'une illusion. Elle tenta de se raisonner. Après tout, elle avait plus de chance que bien des femmes. Elizabeth, son amie, la reprendrait à son service. Elle ne connaîtrait ni la faim ni le froid.

Hélas, elle n'aurait jamais un toit à elle, non plus, car la rétribution de la Ligue ferait une piètre dot.

Le désespoir la guettait. Malgré tout, elle refusait d'y céder. N'avait-elle pas l'habitude de se résigner ? Elle ferait partie de la famille d'Elizabeth et l'aiderait à élever ses enfants. Elle s'efforcerait de bannir tout soupçon de jalousie. Elle surmonterait son affliction. Il ne fallait pas oublier que Lady Rosamond courait encore un grand danger.

Trois imposantes portes de pierre gardaient le London Bridge : une à chaque extrémité et une en son milieu. Lorsqu'elle s'engagea sous la première, Anne prit soin d'éviter du regard les têtes des traîtres décapités qui y pourrissaient sur leurs piques. D'un bout à l'autre du pont et de chaque côté s'élevaient des bâtisses de deux à trois étages, si bien qu'elle avait davantage l'impression de parcourir une énième rue que de traverser le fleuve. Les volets donnant sur la route avaient été abaissés pour la journée, de façon à exposer les marchandises à la vue des chalands.

Anne et Philip n'eurent pas à chevaucher longtemps avant d'arriver à la première chapellerie. Avisant un garnement couvert de suie, ils lui confièrent la garde de leurs chevaux en échange d'une pièce. Puis ils pénétrèrent dans la boutique. Comme elle l'avait déjà fait pour Sir Walter, Anne fit mine d'admirer les chapeaux qui encombraient plusieurs petites étagères. En réalité, elle se retenait de jeter des coups d'œil nerveux autour d'elle. Et si l'espion infiltré au sein de la Ligue faisait surveiller cette échoppe ? Cela dit, quel autre moyen avaient-ils d'entrer en contact avec le capitaine et les autres chevaliers de l'Épée ?

Un homme sortit de l'arrière-boutique, un sourire aux lèvres.

— Bien le bonjour, messire. Que puis-je faire pour vous ?

Philip posa sur le comptoir la pièce que David lui

avait confiée, à laquelle il ajouta une autre pièce en guise de paiement.

— J'aimerais laisser un message.

Le chapelier examina la monnaie sans mot dire, puis les dévisagea tour à tour d'un air circonspect.

— Entendu, messire, finit-il par répondre.

Bon... Jusqu'ici, tout va bien, songea Anne en soupirant de soulagement.

— Auriez-vous de quoi écrire ? s'enquit Philip.

L'homme lui tendit un morceau de parchemin, une plume et un encrier. Anne regarda Philip rédiger sa missive. Le silence régnait dans l'échoppe. Elle n'entendait que le crissement de la plume et les cris des marchands ambulants au-dehors. La cité était tellement vaste... Même s'ils apprenaient où se trouvait Lady Rosamond, il leur faudrait sans doute beaucoup de temps pour la rejoindre par ces ruelles surpeuplées. Pourvu qu'ils n'arrivent pas trop tard ! Dieu préserve la comtesse de connaître le même sort que Lady Staplehill !

Quelques instants plus tard, Philip roula le parchemin, qu'il ferma à l'aide d'un lacet de cuir. À la surprise d'Anne, l'artisan alla chercher un pot de cire chaude et fit signe à Philip de sceller sa missive.

— Merci, dit ce dernier en récupérant la pièce de la Ligue.

Puis il prit Anne par le bras et l'entraîna à l'extérieur. Le petit gardien s'inclina en leur tendant les rênes de leurs montures. Après lui avoir octroyé une autre piécette pour sa peine, Philip aida Anne à remonter en selle.

— À quel endroit avez-vous précisé qu'on pouvait nous trouver ? demanda-t-elle tandis qu'ils rebroussaient chemin à travers la foule.

— Dans une auberge située près des docks, non loin de la Tour. J'y ai déjà séjourné. On y côtoie essentiellement des marins et autres gens du commun.

Ils longèrent donc la Tamise en direction de l'est. Tout en chevauchant, Anne observait les immenses grues qui s'employaient à décharger la cargaison des navires. Les remugles de poisson et de goudron la prenaient aux narines. Malgré tout, la beauté n'avait pas totalement déserté la cité : de temps à autre, un cygne d'un blanc pur fendait paisiblement la surface des flots.

À l'auberge, Philip exigea une chambre orientée au nord, côté opposé au fleuve, pour échapper à la puanteur.

La pièce, exiguë, ne comportait en plus du lit qu'une petite table flanquée de deux escabelles. Ils y prirent un rapide dîner dans l'obscurité grandissante. Ils s'observaient en silence par-dessus la flamme de l'unique chandelle posée entre eux.

— À votre avis, dans combien de temps aurons-nous des nouvelles ? s'enquit-elle pendant qu'il déposait le plateau dans le couloir.

Lorsqu'il eut refermé la porte, il se retourna et la dévisagea sans répondre. Tout à coup, la tension entre eux devint palpable, comme si l'air s'était épaissi.

Sans s'approcher, il lui répondit d'une voix rauque :

— Pas avant le matin, je pense. Il n'est pas conseillé de s'aventurer dans les rues trop tard le soir.

— Ah…

Elle le détailla du regard et se sentit fondre au souvenir des heures passionnées qu'ils avaient passées ensemble dans une chambre semblable. Elle avait terriblement envie de lui, désespérément besoin qu'il l'aide à oublier le sort que lui réservait l'avenir. Hélas, ils couraient un trop grand danger pour se permettre de manquer de vigilance.

— Comment vous sentez-vous ? demanda-t-elle. Ce misérable Stephen m'a assuré que vous n'alliez pas mourir, mais j'ai eu tellement peur qu'il me mente, ou qu'il ait envoyé un spadassin achever sa besogne !

— Vous avez été témoin du pire, la rassura-t-il.

Elle hocha la tête, ne sachant quoi ajouter. Son désir ne faiblissait pas. Au contraire, elle ne songeait qu'à se mettre nue devant lui ! Voilà qui eût été subtil…

On frappa à la porte. Ils sursautèrent tous les deux.

— Ça ne peut pas déjà être la Ligue, murmura-t-elle.

Il fit un signe de tête négatif et se tourna vers la porte.

— Qui est-ce ?

— Le service, messire. Avec le baquet que vous avez demandé.

Anne interrogea Philip du regard.

L'air content de lui, il alla ouvrir. Plusieurs jeunes valets portèrent le baquet à l'intérieur, suivis de quelques autres, qui apportaient l'eau chaude. En quelques minutes, tout fut prêt et ils se retrouvèrent de nouveau seuls.

Anne goûta l'eau du bout du doigt et soupira d'aise.

— Oh ! Philip, comme c'est attentionné de votre part… À moins que vous ne suggériez par là que mon parfum laisse à désirer.

Il s'esclaffa.

— Après l'épreuve que vous avez subie dans ces geôles, je me suis dit qu'un peu de confort vous serait agréable.

Comment lutter contre l'inévitable ?

— Et vous avez deviné juste. Pouvez-vous me délacer ?

Elle vit son regard s'assombrir, mais il acquiesça d'un

signe de tête sans faire de commentaire. Elle lui présenta son dos. Lorsque le laçage fut défait, elle entreprit d'ôter sa robe. Elle sentit les mains de Philip la frôler pour l'aider à faire passer son vêtement par-dessus sa tête. Elle défit les liens de sa chemise, qu'elle enleva à son tour. Elle l'entendait respirer plus fort derrière elle.

Elle prit une brève inspiration et se retourna. Offerte à son regard caressant, qui s'attardait sur ses seins, elle se mit à retirer les épingles qui retenaient sa chevelure. Ses boucles tombèrent une à une sur ses épaules.

Il ne la quittait pas des yeux, toujours silencieux. Elle le contourna pour aller jusqu'au baquet et disposa les serviettes de lin et le savon doux à portée de main. Puis elle monta dans le bain. L'eau ne lui arrivait qu'à la taille, mais elle s'y enfonça avec un soupir de contentement.

Philip tira une escabelle pour la contempler plus à son aise, comme si elle faisait partie d'une troupe de comédiens en représentation. Elle n'en fut pas gênée. Sous son regard, elle se sentait belle.

— Si vous aviez été Lady Rosamond, vous auriez eu droit au luxe d'un baquet plus grand et mieux rempli, commenta-t-il à voix basse.

— Celui-ci fera très bien l'affaire.

Après avoir mouillé un carré de lin, elle y frotta le savon et, à gestes lents, se mit à le passer sur ses bras. Elle soutenait son regard. Elle se lava la nuque, puis la gorge, descendant peu à peu vers ses seins. Ses propres caresses lui étaient presque aussi délicieuses que si c'était lui qui l'avait touchée ainsi. Elle sortit une jambe de l'eau pour la savonner, puis l'autre, éclaboussant Philip de la pointe des orteils. Sa facétie arracha à ce dernier un sourire crispé.

Lorsqu'elle en fut à se laver entre les jambes, elle envisagea de s'y attarder. Mais elle n'osa pas. Elle ne se sentait pas encore assez sûre d'elle. Enfin, elle pencha la tête en arrière pour se mouiller les cheveux, puis elle fit mousser le savon entre ses mains.

Tout à coup, il se leva. Prise au dépourvu, elle le laissa lui ôter la mousse des mains et l'appliquer lui-même sur sa chevelure. Il se mit à lui masser doucement la tête.

Elle ferma les yeux et laissa le bien-être chasser ses inquiétudes.

— C'est tout simplement divin.

— Il m'arrive de savoir me rendre utile.

Livrée aux soins de Philip, elle laissa ses membres se détendre, sa tête basculer en arrière. Sous prétexte de lui laver les cheveux, il la cajolait, la caressait. Elle en était touchée et comblée. Comme elle l'aimait, cet homme qui la traitait avec tant d'égards !

— Il est temps de vous lever, dit-il d'une voix rocailleuse.

Elle en fut presque incapable, tant son corps était alangui. Lorsqu'elle y parvint, Philip lui versa un seau d'eau chaude sur la tête pour la rincer. Elle tendit la main vers sa serviette, mais il la devança, dépliant lui-même la toile de lin. Il l'enroula autour de ses épaules et lui tamponna la peau avec douceur. Elle s'étira comme une chatte sous ses effleurements, mais elle finit par être sèche, et il n'eut plus rien d'autre à faire.

Alors, il la souleva et la porta jusqu'au lit. Tout ensommeillée, elle tendit les bras vers lui, mais il recula.

— Moi aussi, j'aimerais prendre un bain.

— Dans l'eau que j'ai utilisée ?

— Allons, vous n'étiez pas si sale.

— Elle va être froide…

— Tant mieux.

Elle ne fut pas sûre de comprendre sa réponse, mais elle n'eut guère le temps de s'y attarder. Il se déshabillait. Elle se releva sur les coudes pour mieux le contempler.

Un bâillement lui échappa, à sa grande honte. Philip, lui, s'en amusa.

— Vous êtes déjà lasse de me voir nu ?

— Oh ! Philip, non ! Simplement, je n'ai pas dormi la nuit dernière et, maintenant que je suis bien au chaud, mes yeux se ferment tout seuls…

Elle se pelotonna avec délices sous la couverture.

— Dormez, dans ce cas, murmura-t-il en s'approchant du lit pour remonter la courtepointe sous son menton.

Maintenant qu'elle l'avait pour elle seule, il n'était pas question de céder à la fatigue. Elle l'observa entre ses paupières mi-closes. Quand il eut ôté tous ses vêtements, elle admira son corps aux muscles bien dessinés, dont l'arrondi était souligné par les jeux d'ombre de la bougie.

Philip se lava rapidement. Sans ses vêtements, loin de son arme, il se sentait vulnérable. Il jeta un coup d'œil à Anne. Elle continuait à le regarder en battant des cils, somnolente, un doux sourire aux lèvres.

Diable, qu'elle était tentante ! Il avait dix raisons au moins de la prendre ce soir. Pourtant, en définitive, le besoin de la protéger l'emporta. Autrement dit, il lui fallait rester sur ses gardes. Les avait-on suivis depuis Bramfield Hall ? Non, c'était peu probable. Mais il ne pouvait en être certain. De plus, si la Ligue comptait bien un traître en son sein, rien n'excluait que son message finisse par être intercepté et utilisé contre lui.

Une fois propre, il se rhabilla et s'approcha du lit. D'un geste, Anne l'invita à la rejoindre. Après avoir posé son épée à portée de main, il s'allongea près d'elle sur les couvertures. Elle se tourna vers lui et le caressa, puis lui offrit ses lèvres.

Il dut faire un violent effort sur lui-même pour ne pas répondre à son invite. Il lui déposa un baiser sur le front.

— Dormez, murmura-t-il.

Elle fronça vaguement les sourcils, mais son expression se détendit presque aussitôt. Elle s'était endormie. Il écarta de son visage quelques mèches de cheveux, tout en s'interrogeant sur les doux sentiments qu'il éprouvait pour elle.

Cette douleur qui l'étreignait quand il craignait qu'on lui fasse du mal, cette tendresse qui l'envahissait quand elle dormait dans ses bras, était-ce de l'amour ? Il n'était question ni de lubricité ni de passion. Simplement… d'Anne.

Plus le temps passait, plus ses rêves de mariage prestigieux et d'élévation sociale à la Cour lui paraissaient inconsistants. N'était-ce pas plutôt pour sa mère qu'il y avait accordé tant d'importance jusque-là ? Pourtant, justement, sa mère n'aurait-elle pas souhaité avant tout le voir heureux ? Il avait associé Anne à son passé parce qu'ils venaient du même milieu modeste. Quelle sottise, quand il y pensait ! L'heure était venue de commencer à réfléchir à ce qui pourrait faire son bonheur à lui.

Cela dit, dans l'immédiat, sa priorité devait être de veiller sur elle. Dormir était exclu : quelqu'un pourrait essayer d'entrer.

Plusieurs heures plus tard, elle remua entre ses bras

et ouvrit les yeux. D'abord désorientée, elle le dévisagea sans bouger. Puis elle posa une main sur sa joue.

— Vous n'avez pas dormi, souffla-t-elle.

Il haussa les épaules.

— Philip, vous avez besoin de repos. Si quelqu'un vient, nous l'entendrons. Vous devez reprendre des forces pour être en mesure de faire face si nécessaire.

Il posa la tête sur son bras replié et contempla en silence le beau visage d'Anne, là, tout près sur l'oreiller.

— S'il vous arrivait quoi que ce soit, je ne me le pardonnerais jamais, murmura-t-il.

— Il ne m'arrivera rien. Dormez, maintenant.

Elle passa un bras autour de sa taille et il se laissa emporter par le sommeil.

Anne sentit qu'on la secouait. Elle ouvrit les yeux et vit Philip au-dessus d'elle. Son corps pesait agréablement sur ses hanches. Elle se blottit dans sa chaleur. Le jour n'était pas encore levé.

— Bonjour, murmura-t-elle en souriant.

Il lui rendit son sourire.

— Le bonjour à vous.

Il se pencha et l'embrassa sur les lèvres. Ce fut trop bref.

— Allons, debout.

Lorsqu'elle tenta de s'enfouir sous les couvertures, il lui tapota les fesses.

— J'ai l'impression que nous avons de la visite, ajouta-t-il.

Elle n'eut d'autre choix que de remettre la robe informe que lui avait procurée Margaret. L'inquiétude lui serra le cœur à la pensée de son amie.

— À l'heure qu'il est, on a dû s'apercevoir de mon évasion, dit-elle tandis que Philip laçait sa robe. J'espère qu'il n'est rien arrivé à Margaret.

— Pourquoi lui auraient-ils fait du mal ? À mon avis, leur priorité est de découvrir où se cache Lady Rosamond à Londres. Bramfield va devoir se présenter devant le roi avec tous les autres nobles, ne l'oublions pas. Il ne pourrait pas se soustraire à cette obligation sans éveiller les soupçons.

— Et si le traître infiltré dans la Ligue retrouve la comtesse avant nous ?

— N'ayez crainte, elle doit être bien protégée. Il faut garder espoir. À l'évidence, les félons ont préféré éviter de tuer à moins d'y être obligés. Bramfield avait assigné un homme à la surveillance de chaque dame qu'il suspectait. S'il l'avait voulu, il aurait pu les faire toutes assassiner, en usant de méthodes qui n'auraient pas attiré l'attention sur lui. Rappelez-vous : même nos compagnons de l'Épée n'ont rien vu de douteux dans la mort de Lady Staplehill.

— Allez-vous leur dire que nous soupçonnons l'un des leurs de s'être laissé corrompre ?

Philip hésita.

— Je préfère ne pas courir ce risque sans nécessité absolue. Comment savoir si le traître ne fait pas partie des membres supérieurs de l'organisation ? Non, nous allons attendre de voir comment les choses évoluent et prendre notre décision en conséquence.

— Au dernier moment ? releva-t-elle avec un demi-sourire.

— S'il le faut, oui.

Des coups frappés à la porte firent sursauter Anne.

Philip, lui, semblait calme, voire soulagé. Les premières lueurs de l'aube venaient seulement d'apparaître, aussi tenait-il un bougeoir à la main. Il le leva et lui fit signe d'aller se réfugier dans un angle. Tandis qu'elle s'exécutait, il tira son épée du fourreau.

— Qui est là ? lança-t-il tout contre le battant de bois.

— David.

Philip et Anne se regardèrent. Il entrouvrit la porte, prenant soin de mettre son épée bien en évidence.

— Vous êtes seul ? demanda-t-il.

— Oui. J'ai reçu votre message.

— Vous n'en avez parlé à personne, comme je vous le demandais ?

— Non, personne ne sait.

Philip s'effaça pour le laisser entrer, puis referma la porte, non sans avoir jeté un coup d'œil dans le couloir.

Anne constata le soulagement de David lorsqu'il la repéra dans la chambre.

— Milady, la missive de Philip m'a appris votre libération. Je me réjouis qu'il ait réussi à vous faire évader.

— Sans votre aide, précisa Philip d'un ton glacial.

L'homme de l'Épée, d'ordinaire si impassible, courba l'échine.

— Vous dites vrai, hélas. Milady, je ne suis pas libre de tout dire, mais sachez que nous avons tous été profondément attristés de devoir renoncer à vous secourir.

Pas libre de tout dire… Anne et Philip échangèrent un nouveau regard.

— Je n'en doute pas, Sir David, lui assura-t-elle. Mais je vous en prie, ne m'appelez plus milady. Je suis redevenue Anne, simplement. Avez-vous des nouvelles de Lady Rosamond ?

— Oui, elle va bien. Elle est sous notre protection.

Le soulagement manqua de la faire défaillir.

— Est-elle allée trouver le roi ? s'enquit Philip.

— Nous devions l'y escorter hier, mais elle a refusé, sans nous donner d'explications. Or, le temps presse. Ce soir, les nobles se rassembleront à Westminster Palace.

Quelqu'un l'aurait-il déjà approchée pour la menacer ? s'interrogea Anne, soudain très inquiète.

— Elle a peut-être peur, dit-elle tout haut.

— Voilà qui serait étonnant. Elle a traversé tout le royaume en secret sans jamais perdre courage, si j'en crois ce qu'on m'a dit. Et elle tergiverserait maintenant, alors que sa mission est presque achevée ?

Sir David secoua la tête.

— Non, c'est autre chose, ajouta-t-il.

— Pourrais-je m'entretenir avec elle ? demanda Anne en espérant que Philip approuverait sa suggestion. Elle a séjourné à Alderley, elle me connaît.

— Je n'ose pas vous demander votre aide une fois de plus, madame, avoua le chevalier.

— Osez. Tant que Lord Bramfield et ses comparses ne seront pas mis hors d'état de nuire, personne ne sera en sécurité dans ce royaume.

Chapitre 22

Aux premiers rayons du soleil, Anne pénétra dans Londres en compagnie des deux chevaliers. Par précaution, ils firent de nombreux détours pour semer d'éventuels poursuivants. Les marchands ambulants vantaient les mérites de leurs marchandises : lait des campagnes environnantes, bois de chauffage, huîtres fraîches, tout était bon pour attirer l'attention des ménagères.

David les conduisit jusqu'à une bâtisse haute de deux étages, dont les colombages mettaient en valeur la façade de plâtre chaulé. L'édifice ressemblait en tout point aux résidences de riches marchands qui l'entouraient. Derrière le portail s'ouvrait une petite cour fleurie, au fond de laquelle deux hommes montaient la garde de part et d'autre d'une porte. David leur présenta ses compagnons. Ils les laissèrent passer. Deux autres combattants de l'ombre les attendaient dans l'entrée. Les hommes de l'Épée paraissaient si nombreux ! Comment savoir à qui ils pouvaient se fier ?

Celui qui détenait l'autorité, un guerrier dont la barbe dissimulait en partie une cicatrice ancienne, toisa Sir David avec froideur.

— Je veux l'épée de cet homme, déclara-t-il. Peu importe comment ces personnes nous ont aidés.

— Je suis ici pour servir la dame placée sous votre protection, objecta Philip d'une voix neutre. Prétendez-vous m'en empêcher ?

— Il a passé des jours à nos côtés, précisa Sir David. Je me porte garant de son intégrité. Sir Walter vous le confirmera.

— Sir Walter n'est pas là.

— Dans ce cas, référez-en à ma dame, intervint Anne. J'étais à son service à Alderley Castle. Elle se souviendra de sa suivante, Anne.

Visiblement, le chevalier n'avait aucune envie de s'en remettre à une autre autorité que la sienne. Tout de même, il finit par se retirer dans les entrailles du bâtiment. Anne était glacée. Bramfield avait-il déjà tenté de s'introduire ici ? Le traître à l'Épée devait savoir que Lady Rosamond se trouvait en sécurité dans une demeure londonienne mais, avec un peu de chance, il ne connaissait pas le lieu exact. Pas encore. Cela ne saurait tarder, hélas.

Enfin, trêve d'inquiétude. Pour l'heure, il n'était encore rien arrivé à la comtesse, qui paraissait bien protégée. À présent que ses craintes refluaient, Anne se rendait compte à quel point le sort de Lady Rosamond l'avait préoccupée.

Au bout d'un long moment, on les invita à gravir une volée de marches jusqu'au premier étage, où des chambres s'alignaient sur toute la profondeur de l'étroit édifice. Ils trouvèrent Lady Rosamond et sa dame de compagnie dans le premier boudoir, penchées l'une vers l'autre sur un ouvrage de broderie.

À leur arrivée, la comtesse leva les yeux. Son expression d'incertitude laissa la place à un sourire de soulagement. Elle jeta sa broderie de côté sur un guéridon et se leva pour venir à leur rencontre. Elle était aussi grande qu'Anne. Ses longs cheveux noirs cascadaient librement dans son dos, comme si elle ne s'était pas donné la peine de les coiffer.

Elle prit les mains d'Anne dans les siennes et déclara :

— Anne, quel plaisir de te voir ici, saine et sauve. J'en déduis que ton voyage sous mon identité a été un succès.

Malgré l'apparente banalité de ses propos, elle semblait être sur la réserve. Son regard revint à plusieurs reprises sur Philip et Sir David.

— C'est exact, milady, répondit Anne après lui avoir fait une révérence. Du moins jusqu'à ces derniers jours.

— Tu as eu des ennuis ? Je ne l'ai pas su, dit la comtesse un peu trop précipitamment.

Quelque chose dans ses manières manquait de naturel. Était-elle simplement nerveuse à l'idée de devoir rencontrer le roi ? Quand bien même, cela ne suffisait pas à expliquer qu'elle ait reporté une entrevue de cette importance…

— Ne vous inquiétez pas à mon sujet, milady, la rassura Anne. Tout est rentré dans l'ordre. Mais vous, êtes-vous sûre que tout va bien ? Souhaitez-vous que nous nous entretenions en privé ?

Lady Rosamond se tourna de façon que seule Anne voie son expression. Un mélange de soulagement et d'agitation se lisait sur ses traits – ainsi qu'une grande frayeur.

— Oui, Anne, suis-moi dans ma chambre. Nous en avons pour une minute, messires chevaliers.

Anne suivit la comtesse. À sa grande surprise, dès qu'elle eut refermé la porte derrière elles, cette dernière l'empoigna fermement par les épaules.

— Hier, un billet a été glissé sous mon bol. On m'y informait que tu étais prisonnière, et que tu serais exécutée si j'allais trouver le roi.

Lady Rosamond la serrait trop fort, mais Anne se retint de grimacer. Elle comprenait sa fébrilité.

— L'avez-vous montré à quelqu'un ?

— Impossible, voyons ! On m'aurait contrainte à aller en référer au roi sans plus attendre. J'aurais mis ta vie en danger. Raconte-moi ce qui s'est passé, veux-tu ?

— J'ai bien été retenue prisonnière. Par Lord Bramfield. Heureusement, on m'a délivrée. Nous sommes venus le plus vite possible. Milady, ce misérable sait où vous trouver !

— Comment l'a-t-il découvert ? murmura la comtesse en arpentant nerveusement la chambre. Les hommes de l'Épée m'ont juré de protéger mon secret sur leur vie même.

— Vous touchez du doigt notre plus grande crainte, milady. Il se peut que Lord Bramfield et ses complices aient corrompu l'un des membres de la Ligue. Apparemment, il est resté longtemps dans l'ignorance de votre identité, sans quoi vous auriez pu connaître un sort funeste, je le crains. Reste que nous ne savons pas à qui nous pouvons faire confiance au sein de l'ordre.

Anne hésita avant d'ajouter :

— Je mesure les risques d'une telle entreprise, mais… souhaitez-vous toujours rencontrer le roi ?

— Plus que jamais, affirma Lady Rosamond. Le rassemblement aura lieu ce soir. Nous n'allons tout de même pas laisser ce méprisable traître nous menacer tous, y compris le roi Henry ! Cela dit, il n'est plus question de me faire escorter par la Ligue.

— Non, c'est évident. Accepteriez-vous notre aide, à Sir Philip et à moi ?

— Ce chevalier est-il digne de confiance ?

— Absolument, milady. Il garde votre secret et me protège depuis des jours. Avant cela, il a été le bras droit de Lord Alderley, l'homme que Lady Elizabeth vient d'épouser.

— Dans ce cas, c'est entendu, décréta la comtesse avec une détermination renouvelée. Un dernier détail : comment allons-nous expliquer aux chevaliers de la Ligue que je ne souhaite plus leur protection ?

— Aucune explication ne saurait les convaincre, j'en ai peur. Mieux vaut s'éclipser en toute discrétion.

Lady Rosamond lui adressa un sourire un coin.

— As-tu bien vu les gardes ?

— Oui, dit Anne en riant. Mais il y a une chose que vous et moi savons faire, à présent.

Philip cessa d'arpenter la pièce : la porte de la chambre venait de s'ouvrir. La suivante de Lady Rosamond s'interrompit, elle aussi. Quand elle vit que seule Anne passait la tête dans l'entrebâillement, elle retourna à son ouvrage.

— Philip, où est Sir David ? s'enquit Anne.

— Il devait s'entretenir avec quelqu'un au rez-de-chaussée.

Elle lui fit signe d'approcher.

— Lady Rosamond aimerait vous parler. À vous aussi, Eleanor.

Philip s'effaça devant la servante, puis pénétra à son tour dans la chambre. D'un geste ferme, Lady Rosamond referma la porte derrière lui. Puis elle s'y adossa pour l'étudier du regard. Rares étaient les dames de la noblesse qui auraient osé inviter un homme dans leur chambre à coucher. Mais la comtesse n'était pas une femme ordinaire, il l'avait toujours su. Sans compter qu'elle se trouvait dans une situation pour le moins désespérée.

Décontenancé, il tourna les yeux vers Anne.

— Lady Rosamond a déjà reçu des menaces de la part de Lord Bramfield, expliqua-t-elle.

Quand elle lui eut relaté toute l'histoire, il commenta :

— Anne, je doute qu'une nouvelle comédie soit la solution à notre problème.

— Vous préférez affronter dix hommes pour nous faire évader par la force, peut-être ? rétorqua-t-elle.

— Je regrette de devoir solliciter Anne encore une fois, Sir Philip, intervint Lady Rosamond. Mais ma mission est de la plus haute importance. Pouvez-vous m'aider à rejoindre le roi ?

— Bien sûr, milady. Au prix de ma vie, s'il le faut.

— Nous n'en arriverons pas là, protesta la comtesse. Mais assez parlé : dépêchons-nous avant que votre ami revienne.

L'échange de robes ne fut pas long. Philip attendait dans le boudoir, l'épée au clair, l'oreille collée à la porte donnant sur l'escalier.

— Nous sommes prêtes.

Il se retourna. Anne se tenait devant lui, vêtue comme à leur arrivée. Cette fois, c'est la comtesse qui avait troqué sa riche toilette contre les vêtements d'Eleanor. Elle avait dissimulé ses cheveux sous une coiffe, dont les longs plis lui couvraient aussi le cou.

Un bruit de pas se fit entendre dans l'escalier. Les trois femmes eurent un moment de panique, et Eleanor, baissant la tête, se mit à prier tout bas.

Philip leur fit signe de battre en retraite derrière la porte. Anne dut tirer la suivante par le bras.

Le battant s'ouvrit et la voix de David s'éleva dans la pièce :

— Lady Rosamond ?

Philip referma la porte. Quand l'homme de l'Épée se retourna vers lui, perplexe, il le saisit à la gorge et le plaqua contre le mur en le menaçant de sa lame. La grande taille de David ne l'avantageait pas : Philip devait lever les bras et s'en trouvait un peu déséquilibré.

D'abord sidéré, le chevalier de la Ligue parut soudain se décomposer.

— Traître ! s'écria-t-il d'une voix rauque. Et dire que je vous ai moi-même conduit jusqu'ici !

— Non, David, je ne vous ai pas trahi, dit Philip sans baisser sa lame. Mais Lady Rosamond a reçu hier matin une missive, où l'on menaçait de tuer Anne si elle se rendait auprès du roi.

— Impossible !

Philip le pressa un peu plus contre le mur.

— Parlez moins fort. C'est la stricte vérité. Pourquoi croyez-vous qu'elle a hésité à aller jusqu'au bout de sa mission ? Nous n'avons aucun moyen de savoir qui a été soudoyé au sein de la Ligue.

— Vous le saviez avant même de venir ici, je me trompe ? gronda le chevalier.

Philip le lui confirma d'un signe de tête.

— S'ils n'ont pas torturé Anne dans les geôles, c'est parce qu'ils avaient déjà découvert l'endroit où se cachait Lady Rosamond. Qui d'autre qu'un membre de la Ligue aurait pu avoir accès à cette information ?

— Ce n'est ni moi ni nos deux autres compagnons, vous le savez, se défendit David en cherchant à se dégager.

Philip tint bon.

— Je n'en doute pas, sans quoi vous auriez fait assassiner la comtesse bien plus tôt. Cela dit, le problème reste entier, pour vous comme pour nous. Comment savoir si nous pouvons nous fier à vos supérieurs ?

Philip devinait sans peine les pensées qui se bousculaient à toute vitesse dans la tête de son compagnon.

— Bon. Qu'avez-vous décidé ? finit par demander le chevalier.

— Si je vous relâche, allez-vous vous tenir tranquille et m'écouter ?

David répondit par l'affirmative. Philip le libéra et recula. L'homme de l'Épée se massa la gorge.

— Nous allons faire évader Lady Rosamond, annonça Philip.

Il avait envie de remettre son épée au fourreau, mais la fureur de David, encore vive, l'en dissuada.

— Vous n'y pensez pas ! protesta le chevalier de la Ligue. Où serait-elle plus en sécurité qu'ici ?

— Partout ailleurs, déclara la comtesse en le toisant avec froideur. Je ne peux plus me fier à aucun de vous dans cette maison. Ma mission est on ne peut plus claire. Les nobles se sont rassemblés. Ma place est auprès du roi.

— Il est à Westminster Palace, objecta David. Sans nos hommes pour vous escorter, comment voulez-vous...

— Je la guiderai, l'interrompit Philip. Nous partons.

David ne cacha pas son incompréhension :

— Pourquoi m'avoir mis dans la confidence ?

— Parce que j'ai confiance en vous. J'espère ne pas me tromper.

Le chevalier de la Ligue crispa les mâchoires.

— Non, vous ne vous trompez pas. Cela dit, mes compagnons de l'Épée sont nombreux. Je ne serai pas d'un grand secours.

— Nous n'avons pas l'intention de nous battre, intervint Anne. Vous verrez. Ça va marcher.

— Et puis, il n'est pas question de vous forcer à combattre les vôtres, ajouta Philip en rangeant sa lame. Moi, je ne suis pas membre de votre organisation. Je peux prendre ce risque.

David se passa une main sur le visage.

— Que voulez-vous que je fasse ?

— Accompagnez-moi en bas comme si de rien n'était. Anne et Lady Rosamond marcheront derrière nous.

Anne tourna les yeux vers Eleanor.

— Vous pouvez rester dans la chambre. Vous n'avez qu'à vous aliter, comme si vous étiez souffrante.

La suivante jeta un coup d'œil effarouché en direction de Lady Rosamond.

— Vous pouvez compter sur moi, milady. Dieu vous protège ! ajouta-t-elle avant de regagner la chambre, dont elle referma la porte derrière elle.

Philip se dirigea vers l'escalier.

— Prêt, David ?

— Nous verrons bien. Qu'on en finisse.

Ils sortirent sur le palier et commencèrent à descendre l'unique volée de marches.

David lança sur le ton de la conversation :

— Merci de votre aide avec la comtesse, Sir Philip.

Déconcerté, il dévisagea l'homme de l'Épée.

— Il fallait simplement trouver les bons mots pour la convaincre, répondit-il.

Derrière eux, les deux femmes bavardaient. Il était question d'épices pour le vin chaud destiné à apaiser les maux d'estomac de Lady Rosamond. Dans le hall d'entrée, deux soldats montaient la garde. Ils regardaient dehors par les fenêtres. À l'évidence, ils se préoccupaient davantage d'une intrusion que d'une évasion. Tant mieux, songea Philip. Ce serait tout à son avantage.

David désigna d'un geste l'arrière de la demeure.

— Les cuisines sont par là. Je vais vous y conduire, Anne.

— Je connais le chemin, milord, dit la comtesse d'une voix volontairement modifiée, plus grave et moins distinguée que la sienne.

— Holà ! lança l'un des factionnaires. Anne, c'est bien ça ?

Philip dut faire appel à toute sa volonté pour rester de marbre. Il faillit poser la main sur la poignée de son épée, mais même ce simple geste aurait pu paraître trop menaçant. L'autre garde leur jeta un coup d'œil indifférent par-dessus son épaule, avant de reprendre sa surveillance à la fenêtre.

Anne fit un pas en avant.

— Oui, messire ? Que puis-je faire pour vous ?

— Ce vin dont vous vantiez les mérites, il me tente. J'y goûterais volontiers.

— Certainement, messire, dit Anne avec un grand sourire en tournant les yeux vers Lady Rosamond. Nous vous en ferons porter plusieurs cruches. Soyez patient, il nous faudra en préparer une grande quantité pour pouvoir vous servir tous.

Satisfait, l'homme regagna son poste d'observation après avoir adressé un dernier regard à David et à Philip.

— Sir David, lança Philip en feignant la gêne, vous m'avez bien dit que les... lieux d'aisance étaient par là ?

David fit un signe de tête affirmatif. Puis, croisant les bras sur son torse, il se pencha un peu en avant pour regarder par la fenêtre, par-dessus l'épaule du garde qui s'était à peine retourné.

Philip s'empressa de suivre les deux femmes jusqu'à l'arrière de l'édifice. Comme la comtesse le leur avait expliqué, les cuisines se trouvaient dans un bâtiment séparé, au fond d'une cour. Londres ayant connu trop d'incendies, on avait relégué les fourneaux à l'extérieur des habitations. Voilà qui serait fort commode. Anne et Lady Rosamond prirent la direction des cuisines. Quant à lui, il se dirigea vers les latrines. Un garde achevait sa ronde dans la cour. Quand il le vit rentrer dans la demeure, Philip s'élança pour rejoindre ses compagnes. Elles avaient guetté le départ du soldat, elles aussi. Ensemble, ils contournèrent le bâtiment des cuisines, qui les protégea bientôt des regards. Un saule pleureur se dressait dans un angle. Ses branches tombantes feraient un écran idéal.

— Les murs sont très hauts, constata Anne.

— Hélas, le portail est très certainement fermé, dit Philip. Je vais vous aider à grimper toutes les deux. Hâtons-nous !

Anne monta sans difficulté sur son genou plié, puis

sur son épaule. D'une poussée sur ses fesses, il l'aida à se hisser sur le mur.

— Ça y est, je suis en haut ! chuchota-t-elle.

La retenant d'une main, il la regarda s'allonger sur le ventre, puis se redresser à califourchon sur l'arête du mur. Elle tendit une main vers Lady Rosamond.

— À vous, milady !

La comtesse n'était pas aussi leste, et elle tressaillit au contact de la main de Philip. Malgré tout, avec l'aide d'Anne, elle se hissa tant bien que mal sur le faîte du mur. Elle se pencha de l'autre côté.

— La chute promet d'être rude, commenta-t-elle.

— Je vous aiderai à descendre, la rassura Philip. Voulez-vous vous déplacer un peu vers l'arbre, pour que je puisse monter à mon tour ?

Il eut besoin d'élan mais, à la seconde tentative, il parvint à s'agripper au rebord. Les dents serrées, il s'éleva lentement à la force des bras, et put enfin prendre place à côté des deux femmes. En contrebas, une venelle déserte courait entre les hauts murs de plusieurs cours. À l'évidence, les sbires de Bramfield manquaient de vigilance… À moins qu'ils imaginent que leurs menaces avaient suffi à décourager Lady Rosamond ?

— Donnez-moi vos mains, dit-il à la comtesse, qui se trouvait le plus près de lui.

Il la fit descendre jusqu'à ce qu'elle puisse sauter sans encombre, puis répéta l'opération avec Anne, qui le laissa faire en souriant. Il les rejoignit d'un bond et rajusta son épée à sa ceinture.

— Nous avons réussi ! triompha Anne.

— Nous ne sommes pas encore tirés d'affaire, rappela-t-il. Nous allons devoir nous procurer des chevaux : les nôtres sont restés dans la cour avant.

— Et la Tamise ? suggéra Lady Rosamond tandis qu'ils s'éloignaient prudemment dans la venelle. Nous pourrions emprunter un bachot pour remonter le cours du fleuve.

Philip, qui avait pris la tête de leur petit cortège, redoublait d'attention chaque fois qu'ils approchaient du portail clos d'une des cours. À seulement deux portes devant eux, un homme bondit par-dessus un mur bas, l'épée déjà au clair. Il fendit l'air devant lui d'un geste agressif. Philip recula précipitamment, bousculant les deux femmes, qui tombèrent à la renverse. Ce gaillard défendait-il simplement sa propriété ? La réponse ne se fit guère attendre. Sous sa cape, Philip aperçut la livrée bleu et noir des gardes de Lord Bramfield. Aussitôt, il tira sa lame du fourreau et se fendit. Son adversaire para le coup. Par chance, il paraissait obnubilé par Anne et Lady Rosamond : il tourna les yeux vers elles. Philip profita de ce moment d'inattention pour abattre son épée, que le spadassin arrêta et retint avec sa propre lame. Alors, d'une main preste, Philip dégaina sa dague et la lui plongea sous les côtes. L'homme s'effondra en hoquetant.

Philip se retourna. Anne et Lady Rosamond se tenaient l'une contre l'autre à quelques pas de lui. Un cri fusa derrière les murs de la demeure de la Ligue.

Anne rejoignit Philip, entraînant la comtesse derrière elle.

— Est-il mort ? demanda-t-elle.

Il s'agenouilla dos aux femmes et, d'un geste rapide, trancha la gorge de leur ennemi.

— Oui, dit-il. Il n'ira pas raconter à Lord Bramfield que nous avons échappé aux hommes de l'Épée.

Il les prit chacune par un bras et les fit avancer dans la venelle.

— Cet homme était donc à la solde du félon ? s'enquit Lady Rosamond à voix basse.

Philip fit un signe de tête affirmatif.

— La Tamise est notre meilleure chance d'évasion. Nous prendrons vers l'ouest à la sortie de cette ruelle, puis plein sud jusqu'au fleuve. En route !

Chapitre 23

Le batelier dut ramer sur plusieurs encablures pour les conduire jusqu'à Westminster. Pourtant, malgré son besoin de repos, Anne fut incapable de fermer l'œil. Elle n'arrivait pas à détacher son regard de Philip. Comment imaginer la vie sans lui ? Hélas, il allait bien falloir se faire une raison…

Ils finirent par arriver à destination. Il les aida à prendre pied sur la berge, puis tous trois marchèrent à pas précautionneux dans la boue jonchée d'immondices. Ils parvinrent enfin à l'échelle qui allait leur permettre de remonter au niveau de la rue. Philip grimpa le premier, suivi de Lady Rosamond, et enfin d'Anne. Tout compte fait, c'était une chance que les eaux du fleuve ne viennent pas jusque-là, sans quoi le batelier aurait pu admirer ses charmes tout à loisir.

Les imposantes façades de pierre dorée de Westminster Palace s'offrirent à leur vue, scintillant au soleil. Ils avaient décidé de quitter le fleuve au nord du palais et de sa cour d'honneur, à hauteur d'un groupe de bâtiments aux dimensions plus modestes agglutinés près de la route. Mieux valait ne pas se montrer aux gardes pour l'instant. Comment diable allaient-ils pouvoir pénétrer dans une telle forteresse sans se faire remarquer ?

C'était la mi-journée. Les rues fourmillaient de monde. Les seigneurs devaient commencer à arriver en prévision des festivités de la soirée. Anne s'inquiétait. Si seulement ils avaient pu mettre à profit la traversée pour définir une stratégie ! Hélas, la présence du batelier les en avait empêchés. Elle tourna les yeux vers Lady Rosamond. La comtesse était blême. Pourtant, elle paraissait plus déterminée que jamais lorsqu'elle déclara à voix basse :

— Le roi accueillera ses vassaux dans Westminster Hall, ce soir. C'est la seule salle assez vaste pour un si grand rassemblement.

— Il faut trouver un moyen d'entrer, dit Philip d'une voix où perçait le doute. Si nous tentons de passer par la cour d'honneur, on nous demandera notre identité.

— Sans compter que certains invités risquent de nous reconnaître, renchérit Anne.

— Il existe une entrée secrète, leur apprit Lady Rosamond. Mon cher époux, qui était un parent éloigné du roi, m'a confié le mot de passe permettant de la franchir. Un jour que nous étions ici, à Londres… Bref, c'est une longue histoire. Quoi qu'il en soit, un souverain a parfois besoin de quitter son palais sans qu'un régiment de gardes surveille ses moindres faits et gestes.

— Voilà qui me paraît risqué, commenta Anne.

— Risqué, certes, mais nécessaire, nuança la comtesse en souriant. Il arrive qu'on souhaite se déplacer incognito.

— Comme nous en ce moment, fit remarquer Philip, pince-sans-rire.

Lady Rosamond leva les yeux vers le soleil.

— Nous devrions agir après l'heure du dîner, quand la plupart des gens seront rentrés chez eux pour la nuit.

— Pouvons-nous vraiment nous permettre de différer si longtemps ? s'inquiéta-t-il. Le roi n'attend-il pas votre venue ?

— Il m'attendait hier, rectifia la comtesse avec une pointe de regret. N'ayez crainte, il comprendra. D'ici là, y a-t-il un endroit où nous pourrions nous restaurer ?

— Suivez-moi, répondit Philip. De toute façon, je me sentirai plus tranquille quand nous serons à l'abri des regards indiscrets.

Il les conduisit vers une taverne située à l'écart de King Street. Tous trois s'installèrent dans le recoin le plus sombre qu'ils purent trouver et mangèrent sans échanger plus de quelques mots. Puis ils se mirent en devoir d'attendre. Anne avait les nerfs à vif. Après toutes les épreuves qu'elle avait traversées, pourquoi fallait-il que la dernière partie de leur mission soit si épineuse ?

Ses pensées la ramenèrent à Philip. Calme, solide, courageux. Pour donner le change, il s'était levé et avait pris part à un jeu de dés avec un groupe d'hommes. Tout de même, quel sang-froid... Après les avoir soustraites à la Ligue, après avoir abattu le spadassin de Bramfield, voilà qu'il s'apprêtait à les escorter au cœur du palais royal. Et rien de tout cela ne semblait le perturber. Cela dit, cette belle assurance faisait partie des traits de caractère qu'elle aimait chez lui. Peut-être parce qu'elle-même en avait cruellement manqué à une certaine époque. Il lui avait fallu accomplir ce long voyage pour apprendre à croire en elle-même, pour admettre sa propre valeur. Pour voir au-delà de ses compétences de servante, au-delà de son talent à incarner Lady Rosamond, au-delà de l'opinion que la Ligue avait d'elle. Désormais, elle savait. Elle était digne de ses propres rêves de bonheur.

Ces rêves, pourrait-elle un jour les partager avec Philip ? Confrontée au rejet de la Ligue, elle avait dû se réévaluer et réinventer ses désirs. Comment avait-elle pu considérer qu'il était plus important de devenir une femme de l'Épée que de trouver quelqu'un avec qui construire sa vie ? À vrai dire, si elle avait placé tous ses espoirs dans la Ligue, c'était parce qu'elle n'avait eu aucune autre perspective.

Mais Philip, lui, où en était-il ? Elle comptait pour lui, elle le savait, mais l'aimait-il ? Car seul l'amour pourrait amener celui-ci à renoncer aux projets qui vaudraient honneur et reconnaissance à sa lignée. Il rêvait d'un mariage avantageux, or elle n'avait pas de dot digne de ce nom à lui offrir. Elle allait devoir trouver une façon de le convaincre que l'amour importait plus que le statut social.

Quand le crépuscule eut assombri le monde autour d'eux, ils quittèrent la taverne, Lady Rosamond en tête. Plutôt que d'emprunter la rue qui menait vers Westminster Palace, la comtesse redescendit vers le fleuve en direction d'un groupe d'entrepôts, dont les silhouettes noires et trapues se découpaient sur les eaux. Ils attendirent que les derniers passants aient tourné au coin de la rue, puis s'engouffrèrent dans une ruelle. Anne entendit Lady Rosamond compter à voix basse tandis qu'ils longeaient une succession de bâtiments. La lune se levait, mais des nuages ne tardèrent pas à la cacher. Combien de temps allaient-ils encore marcher ? Sans torche, ils devraient bientôt avancer à tâtons dans le noir. Et cette fameuse entrée secrète paraissait bien loin du palais…

Soudain, Lady Rosamond s'arrêta.

— Nous y sommes, souffla-t-elle en regardant fixement l'entrée d'un bâtiment.

Aucune fenêtre ne permettait de voir à l'intérieur.

— Qu'allons-nous trouver derrière cette porte ? demanda Philip.

— Des soldats. Ils seront plusieurs. Vous me laisserez mener la discussion.

Elle frappa à l'huis. Les coups résonnèrent dans le silence, comme si la pièce au-delà était vide. Puis elle frappa à nouveau – un seul coup, cette fois.

Aussitôt, la porte s'ouvrit et deux hommes apparurent devant eux. S'ils ne portaient aucune arme visible, leur posture indiquait sans équivoque leur habitude à manier l'épée. Lorsqu'ils constatèrent que seuls un homme et deux femmes se tenaient sur le seuil, ils parurent se détendre un peu.

— Qui êtes-vous ? demanda le plus petit et le plus trapu des deux en les évaluant du regard.

— Lady Rosamond Wolsingham.

Il sembla redoubler de méfiance.

— La veuve du comte ? lança son compagnon.

— J'ai voyagé jusqu'ici en secret. Il faut que j'accède au palais. Le roi m'attend. Voulez-vous bien me laisser entrer ? À moins que vous ne préfériez discuter de cette affaire dans la rue ?

Anne s'émerveilla de la subtile autorité qui se dégageait de chacun des propos de la comtesse. Les soldats durent y être sensibles, eux aussi : ils reculèrent pour les laisser passer tous les trois. Le bâtiment ne comptait qu'une vaste pièce éclairée par des lanternes. Tout au fond, quatre autres soldats étaient assis autour d'une table.

Le garde trapu reprit la parole :

— Milady, dit-il avec une déférence ironique, mon nom est Sir Humphrey. Si vous avez connaissance de cette entrée, vous devez aussi savoir ce qu'il faut faire pour pouvoir l'emprunter.

Anne tourna des yeux pleins d'appréhension vers Philip, qui se tenait en alerte, comme s'il s'attendait encore à devoir se battre.

Lady Rosamond, elle, sourit calmement.

— Je connais le mot de passe.

Allait-on leur fournir une escorte privée ? Les dissimuler dans un chariot couvert ou dans une litière ?

Sir Humphrey croisa les bras avec un sourire de défi, comme s'il ne croyait pas la comtesse.

— Dans ce cas, venez donc me le dire à l'oreille, milady.

Elle s'avança jusqu'à lui et il baissa la tête. Les mots qu'elle lui chuchota, quels qu'ils soient, lui firent changer radicalement d'expression.

— Nous n'avons plus une minute à perdre, ajouta Lady Rosamond d'une voix tendue.

Le cerbère inclina la tête.

— Je comprends, milady. Suivez-moi.

Anne sentit la main de Philip au-dessus de son coude. *Il tient à moi*, se répéta-t-elle tandis qu'ils emboîtaient le pas de la comtesse. Malgré tout, ses doutes persistaient. Les sentiments qu'il éprouvait pour elle iraient-ils jamais au-delà ? Et comment le convaincre qu'elle-même espérait vivre à ses côtés non par résignation, mais par choix ?

Sir Humphrey les conduisit jusqu'à un amoncellement

de caisses en bois délabrées, qu'il déblaya en partie pour dégager une trappe ménagée dans le plancher.

Un souterrain ! Anne se sentait gagnée par l'excitation. Tout de même, la vue du puits noir et de l'escalier plongeant dans les profondeurs de la terre la refroidit un peu. Leur guide alluma une torche à l'une des lanternes et se mit à descendre. Son compagnon les laissa passer puis, s'emparant d'une autre torche, ferma la marche.

Une odeur de terre et de moisissure imprégnait l'atmosphère. Au fil de la descente, la sensation de froid et d'humidité s'accentuait. De longues minutes s'écoulèrent avant qu'ils atteignent le bas des marches. Un tunnel voûté, creusé dans la roche, se perdait dans l'obscurité à quelques pas d'eux. Ils s'y engagèrent et marchèrent un long moment en silence. Ils devaient se trouver sous la cour d'honneur, à présent, à moins qu'ils ne soient en train de longer les robustes fondations de Westminster Hall, voire celles de l'abbaye.

Enfin, ils arrivèrent au pied d'un autre escalier, dont l'ascension lui parut plus pénible encore. Le temps qu'elle parvienne à la dernière marche, elle avait les muscles des cuisses en feu. Ils débouchèrent dans une crypte voûtée qui, visiblement, servait de cellier. Des soldats s'y trouvaient en plus grand nombre encore. Sir Humphrey les confia à eux et prit aussitôt congé. Sans mot dire, l'un des gardes les précéda à travers une longue succession de couloirs tortueux, si bien qu'Anne finit par perdre toute notion de l'endroit où elle se trouvait.

Au bout de ce qui lui sembla une éternité, leur petit groupe atteignit une porte majestueuse, où les attendait un homme vêtu d'un pourpoint simple mais à la coupe impeccable. Leur guide s'inclina devant eux et se retira.

— Lady Rosamond ? s'enquit l'homme en regardant Anne.

Elle le détrompa d'un signe de tête. La comtesse fit un pas en avant.

— C'est moi. À qui ai-je l'honneur ?

— Sir Edward Colet, lord intendant de Westminster Palace, pour vous servir. Sa Majesté vous attendait.

— Avec impatience, j'imagine, compléta-t-elle.

Le lord intendant haussa les sourcils.

— C'est à votre instigation que se déroulent les festivités de ce soir, lui rappela-t-il. Permettez-moi de vous conduire à la Chambre peinte, le salon privé de Sa Majesté.

Anne et Philip échangèrent un regard surpris. Ils allaient donc être introduits auprès du roi, eux aussi. Se souviendrait-il d'eux ? Il avait assisté au mariage d'Elizabeth et de John à Alderley Castle, où elle-même avait rencontré Philip.

Lorsque Sir Edward ouvrit la porte à doubles vantaux, Anne pénétra dans une opulence qui dépassait l'imagination. D'immenses fresques paraient chacun des murs de pourpres, de verts et de bleus. Elle y reconnut des scènes de la Bible, et d'autres figurant de grands personnages à la bataille, sans doute d'anciens rois d'Angleterre. Couronnes et armures, dorées à l'or fin, étincelaient à la lumière des centaines de bougies qui brûlaient dans des lustres et sur des candélabres. Un épais rideau dissimulait le fond de la salle. Plus près, des sièges rembourrés entouraient des guéridons. Plusieurs hommes étaient regroupés autour d'une imposante table, penchés sur des documents éparpillés devant eux. Le conseil restreint du souverain, sans doute, ainsi que quelques courtisans et hommes d'Église. Le roi Henry se tenait au milieu d'eux.

Grand, blond, beau malgré des dents noircies, le monarque fixa son regard sur Lady Rosamond, qui se tenait à côté de Sir Edward. Anne et Philip s'étaient placés en retrait, juste derrière elle.

— Votre Majesté ? Mme la comtesse de Wolsingham, annonça le lord intendant.

Lady Rosamond exécuta une profonde révérence, puis se redressa, la tête haute malgré la modestie et l'aspect froissé de sa mise.

— Nous vous attendions hier, Lady Rosamond, fit observer le roi d'un ton peu amène.

D'un signe de la main, il congédia la plupart des hommes présents, ne gardant autour de lui qu'une poignée de fidèles – parmi lesquels Anne reconnut le vicomte de Bannaster. Le cousin du roi inclina la tête à son intention. À contrecœur, elle lui rendit son salut. Que faisait-il là ?

— Je vous prie d'excuser mon retard, Votre Majesté, dit la comtesse. Notre mascarade a été découverte, ce qui a mis ma compagne ici présente, Anne Kendall, en grand danger. Je me devais d'en tenir compte.

— De quelle mascarade parlez-vous ? demanda le roi avec impatience.

Il n'avait pas dû se préoccuper beaucoup de ce qu'ils devraient faire pour se présenter devant lui ce soir.

— D'ailleurs, qui sont ces personnes et que font-elles avec vous ? poursuivit-il.

Quand Lady Rosamond les présenta, Anne crut voir que le souverain reconnaissait Philip. La comtesse expliqua le rôle qu'avait joué Anne, son enlèvement par

Lord Bramfield, et le message de menace qu'elle-même avait reçu dans la demeure où la Ligue l'avait mise en sécurité.

Le roi Henry l'écouta sans manifester la moindre émotion. Quand elle eut achevé son récit, il lâcha simplement :

— Bramfield ?

— Oui, Votre Majesté, dit la comtesse avec un hochement de tête solennel. Je ne connais pas encore l'identité des deux autres hommes qui ont comploté contre votre personne. Mais de nombreux seigneurs sont rassemblés ici même ce soir.

— Et voilà qu'en guise de festivités des traîtres vont tomber, compléta le souverain d'un ton grave. Attention : la discrétion est de mise. Dans l'immédiat, leur identité doit rester confidentielle. Me suis-je bien fait comprendre ?

— Certainement, Votre Majesté, répondit Lady Rosamond. Leur nom m'est inconnu, mais je n'oublierai jamais leur visage. Comment dois-je procéder pour vous les désigner ?

— Je donne une réception, j'ai donc fait venir des… *dames* pour distraire mes invités.

Il paraissait un peu mal à l'aise, comme si son sens moral réprouvait une telle pratique.

L'inquiétude d'Anne se mua en crainte. Distraire ? Qu'attendait-il au juste de Lady Rosamond ?

La comtesse, elle, ne cilla même pas.

— Quelle sera ma tâche, Votre Majesté ?

— Ces dames porteront un costume et un masque. Vous ne resterez pas jusqu'à la fin des réjouissances, où leurs *services* pourront être sollicités. Mais vous saurez vous faire passer pour l'une d'elles. Ainsi, vous pourrez déambuler parmi la foule et chercher les félons tout à loisir. Mon cousin, Lord Bannaster, vous accompagnera, comme pour signifier que vous réservez votre compagnie à un seigneur particulier. C'est à lui que vous montrerez les traîtres.

— Vos désirs sont des ordres, Votre Majesté, déclara la comtesse en lui adressant une nouvelle révérence.

Anne était horrifiée. Une comtesse d'Angleterre, se faire passer pour une… fille de joie ? Une centaine d'hommes au moins allaient la souiller de leurs regards concupiscents. Et elle devrait les affronter seule ?

Pour comble de malchance, il avait fallu que le roi choisisse Lord Bannaster, entre tous ses plus proches conseillers ! Pourquoi le vicomte ?

Anne vint se placer à côté de Lady Rosamond.

— Votre Majesté, m'autorisez-vous à parler ?

Elle sentit Philip se raidir derrière elle. À son grand soulagement, il ne chercha pas à l'arrêter. Quant au souverain, il paraissait simplement irrité. Comment lui en vouloir, avec ces menaces qui l'assaillaient de toutes parts ?

— Qu'avez-vous à dire, mon petit ? demanda le roi Henry.

— J'aimerais accompagner Lady Rosamond, afin de réduire les risques autour de sa personne.

La comtesse parut effrayée de son audace, et elle crut entendre Philip jurer tout bas. Le roi, lui, échangea simplement un regard amusé avec quelques-uns de ses conseillers.

— Voyez-vous cela ? la railla-t-il. Vous pensez donc pouvoir protéger votre dame mieux que Lord Bannaster ?

Un peu tard, Anne s'avisa qu'elle avait peut-être offensé le vicomte. Elle lui adressa un regard penaud. Pourtant, loin d'avoir l'air furieux, il lui souriait avec indulgence. Étrange. Elle l'avait toujours pris pour quelqu'un qui n'aimait pas être contrarié dans ses projets. Décidément, il avait bien changé.

Elle s'empressa de répondre :

— Eh bien, si nous sommes deux, ces messires seront peut-être moins enclins à… faire des avances à Lady Rosamond.

Le roi Henry retint un éclat de rire.

— C'est mal les connaître. Cela dit, votre courage vous honore.

— Dans ce cas, Votre Majesté, je vous en prie : laissez-moi rester à ses côtés. J'ai risqué ma vie pour que ce dénouement puisse advenir. Permettez-moi d'y assister jusqu'au bout.

Philip aurait juré que tout le monde dans la salle pouvait entendre les battements de son cœur. Il n'en revenait pas. Comment Anne pouvait-elle continuer à se mettre en danger de la sorte ? Il n'avait jamais rencontré quelqu'un d'aussi courageux qu'elle – ni d'aussi vulnérable.

Le roi la jaugea du regard pendant quelques instants, puis donna son assentiment.

— Le lord chambellan devrait pouvoir vous trouver un autre costume, je pense.

Anne fit une révérence.

— Merci, Votre Majesté.

Philip fit un pas en avant.

— Quant à moi, puis-je offrir ma protection à ces dames, Votre Majesté ?

Le regard du souverain se fit plus pénétrant.

— Sir Philip, c'est bien cela ? L'homme lige de Lord Alderley, si je ne m'abuse ?

— C'est exact, Votre Majesté. J'ai quitté son service pour suivre mon propre chemin.

— Mes gardes suffiront à la tâche, ce soir.

— Je ne demande qu'à leur prêter main-forte. Je veille sur dame Anne depuis longtemps, et désormais sur Lady Rosamond, également. C'est un devoir auquel il me coûte de devoir renoncer.

Le roi Henry fit un geste d'indifférence.

— Comme il vous plaira. Sir Edward, fournissez-lui une livrée.

Il se tourna vers la comtesse.

— Mon intendant va vous donner les instructions dont vous aurez besoin. Nous nous reverrons cette nuit, à l'issue des festivités. Sachez que l'Angleterre vous est reconnaissante.

Philip quitta la Chambre peinte à la suite des deux femmes et du lord intendant, qui les conduisit à travers plusieurs couloirs à haut plafond éclairés par des centaines de bougies. Des tableaux et des sculptures ornaient chaque recoin, mais la richesse de Westminster Palace le laissait de marbre. Toutes ses pensées étaient tournées vers une seule et unique personne.

Enfin, leur guide s'arrêta devant une porte.

— Lady Rosamond, dame Anne, des servantes vont vous assister dans votre toilette et votre habillement. Hâtez-vous, car je vous ferai quérir dès la fin du banquet. Sir Philip, si vous voulez bien prendre la chambre voisine ? Un valet va se charger de vous préparer un bain et de vous apporter votre livrée.

Au moment où la comtesse pénétrait dans la chambre, Philip déclara :

— Sir Edward, j'ai à vous parler. C'est à propos de Lord Bannaster, ajouta-t-il.

Il retint Anne par le bras alors qu'elle s'apprêtait à suivre la comtesse. Le lord intendant patientait, perplexe.

— Je n'irai pas par quatre chemins, dit Philip. Peut-on faire confiance à Lord Bannaster ?

Sir Edward esquissa un sourire.

— Vous le connaissez peu, ce me semble, hormis pour ses bévues lorsqu'il a tenté de gagner la main de Lady Elizabeth. C'est son frère qui avait hérité du titre. Lui-même devait entrer dans les ordres.

Philip et Anne se regardèrent, surpris.

— Il n'a reçu la vicomté qu'assez récemment, à la mort de son frère. Il lui reste encore beaucoup à apprendre. Soyez sans crainte : il vous sera d'un grand secours, ce soir.

Après le départ du lord intendant, Philip se tourna vers Anne.

— Bannaster, *prêtre* ?

Elle haussa les épaules.

— Quoi qu'il en soit, il faudra bien lui faire confiance.

Elle se détourna pour gagner sa chambre. Il la rattrapa de nouveau et l'attira près de lui.

— J'aimerais vous dire un mot, dit-il à voix basse. Venez avec moi.

Anne acquiesça de la tête.

Déjà, plusieurs servantes approchaient dans le couloir, suivies par des pages transportant un grand baquet et des seilles d'eau. Le petit cortège pénétra dans la chambre de Lady Rosamond. Philip entraîna Anne dans la sienne.

— Que se passe-t-il ? s'enquit-elle alors qu'il refermait la porte.

Il la saisit par les bras et dit d'une voix pressante :

— Quelle mouche vous a piquée de vous porter volontaire une fois de plus ? Ce combat n'est plus le vôtre ! Vous avez fait votre part !

— Vous avez entendu mon raisonnement, répondit-elle calmement. À ma place, vous en auriez fait tout autant.

— Mais j'ai une épée pour me défendre, et je sais m'en servir !

— Et moi, je vous ai, vous, ainsi que les soldats du roi.

Elle prit le visage de Philip entre ses mains. Comme elles étaient froides !

— Philip, je ne suis plus la petite servante qui obéissait sans discuter.

— Vous ne l'avez jamais été.

— Au début, je n'étais rien d'autre à vos yeux, je pense, objecta-t-elle sans animosité. Une fille du peuple, dont vous-même étiez issu, ainsi que votre famille. Peut-être même vous ai-je rappelé vos origines.

Philip voulut protester, mais il se ravisa. Après tout, elle disait vrai.

— Tout ça n'a plus aucune importance, aujourd'hui.

— Vous m'en voyez ravie, souffla-t-elle.

Elle posa les mains à plat sur son torse et se haussa sur la pointe des pieds. Alors, il l'embrassa avec fougue, insufflant dans son baiser tous les sentiments qu'il n'avait pas encore su exprimer.

— Nous avons tant à nous dire, murmura-t-il.

Elle fit un pas en arrière.

— Nous aurons tout le temps dès demain. Je dois vous laisser, à présent, ajouta-t-elle avec regret.

Lorsqu'elle eut disparu, il resta un moment les yeux rivés sur la porte. Quel inqualifiable sot ! Anne était la seule femme à l'avoir rendu heureux. Pourtant, il lui avait fallu une éternité pour se rendre compte qu'il l'aimait. Et voilà qu'elle risquait sa vie, une fois de plus.

Hélas, serait-elle jamais en sécurité si le rôle qu'elle avait joué dans cette affaire venait à se savoir ? Lady Rosamond ne craignait rien : sa haute naissance et son titre la protégeaient. Anne, elle, n'avait rien du tout.

Cette situation lui était intolérable. Il se mit à faire les cent pas. Que faire ? Saurait-il la persuader de l'épouser ? Son nom suffirait-il à la mettre à l'abri de tout danger ?

Et surtout, Anne, si fière, se laisserait-elle convaincre qu'il ne songeait pas uniquement à sa sécurité en lui proposant le mariage ? Car, pour lui, les choses étaient claires, désormais. Il serait le *seul* homme de sa vie. Le *seul* à accéder à son lit.

Chapitre 24

Le changement d'apparence était pour le moins radical… à en croire le regard de Philip. Ce dernier venait d'entrer dans la chambre où on les avait installées. Lady Rosamond et elle n'avaient pas encore mis leurs masques, mais elles avaient déjà passé leurs costumes. La robe rouge de la comtesse et la sienne, dorée, leur dénudaient les bras et le haut de la poitrine. Malgré la température estivale, elle frissonnait d'être si peu vêtue.

Lady Rosamond accueillit leur visiteur avec un sourire sarcastique :

— Alors, Sir Philip, notre accoutrement vous plaît-il ?

— Il plaira aux seigneurs, à n'en pas douter, commenta-t-il en plissant les yeux, visiblement furieux.

Anne inclina la tête de côté, intriguée.

— Vous n'aimez pas ?

— Il n'y a qu'un seul endroit au monde où j'apprécierais de vous voir dans cette tenue.

Elle hoqueta, à la fois gênée et émoustillée. Par chance, la comtesse se contenta de rire.

— Cher Sir Philip, je serai ravie d'entendre parler de vos futures aventures en compagnie de dame Anne !

Mais, pour l'heure, il nous faut mettre nos masques et accomplir notre devoir envers le roi.

— Toute cette histoire aura-t-elle jamais une fin ? murmura-t-il.

Le sourire de la comtesse s'effaça. Anne la considéra d'un air affligé. Pourtant, Lady Rosamond ne se laissait pas abattre :

— Nous faisons ce que nous avons à faire, dit-elle simplement.

Elles entreprirent d'attacher leurs loups, qui leur couvraient la partie supérieure du visage et laissaient voir leurs lèvres peintes.

— Le roi a bien choisi cette ultime comédie, fit observer la comtesse avec ironie. N'avons-nous pas porté des masques tout au long de notre épopée ?

— Pas toujours aussi beaux que ceux-ci, nuança Anne en faisant allusion aux perles scintillantes cousues sur leurs loups.

— Que veux-tu dire par là ? Tu n'étais pas belle, quand tu te faisais passer pour moi ?

Anne bafouilla une réponse, avant de comprendre que Lady Rosamond plaisantait. Mais le rire de la comtesse mourut bientôt sur ses lèvres.

— Que fait donc le vicomte ? s'impatienta-t-elle. J'aimerais qu'on en finisse.

Ils durent encore attendre une heure avant de voir arriver Lord Bannaster. Dans son pourpoint et sa casaque d'un vert sombre, il avait fière allure. Anne se surprit à l'imaginer en prêtre… Lady Rosamond et elle le suivirent à travers les couloirs du palais. Philip fermait la marche. Des notes de musique leur parvenaient, de plus en plus fortes. Anne sentit ses entrailles se nouer. Elle respirait trop vite.

Ils arrivèrent en vue d'une double porte qui devait mesurer deux fois la taille de Philip, gardée par deux factionnaires. Dans un parfait ensemble, les gardes ouvrirent chacun un battant. Alors, le calme se fit en elle. Elle était une femme de petite vertu, à l'aise avec la gent masculine, confiante dans son pouvoir de séduction. Personne ne voyait son visage. Elle s'autorisa donc à rouler des hanches, accentuant les courbes qui faisaient l'admiration des hommes, elle le savait.

Lady Rosamond à un bras, Anne à l'autre, Lord Bannaster franchit lentement le seuil. Une vague de chaleur et de bruit les assaillit. Anne, époustouflée, découvrit l'immensité de Westminster Hall, sans un seul pilier pour soutenir l'impressionnant plafond qui se perdait dans les hauteurs. Cent seigneurs au moins se trouvaient là, passant d'un groupe à l'autre, bavardant et riant avec force gestes. Quelque part, un orchestre jouait.

D'autres filles étaient arrivées avant elles, masquées et vêtues de tenues encore plus provocantes. Elles déambulaient parmi les hommes, distribuant rires et sourires pour se mettre en valeur à leurs yeux.

Les nobles épouses de ces messieurs se doutent-elles de ce qui se trame ici ? se demanda Anne malgré elle.

Allons, quelle importance ? Ce soir, il n'était question que de paiement reçu, de plaisir donné, afin qu'on sollicite encore ses services. Ce rappel à son rôle l'aida à retrouver le sourire. Elle marchait à pas mesurés au bras du vicomte. Lord Bannaster les conduisit d'abord toutes deux devant le roi, qui trônait sur une estrade. Le souverain hocha la tête, sans laisser son regard s'attarder sur elles. Il venait de se marier, et Anne croyait savoir que son épouse attendait un enfant.

L'heure était venue pour Lady Rosamond de se mettre à l'œuvre. Le vicomte sourit à chacune d'elles, puis les entraîna dans la foule. Impressionnée par ses talents de comédien, Anne le gratifia d'un sourire séducteur. Lady Rosamond se mit à glousser. De temps en temps, elle effleurait au passage le bras d'un seigneur.

La comtesse avait-elle déjà repéré l'un des félons ? Qui, ici, était prêt à trahir son roi ? Elle-même reconnut quelques visages : Milforth, le baron qui l'avait embrassée, flanqué de son fils, qui redoutait tant que son père fasse un choix mal avisé pour ses secondes noces.

— Vous m'avez entendu, ma mignonne ?

Anne sursauta et leva les yeux vers l'homme qui venait de l'apostropher. Lord Egmanton ! Débarrassé de la supervision de sa mère, semblait-il. Brusquement, elle le revit lui écarter les jambes de force. Un éclair de panique la transperça.

Du calme. Il ne pouvait pas la reconnaître avec son masque, et elle n'aurait jamais à subir ses assauts.

— Mille excuses, milord. J'admirais tous ces beaux bijoux étincelants, minauda Anne.

Lord Bannaster était penché vers Lady Rosamond. La comtesse, tout sourires, lui chuchotait à l'oreille en montrant quelqu'un du doigt, comme si elle lui indiquait le protecteur qu'elle s'était choisi pour la soirée.

Quand, en réalité, elle identifiait l'un des comploteurs.

Anne entrevit l'homme en question, mais elle se força à reporter son attention sur Egmanton.

— Je vous demandais si vous étiez disponible ce soir, répéta le baron en faisant mine de la prendre par le bras.

S'obligeant à sourire, elle lui asséna une petite tape sur la main comme pour le taquiner.

— Petit impertinent ! Comme vous le voyez, pour l'instant, j'accompagne Lord Bannaster.

Elle risqua un nouveau coup d'œil vers le convive désigné par Lady Rosamond. Il avait l'air tellement… normal ! Agréable à regarder. Pas très grand.

Son ancien prédateur ne désarmait pas :

— Ça peut sans doute s'arranger. Après tout, Lord Bannaster s'apprêtait à entrer dans les ordres. Que connaît-il aux femmes ?

Tout à coup, le jeune freluquet eut toute l'attention du vicomte.

— Egmanton, c'est bien vous ? J'ai du mal à vous reconnaître sans votre mère pour vous traîner partout.

Plusieurs invités ricanèrent. Lord Egmanton devint écarlate.

— À votre place, j'éviterais de me faire remarquer, poursuivit Lord Bannaster.

Anne considéra le vicomte avec intérêt. Le godelureau, lui, bomba le torse comme un coq dans la basse-cour.

— Je n'ai pas d'ordre à recevoir de vous, siffla-t-il.

— Mais du roi, peut-être. Il s'est laissé dire que vous aviez violenté une noble dame, récemment.

Anne retint son souffle, abasourdie. Egmanton allait-il s'avouer vaincu ? Rien n'était moins sûr…

— Qui peut croire aux mensonges d'une femme ? lâcha-t-il avec dédain.

Bannaster lui adressa un sourire glacial.

— Ce n'est pas la victime elle-même qui s'est plainte auprès de Sa Majesté. Croyez-moi, vous aurez bientôt des nouvelles de mon royal cousin.

Voilà qui clouait le bec à ce rustre ! Il les regarda en remuant les lèvres, mais aucun son n'en sortit.

Lady Rosamond et Lord Bannaster commencèrent à s'éloigner. Anne lâcha le bras du vicomte, comme si elle envisageait de rester avec Egmanton. Puis elle laissa échapper un petit rire narquois et fit un signe d'adieu à ce dernier en secouant la tête. Elle se tourna vers Lord Bannaster, les yeux emplis de satisfaction et de reconnaissance. Décidément, il était sans doute bien plus que ce qu'elle avait vu de lui à Alderley Castle.

Ils flânèrent un moment parmi les invités, des hommes pour l'essentiel, même s'ils croisaient un groupe de femmes de temps à autre. On s'écartait sur leur passage. Les regards s'attardaient sur elles. Anne respirait mieux. Ce n'était pas si difficile, tout compte fait. Soudain, elle aperçut Sir Robert, le jeune chevalier de l'Épée qui l'avait suivie après son étape chez Lord Kelshall. Avait-il eu vent de leur fugue hors de la demeure de la Ligue ? Allons, pas d'affolement : il devait simplement être là pour les aider à accomplir la dernière partie de leur mission.

Puis ses yeux se posèrent sur Lord Alderley, l'époux de sa chère amie. Il fendait la foule d'un pas énergique, sans accorder davantage qu'un sourire poli aux filles qui tentaient d'attirer son attention. Anne n'avait aucune inquiétude : elle ne l'imaginait pas être infidèle à Elizabeth.

Il avait l'air décidé de quelqu'un qui sait où il va. Anne suivit des yeux la direction qu'il avait prise. Philip, aux aguets, était adossé à un mur non loin de là. C'était vers lui que Lord Alderley se dirigeait. Fallait-il s'inquiéter qu'il l'ait vu ? L'ancien suzerain de Philip était membre de la Ligue, désormais. Quand les hommes de l'Épée s'étaient mis en quête d'une femme pour les aider, c'était lui qui leur avait soufflé le nom d'Anne.

Hélas, elle n'eut pas l'occasion de voir s'ils se parlaient. Lord Bannaster l'entraîna plus loin. Il ne restait plus qu'un traître à démasquer. Leur mission touchait à son terme.

Soudain, on la tira par la main. Prise au dépourvu, elle lâcha le bras de Bannaster.

— Dansez avec moi, ma jolie.

L'homme lui soufflait au visage son haleine chaude et avinée. Avant qu'elle ait eu le temps de protester, il la prit dans ses bras et la fit tourbillonner loin de ses compagnons. Elle jeta un coup d'œil en arrière. Le vicomte la suivait des yeux d'un air soucieux. Aussitôt, la comtesse lui murmura quelque chose à l'oreille, et tous deux s'éloignèrent. Priorité à la mission.

Ils la laissaient seule dans la fosse aux lions.

Son partenaire de danse ne manquait pas d'enthousiasme : il la faisait tourner et virer, en léger décalage avec la musique. Anne le suivait tant bien que mal, un sourire plaqué sur son visage. La panique la gagnait : Lord Bannaster n'était plus nulle part en vue.

Puis une pensée lui vint, rassurante : Philip veillait. Rien de grave ne pouvait lui arriver.

Tout de même, ne risquait-il pas de s'attirer des ennuis s'il contrariait le plaisir d'un seigneur ?

Elle raffermit sa volonté. Pas question de lui montrer qu'elle était en difficulté. À la fin de la danse, elle exécuta une révérence théâtrale, offrant au piètre danseur une vue plongeante sur son décolleté.

— Bonne soirée, milord, dit-elle avant de s'éloigner d'une virevolte.

— Attendez, protesta l'homme. Aurais-je déjà un rival, ce soir ?

Sans ralentir, elle agita les doigts en guise de réponse. Malgré les dimensions gigantesques de la salle et la foule qui s'y pressait, elle allait bien finir par retrouver Lord Bannaster. Dommage qu'il ne soit pas plus grand… Elle progressait aussi vite que le lui permettait l'affluence, tendant le cou par-dessus les épaules massives de l'un, plongeant sous les bras écartés de l'autre.

Sans crier gare, une femme la saisit par la main et l'attira vers elle. Une forte odeur de jasmin, qui ne parvenait pas à masquer tout à fait d'autres effluves moins fleuris, l'assaillit aux narines.

— Voyons, chérie, tu marches bien trop vite. Comment veux-tu qu'on t'attrape ?

— Je n'en ai pas besoin, marmonna Anne en cherchant à échapper à sa poigne ferme. Je suis prise pour la soirée.

— Ah… Quelle chance…

La femme finit par la relâcher.

Lord Bannaster restait introuvable. Tant pis, il allait falloir demander son aide à Philip. Anne se mit à tourner sur elle-même.

— Enfin, vous voilà, chère amie !

Lady Rosamond ! Son soulagement fut si grand qu'elle crut s'évanouir. La comtesse et le vicomte marchaient vers elle. Éperdue de reconnaissance, Anne s'agrippa au bras que Lord Bannaster lui offrait.

— J'ai besoin d'aller me rafraîchir, enchaîna Lady Rosamond. Voulez-vous bien m'accompagner ?

Anne comprit qu'elle avait démasqué le dernier conspirateur.

— Avec plaisir, si vous me promettez que nous reviendrons au plus vite. Je m'amuse follement !

La fraîcheur du couloir était une bénédiction. Peu à peu, le brouhaha des réjouissances et de l'orchestre s'estompa derrière eux. Lord Bannaster marchait vite, au point que les deux femmes durent se mettre à trottiner pour rester à sa hauteur. *Il doit être pressé de retourner auprès du roi*, songea Anne.

À sa grande surprise, il les ramena jusqu'à la Chambre peinte. Elle jeta un coup d'œil en arrière au moment où il ouvrait la porte. Philip était là, à quelques pas d'elle. Il lui adressa un sourire sombre, qu'elle lui rendit, rassurée.

— Si vous voulez bien m'attendre ici, dit Lord Bannaster, je dois vérifier que le roi nous a bien vus partir.

Et il les abandonna là sans plus de cérémonie. Ils restèrent debout au milieu du vaste salon, un peu désorientés dans cette profusion de richesses, sous l'œil vigilant des deux soldats en faction devant la porte. Au bout d'un moment, voyant que le roi n'arrivait pas, Lady Rosamond se laissa choir en soupirant dans l'un des fauteuils rembourrés.

— Oh ! que ces souliers me font mal ! murmura-t-elle en inclinant la tête en arrière, les yeux clos.

Anne s'installa dans le fauteuil voisin du sien, tandis que Philip tirait un autre siège face à elles. Que faire, sinon attendre ? Les minutes s'égrenèrent. Une heure au moins passa. Philip avait enfoui le visage entre ses mains. Anne, appuyée contre le dossier, somnolait. Lady Rosamond s'était assoupie. Par précaution, elles avaient gardé leurs loups, au cas où quelqu'un d'inattendu entrerait avec le roi.

Quand la porte s'ouvrit, Anne se leva d'un bond en même temps que Philip. La comtesse les imita plus lentement, portant la main devant sa bouche pour dissimuler un bâillement. Le roi Henry entra en coup de vent, son manteau bordé de fourrure volant derrière lui. Plusieurs de ses conseillers l'accompagnaient, parmi lesquels Lord Bannaster.

Le souverain s'arrêta devant eux. Il avait le visage fermé. Sans bien savoir pourquoi, Anne sentit ses entrailles se nouer de plus belle. Philip lui lança un regard en coin, la mine lugubre.

Le roi releva le menton.

— La fête s'achève. Lord Bannaster m'a révélé l'identité des trois conjurés.

Anne attendit la suite, mais le souverain n'en dit pas davantage. Après tout, qui étaient-ils pour qu'un monarque se confie à eux ?

À l'évidence, Philip ne l'entendait pas de cette oreille :

— Nous direz-vous de qui il s'agit, Votre Majesté ?

Le roi détourna les yeux, l'air soudain las. D'un geste, il désigna une table. Quelqu'un s'empressa d'aller lui chercher une coupe de vin.

— Peu importe, finit-il par répondre. Sachez simplement que l'Angleterre vous sait gré de votre aide.

— Qu'avez-vous l'intention de faire ? insista Philip. Pardonnez ma liberté de ton, Votre Majesté, mais nous avons bien mérité votre confiance, je crois.

Anne retint son souffle. Dans le monde des rois, des nobles et des intrigues de haut vol, on estimait peut-être ne rien leur devoir. La présomption de Philip ne lui vaudrait peut-être que la colère du souverain. Elle se rappelait l'avoir entendu dire qu'il espérait plaire au roi. Visiblement, il n'y accordait plus autant d'importance.

Contre toute attente, le monarque se contenta d'inspirer profondément, puis de soupirer.

— Vous devez comprendre que le royaume traverse une période de profond malaise. Mon couronnement date de moins d'un an. Certains de mes sujets hésitent encore à m'accorder leur loyauté. Cette rébellion pourrait leur apparaître comme une cause à laquelle se rallier.

Anne n'était pas sûre de comprendre. Qu'essayait-il de leur expliquer ?

— Si j'agis ouvertement contre Bramfield et ses complices, je risque de déclencher une nouvelle guerre civile. Ils le savent pertinemment. C'est pourquoi ils sont venus si volontiers à ce rassemblement, alors qu'ils n'ignoraient pas que je l'avais organisé pour les piéger.

— Si je comprends bien, vous n'allez... strictement rien faire de ces informations ? murmura Lady Rosamond, incrédule.

— Officiellement, non, du moins pour l'instant, répondit le roi Henry. Je vais faire mener une enquête discrète. Quand j'aurai assez de preuves à apporter devant le Parlement, je frapperai ces scélérats.

— Autrement dit, jusque-là, ils sont libres d'aller et venir à leur guise, commenta Philip d'un ton amer.

— Ils savent qu'ils ont été démasqués, s'emporta Lord Bannaster, qui montrait moins de patience que son royal cousin. Ces misérables ont tout intérêt à faire profil bas.

— J'ajoute qu'un décret interdit désormais aux seigneurs d'entretenir une armée personnelle, déclara le souverain. À partir de maintenant, ce sera la prérogative du gouvernement. Lady Rosamond, en risquant votre vie – ainsi que celle de dame Anne et de Sir Philip –, vous avez permis qu'un complot soit déjoué. La Couronne ne l'oubliera pas.

Anne réfléchissait. Qui sait si cette aventure n'allait pas avoir des conséquences positives, tout compte fait ? Philip en retirerait peut-être la gloire à laquelle il aspirait depuis toujours, et le statut à la Cour que lui aurait conféré un mariage prestigieux. Elle tourna les yeux vers lui. Le visage soucieux, il paraissait absent, comme absorbé.

Brusquement, il prit la parole :

— Votre Majesté, puis-je vous demander une faveur ?

Un murmure offusqué s'éleva parmi les conseillers du roi, mais le souverain, lui, acquiesça.

— Je vous écoute, Sir Philip.

— J'aimerais qu'il soit permis à ces dames de rester ici cette nuit, dans la sécurité du palais.

Le lord intendant, Sir Edward, pouffa de rire.

— Croyez-vous donc que nous vous jetterions à la rue en pleine nuit ?

— Philip…, protesta Anne.

— Je dois partir, l'interrompit-il en secouant la tête. J'ai une affaire à régler, mais je ne connaîtrai pas le repos si ces dames ne sont pas en sécurité. Je vais devoir emprunter un cheval, également.

Lady Rosamond l'étudia d'un air songeur, mais ne fit pas de commentaires. Anne voulut exiger des explications, mais Philip avait pris soin de s'exprimer devant une large audience. L'avait-il fait à dessein, pour éluder ses questions ?

— Partez serein, Sir Philip, dit le roi Henry. Mes écuries vous seront ouvertes.

— J'espère être de retour en fin de journée demain. D'ici là, je vous en prie, ne les laissez sortir sous aucun prétexte.

— Enfin, Philip ! s'exclama Anne, exaspérée.

Il lui adressa un dernier regard.

— Restez ici, Anne. Attendez-moi.

Qu'avait-il donc en tête ? Dieu, qu'elle avait peur pour lui ! Pourvu qu'il n'ait pas résolu d'aller faire justice lui-même…

Elle ne pouvait pas le laisser partir seul. Et elle savait à qui s'adresser pour trouver de l'aide, ici même, dans le palais.

Et puis, si elle devait retenir un enseignement de sa quête pour devenir une femme de l'Épée, c'était qu'elle ne supportait pas d'attendre sans rien faire.

Dès que Lady Rosamond et elle eurent enfin regagné leur chambre, elle troqua son costume contre sa tenue ordinaire et dissimula ses cheveux sous un bonnet de lin.

— Que fais-tu ? demanda Lady Rosamond, intriguée.

— Je dois y aller. Philip a besoin d'aide.

— C'est de la folie ! Seule, tu ne peux rien, protesta la comtesse.

— N'ayez crainte, je ne serai pas seule.

Sans lui laisser le temps d'essayer de la dissuader, Anne s'élança hors de la chambre et parcourut les couloirs au pas de course. Ayant toujours eu un bon sens de l'orientation, elle se souvenait parfaitement du chemin jusqu'à Westminster Hall. Par chance, les gardes en faction devant la porte ne virent pas d'objection à laisser entrer une simple servante. La moitié des convives s'étaient déjà retirés. Elle n'en eut que plus de facilité à repérer Lord Alderley, l'ami de Philip.

Elle s'avança vers lui et attendit humblement qu'il finisse sa conversation. Quand il leva les yeux vers elle par-dessus l'épaule de son interlocuteur, elle lui adressa un regard appuyé pour capter son attention.

Après s'être excusé, il vint la rejoindre. Il jeta un coup d'œil alentour pour s'assurer que personne ne pouvait les entendre, puis murmura :

— Anne, qu'est-ce qui ne va pas ? Où est Philip ?

— Il est parti, milord, chuchota-t-elle. Je crains pour sa vie. Le roi connaît l'identité des traîtres, mais il ne peut pas agir contre eux pour l'instant.

Lord Alderley ferma les paupières et grimaça.

— Tu penses que Philip est allé les affronter.

— Il est seul, milord ! J'aimerais croire qu'il n'est pas assez imprudent pour se lancer dans une entreprise aussi risquée, mais je ne suis sûre de rien. Il nous faut l'aide de l'Épée.

— J'ai été invité à rejoindre la Ligue, c'est vrai, mais je n'ai pas encore été formé à ses méthodes, avoua-t-il avec regret. J'ignore comment contacter mes pairs.

— Pas moi. Un autre homme de l'Épée était là ce soir. Si j'arrive à le retrouver, je vous le présenterai.

L'immense salle se vidait peu à peu. Parmi les serviteurs, qui commençaient à nettoyer, trouver Sir Robert fut chose aisée. À vrai dire, lui-même semblait la guetter, car il était seul et lui adressa un signe de tête dès qu'elle croisa son regard.

Tout à coup, elle se souvint. La Ligue comptait un espion dans ses rangs. S'agissait-il de Sir Robert ?

Non, c'était peu probable. Il l'aurait éliminée depuis

longtemps. Et puis, à la réflexion, elle ne pouvait croire à une telle duplicité chez lui. Or, en la matière, son instinct l'avait rarement trompée.

Elle conduisit donc Lord Alderley jusqu'à lui. Après les avoir présentés l'un à l'autre, elle lui expliqua la situation.

— Bramfield, dites-vous ? releva Sir Robert à voix basse.

— Il a un pied-à-terre entre Westminster et Londres, intervint Lord Alderley. Il a pu s'y retirer.

— Et Philip l'y aura suivi, compléta Anne. C'est la meilleure piste que nous ayons.

Sir Robert hocha la tête.

— Je viens avec vous, Alderley.

— Moi aussi, déclara Anne.

L'ami de Philip la toisa d'un air réprobateur, mais elle ne lui laissa pas le loisir de protester.

— Ne venez pas me dire que c'est trop périlleux pour une femme. Je vis dans le danger depuis des jours.

— Et vous vous en êtes plutôt bien sortie, commenta Sir Robert avec un sourire admiratif. Vous pourriez presque être un homme de l'Épée, vous aussi.

— Une *femme* de l'Épée, corrigea-t-elle. Mais ça ne m'intéresse plus. Philip est tout ce qui m'importe, désormais. Allons-y, voulez-vous ?

Chapitre 25

Philip galopait à bride abattue dans les rues de Londres, abandonnées à cette heure tardive aux ivrognes et aux filles de joie avides. Il se dirigeait à la lueur des lanternes, sous un ciel parsemé de nuages qui ne laissaient apparaître qu'une mince crête de lune.

Dans l'immédiat, Anne et Lady Rosamond étaient en sécurité. Mais pour combien de temps, avec ces trois scélérats libres de commettre leurs méfaits en toute impunité ?

Au bout de la rue qui menait à la demeure de la Ligue, il mit pied à terre et attacha son cheval à une caisse en bois qui achevait de s'abîmer là. Il prit son temps pour scruter les environs. Il ne vit aucun élément suspect. Rien n'indiquait que Bramfield ait maintenu sa surveillance.

Cela dit, pourquoi s'y serait-il astreint ? Le roi n'allait rien faire contre lui, de toute façon…

Au bout d'un moment, Philip conduisit sa monture dans la cour. Aussitôt, deux hommes surgirent de l'ombre de part et d'autre de l'édifice. Philip n'entendit pas le son caractéristique de l'épée tirée du fourreau, mais il préféra ne pas bouger.

— Je dois voir Sir David, annonça-t-il sans élever la voix. Je viens de quitter le roi.

Les deux sentinelles l'empoignèrent chacune par un bras et le firent entrer sans ménagement. Il n'en fut pas surpris : après tout, il avait soustrait Lady Rosamond à leur protection.

Dans l'entrée éclairée par des torches, des rideaux sombres occultaient les fenêtres. Philip fut escorté jusqu'à un petit salon où plusieurs hommes s'étaient regroupés : Walter, David et Joseph, en compagnie de deux inconnus. À son arrivée, le capitaine se leva.

— Vous pouvez nous laisser, dit-il aux deux gardes.

Les hommes qui avaient accompagné Philip se retirèrent et refermèrent la porte derrière eux.

— Nous avions confiance en vous, déclara Walter d'une voix glaciale.

— Et moi, en vous, rétorqua Philip. Mais vous vous préoccupiez davantage du roi que des femmes innocentes qui ont risqué leur vie dans cette mission.

— Vous estimiez pouvoir les protéger mieux que nous, peut-être ? le railla Walter.

Philip tourna les yeux vers les deux hommes qu'il ne connaissait pas.

— Je dois vous demander de partir, messires. Je ne dirai pas un mot de plus en votre présence.

Le capitaine ne l'entendait pas de cette oreille :

— Ils restent.

Philip lança un regard insistant à David, qui soupira.

— Walter, traitons cette affaire à quatre, pour l'instant.

L'aîné des chevaliers considéra David sans mot dire, puis finit par acquiescer. Les deux inconnus quittèrent la pièce.

— Le fait est que je les ai protégées mieux que vous, en effet, répliqua alors Philip d'une voix grave où perçait l'irritation. Car à l'heure qu'il est, elles se trouvent à Westminster Palace. Lady Rosamond a identifié les conjurés pour le roi.

Joseph et David échangèrent un regard soulagé, mais Walter continua à toiser Philip avec méfiance.

— Ce n'est pas tout, je me trompe ?

Philip serra les mâchoires.

— Non, en effet. Le roi a choisi de ne pas agir contre les félons. Il craint de perdre son autorité sur l'ensemble de ses vassaux, si tôt après son couronnement. Il préfère diligenter une enquête pour accumuler davantage de preuves.

— C'est plutôt sage, commenta Joseph.

Philip crut qu'il allait exploser.

— Sage ? Mais enfin, il laisse Anne et Lady Rosamond à la merci de ces criminels !

— La Ligue les protégera.

— Pardon ? s'étrangla Philip.

Il tourna les yeux vers David, incrédule.

— Vous ne leur avez rien dit ?

— Depuis votre départ, nous n'avons jamais été seuls entre nous, se défendit David.

D'un ton empreint d'ironie, il ajouta :

— Et puis, je n'étais pas en odeur de sainteté : on m'a reproché de ne pas en avoir fait assez pour empêcher votre évasion.

La déception se lisait dans le regard que Walter adressa à David.

— Vous aviez des informations pour nous ?

— Un membre de la Ligue travaille pour le compte

de Bramfield et de ses comparses, expliqua ce dernier. Lady Rosamond a reçu une lettre de menace pendant qu'elle séjournait ici.

— Or, seul un homme de l'Épée pouvait savoir où la trouver, compléta sèchement Philip. Pour quelle autre raison aurais-je fait évader Anne et la comtesse ?

L'espace d'un instant, le regard de Walter s'embrasa. Ce fut de courte durée : il recouvra presque aussitôt son impassibilité légendaire.

— Pourquoi êtes-vous revenu, dans ce cas ?

— Parce que vous êtes mes seuls recours, tous les trois.

D'un geste las, Philip se passa la main dans les cheveux, avant d'ajouter :

— Un traître à l'Épée se promène dans la nature, et il sait que l'un des conspirateurs au moins connaît son identité. Que va-t-il faire, à votre avis ?

Walter adressa un regard pensif à Philip.

— Il va chercher à se protéger. Il va assassiner les conjurés.

— Tout juste. Comprenons-nous bien : le sort de Bramfield et de ses complices m'est parfaitement égal. En revanche, il faut à tout prix arrêter ce misérable avant qu'il…

— Compris, Philip, l'interrompit Walter. Vous avez bien fait de venir nous trouver.

Philip ne chercha pas à dissimuler son étonnement.

— Je vous dois des excuses, continua le capitaine. J'avais juré de protéger Anne, une innocente, à tout prix. Or, ma quête pour le roi m'a fait oublier mon serment. C'était une erreur de ma part, que je regrette profondément. La Ligue ne s'est jamais piquée de politique ; elle s'est toujours fixé pour objectif de défendre ceux qui en avaient besoin. Hélas, mes vieux réflexes de soldat ont repris le dessus.

Ces aveux parurent déconcerter les deux autres hommes de l'Épée, mais Philip, lui, se contenta de hocher la tête.

— J'accepte vos excuses, Walter, mais je ne peux pas parler au nom d'Anne. Cela dit… Elle a compris mieux que moi les raisons qui vous ont poussés à l'abandonner.

— C'est une âme généreuse, murmura le capitaine.

— Je ne peux qu'être d'accord. Pour ma part, je ne songe qu'à sa sécurité. Si la Ligue compte des membres corrompus, comment Anne pourra-t-elle jamais retrouver une vie normale ?

— Bramfield ne séjourne pas à Westminster Palace, dit Walter. Il a une propriété sur le Strand.

— Voilà qui va arranger les affaires du traître à l'Épée, commenta Philip en se dirigeant vers la porte. Allons, en route ! J'ai déjà réussi à soudoyer le gardien des portes de la ville pour entrer. Il se laissera bien soudoyer encore pour me permettre de sortir.

Installée derrière Lord Alderley, Anne se cramponnait à la taille de ce dernier tandis qu'ils chevauchaient à côté de Sir Robert sous la pleine lune. Le Strand menait vers les remparts, mais ils n'avaient pas à se soucier de devoir franchir les portes closes de la cité. En fait de pied-à-terre, c'était presque un palais que Bramfield possédait sur les rives de la Tamise. Laissant leurs montures dans une rue voisine, ils parcoururent à pas de loup la distance qui les séparait encore des murs de la propriété.

Ils trouvèrent le portail ouvert. Lorsqu'ils s'approchèrent de la guérite, dont l'intérieur était éclairé par une lanterne, Sir Robert s'arrêta net.

— Dame Anne, ne regardez pas.

— Le garde est mort ? chuchota-t-elle.

Lord Alderley grimaça.

— Nous arrivons trop tard…

— Philip ne l'aurait pas tué sans nécessité, commenta-t-elle.

— Si c'est bien lui qui l'a tué, nuança Lord Alderley. Il se peut que le roi ait décidé de faire un sort aux traîtres sans vous mettre dans la confidence.

L'inquiétude d'Anne redoubla. Si Lord Alderley voyait juste, alors Philip s'était mis en danger pour rien.

— Peut-être. Mais il se peut aussi que Philip ait dû se battre pour pouvoir entrer. Je vous en prie, allons voir.

— Je vous aurais bien demandé de rester ici, mais vous serez plus en sécurité avec nous que seule dans la rue, fit remarquer Sir Robert.

Il lui tendit une dague.

— Avez-vous appris à vous servir de ceci ?

— Pas officiellement, mais je saurai me débrouiller.

Avec une arme, elle se sentirait moins vulnérable.

Des rayons de lune filtraient entre les nuages, éclairant par intermittence l'allée pavée. Tout au bout, la demeure de deux étages était plongée dans le noir. Minuit avait sonné depuis longtemps.

Ils aperçurent une autre dépouille tandis qu'ils approchaient de l'entrée. Elle mit un moment à comprendre que la béance noire devant eux n'était que la porte, laissée grande ouverte. Ses deux compagnons y passèrent prudemment la tête.

— Restez dans le hall, Anne, lui intima Lord Alderley. Si vous entendez un bruit de lutte, fuyez.

Elle hocha la tête, se gardant de rien promettre à voix haute. Puis elle les suivit à l'intérieur. À la lueur de la lune, qui pénétrait par deux hautes fenêtres, ils débouchèrent dans une entrée dotée d'un palier, bordée de statues antiques. Elle recula jusqu'au mur, où elle s'adossa juste à côté de la porte. Après avoir fait le tour des statues pour vérifier que personne ne se cachait derrière, Sir Robert et Lord Alderley traversèrent discrètement la salle et risquèrent un coup d'œil dans la pièce voisine. Puis ils s'y engagèrent, disparaissant dans l'obscurité.

Les nerfs à fleur de peau, l'estomac noué, Anne ne cessait de tressaillir. Elle redoutait d'entendre des cris, un soudain fracas d'épées. Mais tout n'était que silence.

Mon Dieu, pourvu que Philip ne soit pas…

Impossible d'achever une pensée aussi terrible. Son regard passa d'une statue à l'autre. Elle avait l'impression qu'elles la lorgnaient avec malveillance.

C'est alors que, du coin de l'œil, elle crut voir bouger la statue la plus proche.

Elle n'eut pas le temps de crier : quelqu'un la saisit par-derrière et lui plaqua une main sur la bouche. Son agresseur n'avait pas fait le moindre bruit. On eût dit qu'il s'était matérialisé par magie.

— Tiens, tiens, tiens, la fausse Lady Rosamond… Comme on se retrouve, lui murmura-t-il à l'oreille.

Cette voix… Elle la connaissait. Était-ce l'un des conspirateurs, venu éliminer Bramfield, son comparse ? Ou bien le transfuge de la Ligue qui avait prêté main-forte aux félons ?

La main, brûlante, l'empêchait de parler. De son

autre bras, l'homme lui emprisonnait tout le haut du corps. Par chance, elle n'avait pas lâché sa dague. Elle la tenait d'une main ferme, bien dissimulée dans les replis de sa robe.

— Vos amis arrivent trop tard, dit-il sur le ton de la conversation. Ils ne trouveront que des cadavres.

Elle sentit ses yeux se remplir de larmes. Pas Philip ! La douleur manqua de la faire suffoquer.

Il fallait qu'elle sache. Elle tenta de l'interroger, malgré la main qui la bâillonnait.

— Pas question de bavarder ici, susurra-t-il. Pour que vous trahissiez ma présence en hurlant ? Non, j'ai une meilleure idée. Vous allez venir avec moi. Une fois à l'abri, nous pourrons discuter tout notre soûl…

Il l'entraîna vers la porte restée ouverte. Affolée, elle se mit à se débattre. Elle tenta de le mordre, mais il accentua encore la pression sur ses mâchoires. Alors, elle eut l'idée de se laisser tomber de tout son poids, dans l'espoir de l'entraîner dans sa chute. À sa grande surprise, il préféra la lâcher. Elle s'effondra sur le dos et se mit à battre frénétiquement des talons pour lui échapper. Hélas, ses souliers glissaient sur les dalles lisses. L'homme, dont elle ne voyait que la silhouette noire, leva un bras. Elle vit la lame d'une dague étinceler dans le clair de lune.

Serrant les doigts sur sa propre dague, elle fendit l'air et lui entailla les deux tibias. Il brama de douleur. Pourvu que quelqu'un l'ait entendu ! Soudain, la pâle lueur du dehors éclaira son profil. *Lord Milforth !* Le malotru qui lui avait reproché de ne pas savoir embrasser !

— Espèce de garce ! vociféra-t-il en brandissant à nouveau son poignard.

Elle se jeta de côté pour éviter le coup. À cet instant, un bref tintement de métal retentit au-dessus de sa tête. Elle se releva tant bien que mal à quatre pattes. Un homme était campé dans l'embrasure de la porte, une épée à la main. Quant à Milforth, il se tenait le poignet, comme si on venait de lui arracher son arme.

— Anne !

Le soulagement déferla en elle. Philip ! C'était lui qui venait de désarmer son agresseur. Soudain épuisée, au bord des larmes, elle se releva et tituba vers le mur pour se mettre hors de leur chemin. Le baron se rua vers elle, mais Philip le retint. Au même instant, d'autres hommes surgirent dans le hall. Ils encerclèrent Milforth et le ligotèrent.

Plusieurs minutes s'écoulèrent avant que Philip parvienne à se détacher de la mêlée. Avec un sourire tremblant, Anne se laissa engloutir dans la chaleur de son étreinte.

— Il ne vous a pas fait de mal ? murmura-t-il, pressant.

Quand elle le rassura d'un signe de tête négatif, il l'écarta de lui, sans lui lâcher les bras.

— Que faites-vous ici ?

— Elle nous a accompagnés, intervint Lord Alderley derrière elle.

À la lumière des bougies qu'on avait entrepris d'allumer dans le hall, Anne vit l'expression de Philip changer.

— John ? s'écria-t-il, stupéfait.

— Et votre serviteur, compléta Sir Robert en venant se placer à côté de Lord Alderley. Dame Anne craignait pour votre vie, et nous étions les seuls hommes de l'Épée qu'elle avait sous la main.

Philip la foudroya du regard.

— Vous êtes parti seul, Philip, protesta-t-elle. Qu'étais-je censée croire ?

— Que j'irais moi-même trouver les hommes de l'Épée, peut-être ?

Par-dessus l'épaule de Philip, Anne vit Sir Walter, Sir Joseph et Sir David qui entouraient Milforth.

— Ma foi, c'était bien pensé, reconnut-elle.

Philip secoua la tête.

— Je venais sauver la situation, et voilà que je vous trouve à batailler avec l'un des conspirateurs.

— Pas un conspirateur, corrigea Sir Robert en lorgnant le baron d'un œil mauvais. Nous avons retrouvé les trois seigneurs félons à l'intérieur, morts. Comme des suites d'un brigandage qui aurait mal tourné. Non, Milforth est un homme de l'Épée.

Anne et Philip dévisagèrent le baron, médusés. Les yeux de Milforth lançaient des éclairs.

— Vous n'avez aucune preuve de ce que vous avancez, objecta-t-il d'un ton dédaigneux. Je suis venu rendre visite à Bramfield et l'ai trouvé sans vie, ainsi que deux autres seigneurs. J'ai cru que votre petite servante faisait partie des brigands.

Sir Walter le considéra avec mépris.

— Nous membres de la Ligue n'avons que faire des preuves exigées par les non-initiés. Nous réglons nos comptes entre nous, n'est-ce pas, Lord Milforth ? Or, vous nous avez facilité la tâche : le lien entre ce crime et vous est évident.

Anne regarda les deux plus jeunes de ses protecteurs escorter Milforth à l'extérieur.

— Peut-on vraiment parler de crime ? s'interrogeat-elle tout haut. Après tout, ces trois scélérats ont récolté ce qu'ils avaient semé.

— Il a été leur complice, fit observer Philip. Avant de se rendre compte qu'ils risquaient de le dénoncer, ce qui l'aurait désigné comme un traître à la Couronne, lui aussi.

Un silence pesant accueillit ses propos.

Anne vit Sir Walter s'approcher. À son grand étonnement, il lui prit la main et la porta à ses lèvres.

— Dans notre hâte à gagner Londres, nous avons manqué de discernement, murmura-t-il, les yeux baissés.

Gênée, elle protesta :

— Sir Walter, il ne faut pas…

Quand le capitaine releva les yeux, elle y lut une affliction sincère.

— Vous vous êtes toujours montrée loyale envers nous. Si cette mission a pu aboutir, c'est en grande partie grâce à vous. Et nous vous avons négligée.

Anne s'empourpra, flattée de tant de louanges.

— C'est trop de gentillesse, Sir Walter. J'ai été heureuse de pouvoir vous être utile.

Le capitaine prit un chandelier et le leva au-dessus de sa tête.

— Je vais fouiller la maison. Il nous reste à trouver Stephen, le serviteur de Bramfield.

— Et Margaret, lui rappela Anne. Pourvu qu'il ne lui soit rien arrivé…

Le regard de Lord Alderley passa d'Anne à Philip.

— Voulez-vous que Sir Robert et moi-même allions informer le roi des funestes événements de cette nuit ? Ses hommes voudront examiner les corps, je pense.

— Nous pouvons rentrer avec vous, proposa Anne.

— Pas question, objecta Philip. En ce qui nous concerne, l'affaire est close. Anne, quand nous aurons retrouvé Margaret, j'aimerais m'entretenir avec vous.

En dépit de leurs recherches, Stephen demeura introuvable. En revanche, des serviteurs terrorisés sortaient peu à peu de leur cachette. À l'indicible soulagement d'Anne, Margaret fut libérée de la chambre où on l'avait enfermée. En larmes, la jeune servante tomba dans ses bras. Après ces retrouvailles, Sir Robert offrit de reconduire celle-ci auprès de Lady Rosamond.

Anne sentit alors la main de Philip se poser sur son bras.

— En avons-nous terminé ? s'enquit-il.

Elle leva vers lui un regard interloqué, mais ne lut dans ses yeux que de la tendresse mêlée d'impatience. Comment résister ?

Une fois dehors, il se mit en selle et la hissa devant lui. Enfin en sécurité ! Avec Philip auprès d'elle, elle n'avait plus à s'inquiéter.

Elle constata avec étonnement que le gardien des portes les laissait entrer sans poser de question. Philip jeta quelques pièces à l'homme et commenta :

— Décidément, je l'enrichis, ce soir.

Anne crut qu'il allait la ramener à la demeure de la Ligue. Elle se trompait : il se dirigea bientôt vers la Tamise, qu'il longea jusqu'à l'auberge où ils avaient dormi dans les bras l'un de l'autre. Le tenancier se plaignit bien un peu d'être réveillé en pleine nuit mais, enfin, ils se retrouvèrent seuls dans une petite chambre. Philip alluma un feu. Anne, transie, se rapprocha de l'âtre.

Il se tourna vers elle. Les flammes dansaient sur son visage et se reflétaient dans ses yeux. Il lui prit les mains.

— Pardonnez-moi de ne pas vous avoir demandé où vous vouliez vous rendre ce soir. J'avais peur que vous acceptiez une autre escorte avant que j'aie eu le temps de vous dire ce que j'ai sur le cœur.

Elle parvint à sourire, malgré l'incertitude et l'émoi qui l'étreignaient.

— Vous croyiez pouvoir vous débarrasser de moi si facilement ? plaisanta-t-elle.

Il soupira et ferma les paupières, puis porta les deux mains d'Anne à ses lèvres.

— J'ai été jaloux de Walter quand je l'ai vu vous toucher ainsi.

Il lui retourna les mains pour déposer un baiser dans chacune de ses paumes. Sa barbe naissante, qu'il n'avait pas eu le temps de raser, la chatouilla. Elle frémit, émerveillée. Son geste était si intime…

Il rouvrit les yeux et pressa les mains d'Anne contre son cœur.

— Anne, aucune femme ne m'a jamais entendu prononcer ces mots. Mais, depuis longtemps maintenant, ils brûlent de franchir mes lèvres. Je vous aime, ma douce.

Les larmes qu'elle s'était promis de retenir se mirent à lui ruisseler sur les joues. Pourtant, un sourire tranquille lui étirait les lèvres.

— Oh ! Philip, je suis amoureuse de vous depuis si longtemps… Je ne m'étais même pas rendu compte à quel point mes sentiments pour vous font partie de moi.

Il essuya ses larmes, puis posa une main en coupe sur sa joue.

— Je croyais que je saurais reconnaître mon avenir quand je le verrais. C'était vous, depuis le début…

J'étais aveugle. Je me répétais qu'il fallait que je m'en sorte seul, pour tracer mon propre chemin dans le monde, pour m'élever selon les vœux de mon entourage. Pendant toutes ces années, je n'ai vécu que dans l'ombre des autres, en faisant miens leurs désirs. C'est vous qui m'avez montré le véritable courage.

— Philip, pourquoi vous dénigrer à ce point ? protesta-t-elle doucement. D'enfant du peuple, vous êtes devenu écuyer, puis chevalier. Vous devriez être aussi fier de vous-même que je le suis. C'est vous qui m'avez montré que je me laissais affecter par l'infériorité de ma condition. J'essayais d'être quelqu'un d'autre, de me perdre dans cette mascarade. J'ai longtemps espéré que la Ligue me permettrait de disparaître pour toujours derrière d'autres personnages. C'était un peu comme si je me fuyais moi-même. Aujourd'hui, je sais que je dois trouver ma propre place. Oh ! Philip ! Je rêverais que ce soit à vos côtés…

Elle couvrit la main de Philip avec la sienne.

— Pourrez-vous me pardonner de vous avoir utilisé comme Lady Beatrice l'a fait ?

— Que voulez-vous dire ?

— Je n'étais pas certaine de vos sentiments pour moi. Pourtant, je n'ai écouté que mon propre désir. Je voulais tant garder de vous ces précieux souvenirs ! Sans en avoir conscience, j'ai agi comme Lady Beatrice. Je m'en veux tellement, sachant combien vous en avez souffert !

— Vous n'auriez pas pu me faire souffrir, Anne, murmura-t-il. Chacune de vos caresses m'a montré que je comptais pour vous. Aucune femme ne m'avait autant donné. J'ai fini par comprendre une chose : vous m'êtes aussi indispensable que l'air que je respire. Oublions toutes nos doléances. Voulez-vous m'épouser, Anne ? Voulez-vous vivre à mes côtés comme vous vivez déjà dans mon cœur ?

Elle se hissa sur la pointe des pieds pour lui déposer un baiser sur les lèvres.

— Oui, Philip, je le veux. Et je jure sur mon âme d'être à la hauteur d'un si grand présent.

Fou de joie, il la serra contre lui, puis recula d'un pas et tenta de recouvrer son calme.

— Que notre prochaine aventure soit l'effervescence de ces épousailles et l'ardeur que nous mettrons à fonder une famille !

Elle se jeta à son cou et le laissa la soulever dans les airs.

— Qu'il en soit ainsi, mon bien-aimé !

Épilogue

Anne regardait l'hiver s'installer depuis la fenêtre du manoir que Philip avait acquis pour eux, non loin d'Alderley Castle. La neige tombait en flocons légers sur les collines du Gloucestershire, recouvrant le monde de blanc. Mais elle n'y voyait pas une menace. Elle était bien au chaud dans le confort de son doux foyer, tout près de son amie Elizabeth, qu'elle continuait à côtoyer même si elle n'était plus à son service.

Elle posa une main sur son ventre arrondi. Elle avait sa propre vie, désormais. Et elle allait avoir sa propre famille.

La porte d'entrée s'ouvrit. Elle se retourna pour voir Philip apparaître sur le seuil, accompagné de deux hommes. Tous trois secouèrent leurs manteaux et tapèrent du pied pour se débarrasser de la neige. Elle appela une servante, puis alla les accueillir.

Les compagnons de Philip relevèrent leurs capuchons. Sir Walter et Sir David ! Elle ne les avait pas revus depuis les événements de l'été dernier, à Londres.

Tous deux s'inclinèrent devant elle, et elle fit claquer un baiser sur leurs joues glacées.

— Eh bien, où est Sir Joseph ? Vous ne voyagez jamais les uns sans les autres, d'ordinaire ! les taquina-t-elle.

— Il est auprès de son épouse, qui a grand besoin de lui, s'amusa Sir Walter.

Philip lui passa un bras autour des épaules et posa la main sur son ventre.

— C'est contagieux, semble-t-il.

Ils rirent de bon cœur, puis Anne les invita à se mettre à l'aise.

Tandis qu'on servait de quoi se restaurer à ses hôtes, Philip la prit à part, soudain sérieux.

— Ils m'ont invité à rejoindre la Ligue, annonça-t-il.

Elle sourit.

— Philip, tu as toujours rêvé d'aider ton prochain.

— Je suis déjà un homme comblé. Notre famille occupe toutes mes pensées. Et ta présence à mes côtés a remplacé tous ces rêves enfantins que j'avais pu nourrir. Je leur ai répondu que j'allais y réfléchir, mais je ne suis pas pressé de me décider.

Il l'attira à lui. Il aimait sentir contre lui son ventre et l'enfant qu'elle portait, elle le savait. Elle l'enlaça, heureuse de sa réaction.

— Je peux enfin agir comme je l'entends, murmura-t-il encore, les lèvres pressées contre sa tempe.

— Cet enfant en décidera peut-être autrement, dit-elle en riant doucement.

— Bah ! Dans ce cas, nous tâcherons de nous débrouiller.

Il allait devenir père… Et cette chance qu'il n'avait pas eue jusque-là, c'était elle qui la lui offrait. Chaque fois qu'elle y songeait, des larmes de joie lui montaient aux yeux. Avec ce bébé qui grandissait en elle, elle était devenue une vraie fontaine d'émotions. Par chance, Philip ne s'en irritait pas. Emplie d'une sérénité qu'elle n'aurait jamais cru connaître, elle tourna les yeux vers le monde recouvert de neige, heureuse d'avoir enfin trouvé sa place.

Le mot de l'auteur

La fin du XVe siècle en Angleterre a été marquée par d'intenses troubles politiques, au cours desquels plusieurs rois se sont succédé sur le trône. L'écriture de cet ouvrage m'a conduite à faire des recherches poussées ; en tant qu'écrivain, c'est d'ailleurs l'aspect de mon métier que je préfère. Toutefois, j'ai pris avec l'Histoire quelques libertés, que vous me pardonnerez, j'espère. Je n'ai pas pu retrouver le nom du lord intendant du roi, aussi ai-je inventé Sir Edward Colet.

De même, rien ne prouve l'existence d'un souterrain menant à Westminster Palace, mais il m'en fallait un pour permettre à mes personnages d'accéder au palais en toute discrétion. Je savais qu'il existait des tunnels de ce genre à Rome depuis le IIe siècle, alors, pourquoi pas à Londres ?

Merci encore de votre indulgence. J'espère que vous avez aimé les aventures d'Anne et de Philip. Vous saurez bientôt tout de Lord Bannaster et de sa rencontre avec la première femme de l'Épée !

Gayle

Vous avez aimé ce roman ?

Retrouvez le premier tome de la série « Les Chevaliers au Cygne » :

Un captif au donjon

disponible dès à présent sur harlequin.fr

Composé et édité par HarperCollins France.

Achevé d'imprimer en octobre 2019.

CPi
BLACK PRINT

Barcelone

Dépôt légal : novembre 2019.

MIXTE
Papier issu de sources responsables
FSC® C108412
FSC
www.fsc.org

Pour limiter l'empreinte environnementale de ses livres, HarperCollins France s'engage à n'utiliser que du papier fabriqué à partir de bois provenant de forêts gérées durablement et de manière responsable.

Imprimé en Espagne.